TESS GUNTY

DER KANINCHENSTALL

ROMAN

Aus dem Englischen
von Sophie Zeitz

Kiepenheuer & Witsch

Die Übersetzerin dankt dem Deutschen Übersetzerfonds für die Förderung im Rahmen des Programms »NEUSTART KULTUR« aus den Mitteln der Beauftragten der Bundesregierung für Kultur und Medien.

MIX
Papier | Fördert gute Waldnutzung
FSC® C014496
FSC www.fsc.org

1. Auflage 2024

Titel der Originalausgabe: The Rabbit Hutch

Aus dem Englischen von Sophie Zeitz

Covergestaltung: Miriam Bröckel
Covermotiv: © Miriam Bröckel x Midjourney
Illustrationen: © 2021 by Nicholas Gunty
Emojis unverändert von googlefonts/noto-emoji (https://github.com/googlefonts/noto-emoji/), © 2019 Google Inc. Licensed under the Apache License, Version 2.0 (https://www.apache.org/licenses/LICENSE-2.0)
Gesetzt aus der Dante und der Titular
Satz: Buch-Werkstatt GmbH, Bad Aibling
Druck und Bindung: GGP Media GmbH, Pößneck
ISBN 978-3-462-00713-8

»Wenn du sie nicht als Haustiere verkaufst, musste sie als Fleisch loswerden. Die Kerle hier sind alle Fleisch. Irgendwann fangen die nämlich an, so was zu machen.«
Frau zeigt auf Kaninchen.
»Was ist das?«
»Die pinkeln sich an und son Zeug, wennse älter werden. Wenn du sie nicht in zehn getrennte Käfige steckst, gehense aufeinander los. Die einen Rammler kastrieren die anderen. Echt. Kauen sich einfach die Eier weg. Und das ist ne Riesensauerei. Deswegen musste die ab nem bestimmten Alter schlachten, sonst haste nachher ein Blutbad.«

Rhonda Britton, Einwohnerin von Flint, Michigan, 1989

»Durch das Sichtbare und Vergängliche wird das Unsichtbare und Ewige offenbart.«

Hildegard von Bingen, 1151

TEIL I

DAS GEGENTEIL VON NICHTS

In einer heißen Nacht verlässt Blandine Watkins in Apartment C4 ihren Körper. Sie ist erst achtzehn Jahre alt, aber sie hat sich die längste Zeit ihres Lebens gewünscht, dass dies geschehen würde. Die Qualen sind so süß, wie die Mystikerinnen versprechen. Es ist, als werde deine Seele von Licht durchbohrt, sagen die Mystikerinnen, und auch das stimmt. Sie nennen es Transverberation des Herzens oder Angriff des Flammenengels, aber Blandine erscheint kein Engel. Stattdessen taucht ein biolumineszierender Mann Mitte fünfzig auf, der wie ein Glühwürmchen leuchtet. Schreiend rennt er auf sie zu.

Messer, Baumwolle, Huf, Bleiche, Schmerz, Fell, Seligkeit – als sie ihren Körper verlässt, ist sie alles gleichzeitig. Sie ist jede Bewohnerin, jeder Bewohner ihres Mietshauses. Sie ist Kehricht und Cherub, ein Gummischuh am Meeresgrund, der orange Overall ihres Vaters, eine Bürste, die durchs Haar ihrer Mutter gleitet. Die erste und letzte Zorn-Autofabrik in Vacca Vale, Indiana. Ein Zellkern in dem Mann, der, als sie vierzehn war, ihren Körper stahl, die rote Brille im Gesicht ihrer Lieblingsbibliothekarin, ein aus der Erde gezogenes Radieschen. Sie ist niemand. Sie ist Katy, die Portugiesische Wasserhündin, die ihr, wenn sie den Pflegeeltern im Weg waren und in den Schnee verbannt wurden, das Gesicht ableckte. Sie ist ein Content verstärkender Algorithmus und ein blauer Tankstellen-Slushie. Das erste Paar Steppschuhe an den Füßen eines Kinderstars und der Mann, der dem Kind sagt, es muss sich mehr anstrengen. Sie ist das Smartphone, das sie filmt, als sie blutend auf dem Holzboden liegt, und der abblätternde Nagellack des Teenagers, der in einer grünen Fabriketage im chinesischen Shenzhen bei demselben Smartphone den neunzigsten Herstellungsschritt durchgeführt hat. Ein amerikanischer Satellit, ein böses Wort, der Ring am Finger ihres Theatergruppenleiters. Sie ist jedes Baumwollschwanzkaninchen, das sich an der Vegetation ihrer vermeintlich sterbenden Stadt labt. Das zehnminütige Aufflackern von Lust zwischen den beiden Menschen, die sie gemacht haben, die letzte Oxycodon-Tablette auf der Zunge ihrer Mutter, der Hammer, der die Jugendlichen ins Gefängnis schickt für das, was sie in diesem Moment mit Blandine tun. Es gibt kein Jetzt. Sie ist nicht eine weitere junge Frau, die aufgeschlitzt am Boden liegt, verletzt von Männern, die ihren Körper als Rohstoff sehen – nein. Sie ist wachsam. Sie lacht zuletzt.

In der heißen Nacht, als Blandine Watkins in Apartment C4 ihren Körper verlässt, ist sie nicht alles. Nicht ganz. Sie ist nur das Gegenteil von nichts.

ALLE ZUSAMMEN, JETZT

C12: Am Mittwochabend gegen neun starrt der Mann, der vier Etagen über dem Verbrechen wohnt, in eine App namens Rate Your Date (für Erwachsene!). Die App leuchtet tiefrot, und er ist sich ziemlich sicher, dass sie leer ist. Wie viele Männer, die weibliche Zurückweisung erlebt haben, glaubt der Mann aus C12, dass Frauen auf diesem Planeten mehr Macht haben als alle anderen. Auf Fakten, die dagegensprechen, reagiert er mit Wut. Diese Art Wut ist typisch für Menschen, die sich einem Verliererargument verschrieben haben. Der Mann – mittlerweile Mitte sechzig – liegt im Dunkeln auf seiner Decke. Er ist fertig mit dem Tag, aber der Tag ist noch nicht fertig mit ihm; es ist noch zu früh zum Schlafen. Als Holzfäller hat er sein berufliches Verfallsdatum überschritten, aber ihm fehlen die finanziellen und die psychologischen Rücklagen für den Ruhestand. Häufig spürt er das Gewicht von Phantomholz, das er auf dem Rücken trägt wie ein Kind. Häufig spürt er das Gewicht eines Phantomkindes, das er auf dem Rücken trägt wie Holz. Seit seine Frau vor sechs Jahren starb, wirkt die Wohnung leer, obwohl sie mit Möbeln vollgestellt ist. Schwitzend hält er das große, helle Display in den Händen.

ganz süß, wien papa, aber dicker als auf den profilfotos. augenkontakt = falsch. fragt nix und guckt panisch auf die preise. geldbeutel mit klettverschluss, hat Userin MelBell23 vor zwei Wochen auf seinem Profil kommentiert. *riecht wie gary, indiana.* ★★☆☆☆

Der einzige andere Kommentar wurde vor sechs Monaten gepostet, von DeniseDaBeast: *dieser Mann ist eine tiefkühlkrokette.* ★☆☆☆☆

In einer Wohnung weiter unten ist die Hölle los. Eine Party, nimmt er an.

C10: Der Teenager dimmt die Zimmerlampen zu schmeichelnden Heiligenscheinen. Er fährt sich durchs Haar, trägt Lippenbalsam auf. Tupft sich Eau de Toilette von einer Zeitschriftenprobe auf die Brust, auch wenn er weiß, dass die Geste absurd ist. Stellt den Kamerawinkel so ein, dass seine besten Linien und Schatten zur Geltung kommen. Seine Mutter hat Nachtschicht, aber er schließt trotzdem die Tür ab. Macht dreißig Jumping Jacks, dreißig Pushups. Tippt: *Ich bin bereit.*

C8: Die Mutter nimmt das Baby mit auf die Couch und zieht das T-Shirt hoch. Eigentlich sollte es so spät nicht mehr wach sein, aber Babys halten sich nicht an Regeln. Beim Trinken will es bonden, und die Mutter versucht es. Versucht es noch mal. Versucht es wirklich. Aber sie schafft es nicht. Das Baby feuert arglistige, telepathische, erwachsene Vorwürfe gegen ihre Haut. Sie kann es spüren. Es saugt sich fest, kratzt sie mit Nägeln, die noch zu zart sind, um geschnitten zu werden, aber lang und scharf genug, um sie zu schneiden. Mit der freien Hand greift sie nach dem Handy. Eine Nachricht der Mutter der Mutter: Sie schickt ein Foto von Daisy, der Bartagame, in einem Mini-Bikeroutfit. Ein gepolsterter Helm an den stacheligen Echsenkopf geschnallt, eine schwarze Kunstlederjacke um den Bauch gezurrt. Auf dem Rücken der Jacke steht in Hells-Angels-Schrift: DRAGON DISASTER. Die Echse steht auf dem Esstisch und starrt mit unergründlicher Miene in die Kamera. Die Mutter der Mutter zoomt das Dinosaurierauge heran, das sie aus einer fernen Zeit zu beobachten scheint, vor neunzig Millionen Jahren.

Du hast dein Baby, ich hab meins!!, schreibt die Mutter der Mutter, die mit ihrem zweiten Mann in Pensacola lebt. *HA HA HA! Roy hat das Outfit aufgetrieben ... 🚵 🔥 ☠️ zum Piepen, oder??? 🦎 🐉 💋 Gott segne dich und mein süßes Enkelbaby 😇 🖤 🙏*

Gereizt wischt die junge Mutter die Nachricht weg und scrollt in drei Social-Media-Plattformen herum, das warme Gewicht ihres Babys unter dem rechten Arm, das beim Trinken leise zufriedene

Geräusche von sich gibt. Wie üblich toben sich im Internet Raubtiere aus. In der Stadt gibt es nur Raubtiere. Wenn die Mutter die Handlung der heutigen Zeit zusammenfassen müsste, würde sie sagen: Jeder bestraft jeden für Dinge, die keiner getan hat. Und sie sitzt hier, weigert sich, ihr Baby anzusehen, bestraft es für etwas, das es nicht getan hat.

Die Mutter hat panische Angst vor den Augen ihres Babys.

Das Baby ist vier Wochen alt. Seit vier Wochen lebt die Mutter im Keller ihres Verstandes. Den ganzen Tag hat sie ihre Ängste mit Mamablogs geschürt. Mamablogs sind grauenhaft, noch schlimmer als medizinische Webseiten, aber genauso darauf angelegt, deinen Thanatos auszubeuten. *Muttersein ist die wertvollste Arbeit, die du je leisten wirst,* verkünden die Mamablogs mit wetterfester Überzeugung. Bevor sie die Seiten anklickte, hat sie sich für die schlimmstmögliche Diagnose gewappnet, dachte sie: *Du bist eine schlechte Mutter.* Aber das war nicht die schlimmstmögliche Diagnose. *Du bist eine Psychopathin,* urteilen die Mamablogs über sie. *Du bist eine Gefahr für die Menschheit.*

Auf dem Sofa, mit dem Baby im Arm, steigt Panik in der Mutter auf und sie versucht, dagegen anzukämpfen. *Tief einatmen, die Spannung ausatmen. Stirn, Brauen, Mund lockerlassen. Nichts hören außer dem Surren des Deckenventilators.* Sie soll sich vorstellen, ihr Körper wäre eine Qualle oder so was. Visualisieren, wie sich die Grenzen zwischen ihr und dem Rest der Welt auflösen. Ihre Cousine Kara, mit der sie früher zusammenwohnte, hat ihr die Tricks beigebracht.

Bevor die Mutter Mutter wurde, war sie Hope. »Witzig, dass ausgerechnet du Hope heißt«, hat Kara einmal gesagt. »Du bist eine der hoffnungsloseste Mensch, den ich kenne.« Nach der Highschool fing Hope als Kellnerin und Kara als Friseurin an. Zusammen wohnten sie in einem billigen Häuschen am Fluss. Kara stand auf Neonklamotten, Zimtkaugummi und leidende Männer. Sie wechselte alle paar Monate die Haarfarbe, doch ihre Lieblingsfarbe war Lila. Sie war ein erstaunlich glücklicher Mensch, sang aus vollem Hals Celine Dion und tanzte beim Kochen. Hope stellte sich häufig vor, wie es wäre, in der Psyche ihrer Cousine Ferien zu machen. Einmal, mit zwanzig, hatte Kara Hope um drei Uhr morgens im Bad gefunden, zusammengerollt auf den Fliesen, schluchzend vor Angst, Angst vor allem – einem Allem, das so groß war, dass es auf nichts hinauslief, und das Nichts verschluckte sie, verschluckte alles. Am nächsten Tag ging Kara mit Hope zu Vegetable Bed, Vacca Vales einzigem Naturkostladen, einem Würfel flackernden Lichts, der sie mit dem Duft nach Gewürzen und einer Vielfalt an Zuckeralternativen verzauberte. Sie trugen eine große Papiertüte mit homöopathischen Heilmitteln nach Hause, die Hope weder verstand noch sich leisten konnte: Eisenhut, Arsenicum album, Ignatia. Immer wenn Hope in eine ihrer elektroschockartigen Schattenphasen stürzte, verordnete ihr Kara eine Handvoll Kügelchen, kochte Lavendeltee, ordnete Spaziergänge an. Meditation. Yoga. Magnesium. Häufig schaltete sie eine Episode von Hopes Lieblingsserie *Meet the Neighbors* ein. »Trag diese Kette«, sagte Kara. »Das ist Amethyst – ein beruhigender Quarz, toll gegen Angst. Wehrt negative Gefühle ab. Hier, mach diese Atemübung mit mir.« Wie Kara Männern, die sie in Bars kennenlernte, gern erzählte, war sie Myers-Briggs-INFP (»Mediatorin«), Enneagramm Typ 2 (»Geberin«), astrologische Jungfrau (»Heilerin«). Sie war überzeugt, dass Kümmern ihre Berufung war.

Hope hat immer noch Karas Fliederstimme im Ohr, wenn sie die Atemübung macht. *Tief einatmen. Ausatmen. Eins, zwei, drei, vier, fünf, sechs, sieben, acht, neun, zehn. Noch mal.* Beim Atmen spürt Hope ihr Baby auf der Haut, warm und weich.

So rätselhaft ist ihre Angst gar nicht, versucht sie sich zu beruhigen. Ihr Mann ist den ganzen Tag auf der Baustelle, und in Hopes jüngerer Geschichte kommt Schlaf nicht vor, nur ein Kloß im Hals von einer anrückenden Erkältung. Ihre Brüste sind zu Melonen angeschwollen, durch die Hauptleitungen in ihrem Gehirn schießt Strom, und ihr Körper hat sich ganz ohne Kaffee zu einer hyperanimalischen Wachsamkeit hochgeschaukelt. Die Hormone haben die Lautstärke der Welt voll aufgedreht, ihre Ohren babywärts gerichtet, zwingen sie, auf seine neue, gurgelnde Stimme zu lauschen, rund um die Uhr. Sie fühlt sich wie eine Füchsin. Eine Füchsin auf Adderall.

Von den anderen Körperschrecken ganz zu schweigen. Nach der Geburt war Schluss mit Pussy, da war nur noch Vagina. Langsam wird Hope klar, dass Schwangerschaft, Geburt und Kindbett drei Akte eines Horrorfilms sind, den dir niemand zeigt, bis du ihn selbst erlebt hast. In der katholischen Schule mussten Hope und ihre Mitschülerinnen Dokus über Abtreibungen sehen, in denen gezeigt wurde, wie die Frauen hinterher weinen und der Fötus vor den medizinischen Instrumenten zurückschreckt. Aber hat ihr irgendjemand gesagt, was passiert, wenn man den Fötus aus der Gebärmutter in die Welt drückt? Nein. Das war etwas »Schönes«. Etwas »Natürliches«. Vor allem ein »Wunder«. Mutterschaft unter dem heiligen blauen Mantel, die schauerlichen Details vertuscht, eine raffinierte Verschwörung, um Katholiken dazu zu bringen, noch mehr Katholiken in die Welt zu setzen.

Beim Stillen wird die Mutter von Nachwehen durchzuckt wie von göttlichen Blitzen. Stillen ist nicht intuitiv, und beim Abpumpen kommt sie sich vor wie eine Cyborg-Kuh. Wenn sie niesen muss, pinkelt sie sich in die Hose. Deswegen soll sie Kegel-Übungen machen, die die Hölle sind. Im Internet steht, sie soll sich vorstellen, sie würde auf einer Murmel sitzen. *Spanne den Beckenboden an, als würdest du die Murmel hochheben.* »Mal ehrlich«, hat sie neulich abends zu ihrem Mann gesagt, nachdem sie ihm die Anleitung vorlas, »wie soll das gehen?« Sie beschreibt ihrem Mann detailliert, obsessiv, alle Veränderungen ihres Körpers, als wäre sie eine Puppe, durch die ein Bauchredner spricht. Wenn sie die Zeche schon allein zahlt, zwingt sie ihn wenigstens, sich alles vorzustellen.

Aber sie muss ihn gar nicht zwingen. Wenn sie erzählt, welchen Zoll die Geburt gefordert hat, nimmt er ihre Hände und hält ihren Blick, ihren Schmerz aus. »Ich wünschte, ich könnte dir alles abnehmen«, sagt er. »Ich wünschte, ich könnte dir alles abnehmen und es für dich durchstehen.« Dann küsst er ihren Nacken und defibrilliert sie sanft ins Leben zurück. Er will das alles, sagt er zu ihr. Er will das Blut; er will vier Uhr morgens; er will den Anfang und die Mitte und das Ende; er will tun, was er kann, und beim Rest will er ihr beistehen; er will die guten und die schlechten Tage; er will die Gesundheit und die Krankheit. »Ich will dich«, sagt er. »Jedes dich.« Er nennt sie Göttin. Heldin. Wunder.

Nein, denkt die Mutter. Nein, sie dreht nicht durch. Und ja, es ist normal, sich unnormal zu fühlen, nachdem dein Körper einen Körper hervorgebracht hat. Auch wenn ihr spezieller Zustand im Internet nicht auftaucht, ist sie kein Freak, redet sich die Mutter ein, nur weil sie Todesangst vor den Augen ihres eigenen Babys hat, bei all den Stürmen, die in ihr wüten, bei all den Horrornachrichten, die Twitter in die Welt schreit. Schüsse, Morde, Öllecks, Attentate, Waldbrände, Entführungen, Bomben, Flut. Witziges Video einer Frau, die ihr Auto aufschließt und auf dem Fahrersitz einen Braunbären findet, der ihre Einkäufe frisst. Mord, Mord, Krieg. Das Internet ist außer Rand und Band. Wenn man die Realität als eine Handvoll Leitungswasser erlebt, ist man in solchen Zeiten in guter Gesellschaft. Der Babyblues – fühlt er sich so an? Quietschbunt und schrill?

Aber was stimmt mit den Augen ihres Babys nicht? Sie sind zu rund. Ständig schockiert. Ihr Sohn registriert jeden Sinneseindruck mit einem Ausdruck der Empörung, blickt in die Welt, als könnte er sie verklagen. Er blinzelt zu wenig. Sie versucht, ihn zu beschäftigen – rasselt mit dem Schlüssel, zerlegt Lichtstrahlen mit einem alten Marmeladenglas, tanzt mit den Fingern –, aber die visuelle Stimulation überfordert ihn und er wird wütend. Das Baby sieht lieber schlichte, unbedrohliche Oberflächen, weiße Wände. Und sie sind hypnotisch, seine Augen, fast schwarz, immer feucht, oft panisch. Sie sind das Erbe seiner Familie väterlicherseits, eine gut aussehende Sippe, jeder Cousin, jede Cousine launisch, bildhübsch und gut im Puzzeln. Die Mutter *liebt* dieses Augenpaar, Augen, die ihr Körper unter Druck geformt hat wie wertvolle Steinkohlestücke. Sie liebt seine Augen leidenschaftlich, so wie sie seine Mikrozehennägel liebt, das flaumige schwarze Haar, den Duft seiner Kopfhaut, den Ausschlag an seinem speckigen, schlaffen Hals, der wie ein Barcode aussieht. Sie liebt ihr Baby in Farben, die sie vorher nicht kannte, genau wie die Mamablogs warnen. Aber Liebe schließt Grauen nicht aus – mit fünfundzwanzig weiß die Mutter, dass das eine das andere fast immer begleitet. Seine Augen machen ihr Angst.

Die Mutter überlegt, welche Assoziationen die Augen bei ihr auslösen. Überwachungskameras. Der Blick eines Panthers im Dunkeln. Ein Stalker im Bad. Die Augen des Mannes, der vor ein paar Jahren, als sie vor dem Drive-in in der Schlange stand und an Pommes und süßen Tee dachte, plötzlich gegen das Fenster ihres alten Vans schlug.

Der Mann hatte eine Kinderschippe in der Hand. Aus gelbem Plastik. Er blinzelte nicht. Aus seiner Kehle kam keine Sprache, nur ein durchdringendes Knurren, sein Motiv völlig unklar. Ein Mann, der sich verloren hatte – das war die richtige Beschreibung, mit den richtigen Leerstellen. Die Augen des Mannes vom Drive-in waren dunkel, verängstigt und weit offen. Verloren.

Sie hatte das Fenster heruntergekurbelt und gefragt, ob sie ihm etwas mitbestellen konnte, aber er schien sie nicht zu hören.

»Schau mich an«, rief er. »Schau mich an.«

Sie kurbelte das Fenster wieder hoch, wünschte, es wäre elektrisch, damit die Geste nicht so brutal wirkte, sie hatte Angst vor dem Mann, aber irgendwie fühlte sie sich mit ihm verbunden. Das zufällige Wesen zwischenmenschlicher Zusammenstöße hat sie schon immer berührt, selbst bevor sie Mutter wurde. Eine Nationalität haben, einen Liebhaber, Familie, Kollegen, Nachbarn – für die Mutter sind es fundamental absurde Verbindungen, denn sie sind vollkommen zufällig und gleichzeitig die Tyrannen jedes Alltags. Als das Fenster oben war, erreichte sie den Lautsprecher und gab ihre Bestellung auf. Der Mann schlug mit der Kinderschaufel an den nächsten Wagen, Augen weit offen.

Als das Baby sie wegschiebt, bietet ihm die Mutter die linke Brust an, aber das Baby will nicht. Sie hält es an die Schulter, damit es auf dem Mulltuch aufstößt, ist erfüllt von chemischer Liebe für dieses zerbrechliche Wesen. Er muckt. Sie wiegt ihn. Nach fünfzehn Minuten ist er wieder eingeschlafen. Das ist das Leben mit einem Neugeborenen, hat sie gelernt: Du hilfst ihm ins und aus dem Bewusstsein, wieder und wieder und wieder, und sorgst zwischendurch für sein leibliches Wohl. Als lebten Babys auf einem anderen Planeten, der sich viermal schneller um seine Sonne dreht als die Erde. Wer das menschliche Dasein verstehen will, sollte Babys beobachten: Ihr Einsatz ist der höchste, weil sie jeden Moment sterben können, und gleichzeitig der niedrigste, weil jedes ihrer Bedürfnisse von einem größeren Wesen gestillt wird. Sprache und Handlungsfähigkeit sind noch nicht vorhanden. Wie sich das anfühlt? Sieh dir ein Baby an.

Sie legt ihn in die Wiege und dehnt ihren Nacken.

Als ihr Mann gegen halb zehn von der Arbeit kommt, mit dem gelben Helm auf dem Kopf, staubigen Stiefeln, dem vertrauten Geruch nach Schweiß und Sonnencreme, schläft das Baby immer noch. Plötzlich fällt der Mutter auf, dass sie den ganzen Tag mit niemandem gesprochen hat. Eigentlich wollte sie mit dem Baby spazieren gehen, aber sie hat es vergessen. An Fernsehen oder Radio hat sie nicht gedacht. Vierzehn Stunden lang nervös und allein, den ganzen Tag auf Gefahren lauernd.

Sie schiebt ihrem Mann einen Teller mit Fischstäbchen und Ketchup hin.

»Was für ein Festessen«, sagt er lächelnd und küsst ihre nackte Schulter. »Danke, Babe.«

Nenn mich nicht so, sagt sie nicht. Gern geschehen, will sie sagen, aber sie hat vergessen, wie man die Wörter aus dem Kopf in die Welt kriegt. Es fühlt sich an, als wäre es Jahre her, dass sie es versucht hat.

»Hey, es tut mir echt leid wegen Elsie Blitz«, sagt ihr Mann, als er sich die Hände wäscht. »Du bist bestimmt traurig.«

Die Mutter blinzelt, als hätte sie etwas im Auge. »Was?«

Elsie Blitz ist der Star von *Meet the Neighbors*. Hope hatte die Fünfzigerjahreserie früher immer mit ihrer Mutter gesehen. Vielleicht wegen der turbulenten, aber innigen Allianz zwischen einer braven Hausfrau und ihrer aufsässigen Tochter war die Sendung bei den Frauen in Hopes Familie Kult: So wie Hope mit ihrer Mutter hatte Hopes Mutter *Meet the Neighbors* mit Hopes Großmutter gesehen. Heute schaut Hope die Serie immer noch, wenn sie nachts nicht schlafen kann, und identifiziert sich allmählich mehr mit der Mutter als mit der Tochter; und vielleicht sieht sie *Meet the Neighbors* eines Tages mit ihrem Kind. Elsie Blitz hat Susie Evans gespielt, den rebellischen Hitzkopf, um den sich die Handlung dreht. Elsie Blitz war ein so bilderbuchartig kindliches Kind, dass sie für Hope zum Ideal alle Kinder wurde. Sie hatte ein Gesicht wie ein Apfel, ein sonniges Grinsen und unerschütterliches Selbstvertrauen. Sie konnte steppen, singen und pfeifen. Ihr Ungehorsam, egal wie tollkühn, wurde immer von dem Spaß, den er brachte, wettgemacht, und am Ende hatten die Obrigkeiten Nachsicht. Obwohl Hope als Kind ihre Schwächen an der idealisierten Susie Evans maß, erregten weder die Figur noch die Schauspielerin ihren Neid. Nur schwesterliche Ambitionen. Für Hope war Elsie Blitz auf ewig elf, Susies Alter im Serienfinale. Die Vorstellung war schön, dass wenigstens ein Mensch auf der Welt nie erwachsen werden musste.

Ihr Mann setzt sich mit hängenden Schultern an den Küchentisch. »Ich dachte, du wüsstest es inzwischen.« Er seufzt. »Tut mir leid. Ich hätte nichts sagen sollen.«

»Warum? Was ist denn passiert?«

»Sie ist heute gestorben«, sagt ihr Mann. »Sie war Mitte achtzig.«

Die Mutter wappnet sich für ein Gefühl, das nicht kommt. Es ist, als wäre sie unter Wasser, und die Nachrichten existieren nur oben, auf dem Steg. »Oh«, sagt sie schließlich. »Wie traurig.«

Ihr Mann mustert sie besorgt, aber er lässt das Thema fallen. Während sie essen – während er isst –, denkt sie darüber nach, ob sie ihrem Mann von der Augen-Phobie erzählen soll. Seit drei Wochen denkt sie jeden Abend darüber nach. *Hey,* könnte sie sagen, falls ihr wieder einfällt, wie man normal spricht. *Mir ist etwas*

Komisches passiert. Etwas Seltsames, irgendwie lustig, nichts Schlimmes, nur ein bisschen merkwürdig.

»Wie geht's unserem Großen?«, fragt ihr Mann.

Die Mechanik des Sprechens kommt wieder in Gang, holpernd zuerst. »Er ist …« … nicht groß. *Er ist winzig,* will sie schreien. Er ist so winzig, dass er vor seiner Winzigkeit gerettet werden muss, wie wir alle! Sie trinkt ein Glas Wasser in einem Zug aus. »Babys. Was ich an Babys mag.« Ihr Blick wird unscharf.

»Hm?«

»Babys wissen, nur weil sie es leicht haben, heißt das nicht, dass das Leben leicht ist.«

Ihr Mann beißt in ein Fischstäbchen. »Das heißt, er lebt?«

Sie nickt.

»Toll.« Er streicht ihr über die gerunzelte Stirn, sein Finger ist rau. »Ich liebe dich«, sagt er. »Du bist müde, oder?«

»Mir ist …« Sie richtet den Blick auf den Rauchmelder. »Was Komisches passiert.«

»Ach ja? Was denn?«

Sie zögert. Ihr Mann glaubt, sie wäre eine gute Mutter, ein normaler Mensch, eine gute Investition. »Ich habe Angst …«

Ihr Mann legt die Gabel hin, nimmt sie ernst. »Wovor?«

»Nichts.« Sie fängt ganz leise zu weinen an. »Ich bin – so – müde.«

Ihr Mann wischt sich den Mund ab und sieht sie mit dunklen, suchenden Augen an. »Babe«, sagt er. Er steht auf und legt ihr die Hände auf den Rücken, knetet Muskeln und Haut, und sie fragt sich, wer Kleider für Bartagamen entwirft, welche Spezies in neunzig Millionen Jahren die Spuren ihrer Spezies erforschen wird und zu welchen Missverständnissen es dann kommt. Wie fühlt sich eine atomare Explosion an? Wäre man sofort tot? Gibt es wirklich einen roten Knopf? Wird ihre kaputte Vagina je wieder ihr Leben als Pussy aufnehmen? Wo ist die tote Maus gelandet, nachdem sie sie aus dem Fenster geworfen hat? Wo ist der Mann, den sie vor dem Drive-in gesehen hat, und was macht er gerade? Ist das hier die wertvollste Arbeit, die sie je leisten wird? Ist sie eine Psychopathin? Ist sie eine Gefahr für die Menschheit?

»Oh, Babe«, sagt er. »Das ist doch klar.«

»Was?«

»Natürlich bist du müde.«

C6: Ida und Reggie, beide Mitte siebzig, sitzen im Wohnzimmer, rauchen und sehen bei hoher Lautstärke die Nachrichten. Schlimmer Großbrand in einer Fabrik in Detroit, Michigan. Schönheitskönigin gründet Non-Profit-Handyhüllen-Firma, um von den Einnahmen Zahnbehandlungen für Geflüchtete zu finanzieren. Super-Seuche zerstört Pfeffer-Monokulturen in Vietnam.

Ida fällt ein, was sie Reggie vorhin erzählen wollte.

»Reggie«, hustet sie. »Reggie.«

»Was?«

»Hörst du mich, Reggie?«

»He?«

»Mach mal leiser.«

»He?«

»Mach *leiser*. Ich muss dir was erzählen.«

Er drückt mit dem knorrigen Daumen auf die Fernbedienung. »Was?«

»Frank ist wieder im Knast«, verkündet Ida.

»Tinas Frank?«

»Ja, welcher Frank sonst?«

»Was hat er diesmal angestellt?«

»Was glaubst du?«

»Noch ein Raubüberfall?«

Ida nickt. »Diesmal bewaffnet.«

»Ich dachte, die Knie-OP würde ihn ne Weile vor Ärger bewahren.«

»Schlimmes Knie hält nen Hund wie Frank nicht auf.«

»Tja, gutes Gefühl, dass wir es gleich gewusst haben, schätze ich.« Reggie zieht lange an der Zigarette. »Immerhin haben wir getan, was wir konnten.«

»Er hatte diese auffällige Karre«, murmelt Ida. »Diese blöden Stiefel.«

»Ich hoffe nur, Tina weiß, dass sie nicht zu uns gerannt kommen kann, oder ihre Kinder hier irgendwelche Sachen ›reparieren‹ lässt, und wir sollen dafür zahlen.«

»Wir hätten es anders machen sollen«, sagt Ida. »Eine von diesen Barfußschulen. Klavierstunden. Vitamine. Kein Gluten. Von den Kindern ist keins was geworden.«

»Ida, es ist vorbei. Tina ist erwachsen. Das Beste, was wir für sie tun können, ist, sie ihr eigenes Leben leben zu lassen.«

Ida kaut an ihrer Zigarette.

»Außerdem stimmt es nicht. Die Kinder sind gut geraten.« Er dreht die Lautstärke wieder auf. Australische Eltern flehen die Regierung an, ihre Töchter und Enkel aus syrischen Lagern zu retten. Die australischen Töchter haben ISIS-Mitglieder geheiratet, und jetzt droht ihnen unbeschreibliche Gewalt. Kann die Wissenschaft in Schweinen menschliche Nieren züchten? Noch nicht, aber bald. Grundwasser in North Dakota kontaminiert. Celebrity-Baby kommt mit Hypertrichose zur Welt, im Volksmund *Werfwolfsyndrom*. Ein dreizehnjähriges Mädchen, das Seifenstücke rasiert, erobert das Internet. »Es geht um Angebot und Nachfrage«, sagt sie schulterzuckend in einem Interview. Ihr Kanal hat sie zur Millionärin gemacht. »Ich höre, was die Leute wollen.«

Als der Moderator das Mädchen bittet, den Boomern zu erklären, was ASMR ist, holt sie tief Luft, als würde sie gleich abheben. »Okay, na ja, ASMR steht für *Autonome Sensorische Meridianreaktion*. Das ist dieses Kribbeln, das manche Leute auf der Kopfhaut spüren? Und die Wirbelsäule runter oder so? Es fühlt sich an – als ob man irgendwie schimmert oder so. Es ist das beste Gefühl, das ich kenne. Es gibt alle möglichen Trigger. Raschelnde Blätter oder so, das Knipsgeräusch, wenn jemand ein Foto macht. Es ist wie ein ganz persönliches Geschenk, nur für dich. Haareschneiden. Bob Ross. Ich kriege es, wenn sich jemand auf eine Sache richtig konzentriert. Als ich klein war, dachte ich, entweder spüren es alle und keiner redet darüber, oder außer mir spürt es keiner. Jedenfalls wusste ich, dass ich besser die Klappe halte. Dann, als ich elf war oder so, lief was im Fernsehen darüber, und auf einmal haben wir uns alle gefunden. Das war wie eine Beleuchtung. Ich meine, Erleuchtung. Ich habe angefangen, solche Videos zu sehen, und dann habe ich gemerkt, dass es voll die Marktlücke war. Aber das mit dem Seife-Rasieren? Das gibt mir nichts. Das mache ich nur für die Masse.«

Der Moderator lacht unbehaglich. »Du meinst, es ist so was wie – wie …?«

»Wie was?«

»Ist es so was wie …?«

Das Mädchen sieht ihn ungeduldig an. »Was Schmutziges?«

»Na ja …«

»Nein. Jedenfalls muss es das nicht sein. Außerdem, ich bin dreizehn, Mann. Wieso fragen Sie mich so was?«

Der Moderator lacht wieder und sieht in die Kamera. »Also, Leute, bei uns habt ihr es zuerst gehört!«

Schnitt zu grüner Monokultur in Kalifornien. Traurige Wissenschaftlerin in weißem Kittel. Kohl könnte giftig sein.

»Reggie«, sagt Ida. »Reggie.«

»*Was?*«

»Mach mal leiser. Ich hab was vergessen.«

Er seufzt, aber er tut ihr den Gefallen. »Und?«

»Ich hab noch ne tote Maus auf dem Balkon gefunden.«

Er blinzelt. »Na und?«

»Sie ist in ner Falle gestorben.«

»Du hast da draußen ne Falle aufgestellt?«

»*Nein*«, sagt sie nachdrücklich. »Das versuche ich dir doch gerade zu sagen. Ich habe keine Falle draußen aufgestellt.«

Er wartet. »Und?«

»Du vielleicht?«

»Nein.«

»Dann ist es so, wie ich gedacht habe!«

»Was hast du denn gedacht?«

»Es sind die jungen Leute von oben!«, ruft Ida wie die Ermittlerin in einem schlechten alten Krimi. »Die Neuvermählten mit dem Baby!«

»Wovon redest du?«

»*Reginald*. Hör zu. Du *hörst* nie *zu*.«

»Ich höre wohl zu.«

»Die Neuvermählten werfen ihre toten Mäuse aus dem Fenster.«

Reggie drückt die Zigarette in dem Stahlaschenbecher aus und denkt darüber nach. »Aber warum sollten sie so was tun?«, fragt er vernünftig.

»Woher soll ich das wissen? Faulheit. Egoismus. Sozialismus. Ich sage es dir: Die haben Fallen in der Wohnung, aber um die Kadaver wollen sie sich nicht kümmern, und deshalb – schwupps. Werfen sie sie aus dem Fenster. Mitsamt der Falle.« Ida streicht sich das dünne weiße Haar glatt.

»Bist du dir sicher, dass sie es sind?«, fragt Reggie.

»Ganz sicher.«

»Warum?«

»Ich habs gesehen, einmal.«

»Wann?«, will Reggie wissen.

»Letzte Woche. Ich hab in der Küche gestanden und Rüben gekocht. Und was sehe ich? Nen Kadaver, der vom Himmel fällt.«

»Du glaubst nicht, es war vielleicht jemand anderes?«

»Wer denn? Alan? Der süße Alan? Nee – die jungen Leute, die haben keinen Sinn fürs *Gemeinwohl*. Keine Ahnung von Respekt. Erst Sex, die ganze Zeit Sex, aufgesetzter Hollywood-Sex …«

»Da waren wir alle mal«, murmelt Reggie.

»Und dann das heulende Baby. Und jetzt *das!* Ich sags dir, Reggie.«

»Okay.« Er richtet die Fernbedienung auf den Fernseher.

»Ich bin noch nicht fertig.«

»Was noch?«

»Du musst sie ihnen vor die Tür legen.«

»Was?«

»Die tote Maus. Mit der Falle.«

»Ida.«

»Du musst es tun. Die brauchen eine Lektion.«

Reggie denkt nach, dann schlägt er mit der Faust auf die Armlehne. »So fangen Kriege an!«

»Ach, hör auf.« Ida verdreht die Augen.

»Doch!«

»Du sagst immer, ich hätte einen Hang zum Drama, aber kaum bitte ich dich um etwas, worauf du keine Lust hast, sagst du so was …«

»Warum kannst du sie nicht einfach in Ruhe lassen?«, fragt Reggie. Es gibt Fragen, die Eheleute einander immer wieder stellen, jahrzehntelang, Fragen, die um einen Kardinalfehler kreisen, den einer beim anderen aufgespürt hat. Bei Reggie und Ida ist das so eine Frage: »Warum kannst du nie Gnade vor Recht ergehen lassen?«

»Ich wohne hier!«, schreit Ida. »Und ich finde, ein Mensch, der seit über dreißig Jahren hier wohnt, hat ein Recht auf Ruhe und Frieden! Mit einem Balkon, auf dem keine Kadaver rumliegen!«

Reggie mustert seine Frau. »Und warum machst du es dann nicht selbst?«, fragt er langsam.

Entrüstung verzerrt Idas faltiges Gesicht. »Was?«

»Ihnen die Falle vor die Tür legen. Warum machst *du* es nicht? Wenn du ihnen unbedingt eine Lektion erteilen willst?«

Ungläubig zeigt sie auf ihre Knöchel und Handgelenke, um ihn an ihre Arthritis zu erinnern. »Oft denke ich, du willst, dass ich zuerst sterbe.«

Von der Straße schallt die Sirene eines Notarztwagens herauf. Sie lauschen, bis sie verklingt.

»Machst du es?«, hakt Ida nach.

Reggie zündet sich die nächste Zigarette an. »Es ist schon spät.«

»Reggie.«

Er sagt nichts.

»Tu es für mich. Nur diese eine Sache. Für deine *Frau.*«
»Nach den Nachrichten«, seufzt Reggie.

C4: Drei Jungs. Ein Mädchen. Ein Fremder. Eine Ziege. Ein Nachbar. Verpfuschte Pläne. Strafe. Wen bestrafen. Jeder ist verwirrt. Jeder hat Angst. Lachen erstickt. Ein Raum voller strampelnder Herzen, immer schneller. Rosenduft. Tasche voller Klee. Gute Absichten. Tränen in ihrem Gesicht. Messer in seiner Hand. Nein. Bitte. Nein. Hör auf. Nein. Tu's nicht. Einer der Jungen filmt mit dem Handy, grinst. Das bringt so viele Klicks.

C2: Ein Glas Maraschino-Kirschen wartet auf dem Nachttisch einer einsamen Frau neben einer kleinen Gabel.

TEIL II

JENSEITS

Gegen fünf Uhr nachmittags am Montag, dem fünfzehnten Juli – zwei Tage bevor sie ihren Körper verlässt – geht Blandine Watkins in den Waschsalon, bevor sie nach Nordosten aufbricht, und fragt sich, ob die geplante abendliche Aktion sie als moralischen oder als unmoralischen Menschen entlarven wird. Macht ist eine mögliche Übersetzung von Tugend, das weiß sie, und sie glaubt, dass es so etwas wie eine unmoralische Aktion nicht gibt. Blandine denkt an eine Passage, die Hildegard von Bingen vor neunhundert Jahren geschrieben hat: *Der Wille nämlich erwärmt das Werk, das Gemüt empfängt es und die Vernunft bringt es hervor. Der Verstand aber erkennt das Werk und begreift das Gute und Böse.* Blandine hat jede Menge Willen – *Der Wille ist nämlich wie ein Feuer, das jedes Werk wie in einem Ofen bäckt*[1], sagt Hildegard – und auch ein bisschen Vernunft, aber fehlt ihr der moralische Verstand? Nachdem sie mehrere Minuten über die Frage nachgedacht hat, stellt sie fest, dass es sie nicht besonders interessiert.

Auf der Bank im Waschsalon versucht Blandine, ihre Muskeln zu entkrampfen, sich von ihrem Körper abzulösen und sich auf das Geschlabber der Waschmaschinen zu konzentrieren. In ihrer Nierengegend pocht eine dumpfe finanzielle Angst. Sie denkt an den städtischen Revitalisierungsplan, der bald die letzte gute Sache in Vacca Vale zerstören wird: den verwilderten Landschaftspark Chastity Valley. Blandine hat Comic-Schurken satt. Sie will, dass ihre Schurken komplex und facettenreich sind. Als Helden verkleidet.

Zwei schwere Cord-Taschen stehen zu ihren Füßen wie ein Paar Wachhunde. Der kostenlose Kaffee in dem armseligen Waschsalon

1 HvB, Scivias, Storch, S. 73

rührt Blandine jedes Mal. Sie versucht, sich auf den Kaffeeduft zu konzentrieren, aber in ihr brodelt eine stürmische Energie. Ihre Knie wippen unkontrollierbar.

Normalerweise ist der Waschsalon montags leer, aber heute sitzt Blandine eine Frau gegenüber, die unverwandt eine verlorene Socke auf dem Linoleum anstarrt. Ohne zu blinzeln, ohne zu sehen. Sie hat mausbraunes Haar, einen kurzen Pony und trägt trotz der Hitze wollene Strickkleidung. Mitte vierzig. Sie hat eine Haltung wie ein Fragezeichen, ein Durchschnittsgesicht und eine Brille aus dem neunzehnten Jahrhundert. Man würde denken, man hätte sie noch nie gesehen, selbst wenn man ihr täglich begegnet. Man würde denken, man begegnet ihr täglich, selbst wenn man sie noch nie gesehen hat. Man würde sie nach dem Weg fragen; man würde ihr zutrauen, dass sie einen Namen wie Susan und einen Job in der Buchhaltung hat; wahrscheinlich füttert sie Vögel. Sie könnte eine Nachbarin sein. Sie könnte eine Verwandte sein. Sie könnte irgendwer sein. Aus Angst vor der Energie, die in ihr hochkocht, beschließt Blandine, die Frau anzusprechen.

»Wohnen Sie auch im Kaninchenstall?«, fragt Blandine. »Sie kommen mir bekannt vor.«

Die Frau zuckt zusammen. »Ja.« Ihre Stimme ist wie eine Oblate – fade, leicht. Blandine ist nicht getauft, aber manchmal geht sie trotzdem zur katholischen Messe und nimmt an der Kommunion teilt. Sie kontrollieren einen dort schließlich nicht.

»Welcher Stock?«, fragt Blandine.

»Erster.«

»Ich wohne im zweiten. Welche Nummer?«

Die Frau mustert Blandine, als wollte sie ihre Hintergedanken röntgen. »C2.«

»Das ist genau unter uns«, sagt Blandine lächelnd. »Wir sind in C4.«

»Ach ja?«

»Komisch, oder? So nah an Leuten zu wohnen, von denen man nichts weiß?«

»Das stimmt«, antwortet die Frau höflich. Sie richtet den Blick auf die Waschmaschinen, hofft offensichtlich auf die Rückkehr zur Standardsituation, die von Fremden in öffentlichen Räumen nicht mehr verlangt als den Austausch von ein paar kleinen Lächeln, um zu signalisieren, dass man sich nicht gegenseitig abstechen will. Die Frau öffnet und schließt den Schraubdeckel der Waschmittelflasche, die sie auf dem Schoß hält.

»Wie heißen Sie?«, fragt Blandine.

Die Frau presst die Kiefer zusammen, die Schultern, die Hände. »Joan.«

»Joan. Freut mich, Sie kennenzulernen, Joan. Ich bin Blandine.«

Joan winkt matt.

»Glauben Sie an das Jenseits?«, fragt Blandine.

»Wie bitte?«

»Das Jenseits.«

»Das Jenseits?«

»Das Leben nach dem Tod?«

»Ich weiß, was damit gemeint ist«, sagt Joan.

»Und?«

»Was damit gemeint ist?«

»Ob Sie daran glauben?«

Joans Blick flieht zu einer Uhr. »Ich schätze, schon. Ja. Ich bin katholisch.«

»Es klingt, als wären Sie sich nicht sicher.«

»Ich bin mir sicher. Ich habe nur nicht mit der Frage gerechnet.«

»Es klingt, als wären Sie sich nicht ganz sicher.«

Joan verschränkt die Arme. »Ich bin katholisch.«

»Vielleicht warten Sie auf Beweise.«

»Wer Glauben hat, braucht keine Beweise«, gibt Joan zurück. Dann wird sie rot.

»Ja, ja. Der Glaube beruht auf der Abwesenheit von Beweisen.« Blandine hält inne. »Aber ich habe das immer ein bisschen fies von Gott gefunden. Beweise *zurückhalten,* wenn das Weltenei so wichtig ist. So hat es Hildegard von Bingen beschrieben – *das Weltenei.*

Jedenfalls finde ich es verdächtig knickerig, uns nichts zu geben außer alle dreitausend Jahre einen selbst ernannten Messias. Propheten, deren Storys nicht zusammenpassen. Maria auf einer Toastscheibe. Jemand, der von Muskelschwund geheilt wird. Bisschen viel verlangt, ohne Sicherheiten, finden Sie nicht? Vor allem wenn es so viele Konkurrenzgeschichten gibt und so viel auf dem Spiel steht. Inferno oder Paradies. Für immer.«

»Kann sein«, sagt Joan.

»Aber Hildegard sagt, dass Gott ihr erzählt hat – warten Sie, ich habe die Stelle gleich – einen Moment …« Blandine blättert in *Die Mystikerinnen: Eine Anthologie,* und zu Joans Entsetzen liest sie laut vor: »Gott hat also zu Hildegard gesagt: ›Dir aber, o Mensch, der du nach Menschenart mehr über diesen erhabenen Ratschluss zu wissen begehrst, wird ein Riegel der Geheimhaltung vorgeschoben; du darfst nämlich die Geheimnisse Gottes nicht weiter erforschen, als die göttliche Majestät aus Liebe zu denen, die glauben, kundtun will.‹«[2] Blandine schlägt das Buch zu und kneift die Augen zusammen. »Ich weiß nicht. Ich finde, da macht er es sich ein bisschen leicht. Gott *liebt* die Gläubigen einfach so sehr? Ganz schön anmaßend!«

Joan schaudert. »Ich weiß nicht.«

»Haben Sie Dantes *Göttliche Komödie* gelesen?«, fragt Blandine.

Joan sieht sie an, als fühlte sie sich veräppelt. »Nein.«

»Lesen Sie wenigstens *Purgatorio.* Es ist genau wie Vacca Vale. Wie ein Reiseführer. Im Ernst.«

Joans Körper krümmt sich vor Verlangen, woanders zu sein, und Blandine sieht es. Sie will aufhören, dieser armen Frau Vorträge zu halten, aber sie hat Angst, im Strom ihrer eigenen beängstigenden Energie zu ertrinken, wenn sie zu reden aufhört. »Ich lese zurzeit die katholischen Mystikerinnen«, sagt Blandine.

»Ach ja?«

»Kennen Sie sich damit aus?«

2 HvB, Scivias, Storch, S. 118

»Nein.«

»Sie liebten es zu leiden«, sagt Blandine. »Waren ganz verrückt danach.«

Joan zupft an einer Nagelhaut. Ihre Nagelbette sind eine Katastrophe. »Hm.«

»Sie waren extrem ungewöhnlich, die Mystikerinnen. Zum Beispiel die selige Anna Maria Taigi? Sie sagte, sie konnte die Zukunft sehen, indem sie in eine … in eine Art Sonnenkugel schaute? Und Gabrielle Bossis – eine französische Schauspielerin –, sie zeichnete ihre Gespräche mit Jesus in einem Buch auf. *Wortwörtlich*, ist das zu fassen? Therese Neumann trank und aß nichts außer der Eucharistie. Marie Rose Ferron erschien Jesus das erste Mal mit sechs. In *Massachusetts*, ausgerechnet. Und dann war da Gemma Galgani. *Tochter der Passion* wurde sie genannt. Die Leute platzten immer rein, wenn sie gerade mitten in der göttlichen Ekstase war, manchmal beim Levitieren. Sie hatte regelmäßige Visionen ihres Schutzengels und Jesu und der Jungfrau Maria, die ganze Truppe, und hing mit ihnen ab. Sie hatte ›ein großes Verlangen danach, für Jesus zu leiden‹.«

Ein dünnes Lächeln. »Sehr witzig.«

»Die selige Maria Bolognesi ist noch eine Gute. Sie hatte eine harte Kindheit – unterernährt, immer krank, übergriffiger Stiefvater, das ganze Programm, kennen wir alle –, aber es gipfelte darin, dass sie ungefähr ein Jahr lang besessen war. Es gab die üblichen Symptome: Angst vor Weihwasser und Priestern, konnte keine Kirche betreten, konnte keine Sakramente empfangen, spuckte zwanghaft auf Heiligenbilder. Aber mein Lieblingspart ist, dass manchmal unsichtbare Kräfte an Marias Kleidern zerrten, was ihre Freundinnen in Angst und Schrecken versetzte.«

Joan zieht die Brauen hoch. »Unsichtbare Kräfte?«

»Das ist nicht mal das, was mich am meisten beeindruckt. Sondern die *Freundinnen*. Maria hatte immer noch einen lebhaften Freundeskreis, obwohl sie *besessen* war.« Blandine legt sich die Hand aufs Herz. »Unglaublich.«

»Sehr ungewöhnlich«, sagt Joan.

»Irgendwann«, fährt Blandine fort, um mittels der Sprache vor ihrem inneren Sturm davonzulaufen, »verpasste ein Bischof ihr heimlich einen Segen, als sie schon auf dem Weg in die Psychiatrie war, und damit war sie offenbar exorziert. Bei vielen Mystikerinnen wurden Geisteskrankheiten diagnostiziert, kann man sich ja vorstellen. Und gerade als es für Maria besser zu laufen scheint – Dämonen weg, sicherer Ort, Phase der Gesundheit –, hat sie eine Vision, in welcher Jesus ihr einen Ring mit einem Rubin an den Verlobungsfinger stecke.« Blandine hält inne. Normalerweise vermeidet sie es, »in welcher« laut zu sagen, um die Zahl der Leute, die sie unerträglich finden, klein zu halten. »Und als die Vision vorbei war, sah sie genau da, an der linken Hand, den *echten, tatsächlichen Ring*. Zack.«

Blandine merkt, dass Joan unfreiwillig neugierig wird. »Was hat sie getan?«

»Oh, sie ist ausgerastet. Dann hat Jesus gesagt: *Du wirst Blut schwitzen*. Und wissen Sie was? Sie hat Blut geschwitzt. Ständig. Hat die Laken und alles vollgeblutet.«

»*Warum?*«

»Warum was?«

»Warum *Blut* schwitzen?«

»Um für Jesus zu leiden, nehme ich an.«

»Aber warum gerade das?«

Blandine überlegt. »Das wird in dem Buch nicht erklärt.«

»Seltsam!«

»Wissen Sie, was noch komischer ist? Eine Freundin von ihr berichtet, wenn Maria ihr Ding machte – also Blut schwitzte –, roch es im ganzen Raum nach … nach so einer Art Parfum?«

»Was für ein Parfum?«

»Ich weiß es nicht. Angeblich hat es süß gerochen.«

»Grauenhaft«, sagt Joan finster.

»Ich weiß. Aber es war nicht alles schlimm. Jesus hat Maria geholfen, das Ende des Zweiten Weltkriegs zu prophezeien, er hat ihrer kleinen Schwester einen Job besorgt … Ich persönlich finde diese ›Verlobung mit Jesus‹-Rhetorik zwar total widerlich, im besten Fall inzestuös, aber es ist anscheinend ein richtiges Phänomen. Die meisten Mystikerinnen berichten von ähnlichen Erfahrungen. Jesus erscheint ihnen und – Sie wissen schon – macht ihnen einen *Antrag.*«

Schweißperlen bilden sich im Gesicht der Frau. »Das gefällt mir nicht.«

»Viele von ihnen hatten Stigmata – diese blutenden Wunden an Händen, Füßen und der Seite? Ohne medizinischen Grund? Heilige Male, sagen sie. Wunden, die denen entsprechen, die Jesus bei der Kreuzigung erlitt.«

»Wirklich?«

»So wird berichtet. Aber wer weiß das schon? Die meisten Mystikerinnen haben zugunsten von ›reinerer Nahrung‹ gehungert. Sie waren immer schwer krank. Viele sind jung gestorben. Skeptische Menschen behaupten, ihre Visionen waren in Wirklichkeit Migräneanfälle. Ich glaube, wir sehen, wovor wir uns fürchten, wir sehen, was wir sehen wollen. Wenn wir uns die Welt ansehen, nehmen wir dreißig Prozent der Information auf, und den Rest ergänzt unser Unterbewusstsein.« Blandine lässt die Knöchel knacken. »Ich weiß nicht genau, ob ich an Gott glaube.«

Joan nimmt die Brille ab und massiert die Gläser mit einem Zipfel ihres langen Rocks. »Lesen ist ein schönes Hobby.«

»Manchmal glaube ich, sie hatten einfach Hunger.«

»Wer?«

»Die Mystikerinnen.«

Joan überlegt. »Kann sein.«

Es ist Joans widerwillige Beteiligung an dem Gespräch, nicht ihre Abwehr, die Blandine dazu motiviert, ihre ganze Willenskraft zusammenzukratzen und die springenden, boxenden Wörter in ihrem Kopf zu behalten. Es ist, als würde sie den Kohlenkeller vor einem Tornado verriegeln, und ihr Knie wippt wie verrückt, aber sie schafft es. Joan wirkt erleichtert.

Unter den vielen Vorbehalten, die Blandine gegen die katholischen Mystikerinnen hegt, kann sie am wenigsten deren fundamentale Selbstbezogenheit entschuldigen. Der *Individualismus,* der ihr Leben bestimmte. Selbst in religiösen Gemeinschaften wurde bei den Mystikerinnen Privatsphäre großgeschrieben, und für Blandine ist klar, wenn jemand mitten in göttlicher Ekstase ist, ist er im Grunde bloß mit sich selbst beschäftigt. Eine höhere Form der Masturbation. Viele Klöster widmeten sich Menschen, die arm, alt, krank, vertrieben, geächtet, gefangen, behindert, verwaist waren. Aber die Mystikerinnen – die, die Blandine bewundert – kamen nicht viel raus. Sie betrachteten die Einsamkeit als Bedingung für göttliche Empfänglichkeit. Die meisten verbrachten ihr Leben im Grunde allein.

Wie also, fragt sich Blandine, würde eine zeitgenössische Mystikerin den brutalen Wachstumsimperativ herausfordern, falls das ihr Ziel wäre? Sie müsste aus ihrer Einsamkeit ausbrechen. Man kann kein System umstürzen, ohne hinauszugehen und jemandem in die Augen zu sehen. Egal wie niedrig deine CO_2-Bilanz ist, du kannst nicht einfach lebenslang auf Essen, Komfort und Sex verzichten und behaupten, du würdest dich ethisch selbst aufopfern. Um ihr Leben ethisch zu machen, überlegt Blandine, muss sie versuchen, die systemische Ungerechtigkeit zu demontieren. Aber sie weiß nicht, wie sie das tun soll.

Blandine seufzt. Sie hat immer gewusst, dass sie zu klein und zu dumm ist, um eine Revolution zu führen, aber sie hatte gehofft, dass sie sich wenigstens eine Revolution vorstellen könnte. Sie holt tief Luft und ringt mit der Erkenntnis, wie unmöglich es ist, all das zu lernen und zu leisten, was sie lernen und leisten muss, bevor sie stirbt. Sie verliert sich in Gedankenspiralen über den Albedo-Effekt und die positive Korrelation zwischen Klimawandel und den meisten Massensterben der Erdgeschichte, als Joan den Waschmitteldeckel fallen lässt. Er rollt unter eine Waschmaschine. Blandine steht auf, um ihn aufzuheben.

»Hier.«

»Danke«, antwortet Joan. »Wie alt sind Sie?«

»Achtzehn.«

»Achtzehn!«, ruft Joan. »Aber Sie können nicht … wirklich?«

»Ja. Warum?«

»Sie wirken nicht wie achtzehn.«

Der Vorwurf deprimiert Blandine jedes Mal mehr.

»Ich weiß nicht, wie ich anders wirken soll«, murmelt sie.

»Sie sind einfach … Sie *klingen* nicht wie achtzehn.«

Täglich teilt die Welt Blandine mit, dass es sie nicht geben kann. Dass sie nicht möglich ist.

»Tja«, sagt Blandine. »Ist aber so.«

»Sie sind sehr …« Joan sieht sie blinzelnd an, als versuchte sie, ein abstraktes Gemälde zu entziffern, dann wechselt sie das Thema. »Gehen Sie aufs College?«

Blandine berührt ihren Hals und ist traurig, dass er da ist. »Nein.«

»Ach, na ja«, sagt Joan freundlich. »Es ist nie zu spät. Sie sollten drüber nachdenken. Auf dem College sind viele Leute wie Sie. Ich selbst war auf dem VVCC.«

Vacca Vale Community College. »Das ist schön«, sagt Blandine. »Vielleicht bewerbe ich mich.«

»Ja.« Joan lächelt. »Ich glaube, es würde Ihnen Spaß machen.«

Sie sitzen schweigend da. Blandine zwingt sich, nichts zu sagen, und hofft, dass Joan über die Fetischisierung des Leidens durch die Mystikerinnen nachdenkt. Vielleicht lässt sie sich alles durch den Kopf gehen. Aber bald wird klar, dass Joan das Gespräch nur aussitzt, wie einen Hagelschauer. Die Einsamkeit überfällt Blandine mit der Macht eines Puppenspielers.

»Füttern Sie Vögel?«, fragt Blandine, um das Thema zu wechseln.

»Wie bitte?«

»Ich meine … Sie wirken wie ein Mensch, der Vögel füttert.«

»Nein«, antwortet Joan.

»Echt nicht?«

»Nein.«

»Haben Sie je Vögel gefüttert?«

»Nein.«

»Nicht mal als Kind?«

»Nie.«

»Hm.« Blandine steckt das Buch aus der Bibliothek wieder ein. »Also, Joan, zwischen uns beiden, ich versuche es selbst mal mit der Mystik. Ich glaube, es liegt mir irgendwie. Soweit ich es sehe, muss man nicht unbedingt an Gott glauben. Ich will einfach nur meinen Körper verlassen.«

Joan hustet. »Ah.«

»Ich glaube, wir sollten uns alle ein bisschen ernster nehmen.«

Eine Pause. »Vielleicht«, flüstert Joan.

»Manchmal laufe ich herum, sehe Menschen, höre, wie sie lachen und streiten und niesen, und ich habe das Gefühl, keiner ist echt. Nicht mal ich selbst. Kennen Sie das?«

Zum ersten Mal sieht Joan ihr in die Augen. »Ja.«

»Es ist so wie bei Simone Weil. ›Zu wissen, dass dieser Mensch, der Hunger und Durst hat, wirklich genauso existiert wie ich – das reicht, der Rest ergibt sich von selbst.‹ Simone war eine waschechte Mystikerin.« Blandine kaut an einem Fingernagel. »Was ist der Rest, frage ich mich.«

Wieder Schweigen.

»Schön, dass wir uns begegnet sind«, sagt Blandine. »Ist doch komisch, seine Nachbarin nicht zu kennen, finden Sie nicht?«

»Doch, ja.«

»Wir schlafwandeln alle nur. Darf ich Ihnen was sagen? Joan? Ich will aufwachen. Das ist mein Traum: aufzuwachen.«

»Oh. Na ja. Das wird schon.«

»Es geht mir besser, jetzt, wo wir uns begegnet sind. Ich fühle mich zehn Milligramm wacher.«

Joan blinzelt. »Das ist schön.«

»Aber ich weiß, dass ich es nicht richtig mache.«

»Ach?«

»Ich schmeiße mit Religion und Dämonen und biografischen Details um mich. Blut schwitzen. Sie müssen mich für bekloppt halten.«

»Nein.« Joan sieht mit einer umständlichen Geste auf ihr Telefon. »Nein, nein. Oh, spät. Ich muss los.« Abrupt steht sie auf. »Hat mich gefreut.« Sie lässt ihre blaue Ladung zurück, geht aus dem Waschsalon und schleicht in den Abend, als wollte sie ihn nicht wecken.

Als sie allein ist, fasst sich Blandine an die Stirn. Sie ist sich sicher, dass sie sozial gestört ist, sie weiß nur nicht, wie ihre Störung heißt. Internet-Tests wissen nie, wo sie sie einordnen sollen. Im Allgemeinen spürt sie zu viel oder zu wenig, interagiert zu viel oder zu wenig – nie die richtige Dosis. Sie hat das Gefühl, sie hätte ihr Leben lang in einem Waschsalon gesessen und Leute vor den Kopf gestoßen. Die Energie wächst und wächst; sie hätte den Verdampfer mitnehmen sollen. Sie zwingt sich, still zu sitzen. Dann sieht sie auf die Uhr. Endlich ist es so weit.

Sie greift nach den Cord-Taschen, die mit Kunstblut-Flaschen, mehreren aus Stöcken gefertigten Voodoo-Puppen, Tüten mit Erde aus dem Valley, latexfreien Handschuhen, ihrem Bibliotheksbuch und kleinen Tierskeletten gefüllt sind. Dann geht sie hinaus in die bezaubernde midwestliche Dämmerung und macht sich auf den Weg nach Nordosten in Richtung des Vacca Vale Country Club. Es ist heiß, aber ihre Hände sind taub.

EINE BEDROHUNG FÜR UNS ALLE

Vacca Vale Gazette

Von Araceli Gonzales
Dienstag, 16. Juli, 8:50 AM ET

Vacca Vale Gazette
Aktualisiert vor 2 Stunden

VERSTÖRENDER ZWISCHENFALL BEI FEIER IN COUNTRY CLUB

Gestern Abend versammelten sich im Vacca Vale Country Club Geschäftsleute und Stadtbeamte, um mit selbst erlegtem Wild den offiziellen Start des neuen Stadtentwicklungsprojekts zu feiern. Doch leider kamen die Beteiligten nicht in den Genuss, die Früchte ihrer Arbeit zu kosten. Nach einem mysteriösen Anschlag wurde die Feier aus Sicherheitsgründen vorzeitig abgebrochen.

Um 19:18 Uhr öffneten sich an der Saaldecke zwei große Belüftungsklappen, aus denen zahlreiche kleine Tierknochen und große Mengen Erde herabfielen und sich auf Tischen und Gästen verteilten. Den Gegenständen folgten rund zwei Liter einer roten Flüssigkeit, die zunächst für Blut gehalten wurde, sich jedoch später als überzeugende Imitation erwies. Zuletzt fielen 26 Voodoo-Puppen aus den Schächten. Die Puppen waren aus Zweigen und Schnur gefertigt. Sie hatten X-e als Augen.

Um den Tätern auf die Spur zu kommen, so Privatdetektivin Ruby Grubb, müssen wir uns vor allem den Hintergrund ansehen. »Ob Gruppe oder Einzeltäter«, sagt sie der *Gazette*, »organisierte Sabotage ist fast immer politisch motiviert. Wir müssen also nach dem Motiv suchen, um die Täter zu finden. Wir müssen uns das große Ganze ansehen. Nicht nur die persönlichen Umstände, sondern die Geschichte der Stadt, des Landes, der Welt. Ich würde sagen, dass die erste Spur das Stadtentwicklungsprojekt selbst ist.«

Wenn alles nach Plan geht, soll der Vacca-Vale-Revitalisierungsplan jährlich rund $ 4 Millionen Steuereinnahmen generieren und Tausende von Arbeitsplätzen schaffen. Das Vorhaben nutzt die natürliche Schönheit von Chastity Valley für den Bau luxuriöser Eigentumswohnungen in den Hügeln und hat das Ziel, Vacca Vale von einer sterbenden postindustriellen Kleinstadt in ein Start-up-Zentrum zu transformieren, das Talente aus der ganzen Welt anzieht.

Das vergangene Jahr war besonders schwierig für Vacca Valley: Die Arbeitslosenquote erreichte mit 11,7 % einen historischen Höchststand, die Rattenplage übertraf die Einwohnerzahl um etwa 30.000 (wer könnte vergessen, wie bei Ta Ta's eine Ratte von der Decke in die Fritten eines Restaurantgasts fiel?). Gleichzeitig hatte die Population des Baumwollschwanzkaninchens die der Ratten überholt. Die Kriminalität stieg stark an: Allein im letzten Jahr wurden 319 Morde und fahrlässige Tötungen, 21.068 Diebstähle, 14.472 Einbrüche, 907 Vergewaltigungen und 644 Brandstiftungen registriert. Die Jahrtausendflut im September richtete einen Schaden von über $ 3 Millionen an, nachdem nur wenige Monate zuvor eine 500-Jahr-Flut gewütet hatte. Auf *Newsweeks* jährlicher »Top Ten der sterbenden amerikanischen Städte« belegte Vacca Vale den ersten Platz. Im Februar musste Vacca Vale Konkurs anmelden, und es drohte die Ausgemeindung.

Im März dieses Jahres wurde der Unternehmer Benjamin Ritter auf Vacca Vales Notlage aufmerksam. Der in New York ansässige Stadtplaner ist für seine äußerst erfolgreichen Kampagnen zur Wiederbelebung von Kleinstädten im gesamten Rust Belt bekannt. Kurz darauf beschloss Ritter mit Bürgermeister Douglas Barrington und dem hiesigen Bauunternehmer Maxwell Pinky, Gründer und CEO von Pinky LLC, Vacca Vale aus den roten Zahlen zu holen. Vier Monate später stand der Plan. Ritter sagt, Chastity Valley sei der perfekte Ort für die Revitalisierung. »Neuerfindungen ziehen sich durch Vacca Vales Geschichte«, erklärt er der *Gazette*. »Die Stadt brummt förmlich von amerikanischem Geist.«

Die Bauarbeiten beginnen im kommenden August. Im Zuge des Wiederbelebungsplans werden die leer stehenden Zorn-Autofabrikhallen zum Sitz von drei Tech-Start-ups umgebaut, deren Namen wegen der laufenden Verhandlungen noch nicht bekannt gegeben wurden.

Bei der gestrigen Feier waren Benjamin Ritter, Maxwell Pinky und Bürgermeister Douglas Barrington sowie 23 weitere Männer anwesend. In einem Filmclip, der vor dem Essen gezeigt wurde, präsentierten Ritter und sein Team neben realistischen Simulationen des Bauvorhabens optimistische Interviews mit Gemeindemitgliedern, die sich auf den Anbruch einer neuen wirtschaftlichen Ära freuten. Die Präsentation endete mit dem Launch eines *Werbespots* – der erste von vielen, die dieses Jahr im ganzen Land ausgestrahlt werden sollen.

Anschließend wurde das Büfett eröffnet und das Porzellan mit der neuen Stadt-Flagge enthüllt, dem Ergebnis des letztjährigen *Design-Wettbewerbs*.

Nach Pastor Wheelers Tischgebet wandte sich Bürgermeister Barrington mit einer Rede an die Gäste. »Seit Zorn uns verlassen hat, sind vierzig Jahre vergangen, und wir haben uns nie richtig erholt. Aber jetzt ist es Zeit, das Jammertal hinter uns zu lassen, und das schaffen wir mit Innovation. Mit Mumm. Mit unseren eigenen Händen. Miteinander. Es ist Zeit für einen Neuanfang. Denn nichts ist amerikanischer als die Wiederauferstehung.« Nach dem Applaus fügte Barrington hinzu: »Und vielleicht ein selbst geschossener Braten!«

Es gab Wildbret, Elch, Hase, Fasan, Truthahn, Wachtel, Gans und Amerikanisches Blässhuhn, erlegt von den Mitgliedern des Projektteams und zubereitet von dem renommierten Koch Danny Fiorentino, der eigens aus Chicago eingeladen worden war.

Doch das Essen fand nicht statt.

»So etwas habe ich noch nie gesehen«, sagte der 34-jährige

Maxwell Pinky, dessen weißer Anzug mit Erde und Kunstblut besudelt war. »Es war sehr unangenehm. Ein aggressiver Akt wie dieser ist eine Bedrohung für uns alle. Wir sind hier, um zu helfen, um unsere Stadt zu schützen – die Gemeinschaft zu fördern –, und dieser Anschlag war das krasse Gegenteil davon.«

»Seien Sie versichert, dass wir alles tun, um die Täter zu finden«, sagt Officer Brian Stevens, der die polizeiliche Ermittlung leitet. Officer Stevens und sein Team trafen in kürzester Zeit am Tatort ein, doch sie fanden keine Spuren des Täters / der Täter im Lüftungssystem oder der Umgebung. Die Überwachungskameras haben nichts Ungewöhnliches aufgezeichnet.

Die Beamten konnten jedoch feststellen, dass das Kunstblut aus Wasser, Maissirup, Mehl, Kakaopulver und roter Lebensmittelfarbe angemischt war.

»Das ist natürlich nicht viel«, vertraut die private Ermittlerin Grubb der *Gazette* an. »Aber wenn ich einen Tipp abgeben müsste, würde ich auf Ökoterroristen setzen. Um die neue Siedlung im Valley zu bauen, müssen eine Menge Bäume gefällt werden, oder?«

Officer Stevens hält dagegen, für Spekulationen über die Täter sei es noch zu früh. »Doch wir haben Grund zu der Annahme, dass die Leute hinter dieser Tat erfahrene Kriminelle sind. Es gab keine Fingerabdrücke, keine DNA-Spuren. Wir wissen nur, dass die Person, die in das Lüftungssystem eingestiegen ist, ziemlich klein gewesen sein muss.«

Manche der Anwesenden vermuten, dass es sich bei den Angreifern um Tierschützer handelt, die gegen den Verzehr von Wildtieren protestierten.

Vacca-Vale-Veteran Benjamin Ritter hat eine andere Theorie.

»Für mich ist klar, dass es sich um einen Protest gegen das Bauvorhaben im Valley handelt. Ich meine, 26 Voodoo-Puppen? Wenn genau 26 Projektplaner da waren? Kommen Sie«, sagt Ritter der *Gazette*. »Ich habe immer mit Widerstand zu tun. Manche Leute haben Angst vor Veränderung. Meistens sind das Menschen, die sich mit der Lokalgeschichte verbunden fühlen – in der Regel die ältere Generation. Sie fürchten, dass der große böse Wolf ihr Lieblingslokal niederreißt und stattdessen eine Kette hinsetzt, dass die kleinen Läden plattgewalzt und durch Megastores verdrängt werden, dass man ihnen den Parkplatz vor der Kirche wegnimmt und ein Stadion baut, das kein Mensch braucht. Und sie haben jedes Recht, skeptisch zu sein – in der Vergangenheit haben etliche städtische Wiederbelebungspläne die Bürger im Stich gelassen. Aber wir lassen sie nicht im Stich. Ich glaube, sobald die Menschen erkennen, dass unsere Arbeit für sie, für ihre Kinder und Enkelkinder von großem Nutzen ist, werden sie keine Angst mehr haben.«

Wenn er eine Botschaft an die Täter senden dürfe, fuhr er fort, dann die: »Wir sind auf eurer Seite.«

Officer Stevens und seine Kollegen glauben nicht, dass die Bauherren ernsthaft gefährdet sind, aber sie warnen die Bewohner von Vacca Vale, wachsam zu bleiben und ungewöhnliche Vorkommnisse bei der örtlichen Polizei zu melden. Der Vorfall könnte mit einer *Reihe von Stromausfällen* während einer Charrette im Frühjahr zusammenhängen.

Wenn Sie sachdienliche Informationen zu diesem Vorfall haben, melden Sie sich bitte unter der Nummer 1–800-CRIMEFIGHTER oder schicken Sie eine Textnachricht, auch anonyme Hinweise sind möglich.

Die *Vacca Vale Gazette* versorgt Sie mit Updates über alle Entwicklungen. Das Revitalisierungsprojekt wird wie geplant fortgesetzt.

WO DAS LEBEN WEITERLEBT

Joan Kowalski ist vierzig Jahre alt. Wenn sie bei firmeninternen Icebreaker-Spielen ein charakteristisches Kennzeichen nennen muss, verrät sie, dass sie Sommersprossen auf den Augenlidern hat, aber nirgends sonst. Gruppenleiter verlangen immer, dass sie es beweist. Wenn sie dann die Augen schließt, machen mindestens zwei gutmütige Fremde Kommentare wie *Oha* oder *Donnerwetter* oder *Sehr hübsch*. Doch im Anschluss spürt Joan nie Nähe oder Vertrautheit, hat nie das Gefühl, dass sie unverwechselbar ist, und versteht auch nicht, warum die Leute so wild darauf sind, das Eis zu brechen.

Joan arbeitet bei RESTINPEACE.com, *Wo das Leben weiterlebt*, und prüft die Kommentare zu Nachrufen auf Kraftausdrücke, Urheberrechtsverletzungen und üble Nachrede, die die Toten verunglimpft. »Sie wären überrascht«, sagt sie häufig, »wie gemein manche Leute zu den Toten sind.«

Seit ein wahnsinnig stylischer Coiffeur einmal über Joans Haar sagte, es habe »die Farbe des Februars«, schneidet sie sich den Pony selbst, kürzer, als je ein Stylist erlaubt hätte. Es ist ein Akt der Autonomie, der sie jedes Mal beglückt. Wie die meisten Bewohnerinnen und Bewohner von Vacca Vale hat Joan nie an einem anderen Ort gelebt, und zurzeit bewohnt sie ein kleines Apartment im La Lapinière Affordable Housing Complex, einem erschwinglichen Mietshaus Ecke Bella Coola und Saint Francis. Einmal im Waschsalon hat sie mitgehört, wie zwei andere Frauen über die Geschichte des Gebäudes sprachen: Traurig über den wirtschaftlichen Niedergang seiner Heimatstadt beschloss ein exzentrischer christlicher Philanthrop, der inzwischen in Quebec lebte, bezahlbare Wohnungen in Vacca Vale zu finanzieren. Er hatte nur eine Bedingung: Das Ganze sollte schick sein und schick klingen. Also wählte er ein französisches Wort, das ihm gefiel, und verpasste es einem heruntergekommenen Wohnblock mit Vintage-Charme, der ihn mit seiner Ästhetik überzeugte, nicht mit seiner Funktionalität. So entstand der La Lapinière Affordable Housing Complex. Das Apartmenthaus steht im Süden des Zentrums zwischen der verlassenen Zorn-Fabrik im Westen und Chastity Valley im Osten. Anfang des zwanzigsten Jahrhunderts hatten hier die Fabrikarbeiter gewohnt. Der Philanthrop suchte für die Lobby eine entzückende Kaninchen-Tapete aus und Messing-Kaninchenlampen für jede Wohnung. Bei den Lampen legte die Baufirma später ihr Veto ein, um mit dem Geld lieber die Warmwasseraufbereitung zu erneuern. Nach ein paar weiteren Schlappen gab der Wohltäter den Versuch auf, sich beim Design einzubringen. Heute übersetzen die meisten Mieterinnen und Mieter den Namen ihres Heims und nennen es Kaninchenstall.

Joan kann eine unnatürliche Menge Wassermelone essen, ein Talent, das sie manchmal zur Belustigung von Freunden und Kollegen einsetzt, auf Kosten ihrer Verdauung. Sie fährt gerne mit dem South-Shore-Train, um ihre Tante Tammy in Gary, Indiana, zu besuchen. Von der Lokomotive durchs Land gezogen, genießt sie den Anblick der Fabriken, die oranges Feuer in den Himmel speien, und stellt sich vor, sie wäre ein Waisenkind, das als blinder Passagier einem Großstadtabenteuer entgegenfährt. Im South-Shore-Train liest sie Charles Dickens, weil er sich mit der Verschmutzung auseinandersetzt und sie gleichzeitig zum Lachen bringt, was ihr zeigt, dass man auch in ihrer eigenen verschmutzten Stadt lachen könnte. Joan hat noch nie ohne Angst einen Zebrastreifen überquert, und sie hegt ein tiefes Misstrauen gegen Menschen, die behaupten, sie mögen kein Brot.

Nachmittags am Dienstag, dem sechzehnten Juli, sitzt Joan Kowalski an ihrem Arbeitsplatz und prüft einen Artikel, der auf ihrem News-Feed erschienen ist. Vor einer Stunde hat eine Kollegin, die Joan beeindrucken wollte, weil sie gern mit ihr befreundet wäre, eine Wassermelone zum Mittagessen mitgebracht; natürlich hat

Joan ihr Kunststück vollführt. Doch am Ende war alles für die Katz. Joan sagte irgendetwas Respektloses über ein Mitglied des englischen Königshauses, und die Kollegin ging auf die Palme. Hätte Joan gewusst, dass die Frau zu der Sorte gehört, die für die Royals in die Bresche springt, hätte sie sich weniger Mühe gegeben. Aber jetzt ist es zu spät.

Laut Internet kann der übermäßige Verzehr von Wassermelone zu Übelkeit, Durchfall, Blähungen, Verdauungsstörungen und einem »schwachen bis nicht vorhandenen Puls« führen. Joan beschließt, sich mit den Lokalnachrichten abzulenken. Sie rückt sich die Drogerie-Lesebrille zurecht und beugt sich zum Bildschirm. Durch die Wand des Cubicles hört sie, wie Sylvie nebenan die von der Firma zur Verfügung gestellten Moon-Chips isst. VERSTÖRENDER ZWISCHENFALL BEI FEIER IN COUNTRY CLUB, lautet die Schlagzeile.

Die Bebauungspläne im Valley interessieren Joan nicht besonders – es gibt Vor- und Nachteile –, aber dieser Vorfall beunruhigt sie. Vor allem die Voodoo-Puppen. Auch wenn Joan es nie zugeben würde, sie ist extrem abergläubisch. Das Übernatürliche – Hexerei, Gott, Pechsträhnen, Astrologie, Zeitreisen – hat sie im Würgegriff. Sie erinnert sich an das geisterhafte Mädchen im Waschsalon gestern Abend, das vom Jenseits geredet hat. Sie war bleich, elfenhaft, dünn, hatte weißes Haar. Auf eigenartige Weise hübsch. Gespenstisch. Wenn sie darüber nachdenkt, sah das Mädchen genau so aus, wie Joan sich den Geist der vergangenen Weihnacht immer vorstellt, wenn sie Dickens' *Weihnachtsmärchen* liest. Sie denkt an die Frauen, die freiwillig hungern – die Verlobten von Jesus. Und Blut schwitzen.

Auf einmal hätte Joan gerne Zeugen. Konnte sonst noch jemand das Mädchen sehen?

»Joan?«

Erschrocken verlässt Joan den Browser und dreht sich um. Im Eingang des Cubicles steht Anne Shropshire, ihre Vorgesetzte. Rest in Peace hat sich vor zwei Jahren verkleinert, und aus den Büros sind Kabinen geworden. Um trotz der räumlichen Einschränkung die auditive Privatsphäre der Angestellten zu gewährleisten, wurde in die Belüftung der Sound von weißem Rauschen installiert. Jetzt klingt das Großraumbüro wie ein Langstreckenflug. Die Angestellten von RESTINPEACE.com kommen tatsächlich in den Genuss einer gesteigerten auditiven Privatsphäre, aber sie erschrecken sich ständig gegenseitig zu Tode. Die Atmosphäre im Büro ist relativ angespannt.

Joans Herz klopft. Die Scham wird kurzfristig von der Erleichterung verdrängt, dass ihr Puls weder schwach noch nicht vorhanden ist.

»Tut mir leid, wenn ich störe«, sagt Shropshire, »aber ich wollte mit Ihnen über eine kleine Nachlässigkeit sprechen.«

Joan faltet die Hände im Schoß und wartet. Im Schlaglicht direkter Aufmerksamkeit werden ihr alle Reaktionen bewusst, die normalerweise automatisch ablaufen, Atmung oder Augenkontakt zum Beispiel. Sie starrt zu lange oder nicht lang genug, blinzelt zu häufig oder zu selten, atmet in unregelmäßigen Abständen, gähnt in Spannungspausen. An Anne Shropshires Bluse hängen drei Vogel-Pins.

»Wie Sie bestimmt wissen«, beginnt Shropshire, »hat der Elsie-Blitz-Nachruf ein relativ hohes Datenaufkommen generiert. Ihre Aufgabe als Korrektorin ist sehr wichtig und wird bei Rest in Peace immer hoch geschätzt, aber bei Personen mit hohem Bekanntheitsgrad wie bei Elsie Blitz ist Ihre Aufgabe noch wichtiger. *Extrem* wichtig.«

Joan muss blinzeln, aber sie weiß nicht, ob es seltsam rüberkommt, wenn sie jetzt blinzelt. Ihre Augen tränen.

»Vielleicht haben Sie den Kommentar nicht gelesen, der heute Morgen um 4:39 Uhr von Nutzer Der fürchterliche Leuchtmensch gepostet wurde?«

Joan schluckt zur falschen Zeit. »Ich …«

»Ich hoffe, Sie haben ihn nicht gesehen, denn ich weiß, Sie wissen, dass unsere Mission darin besteht, hier einen geschützten Raum zu schaffen. Ich hoffe, *wenn* Sie den Kommentar gelesen hätten, wäre Ihnen sofort klar gewesen, dass er in grober Weise gegen unsere Richtlinie ›Respekt vor den Toten‹ verstößt, und Sie hätten ihn niemals durchgehen lassen.«

Joan nickt in einer zweideutigen Diagonalen. Sylvies Chips-Knuspern ist verstummt.

»Deswegen gehen wir davon aus, dass Sie den Kommentar *nicht* gelesen haben. Es würde uns zu denken geben, wenn Sie den Kommentar *gelesen* und ihn trotzdem abgesegnet hätten.«

»Ich habe ein«, beginnt Joan, doch die Worte bleiben ihr im Hals stecken. »Ich habe vorbei.« Sie gibt auf.

»Wie bitte?«

»Er hat mir geemailt.«

Joan ist stolz, einen ganzen Satz zum richtigen Zeitpunkt herausgebracht zu haben, aber Shropshire runzelt die Stirn.

»Was? Wer hat was?«

»Der Nutzer. Ich – ich habe versucht … den Kommentar zu löschen. Aber er.« Joan zittert. »E-Mail.«

»Und?«

Durch den bürokratischen Hindernislauf des *Kontakt*-Features hatte Der fürchterliche Leuchtmensch es irgendwie geschafft, Joans direkte Arbeits-E-Mail-Adresse herauszufinden und sie höflich darauf hinzuweisen, dass er der Sohn von Elsie Jane McLoughlin Blitz sei und als solcher Joans Zensur für unangemessen erachte. Eine kurze Google-Suche bestätigte, dass der Name in der E-Mail mit dem Namen von Elsie Blitz' echtem Sohn übereinstimmte, auch wenn Joan wusste, dass dies nicht viel bewies. Joan beantwortete die Nachricht nicht, aber sie stellte seinen Kommentar wieder her, weil sie zu dem Entschluss kam, dass er nicht ganz Unrecht hatte: Standard-Filter sollten nicht für enge Familienmitglieder der Verstorbenen gelten. Außerdem wurde Elsies Kondolenzbuch minütlich von Hunderten neuer Kommentare überschwemmt, die seinen Kommentar begruben. Es war besser, ihn nicht wieder auszugraben, hatte Joan befunden. Das ist ihr Lieblingsbefund, und sie wendet ihn in zahlreichen Zweifelsfällen an.

»Und er war – er sagte – er ist ihr Sohn«, stammelt Joan.

Anne Shropshire schließt die Augen und bläht die Nasenlöcher. Joan findet es interessant, in Echtzeit zuzusehen, wie jemand die Geduld verliert. »Und weil irgendein völlig unbekannter Nutzer, wahrscheinlich ein Troll, behauptet, er wäre mit der Verstorbenen *verwandt*, fanden Sie seinen Kommentar angemessen?«

»Ich hatte – dachte –«

»Und selbst wenn wir annehmen, der Fremde sagt die Wahrheit. Eine völlig unwahrscheinliche Behauptung, aber gehen wir einen Moment davon aus. Haben wir Ausnahmeregeln für Söhne, Joan? Steht im Handbuch, dass Kraftausdrücke, urheberrechtlich geschütztes Material und üble Nachrede akzeptiert sind, *solange sie aus der Familie stammen?*«

Joan muss dringend blinzeln. Es fühlt sich an, als würde sie die Augäpfel an einen Scanner drücken. Sie schüttelt den Kopf.

»Nein. Wir haben keine Ausnahmeregeln. Wir schreiben uns auf die Fahne, dass wir auf *alle* unsere Online-Trauernden Rücksicht nehmen, Joan«, sagt Shropshire. »Wir tun unser Bestes, denen einen Zufluchtsort zu gewähren, die ansonsten im Kummer ertrinken. Das ist unsere Mission. Darum geht es uns. Aber dieses Ziel erreichen wir nur, wenn jede einzelne unserer Kontrollkräfte mit dem Herzen und mit wachem Verstand dabei ist.«

Als Rest in Peace downgesizt wurde, verschwand der Kaffee aus der Büroküche. *Wenn Sie wirklich wollen, dass wir mit wachem Verstand dabei sind,* hätte Joan gesagt, wenn sie ein anderer Mensch gewesen wäre, *würden Sie uns die Kaffeemaschine wieder hinstellen!*

»Sie können ein Schutzengel sein«, fährt Shropshire fort, »oder jemandem den Tag verderben. Wenn Sie das nächste Mal die Kommentare und E-Mails von Terrortrollen lesen, bitte ich Sie, an die *Trauernden* auf der anderen Seite des Bildschirms zu denken. Machen Sie sich ein Bild von ihnen. Enkel, Kollegen, Geschwister, Eltern, Ehemänner, die *echten* Söhne und *echten* Töchter der Verstorbenen. Arme Menschen, die auf kleinen Stühlen in dunklen kleinen Zimmern sitzen und Trost im Internet suchen. Ich will, dass Sie sich vorstellen, wie es diesen Leuten geht, wenn sie über Ihren Fehler stolpern. Diesen *einen* Kommentar von diesem *einen* Troll unter der Bilanz des Lebens eines geliebten Menschen, veröffentlicht, weil irgendwer behauptet hat, er wäre mit der verstorbenen Person verwandt. Stellen Sie sich diese armen Seelen vor, wenn Ihr Fehler ihnen das Messer der Trauer ins Herz ihrer Eingeweide stößt. Können Sie sich das vorstellen? Sehen Sie sie? Unsere Trauernden?«

Um eine Panikattacke zu vermeiden, atmet Joan zum Takt von »Ave Maria«. Sie versucht, sich die Trauernden vorzustellen – versucht, sich das Messer der Trauer im Herz ihrer Eingeweide vorzustellen –, aber unerklärlicherweise sieht sie nur einen Beagle im Pullover, der vor einem Desktop leuchtet.

»Fragen Sie sich jeden Tag: Will ich heute ein Schutzengel oder ein Messerstecher sein?«

Joan blinzelt. Es ist der falsche Zeitpunkt, aber es fühlt sich großartig an.

»Wir schätzen Sie hier«, wiederholt Shropshire. »Aber das reicht nicht. Sie müssen sich auch selbst schätzen.«

Anne Shropshire dreht sich um, aber sie geht noch nicht. »Eins noch«, sagt sie. »Fäkal-Emojis sind inakzeptabel. Ich dachte, das wäre klar, aber offenbar nicht. Im Ernst, Joan. Wachen Sie auf.«

Sie geht. Weißes Rauschen dröhnt. Sylvies Chips knuspern weiter.

EINE ABSOLUT WAHRE GESCHICHTE

Nachruf>>Kondolenzen>>FotoReel>>Kondolenzbuch

Nachruf:
ELSIE JANE MCLOUGHLIN BLITZ

Dienstag, 16. Juli

Liebe Herzensmenschen, Feindinnen und Feinde, Voyeurinnen und Voyeure und Fans,

ein Vorteil beim langsamen Sterben ist, dass du dazu kommst, deinen eigenen Nachruf zu schreiben. Ich hätte die Aufgabe auch der Nenn-Nichte mit dem Poetik-Master überlassen können oder der Journalistin mit dem seriösen Haarschnitt, aber stattdessen versuche ich mich an einem neuen Genre: dem Auto-Nekrolog. 86 Jahre auf Erden, auf den Punkt gebracht von der, die sie erlebt hat. Im Zeitalter der konfessionellen Status-Updates, Fließband-Memoirs und staatstragenden Regierungs-Tweets kommt es mir angemessen vor, meine eigene Abschiedsrede zu halten. Ich, Elsie McLoughlin Blitz, rotwangiger Fernseh-Darling, Aktivistin und – vor allem anderen – liebende Mutter lege hiermit eine weitreichende Bilanz meines *gelebten Lebens* vor. Ich versichere Ihnen, es hat fast nichts mit mir zu tun. Einen Teil werden die, die sich auskennen, als »Listicle« bezeichnen. Denn ich bin durch und durch eine moderne Frau.

Auf die Gefahr hin, unheilbar L. A. zu klingen, beginne ich mit meiner festen Überzeugung, dass wir alle miteinander verbunden und voneinander abhängig sind, ganz gleich, wie erbittert der

Narzissmus regiert. Bitte vergessen Sie das nicht, wenn Sie an das Zwergfaultier denken.

Wie Sie im Informationszeitalter als empfindungsfähiges Wesen wissen müssten, ist das Zwergfaultier, Bradypus pygmaeus, aus der Familie der Dreizehenfaultiere die meistbedrohte Art in der Ordnung der Zahnarmen, und seine winzige Population ist in einem einzigen Mangrovenwald auf einer Insel vor der Karibikküste Panamas heimisch. Das Zwergfaultier bewohnt seit fast neuntausend Jahren dieselben 4,3 Quadratkilometer und ist damit ein unschätzbares Beispiel der Evolution. Dank der Inselverzwergung ist der Bradypus pygmaeus der kleinste seiner Gattung. Weil er so gefährlich langsam ist, hängt sein Überleben von der Qualität seiner Tarnung ab, weswegen er eine symbiotische Beziehung mit der Grünalge eingeht, die in seinem Fell nistet, ohne seine Gesundheit zu beeinträchtigen. Ich schreibe Ihnen aus der einzigen Heimat, die das Zwergfaultier je gekannt hat, von der Isla Escudo de Veraguas, wo ich in diesem Moment auf eben der orthopädischen Matratze sitze, auf der ich zu sterben gedenke. Die Hälfte meiner Asche soll ins hiesige Meer gestreut werden, in dem das wunderbare Zwergfaultier regelmäßig schwimmt, und ein Viertel soll an den Wurzeln der roten Mangroven verteilt werden, auf denen das Zwergfaultier lebt. Wegen des Klimawandels, der Wilderei und der illegalen Abholzung der Mangroven schätzen Wissenschaftler, dass nur noch weniger als achtzig Exemplare auf dieser Insel leben.

Was passiert mit dem letzten Viertel meiner Asche, fragen Sie? Das letzte Viertel meiner Asche wird auf eBay versteigert, und der Erlös soll der EDGE-Kampagne zur Rettung der Zwergfaultiere zugutekommen. Bieten Sie also mit, meine Lieben, solange meine Asche noch heiß ist.

Im Folgenden möchte ich eine Auswahl an Lebensweisheiten mit Ihnen teilen, in keiner bestimmten Reihenfolge. Anschließend liste ich ein paar wertvolle Gegenstände auf, die ich verloren habe, mache ein paar Bemerkungen am Rande und erzähle eine absolut wahre Geschichte. Da die meisten von uns wenig Toleranz für negativen

Raum, Irrealität und nicht utilitäre Sprache haben, winkt für das Lesen der Geschichte am Ende eine Belohnung. Zu guter Letzt präsentiere ich meine abschließenden Überlegungen zu Ruhm und Tod.

Falls Sie mich, wenn ich tot bin, vermissen, sehen Sie *hier* meinen Geist sozusagen virtuell nachklingen. Außerdem empfehle ich Ihnen den etwas altmodischen, aber unbedingt sehenswerten Dokumentarfilm *Hanging with the Sloths,* eine Kooperation der Visionäre Jeri Ledbetter und Bill Hatcher, die ich sehr bewundere.

Eine Auswahl an Lebensweisheiten,
in keiner bestimmten Reihenfolge:

1. Ergänze Psychotherapie mit Boxunterricht. Energie kann weder erzeugt noch zerstört werden.
2. Wenn du dreizehn bist, und der Schauspieler Charlie Newman macht dir das Angebot, dir Schach beizubringen, sag Ja, auch wenn du es schon kannst.
3. Wenn du sechzehn bist, und der Moderator Henry Hawk macht dir das Angebot, dir etwas in seinem Hotelzimmer beizubringen, sag Nein.
4. Falls du nicht Nein sagst, beschwere dich später nicht über die emotionalen Folgen, denn du wusstest, worauf du dich einlässt, als du deine Ringe auszogst.
5. Geh immer mit aufs Segelboot.
6. Wenn jemand Alkohol ablehnt, frag nie nach dem Grund.
7. Verrate niemandem außer deinem Agenten, dass du auf Kommando weinen kannst.
8. Vorsicht, wenn du in einem Hotel die Badezimmertür aufmachst. Besonders in Manhattan, Paris, Budapest, Berlin, Singapur, Abu Dhabi, Havanna und Los Angeles.
9. Biberpelz ist unterbewertet.
10. Natürliche Geburten sind überbewertet.
11. Bestelle bei Charity-Events immer dunkle Getränke, damit

du, falls dir Darlene Pickens über den Weg läuft, ihr das Glas über das weiße Kleid kippen kannst.

12. Bring deinen Privatbankiers Brownies mit und flirte mit ihnen, wenn möglich.
13. Wenn du jemanden auf einer Brücke weinen siehst, bleib immer stehen und lege der Person die Hand auf die Schulter.
14. Winter in Gruyeres (Schweiz). Sommer in Colmar (Frankreich). Herbst in Castiglion Fiorentino (Italien). Frühling in Monemvasia (Griechenland).
15. Je attraktiver der Fremde, desto wichtiger das Kondom.
16. Heirate mindestens zweimal.
17. Verzichte auf soziale Medien.
18. Glaube an Geister, nicht an Gott, es sei denn, deine Vorstellung von Gott ähnelt einem Geist.
19. Mache im Herbst einen Töpferkurs. So hast du immer Weihnachtsgeschenke.
20. Die Straßen, auf denen du gehst, die Nahrung, die du aufnimmst, die Arbeit, die du leistest, das Fortbewegungsmittel, das du wählst, die Kosmetik, die du kaufst, die Shows, die du siehst, die Links, die du klickst, die Art, wie du im Zug sitzt, mit Kellnern sprichst, deinen Kaffee trinkst – alles wirkt sich auf alles aus. Finde einen Weg, daran zu *glauben*, selbst wenn du nüchtern bist.
21. Sorge dafür, dass deine Kinder nicht Opfer deiner Schäden werden.
22. Wenn du das nicht garantieren kannst, kriege keine Kinder.

<u>Drei verlorene Gegenstände, die, falls sie gefunden werden, zugunsten der EDGE-Kampagne zum Schutz des Zwergfaultiers versteigert werden müssen:</u>

1. Ein ledergebundenes Notizbuch mit handgeschriebenen Rezepten, Aufgabenlisten, Gebeten und aufmunternden Zitaten.

Auf der Rückseite steht der Name meiner Mutter. Nellie Margaret O'Shea. Blau wie das Ei einer Wanderdrossel. (Zuletzt gesehen: Winter 1983, Genf)

2. Eine rubinrote Thermoskanne mit den Initialen E.J.M.F. am Boden, ein Geschenk meines Vaters, der selten Geld ausgab, Kaffee hasste und ein extrem guter Mensch war. (Zuletzt gesehen: Herbst 1964, Los Angeles)
3. Ein ausgestopfter Goldfasan, der beim Umzug von Küste zu Küste anderen verloren ging. (Zuletzt gesehen: April 1990, irgendwo zwischen Los Angeles und New York)

Offener Brief an meinen ersten Ehemann:

Auch wenn ich dir den unbeschreiblichen Schmerz verzeihe, den du meinem jungen, zarten Herzen zugefügt hast, bin ich froh, dass wir uns nie fortgepflanzt haben. Du hast mir meine Zwanziger gestohlen. Ich bin schockiert, dass du noch lebst.

Offener Brief an meinen Sohn Moses Robert Blitz:

Kaum zu glauben, dass mein kleines blondes Baby schon dreiundfünfzig ist. Und keine Hoffnung auf Enkelkinder! Ha! Auch wenn wir unsere Differenzen haben, ich liebe dich mehr, als Worte ausdrücken können. Du hast einen gesunden Körper, Moses – nichts sprießt da heraus. Hör um Gottes willen endlich mit dieser bizarren Scharade auf. Tu nicht so überrascht, Moses. Natürlich weiß ich Bescheid. Wenn es eins gibt, das Geld kaufen kann, dann Informationen. Hör gut zu: Angestarrt zu werden ist nicht dasselbe wie gesehen zu werden. Wenn ich dir eins beibringen kann, bevor ich sterbe, dann das.

Eine absolut wahre Geschichte:

Früher, als meine Zellen noch nicht verrücktspielten, dachte ich, ich würde ewig leben. Falls Sie das auch glauben, tun Sie, was nötig ist – gehen Sie in die Kirche, laden Sie sich eine App herunter, tanzen Sie aus der Reihe, lassen Sie sich tätowieren, egal was –, um sich von diesem Wahn zu befreien und der Wahrheit ins Gesicht zu sehen. Eines Tages sterben Sie, das verspreche ich Ihnen, und der Sterblichkeit ist völlig wurst, ob Sie daran glauben oder nicht.

Mein Leben lang wollte ich mich nur ein bisschen amüsieren. Ich war eine Künstlerin im Amüsieren und eine Versagerin in allem anderen. Dabei brauchen wir am Ende nicht mehr als ein oder zwei Elternteile. Eine Leine und einen Zaun, Bettzeit, Zahnfee. Milch in der Mikrowelle. Und wenn wir Glück haben, sind wir am Ende unseres Lebens am weitesten von unserer Kindheit entfernt. Wenn wir Glück haben, sind wir unseren Eltern am nächsten, auch wenn sie uns ausweichen, bis es offiziell vorbei ist. Stattdessen bekommen wir eine lustige Begegnung mit dem Tod. Und Er kommt immer zu früh.

Ich bin Ihm eines Nachmittags im März vor einem Schuhgeschäft in Florida begegnet. Ich saß im Rollstuhl vor einem Aquarium, sah meine Spiegelung im Glas, sah Amerika in den Fischen, emsig, theistisch, zum Scheitern verurteilt. Wie immer schmiedete ich Pläne, um die Fehler meiner Mutterschaft wiedergutzumachen, als Er mich unterbrach. Ich war sechsundachtzig. Sex hatte meinen Körper schon lange verlassen, aber als Er auf mich zukam, machten meine Eierstöcke einen kleinen Hüpfer. Es fiel mir schon immer schwer, zwischen Erregung und dem Kampf-oder-Flucht-Instinkt zu unterscheiden. Sein Geruch alarmierte mich – Verwesung wäre eine Sache gewesen, aber dieser Geruch war Antileben, der Geruch von absolut nichts, weniger lebendig als Stein. Er ging in die Knie und ließ die Wimpern über meinem rechten Handrücken flattern – das ist seine Begrüßung, so macht Er dich zur Königin. Erst erkannte ich Ihn gar nicht, obwohl Er eine Aura von Berühmtheit hatte.

»Darf ich ein Selfie mit Ihnen machen?«, fragte Er mich.

Ich lehne Selfies grundsätzlich ab, aber dann sah ich seine Sense.

»Unbedingt«, sagte ich.

Er machte drei. Dann ließ Er vor den Augen des Wachmanns seine Hand in meine Tasche gleiten und nahm etwas heraus. Danach ging Er.

Der Wachmann bemerkte nichts. Ich wollte meinen Sohn anrufen.

Meine Assistentin kam mit drei Paar Schuhen aus dem Laden. Sie öffnete einen Karton wie einen Sarg und hielt mir ein Paar rubinrote Turnschuhe hin. Eine absurde Geste, unter den Umständen. Sie bettete meine Füße behutsam hinein. »Du siehst aus wie der Tod«, sagte sie. »Kann ich irgendwas für dich tun?«

Ich bat sie, meinen Sohn anzurufen. Sie wählte seine Nummer, aber wir wussten beide, dass es aussichtslos war; er hatte mich schon vor Monaten blockiert. Sie tat überrascht.

Später, beim Tee, summte mein Telefon. Ich zuckte zusammen und strahlte, weil ich dachte, dass er es wäre. Dabei war Er es.

SMS von einer unbekannten Nummer. Ein Foto von dem Ding, das Er genommen hatte, in einer Vase auf einer Toilette.

Woher haben Sie meine Nummer?, tippte ich. Ich tippe sehr langsam.

Er schickte ein Kaninchen-Emoji.

Da wusste ich, dass dies, wie man so schön sagt, der Anfang vom Ende war. Bald würde ich schreckliche Qualen leiden. *Das war's, oder?*, tippte ich. Er schickte ein GIF von einem energisch nickenden Walross zurück, mit der Zeile: *Indeed, indeed, indeed, indeed, indeed.*

Ich wollte Ihn auf meiner Seite haben, also flachste ich ein bisschen. In den folgenden Wochen blieben wir in Kontakt. Von einem Geistlichen hatte ich einmal gehört, dass Er dir Zeit gibt, deine Angelegenheiten zu regeln, also bat ich Ihn um eine Verlängerung. Wir verhandelten. *Drei Monate,* lenkte er ein. Noch ein Geburtstag.

Er ist kein barbarischer Feldherr – irgendwer muss ja die Drecksarbeit machen. Er ist auch kein Philosoph, zum Glück. Das Letzte, was du in dem Moment machen willst, ist Mathe. Ich bin nicht Seine Gefangene, und Er ist nicht mein Boss, ich bin nicht Seine Klientin und Er nicht meine Muse, aber wir sind beide nicht frei. Bei unserer ersten Begegnung habe ich Ihn falsch eingeschätzt: Er ist sehr beflissen, was seine Arbeit angeht. Alles rein geschäftlich, trotz der Ineffizienz. Kein Sex. Nicht mal ein Abendessen.

Eine Woche nach der Begegnung rief der Arzt an. Ich war verblüfft, aber alle anderen weinten.

»Was kann ich für dich tun?«, fragte meine Assistentin.

»Mich neu verkabeln«, sagte ich. »Meinen Egoismus.«

Sie bestellte mir eine Massage.

Die Leute bekamen Wind davon. Mein Ende. Nach Jahrzehnten der Paparazzi, Klatschspalten, Interviews und Talkshows wollten sie immer noch mehr. Sie wollten mein wahres Ich. Menschenmassen materialisierten sich in meinem Umkreis wie eine Schädlingsinvasion und zerstörten die Landschaft. Seit der Erfindung des Internets habe ich häufig in der Browser-Chronik meines Sohnes gestöbert – so habe ich ihn kennengelernt. Aber wie sollte jemand mich kennenlernen, wenn meine Chronik – ob Browser oder anderweitig – längst öffentlich war? *Wenn ihr mich kennenlernen wollt, merkt euch die Weinflecken auf meinen Laken,* twitterte ich widerwillig. *Tut mir leid, wenn ich nicht mehr für euch tun kann. Ich habe mich selbst nur dreimal gesehen.*

Einmal, als ich im Zoo meiner Heimatstadt einer Wölfin zusah.

Einmal im Tempel der Gefiederten Schlange in Teotihuacán in Mexiko.

Einmal in dem Aquarium vor dem Schuhgeschäft in Key West. Plötzlich war es Freitag gegen vier, zwei Wochen vor meinem Tod – meine meistgehasste Stunde. Eine Fegefeuer-Stunde, weder Mittag noch Abend, zu früh zum Essen und zu früh zum Trinken, eine Stunde, die ihre Geiseln ihre Misserfolge zählen lässt, eine Stunde, in der dein ganzes Leben wie ein Parkhaus aussieht. Ich starrte das Telefon an.

»Was kann ich für dich tun?«, fragte meine Assistentin.

»Sag ihm, dass ich sterbe.«

Sie sagte es ihm.

Wie mein Sohn besser als jeder andere weiß, bin ich Weltmeisterin im Abhauen, selbst im Rollstuhl. Deine Gabe, dein Kreuz, hat meine Mutter immer gesagt. Sie war sehr katholisch und wusste nicht, wie man Spaß hat. An jenem Abend lachte ein Feuer auf seinem Marmorthron. Gegrillte Karotten, Lammkeule und heißer Perl-Couscous mit Zitrone und Tahin auf meinem Teller. Frischer Granatapfelsaft in meinem Glas, Schwarz-Weiß-Filme im Fernsehen, eine E-Mail von meinem Nachlassverwalter im Computer, nie enden wollende Gesellschaft im Haus. Nichts von meinem Sohn.

»Was kann ich für dich tun?«, fragte meine Assistentin.

Ich nannte ihr das Ziel. Sie organisierte die Reise zu meinen geliebten Faultieren, hielt mir in meinem Jet die Hand und weinte. Ich sagte, reiß dich zusammen. Ich sagte, ich will eine amerikanische Flagge in dem Zimmer, in dem ich sterben würde. Einen wehenden weißen Schleier. Ich vertraute ihr Dinge an, die ich noch keinem erzählt hatte: Ich beichtete, dass die Nebenrollen, die ich nach dem Lupus annahm, mich wie Schwimmflügel über Wasser hielten. Dass ich nie mit dem Rauchen aufgehört habe. Dass die Reha in mancher Hinsicht die beste Zeit meines Lebens war. Dass mir immer noch nachgeht, wie mein Sohn bei meiner sechzigsten Geburtstagsparty auf dem Balkon zu mir sagte: *Jetzt hast du deine Fünfhundert-Dollar-Geburtstagstorte und willst immer noch springen*. Ich verließ die Party, um auf eine Lebenseiche einzuschlagen und zu weinen. Ich liebe am besten im Schnee, ich singe am besten in Treppenhäusern, ich pinkle am besten in Zügen. Manchmal schütte ich mir ein Häufchen rosa Himalaya-Salz in die Hand und lecke es ab, lecke es einfach ab. Wenn ich im Bett Socken trage, habe ich die erotischsten und mitreißendsten Träume. Die Hälfte meines Lebens habe ich darauf gewartet, dass jemand *Action!* ruft. Die andere Hälfte, dass jemand *Cut!* ruft. Ich war mein Leben lang süß. Solche Umstände machen dich zur Egomanin, und Amerika kennt sie gut.

Und dann stehst du eines Tages in der Boutique der unheilbaren Krankheiten und musst irgendwas kaufen, damit sie dich das Klo benutzen lassen, und von dem Moment an denkst du über nichts anderes mehr nach als den Katalog der Momente, wenn du genommen hast, als du hättest geben können.

Meine Assistentin sagte: »Du bist nicht allein.«

»Ich habe keine Zeit für ein Software-Update«, schimpfte ich am nächsten Tag vom Sterbebett. »Wen zum Teufel schert es, wenn mein Cursor verschwunden ist?«

»Was kann ich für dich tun?«, fragte sie. Der verhasste Refrain. Sie bot mir ein Häuschen auf dem Land an, einen geschätzten Regisseur, einen endlosen Brunch. Das Fenster stand offen, die Brise war heiß, die Schmerzen summierten sich.

»Tadellosigkeit«, sagte ich zu ihr. »Frisiere meine Biografie.«

»Ein Kissen«, sagte meine Assistentin. »Ich bringe dir das beste Kissen der Welt.«

Mein Sohn ist der erste Anruf, den ich am Morgen mache, und der letzte Anruf, den ich am Abend mache. Er weiß, dass ich nicht ewig lebe, aber ich will ihm sagen, dass er auch nicht ewig lebt. Ich will ihm sagen, dass sich jeder – *jeder* – irrt, was die Sterblichkeit angeht. Ich habe ihn das ganze Jahr mit Sommer gefüttert, aber jetzt ist die Milch versiegt. Ich will meinem Sohn sagen, dass es mir sehr leid tut. Der Tod ist jetzt bei mir im Zimmer und macht neben der Klimaanlage Kniebeugen. Wir tragen die gleichen Socken. Mit weißen Kaninchen bestickte Socken. Beim Warten durchsuche ich den Text meines Lebens nach Nennungen meines Sohns, nach Details, die seine Abwesenheit rechtfertigen. Oder vielleicht suche ich nach einem Widerspruch, einem Gegenargument, dem Beweis, dass ich am Ende doch keine schlechte Mutter war. Keine Treffer. Ich schließe den Bildschirm, untröstlich, weil mein Cursor verschwunden ist.

Folgendes nur lesen, wenn Sie die absolut wahre Geschichte gelesen haben:

Bei Stein-Schere-Papier wählen Sie zuerst den Stein. Die meisten Leute wählen zuerst die Schere. Ich gebe diesen Tipp sehr ungern weiter, weil seine Wirksamkeit von seiner Unbekanntheit abhängt, deshalb biete ich ihn hier als Belohnung an.

Abschließende Bemerkungen zu Ruhm und Tod:

Beide sind so furchtbar einsam und langweilig.

Bisous,
Elsie Jane McLoughlin Blitz

HÖREN SIE MIR ZU

Das mit den Tieropfern fing an, als wir uns alle in Blandine verliebten. Letzten Winter, im Kaninchenstall. Vor einem halben Jahr. Vielleicht wegen des goldenen Flaums ihrer Beine. Vielleicht weil sie das einzige Mädchen ist. Vielleicht war uns einfach langweilig.

Auch wenn wir alle ihren ausgedachten Namen bescheuert finden, immer noch, und nicht mal die Liebe konnte was daran ändern.

Als wir uns verliebten, wohnten wir schon fünf Monate zusammen. Wir sind letzten Sommer in den Kaninchenstall gezogen, und am Anfang haben wir nicht viel von Blandine gehalten. Sie ist uns aus dem Weg gegangen, und wir sind ihr aus dem Weg gegangen. Sie war von Anfang an komisch, hat uns entweder komplett ignoriert oder hielt plötzlich große Reden über das Ende der Welt. Sie schleppte immer diese verrückten dicken Bücher mit sich herum und benutzte anstrengende Wörter. Ich glaube, ich habe sie nie was anderes essen sehen als scharfe Ramen, scharfe Chips, scharfe Algen und große grüne Blätter. Und sie hat jede Menge gekifft und süßen Tee getrunken. Wenn wir alle vier zu Hause waren, war es, als würde sie uns gar nicht wahrnehmen. Manchmal habe ich gehört, wie sie mitten in der Nacht in der Küche herumgeisterte – wir waren beide eher Nachteulen –, und ich überlegte, ob ich hingehen und mit ihr reden sollte, aber irgendwas hat mich immer zurückgehalten. Sie war schön, aber auf eine unheimliche Art. Augen zu weit auseinander. Haut und Haare so weiß wie die Wand. Friedhofsklamotten.

Am Anfang hatte ich auch nicht viel mit Todd oder Malik zu tun. Jeder von uns hatte sein eigenes Leben und einen Job, oder wir haben zumindest so getan. Im Nachhinein glaube ich, die Saat von allem – die Liebe, die Opfer, das hier – wurde letzten September gesät, beim Hochwasser. Wir wohnten seit einem Monat zusammen. Alle Bewohner des Kaninchenstalls wurden evakuiert, aber wir wohnen oben, und keiner von uns wusste, wo wir sonst hinsollten, also haben wir einfach die Tür abgeschlossen, die Vorhänge zugezogen und sind geblieben. Als der Strom ausfiel, holte Blandine ein paar Kerzen aus ihrem Zimmer und zündete sie an. Sie hatte ein Feuerzeug mit einem Bild der Jungfrau Maria. Todd machte Tomaten-Sandwichs für alle. Malik trieb ein Kartenspiel und eine Flasche Whiskey auf. Am Anfang war es ein bisschen verkrampft, und wir hatten nicht so richtig Lust zu spielen, aber dann waren wir in der dritten Runde und lachten uns kaputt. Wir merkten nicht mal, dass von den Türrahmen Wasser lief – als würden sie weinen –, bis das Wasser bei uns war. Es kam vom Dach, glaube ich. Ich fing Blandines Blick auf, das Gesicht vom Alkohol gerötet, mit glänzenden Augen, und da spürte ich etwas. Als würde ich aufwachen.

Aber dann war das Gefühl wieder weg und kam erst vier Monate später zurück. Das war, als wir uns richtig verliebten, Todd, Malik und ich. Alle gleichzeitig. Synchron. Wir drei Jungs, Teenager frisch aus der Mühle des Jugendamts von Vacca Vale, zum ersten Mal auf eigenen Füßen, und bis zu diesem Wintermorgen hatten wir uns für frei gehalten. Ich glaube, Malik verliebte sich am heftigsten, Todd am wenigsten und ich irgendwo dazwischen. Ich hatte das Gefühl, dass Todd mehr in Malik als in Blandine verliebt war, aber er wollte dazugehören, und deshalb fing er wie wir schon beim Klang ihres Schluckaufs zu sabbern an.

Es passierte im Januar. Draußen lag frischer Schnee. Neujahr. Sie stand morgens spät auf, ging in die Küche und sah sich blinzelnd um. Malik machte Chocolate-Chip-Pancakes wie ein Volltrottel. Blandine geht eigentlich nicht, sie schleicht. Wie eine Katze. Es war Samstag, und wir mussten alle nicht arbeiten, was selten vorkam. Blandines Haare waren weiß gebleicht, die Härchen an ihren Armen waren golden, ihre Pickel ungeschminkt, und ihre Brustwarzen drückten gegen das T-Shirt. Die meisten Leute sind schön, weil sie aussehen wie der Durchschnitt aller Menschen, aber Blandine ist schön, weil sie anders aussieht. Asymmetrisch. Dünne Arme und Beine. Sie wirkt wie ein Alien. Eine Schönheit, die eigentlich hässlich sein müsste, aber nicht hässlich ist. Sie gähnte und sagte: »Scheißmatratze.«

Und da war es um uns alle geschehen.

Ich weiß, es klingt unwahrscheinlich, dass es so passiert ist, alle gleichzeitig. Aber Todd, Malik und ich haben es immer wieder durchgekaut. Bei mir stimmt es, und ich glaube, bei den anderen stimmt es auch.

Falls Blandine merkte, dass wir in sie verliebt waren, war sie zu schlau, um sich was anmerken zu lassen. Im Nachhinein ist klar, dass die Dynamik von Anfang an abgefuckt war und nichts die Lage hätte retten können. Drei Neunzehnjährige, die nach derselben Achtzehnjährigen lechzen, alle in einer überhitzten Wohnung, wenn das Gras ausgeht, die Jobs unterbezahlt sind und Rückenschmerzen machen und die Selbstständigkeit sich als Farce entpuppt. Und dann kriegen sie von der Frau eine Abfuhr, weil sie Aufmerksamkeit hasst, weil sie Nähe hasst, weil sie es hasst, wenn jemand was von ihr will. Wir kannten Blandine kaum, aber so viel hatten sogar wir mitgekriegt.

Wir vier hatten uns im »Selbstständigkeits-Workshop« des Jugendamts kennengelernt, wo Fürsorgekinder darauf vorbereitet werden, die Mühlen des Systems zu verlassen. Mit achtzehn wären wir sowieso auf uns allein gestellt, aber wenn man den Workshop macht, helfen sie einem bei der Wohnung, dem Job, der Krankenversicherung. Sie geben dir ein bisschen Geld für die Kaution und finanzielle Unterstützung im ersten Jahr. Du musst nur jeden Monat einen Drogentest machen und nachweisen, dass du das Geld nicht für unmoralische Sachen ausgegeben hast. In dem Kurs gefiel mir Blandines weißblondes Haar. Es machte mir Angst.

Blandine redet nicht über die schlimmen Sachen, die sie erlebt hat, bevor sie uns kennenlernte, aber man merkt, dass ihre schlimmen Sachen richtig schlimm waren. Man merkt es an der Art, wie sie sich in der Küche mit Stahlwolle die Hände wund scheuert. An den fetten Religionsbüchern, die sie mit sich rumschleppt. An den Vogelnestern und Zweigen und dem Mist aus dem Valley, den sie sammelt. Tierknochen. Manchmal, wenn sie nicht da ist, sehe ich mich in ihrem Zimmer um, das nach Gras und Rosen riecht. Die Fensterbank ist voller Glasflaschen mit stacheligen Pflanzen. An der Wand über dem Bett kleben deprimierende Internet-Biografien von Leuten, von denen noch nie jemand was gehört hat. Sie hat viele Venusfliegenfallen.

In der Fürsorge von Vacca Vale hat es keiner leicht, aber Blandine hatte es am schlimmsten, weil sie so schlau ist und ein Mädchen. Die Leute verlangen Sachen von den Blandines im System, und ich schätze, ihr Grips ist dabei kein Vorteil. Zu viel Denken kann dich kaputt machen, und Blandine – sie schließt sich einfach in Zimmern ein und denkt. Denkt und denkt und denkt sich in alle Arten von Unheil rein, und bis die Sonne untergeht, hat sie Angst vor dem Türknauf. Sie ist die einzige von uns, die keinen Highschool-Abschluss hat, und gleichzeitig ist sie die einzige von uns, die es aufs College geschafft hätte. Einmal habe ich bei ihr im Zimmer einen Brief von ihrer Vertrauenslehrerin gefunden – eine ausgedruckte E-Mail –, die sie überreden wollte, sich bei den besten Unis des Landes zu bewerben. Die Vertrauenslehrerin schreibt, Blandine hätte richtig gute Chancen. Wir haben keine Ahnung, warum Blandine die Schule abgebrochen hat. Sie hatte ein Stipendium an der einzigen richtig guten Schule in unserer Stadt. Hatte nur noch ein Jahr. Sie hat nie darüber geredet. Wenn du zu ihr je was über Schulen oder Ausbildung gesagt hast, hielt sie dir entweder einen Vortrag, wie beschissen das amerikanische Bildungssystem ist, oder sie ließ dich einfach stehen.

Weil sie sich unserer Liebe verweigerte, fingen Malik, Todd und ich an, immer mehr Zeit miteinander zu verbringen.

Ich schäme mich nicht zuzugeben, dass die Sache mit den Tieropfern meine Idee war. Eines Abends im Februar – einen Monat seit der Verliebung – ging mir Malik auf den Sack, weil er ständig für Blandine kochte und immer die Küche besetzte, und ich wollte mir eine verdammte Quesadilla machen. Das Problem bei Malik ist, er hat keine Spur von Akne. Wenn man ihn sieht mit seinem dämlichen, perfekten Grinsen und seiner dämlichen, perfekten Haut, dann packt einen eine besondere Art von Hass. Außerdem ist Malik der einzige von uns, der eine gute Beziehung zu seiner Pflegefamilie hat. Er besucht sie immer noch an Feiertagen, geht ans Telefon, wenn sie anrufen, und lacht viel, wenn er mit ihnen redet. Todd erzählt nie von seinen Familien. Wenn das Thema aufkommt, kriegt er diesen komischen Ausdruck – den gleichen wie Blandine. Als wären sie in einem Auto eingeschlossen, das in einem See versinkt.

Ich gebe zu, dass Malik der attraktivste von uns drei ist, was Körperbau, Hirn, Talent, Zähne und Einstellung angeht. Dann komme ich und dann kommt Todd. Armer Todd. Er sieht irgendwie ungekocht aus – als hätte er nicht genug Zeit in der Gebärmutter verbracht. Was mich betrifft, ich bin eine Sechs oder eine Vier von zehn, je nachdem, wen du fragst. Ich mache mir keine Illusionen – ich weiß, dass mein Körper die falschen Proportionen hat, als hätte mich ein Fünfjähriger gemalt, und ich weiß, dass ich kaum Lippen habe. Aber ich habe einen super Charakter. Ich kann hundert Kilo stemmen. Und ich kann gut Leute imitieren.

Trotzdem – Malik ist Malik.

Ich habe ihn in dem Moment also gehasst wie die Pest, an dem Abend im Februar, als er mit freiem Oberkörper in der Küche stand und mit seinen Muskeln und seiner Haut angab, in lauter Soßen rührte, seine verdammten Pfannkuchen durch die Luft fliegen ließ, während auf dem Boden lauter Tüten mit ausgefallenen Lebensmitteln standen und im Hintergrund Jazz lief aus den beschissenen Lautsprechern, die *ich* vor ein paar Monaten auf der Straße gefunden hatte, ich ganz allein.

»Kannst du mal ein Stück rücken, verdammt noch mal?«, sagte ich.

»Fast fertig.«

»Das sagst du dauernd.«

»Noch fünf Minuten.«

»Komm schon.«

Er antwortete nicht, sondern machte einfach weiter damit, rohe Steaks in rohe Bacon-Streifen zu wickeln.

Die Küche ist gegenüber vom Wohnzimmer, wo Todd saß und in die Glotze starrte, die wir irgendwo abgegriffen hatten. Es lief *Tough Love,* eine Doku-Soap, in der verwöhnte Eltern ihre verwöhnten Zwölfjährigen an Orte wie Obdachlosenheime oder Hochsicherheitsgefängnisse oder manchmal auch Softcore-Kriegsgebiete schicken, je nachdem wie scheiße das Kind ist, um seinen Charakter zu formen. Todd saß im Schneidersitz auf der Couch, atmete feucht und kaute Radieschen. Als das Kind im Fernseher in eine Matschpfütze fiel, lachte Todd.

|||||

Sie denken wahrscheinlich, Todd ist der Grund, warum ich hier mit Ihnen rede. Aber was, wenn ich Ihnen sage, dass er der Sanftmütigste von uns drei war? Der, dem die Tieropfer am schwersten fielen?

Ich bin öfter ins sein Zimmer geplatzt, wenn Todd sich gerade Rasier-Tutorials ansah – meistens beim Einseifen. Was an sich schon seltsam ist, aber noch seltsamer, weil Todd, wie man sieht, absolut keinen Bartwuchs hat. Keine einzige Stoppel. Stellen Sie sich das vor: ein Milchgesicht, das sich von einem Dad nach dem anderen das Rasieren erklären lässt. Als ich ihn mal danach gefragt habe, hat er nur die Achseln gezuckt und gesagt, die Videos entspannten ihn. Mehr hat er nicht gesagt, weil ihm egal ist, was ich denke. Aber als Malik ihn deswegen aufgezogen hat, hat er den Computer ausgemacht und sich in seinem Zimmer eingeschlossen. Das hat ihn gedemütigt.

Malik ist auf der West Side zur Schule gegangen, Todd und ich waren auf der Vacca Vale High. In der Schule hatten wir nicht viel miteinander zu tun, wir waren bloß flüchtige Bekannte, und sobald wir herausfanden, dass wir beide in der Mühle waren, sind wir uns erst recht aus dem Weg gegangen. In der Schule behielt ich Todd aus der Ferne im Auge. Er hing meistens mit Freunden ab, aber sie wirkten irgendwie wie Kulisse, wie Notwehr. Sie redeten kaum miteinander. Beim Mittagessen zeichnete Todd in ein Skizzenbuch. In der Elften hat er mit einem Bild, das er in Kunst gemalt hatte, irgendeinen überregionalen Preis gewonnen, und die Schule hat es im Foyer aufgehängt. Keine Ahnung, was es sein sollte, aber selbst ich habe erkannt, dass es gut war.

Malik und ich sagen oft, dass Todd ein Rad abhat, aber ehrlich gesagt beneide ich Todd um seine Fähigkeit, kryptisch zu bleiben. Kann sein, dass ich die Menschen zu schnell lese, aber ich lese sie meistens richtig. Normalerweise höre ich die Botschaft, die zwischen den Zeilen steht, verstehen Sie? Das wahre Gespräch hinter dem falschen. Aber nicht bei Todd. Bei Todd habe ich immer das Gefühl, mir fehlt Information. Er hat etwas Un-Amerikanisches an sich, das ich schwer beschreiben kann. Als würde er nirgendwo hingehören. Er hasst Teams. Er ist besessen von Rohkost. Er hat Haut wie Glas. In der Highschool hat Todd nie zu irgendeiner Art Club gehört. Ich habe nie gesehen, dass er für etwas brannte oder dass ihm was peinlich war, dass er einem Trend folgte oder cool aussehen wollte, dass er an irgendwas teilnahm oder mitmachte. Todd war kein Anführer, und er war kein Anhänger – er war bloß ein Drifter, und damit war er froh. Bis er Malik begegnete.

Ironischerweise ist Todd wahrscheinlich der, den Blandine am meisten gemocht hätte.

Ich war immer fasziniert von den anderen Fürsorgekindern. Hab sie studiert wie Blutsgeschwister. Todd erzählte mir von dem Selbstständigkeits-Workshop, der einen aus dem System ins eigene Leben katapultieren konnte. Er kam eines Tages einfach an meinen Spind und sagte mir Bescheid – Zeit, Ort, Website. Ging, bevor ich reagieren konnte.

In der Zehnten wurde Todd für eine Woche suspendiert, weil er sich bei einem Ausflug in Chicago verdrückt hatte. Ich glaube, es war eine Geschichts-Exkursion – ich war nicht dabei. Sie sollten in ein Museum gehen. Sind drei Stunden angereist. Aber als sie im Foyer standen, machte sich Todd davon, stieg in einen Bus und fuhr zu Ikea. Er war noch nie bei Ikea gewesen, hatte nur davon gehört. Er sagt, er wollte unbedingt dahin. Er verbrachte den ganzen beschissenen Tag dort. Sagt, er hat in drei verschiedenen Wohnzimmern drei Comics gelesen, hat auf einer künstlichen Terrasse Fleischbällchen gegessen und in einem vollkommen schwarzen Bett ein Nickerchen gemacht. Niemand hat ihn gestört. Die lassen einen einfach da abhängen, sagt er. Wie in einem Traum. Die ganzen Würfel unterschiedlicher, erfundener Wohnungen nebeneinander, die zusammen keinen Sinn ergeben. Dann, um die Abendessenszeit, fand er den Bus wieder, als gerade alle einstiegen, und fuhr mit dem Rest seines Kurses zurück nach Vacca Vale. Die Schule setzte sich mit seiner Pflegefamilie in Verbindung – alle schäumten vor Wut auf diesen Jungen, diesen schrägen, egoistischen Jungen. Erst glaubte ihm keiner, als er erzählte, wo er gewesen war, aber als sie ihm schließlich glaubten, hassten sie ihn noch mehr. Machst uns Angst, dass du entführt wurdest oder noch Schlimmeres, weil du zu Scheiß-Ikea wolltest?

Todd sagt, er würde es jederzeit wieder tun. Es war der beste Tag seines Lebens, sagt er.

|||||

Damals in unserer Wohnung, am Abend des ersten Tieropfers, als Malik bei uns in der Küche stand und Bacon-Steak machte, sah ich Todd an.

»Ist der Typ zu fassen?«, fragte ich und zeigte auf Malik. Todd antwortete nicht, sondern biss ins nächste Radieschen. »Ist sie nicht Veganerin?«

»Ist das, wenn man kein Fleisch ist?«, fragte Todd.

»Das sind Vegetarier. Veganer essen gar nichts – keine Eier, keinen Käse, Milch, Huhn, Tilapia, nichts«, sagte Malik. »Und sie ist *nicht* Veganerin.«

»Bist du dir sicher?«

»Glaub mir, ich wüsste es. Veganer machen sich bemerkbar.«

»Ich glaube, sie hat gesagt, sie hätte mal Kaninchen gegessen«, sagte Todd. »Bei ihrer Pflegefamilie. Oder hat sie gesagt, sie hätte sich geweigert?«

»Ist auch egal«, sagte ich. »Sie hat eh keinen Hunger.« Das hatte Blandine uns gerade gesagt, bevor sie sich mit ihrem Verdampfer und einem Becher süßem Tee in ihrem Zimmer eingeschlossen hatte.

»Doch, hat sie«, sagte Malik. »Sie kriegt Hunger. Sie weiß es nur noch nicht. Ich mache ihr klar, dass sie Hunger hat.«

»Du bist so ein Blender«, sagte ich.

»Was?«, fragte Malik.

»Du machst nur Sachen für sie, um zu beweisen, dass du Sachen für sie machen würdest.«

»Na und?«

»Siehst du nicht, wie fake das ist?«

»Es ist doch nicht fake, wenn man jemandem, für den man alles tun würde, zeigt, dass man alles für ihn tun würde.«

Ich verdrehte die Augen. »Du würdest überhaupt nicht *alles* für sie tun.«

»Würde ich wohl.«

»Ach ja? Beweis es.«

Er zeigte auf das Fleisch. »Ich beweise es doch.«

»Nein. In echt.«

Im Fernsehen zoomte die Kamera auf die nackten Waden eines Kindes, die mit nässenden roten Pusteln übersät waren.

»Was meinst du mit ›in echt‹?«, fragte Malik.

»Dich in Gefahr begeben. Ein Mann sein.«

Er schnaubte. »Musst du gerade sagen.«

»Würdest du für sie töten?«

»Ach, komm.«

»Ich schon.« Plötzlich war ich so wütend, dass ich es ernst meinte.

»Würdest du nicht«, kommentierte Todd, ohne vom Fernseher aufzusehen.

»Ich würde jetzt sofort für sie töten.«

»Das schaffst du nicht.« Malik spannte seinen Oberkörper an, den Blick auf das Fleisch in seinen Händen gerichtet. »Niemals.«

Ich steckte ein Schnappmesser ein und ging.

R. I. P. THO
Kondolenzbuch

Nachruf>>Kondolenzen>>FotoReel>>Kondolenzbuch

Traueranzeige:
ELSIE JANE MCLOUGHLIN BLITZ

16. Juli
Großartige Lady und großartiger Nachruf!! Hatte Mumm, ihre Grabrede selbst zu schreiben! Hatte immer Mumm, diese Elsie! Ha! Ha! Ein echtes Original! ;) Ruhe in Frieden, liebe Ms Blitz, wir werden Sie immer als größten Kinderstar der Welt & leidenschaftliche Aktivistin & Mutter erinnern. So viele lassen sich vom Ruhm kaputtmachen, besonders wer so jung berühmt wird wie Sie, aber Ihnen hat der Ruhm nur Hu3mor gegeben! Jetzt sind Sie sicher.

Terri Collins, Deer Park, Maryland

16. Juli
R. I. P. süßer Engel.................JESUS wird Dich in Seine liebnden Arme nehmen.........Leid ist jetzt vorbei .... viele GEBETE für Dich und Deine Familie......Unvergessen, meine Liebe

Agnes Silvers, naples, Florida

16. Juli
»Ohhhh JEEPERS, Pastor Bill!«
💩
ruhet in frieden

Dietrich M., Heidelberg, Germany

16. Juli
okay, diese »absolut wahre Geschichte« waren 5 Minuten meines Lebens, die ich nie zurückkriege, aber Friede sei mit dir, Gott segne dich

Justin, Henderson, Nevada

16. Juli
»Es kommt nicht darauf an, wie lange, sondern wie gut du lebst.« Elsie Blitz lebte lange und gut. Sie ist ein Sweetheart aus der goldenen Zeit des amerikanischen Fernsehens, und wir werden sie schmerzlich vermissen. Meine Gebete und mein Mitgefühl gehen an ihre Familie. Gott sei mit ihnen und mit allen Trauernden.

Dr. Juan Alvarez, Sante Fe, New Mexico

16. Juli
puh weiß nicht, was ich sagen soll, dass »stillleben des todes« ist zu viel für mich puh huh ~ aber viel glück, schätze ich + toller tipp: stein schere papier!!!!!!!!! / / / hab ein schönes leben im jenseits elsie internationaler goldschatzzzzz

wesley sugar, poulsbo, washingtonnnnn

16. Juli
wenn sie sterben kann, dann kann jeder sterben. o ich bin so traurig.

Dhrubo A., Kolkata, India

16. Juli
Cheers auf Elsie Blitz: Stimme der Zwergfaultiere!

Mohammed Patel, London, England

16. Juli
Irgendwie gruselig, dass sie ihren eigenen Nachruf geschrieben hat hahahaa aber r. i.p. tolle Lebensweisheiten

Adam Pejewski, Denver, Colorado

16. Juli

BITTE ERLAUBEN SIE MIR, ELSIES FAMILIE MEIN GRÖSSTES UND TIEFSTEMPFUNDENDES MITGEFÜHL ZU BEKUNDEN. ICH KANNTE SIE NICHT, ABER ICH BEWUNDERE SEIT LANGEM IHRE ARBEIT ALS SCHAUSPIELERIN UND DIE ARBEIT, DIE SIE FÜR DIESE ARMEN TIERE IN GUATEMALA LEISTET. WENN DU ELSIE BLITZ GELIEBT HAST UND SIE VERMISST, DANN DENK DARAN, DASS SIE IMMER DA SEIN WIRD, DENN DIE LIEBE STIRBT NIE. DU WIRST SIE IN EINER TULPEN UND EINEM SONNENUNTERGANG SEHEN, UND DU WIRST IHRE STIMME IM WIND HÖREN, SIE LEBT IN DER SCHÖNHEIT. HALTET DURCH IN DIESER SCHMERZLICHEN ZEIT, ALLE, DIE SIE KANNTEN. IHR WERDET DAS DURCHSTEHEN!!!

RUBY PRESTON, BOISE, IDAHO

16. Juli

ähm was sollte diese »wahre Geschichte« ähmmm *keine Ahnung*

nicole sassafrass, Nantucket, Massachusetts

16. Juli

Lol! Hatte keine Ahnung, dass sie so ein Aufgeregtes Leben gelebt hat!!! ;) hab noch nie jemand so altes über Sex reden hören lol war sie nicht an die 200 Jahre alt??? schätze, die musste sich irgendwie beschäftigen, nachdem Meet the neighbors zu Ende war rofl ;) egal, wir werden dich vermissen, SUSIE EVANS ich meine ELSIE BLITZ hahahhha <3 und tolle Arbeit mit den Faultieren!!!!!!! :) die Welt hat heute einen KLASSIKER verloren ~I<* .::.oO^Oo.::.* >I-

Gwennie, Nova Scotia, Kanada

16. Juli

Ich liebe sie. Ich liebe den Nachruf. Ich liebe die absolut wahre Geschichte. Ich liebe das Leben. Ich liebe Wörter. Ich hasse den Tod.

Ishani K., Mumbai, Indien

16. Juli
Also »Er« ist der Tod. Aber wer ist der »Sohn«? Verstehe ich nicht. Weiß jemand die Antwort? Und was hat Er aus ihrer Tasche genommen. Warum? Tut mir leid mein Englisch.

ElsieBlitzFan, Kyoto, Japan

16. Juli
Äh, ich hab immer zuerst Stein gemacht & immer gewonnen. r. i. p. tho

joey shmoey, montreal, kanada

16. Juli
😭😭😭😭😭😭😭😭😭😭😭😭😭😭😭😭😭😭😭😭

Bee. D.P., Stockholm, Schweden

16. Juli
omg was zum Geier was ne Lady wasn Ding wer hat gewusst dass Elsie voll der Freak war ab jetzt fang ich ehrenamtlich im Altersheim an firreal was für ne Zeit!!!!!!!!!!!

Liv F, Pasadena, Kalifornien

16. Juli
ich hoffe, sie ist ohne Schmerzen gestorben. ich pflücke weiße Chrysanthemen für sie und zünde sie an. immer Elsie.

Jiang ying yue, Chonqing, China

16. Juli
Für die Szene, wo das Haus abbrennt, hätte sie den Jugend-Oscar kriegen sollen. Auch der arme John Griffin, haha.

Z., South Bend, IN

16. Juli
Als ich klein war, habe ich mit meinen Eltern und meinem Bruder immer beim Abendessen Wiederholungen von *Meet the Neighbors*

gesehen. Beste Serie aller Zeiten. Ich habe so gute Erinnerungen, wie wir nach den Hausaufgaben ferngesehen und Instant-Kartoffelpüree gegessen und Milch verschüttet haben. Damals war alles einfach. Mein Bruder und ich machen immer noch den Handschlag, den Susie und Peter machen, wenn der Laster nach dem Erntefest eine Panne hat und sie die Schafe klauen, ohne dass Farmer Sebastian es merkt. Gute, erbauliche Familienunterhaltung, so was wird heute nicht mehr gemacht. Mein Bruder ist nach Atlanta gezogen, und ich sehe ihn nicht mehr oft, aber wenn ich ihn sehe, machen wir den Handschlag. Er hat Kinder und eine Frau und sie sind alle fotogen. Ich bin immer noch in Arkansas und kümmere mich um meine Mutter, weil sie inzwischen Demenz hat. Ist ziemlich hart, muss ich zugeben, aber immer, wenn sie den Titelsong von *Meet the Neighbors* hört, wird sie munter. Ich habe alle Staffeln runtergeladen und schaue sie mit meiner Mutter an, nur um zu sehen, wie sie aufleuchtet. Ich hatte vergessen, wie komisch und merkwürdig es war, als sie in Staffel 4 auf Farbe umgestellt haben und alle in der Show Sachen sagen wie: »Mein Gott, wie das leuchtet!« Haha. Und die Stelle in der ersten Farb-Episode, als Susie den Hund blau anmalt, weil sie sagt, dass alles »kunterbunt« ist. Das bringt mich heute noch zum Lachen. Auch wenn es für den Hund wahrscheinlich kein schöner Tag war. Meine Mutter erkennt mich nicht mehr immer, aber sie erkennt die süßen Figuren aus dem Fernsehen. R.I.P. kleine Susie Evans mein Herz ist bei dir und deiner Familie. Amerika wird dich immer lieben. Danke.

Mary Jensen, Jasper, Arkansas

16. Juli

DIESER GANZE #NACHRUF IST EINE UNVERSCHÄMTE LÜGE. WER AUCH IMMER AUF DIESER WEBSITE ARBEITET, BRAUCHT EIN PAAR VERDAMMTE #FAKTENCHECKER. ICH BIN #INSIDER. ICH WEISS MIT SICHERHEIT, DASS #ELSIEBLITZ IM #CEDARSSINAIMEDICALCENTER AM BEVERLY BLVD GESTORBEN IST, NICHT IN DER NÄHE

VON PANAMA. AUSSERDEM WAR ELSIE EINE #SHITTYMOTHER. ES IST ZEIT, DASS DIE MENSCHEN DIE WAHRHEIT ÜBER ELSIE BLITZ ERFAHREN. SIE WAR EINE #LÜGNERIN & EINE #EISKALTEHURE, EINE #NARZISSTIN UND #OPIOIDABHÄNGIG. SIE IST NICHT #AMERICASSWEETHEART UND WAR ES NIE. SIE HAT MEIN LEBEN UND DAS VIELER ANDERER MENSCHEN VERSAUT UND VERDIENT WEDER TRAUER NOCH NETTE WORTE. DM MICH FÜR DETAILS. #DIEWAHRHEITÜBERELSIEBLITZ #ELSIEBLITZ #NACHRUFE #WAHRHEIT #LÜGEN #FACTS

Der fürchterliche Leuchtmensch, Als würde ich hier schreiben, wo ich wohne

BETONUNG

Wenn Moses Robert Blitz erzählt, dass er einen Mental-Health-Blog schreibt, kommt immer dieselbe Reaktion.

»Sind Sie Psychologe«, fragt eine schwangere Frau. Sie verwendet absolut keine Betonung. Sie stehen auf einer Cocktailparty in einem Loft an einem warmen, schadstoffbelasteten Abend. Es ist Dienstag, der sechzehnte Juli, und gerade ist seine Mutter gestorben. Er hat sich zu dem Besuch der Party entschlossen, weil sich dort die Musik-Szene trifft, nicht die Hollywood-Szene, und er hält es für unwahrscheinlich, dass hier jemand nach Elsie fragt. Im Arts District fühlt er sich immer unbehaglich – eigentlich meidet er die sichtbaren Zeugnisse psychischer Probleme, Drogensucht und Armut, auch wenn er weiß, dass praktisch jede Straße in Los Angeles von diesen Kräften befallen ist. Aber er will sie einfach nicht sehen! Auf dem Weg vom Fahrservice zur Tür des Walnut Building hat ein Mann Moses um etwas zu essen gebeten, und als Moses ihm einen Zwanzigdollarschein gab, hat er gestrahlt. »Danke Gott segne dich«, sagte der Mann, als er das Geld nahm. »Und pass gut auf sie auf, hörst du? Pass gut auf deine Lady auf.« Moses, der allein unterwegs war, machte ein finsteres Gesicht. Dann kam er an einer Frau mit nackten Füßen vorbei, die mit einer gescheckten Katze an einer Hauswand saß. »Ich bin ein Gott, ich bin ein Gott, ich bin ein Gott«, sagte sie.

Jetzt steht er in einem Loft, das dem Gastgeber als Studio dient. Geschmackvoll arrangierte Schatten lassen die Möbel teurer und die Leute fruchtbarer wirken, als sie sind. Der Raum hat ein hohes, schräges Dach und ein Dachfenster, durch das man keine Sterne sieht. Rohes Mauerwerk. Original-Fenster. Eigentlich findet die Party anlässlich des Albums statt, das der Bewohner gerade veröffentlicht hat, aber er weigert sich, die Musik zu spielen, weil sie ihm plötzlich peinlich ist, und hat sich mit zwei sehr jungen Frauen und einem Cockerspaniel ins Schlafzimmer zurückgezogen.

Die Gäste sind abweisend und riechen gut, sie tragen experimentelle Athleisure Wear und fühlen sich sehr sexuell. Außer Moses, der am liebsten den Reißverschluss seiner Haut öffnen will, um sie abzustreifen. Er spürt wieder die Fasern, sie piken und beißen wie Zecken. Er hat eine Krankheit. Er will nicht darüber reden.

»Was?«, fragt er die schwangere Frau und fühlt sich jetzt schon klaustrophobisch in dem Gespräch.

»Sind Sie Psychologe«, wiederholt sie.

»Nein.«

»Haben Sie Psychologie studiert.«

»Nein.«

»Psychiatrie.«

»Nein.«

»Psychoanalyse.«

»Nein.«

»Medizin.«

»Nein.«

»Psychotherapie.«

»Nein.«

»Soziologie.«

»Nein.«

»Anthropologie.«

»Nein.«

»Critical Race Theory.«

»Nein.«

»Queer Theory.«

»Nein.«

»Indigenous Studies.«

»Nein.«

»Women's Studies.«

Er holt tief Luft. »Nein.«

»Was qualifiziert Sie dann, einen Mental-Health-Blog zu schreiben.«

Sie ist attraktiv, aber ihr Blick ist stumpf, und ihre Affektarmut zerrt an Moses' Nerven. Er fühlt sich aufdringlich weiß und männlich in ihrer Gegenwart und kann nicht erklären, warum. Sie ist auch weiß. Er kratzt sich mit beiden Händen am Hals, weil aus seinen Poren bunte Fasern sprießen, aber das Kratzen ist nicht genug. Er stellt sich vor, er könnte eine Gabel über seine Haut ziehen.

»Nun, ich berichte ausschließlich über meine *persönliche* geistige Gesundheit«, sagt er. »Also.«

Tatsächlich ist seine Absicht das Gegenteil, denn der Blog ist als Ratgeberkolumne für anonyme Hilfesuchende konzipiert, aber Moses zieht die symbolische Wahrheit der buchstäblichen Wahrheit vor.

»Was qualifiziert den Blog dann als Mental-Health-Blog«, erwidert die Frau staubtrocken.

Wurdest du von Robotern aufgezogen?, fragt er nicht. »Ich will mich einfach engagieren.«

»Ihr Blog klingt genauso ichbezogen und frei von sinnstiftendem Inhalt wie jeder andere Blog.«

»Tja.« Er ist getroffen. Alles juckt. »Jeder ist Experte seiner selbst, also …«

»Expert·in.«

»Was?«

»Expert·in.«

»Ich meinte alle«, erklärt Moses.

»Ihre Sprache ist ein Code patriarchalischer Mikroaggressionen.«

Moses hasst sich.

»Reden Sie weiter«, verlangt sie.

Er schwitzt. Er hat Angst, dass er sich zu etwas hinreißen lässt – schlechtes Benehmen braut sich in ihm zusammen wie eine Wildkatze, die zum Sprung ansetzt. Die Lampe aus dem Fenster werfen oder anfangen zu muhen oder zu strippen, die Frau zu Boden schleudern. Nein, nein, nein. »Na gut, jeder Mensch ist Expertin oder Experte ihrer oder seiner selbst. Oder divers.« Er kippt den Rest seines Whiskey-Gurkenwassers herunter. »Das eigene Ich zu verstehen, hilft, andere zu verstehen.« Und dann, in einem Anfall von Überzeugung: »Deswegen haben wir ein Bewusstsein!«

Jetzt fühlt er sich komisch, und er weiß nicht, ob sie es weiß. Weiß sie es? Diese schwangere Schaufensterpuppe? Was denkt sie? Ist sie überhaupt fähig zu Trauer oder zu Sehnsucht? Ihre Gegenwart fühlt sich an wie Abwesenheit. Mütterlich.

Sie greift nach einem Glas mit auf Zahnstocher gespießten Oliven. Bedächtig wählt sie eine aus, führt sie zum Mund und kaut, ohne den Blickkontakt abzubrechen. Warum macht sie so was? Moses konzentriert sich auf die Schlaflosigkeit, von der ihre geschwollenen Augen zeugen, sichtbar trotz Make-up und selbst im Kerzenlicht.

»Ach so«, sagt sie sarkastisch. »*Deswegen* haben wir ein Bewusstsein.«

Er kennt die Frau nicht. Irgendeine philanthropische Ehefrau irgendeines aus der Mode gekommenen Regisseurs. Warum löst die Angst vor ihrer Missbilligung derartige Schweißausbrüche bei ihm aus? Er kratzt sich den Hals wund.

»Wenn wir unsere eigenen Motive und Bedürfnisse verstehen«, beginnt er vorsichtig, »können wir die Motive und Bedürfnisse anderer besser einschätzen.« Er keucht. »Raubtiere, Vorgesetzte, Freundinnen und Freunde. Und so weiter.«

»Hat sich das Bewusstsein nicht als Nebenprodukt der Sprache entwickelt.«

»Die Theorien schließen sich gegenseitig nicht aus.«

»Sie haben Ihre nicht als Theorie vorgestellt.«

»Was?«

»Sie haben sie als Tatsache vorgestellt.«

»Der eine sagt ›Miesmuscheln‹, der andere ›Cozze‹.« Er grinst flehend. Er muss hier weg.

»Entschuldigen Sie.« Sie stellt das Glas in ein Regal voller Enzyklopädien, die noch in Folie verschweißt sind. »Ich glaube, ich muss mich übergeben.«

Moses sieht ihr hinterher, als sie zum Klo watschelt, dann atmet er auf.

Schlechtes Betragen abgewendet. Er hat sich zusammengerissen, seine Haut hat ihn zusammengerissen, die Fasern in seiner Haut haben sich zusammengerissen – ein Wunder. Wie ein ganz normaler Mensch wirft Moses einen Blick auf sein Telefon. 22:34 Uhr. Er wischt über den Bildschirm voller Textnachrichten, Voicemails, verpasster Anrufe, E-Mails, Direct Messages. Leute, die ihm alles Gute wünschen, Leute, die ihr Beileid bekunden, Leute, die fragen, wie es ihm geht. Wen davon interessiert es? In ein paar Stunden sitzt er im Red-Eye nach Chicago, und er hat noch nicht gepackt. In Chicago mietet er sich am Flughafen ein Auto und fährt nach Vacca Vale, Indiana. Eigentlich sollte er zu Hause in Los Feliz sein und sich auf die Reise vorbereiten. Die Party zu besuchen war eine unhaltbare Entscheidung.

Als er seinen Blazer wiederfindet – saphirgrüner Samt, ein Geburtstagsgeschenk zum Zweiundfünfzigsten von Jamie, bevor sie den fetten Start-up-Wichser gebumst hat und – benimm dich, atme, benimm dich –, entdeckt er auf seinem Handrücken einen Klecks leuchtende Neonfarbe in Form einer winzigen Lunge. In Zukunft muss er besser aufpassen.

BIG

Blandine Watkins arbeitet viermal die Woche bei einem Diner namens Ampersand und nimmt die Entschuldigungen, die Lächeln, die »Tut-mir-leid-wenn-ich-nerve« und »Kann-ich-vielleicht-nur-noch-einen« der übertrieben dankbaren Freelancer entgegen. Ampersand ist der einzige nicht zu einer Kette gehörende Laden in Vacca Vale, der entfernt an ein Kaffeehaus erinnert. Gegründet von einem optimistischen Hippie-Pärchen zieht der Diner eine unverhältnismäßige Menge von Menschen mit Baskenmützen an. Eine botanische Vintage-Tapete hüllt alles ein – meistens liebt Blandine die Tapete. Doch heute löst sie wegen der Abholzung der Regenwälder Mordgelüste bei ihr aus. Ampersand ist für seine avantgardistischen Pies bekannt; das ist die Spezialität. Für jedes Stück Pie werden fünfzig Cent ans Frauenhaus gespendet. Blandine steht die meiste Zeit hinter der Kasse und funkelt die Gäste an, deren aufgesetzte Manieren sie hasst. Auf einem Stuhl bei der Tür welkt ein Stapel *Vaca Vale Gazette* vor sich hin. Den ganzen Vormittag hat Blandine zugesehen, wie die Leute den Artikel lesen. Sie versucht, Triumph zu empfinden oder Genugtuung, aber sie ist einfach nur müde.

Am Morgen des Dienstags, des sechzehnten Julis – einen Tag bevor sie ihren Körper verlässt –, beobachtet Blandine zwei anstrengend höfliche Gäste, die um die Sitzplätze verhandeln.

Zuerst kommt eine Frau in einem hellgelben Kleid mit schlecht blondierten Strähnchen, gepflegten Fingernägeln und einer kleinen Tochter. Die Frau setzt sich ihrem Kind gegenüber an einen Gemeinschaftstisch und knetet nervös eine Serviette. Dann kommt ein Brille tragender Mittzwanziger mit einem Beutel quer über der Brust und dem gesunden Teint eines Veganers. Was machen diese Leute in Vacca Vale, fragt sich Blandine, wo wohnen sie und wann ziehen sie weg? Außerhalb von Ampersand, in freier Wildbahn, sieht sie sie nie.

»Ist es okay, wenn ich mich hierhinsetze?«, fragt der junge Mann und berührt den Stuhl neben der Frau.

»Oh«, sagt die Frau verwirrt. »Na ja.«

»Besetzt?«, fragt er.

»Na ja – es ist so – also eigentlich warten wir auf jemanden.«

»Oh, okay, kein Problem!« An seinem Lächeln und seinen Jeans sieht Blandine, dass der junge Mann noch nie wirklich kritisiert wurde und dass er das Produkt extremer Elternliebe ist. Er glaubt, die ganze Welt sollte ihn so lieben, wie er ist, nimmt Blandine an. »Ist der hier noch frei?« Er zeigt auf den Stuhl neben dem Kind.

»Ähm.« Panik verzerrt das Gesicht der Frau. »Vielleicht will er lieber da sitzen.«

»Okay.« Der junge Mann legt die Hand wieder auf den Stuhl, nach dem er zuerst gefragt hat. »Dann ist der hier doch frei?«

Andere Café-Gäste heben neugierig den Blick von Tassen und Bildschirmen.

Die Frau schluckt. »Tut mir leid, es ist nur – also der, auf den wir warten, ist ihr Papa? Und er ist gleich hier? Und er ist groß. Ein großer Kerl. Ich meine, richtig *groß*. Deshalb braucht er ziemlich viel Platz?« Ihre Stimme wird schrill, und sie hat die Papierserviette auf ihrem Schoß inzwischen zerfetzt. Die Frau wirkt so zusammenfaltbar wie ein Regenschirm. »Er hat gerne viel Platz.«

Der Mann blinzelt. »Aber … er braucht sicher nicht zwei Stühle an gegenüberliegenden Tischseiten, oder?«

»Ich will nur nicht … ich will nicht, dass es für Sie unangenehm wird.«

»Das ist mir nicht unangenehm.«

»Ich will, dass es für Sie angenehm ist.«

»Sagen Sie einfach, was für Sie am angenehmsten ist.«

Sie strahlen einander an.

»Aber was, wenn …«, beginnt die Frau, »es ist nur, dass er vielleicht …«

»Ich tausche gern mit ihm, wenn er lieber hier sitzt. Das wäre überhaupt kein Problem.«

Hilfesuchend sieht die Frau das Kind an. Das Kind haut ungerührt zwei Plastikspielzeuge aneinander. Eins ist ein braunes Kaninchen, das andere ein Tyrannosaurus Rex; das Kaninchen ist dreimal so groß wie der Dinosaurier.

»Er ist ein richtig großer Kerl«, beharrt die Mutter leise, und Blandine bemerkt, dass die Katzenkratzer an ihren Armen aussehen wie Stickerei.

Endlich begreift der junge Mann, dass die Frau ein Unbehagen, das nichts mit den Sitzplätzen zu tun hat, auf die Sitzplätze projiziert. Er hat einen Einführungskurs in die Psychologie am Junior College, vermutet Blandine lieblos, und jetzt hält er sich für einen Experten. »Okay.« Er lächelt und redet zu der Frau und ihrem Kind, als wären beide im gleichen Alter. »Alles gut. Ich setze mich einfach hier drüben hin.«

Er nimmt einen Barhocker am Fenster, bedenkt die Frau und ihr Kind mit mitfühlenden Blicken und packt seinen Beutel aus. Blandine hasst diese billige Karikatur von Empathie, die sich so oft als Mitleid manifestiert. Sie kennt sie nur von Leuten, die übermäßig geliebt und nie wirklich kritisiert werden.

Kurz nach dem Austausch kommt ein weiterer Mann herein und lässt die Türglocke bimmeln. Er trägt eine dunkle Lederjacke, eine Wolke Zigarettenrauch und frische Sonnenbräune, und seine Präsenz scheint ihre eigene Schwerkraft zu haben. Er wäre ein guter Kandidat für Männer-Deo-Werbung, denkt Blandine: attraktiv genug, um als positive Selbstprojektionsfläche zu dienen, aber nicht so schön, dass er beim Kunden Unsicherheit in Bezug auf das eigene Männlichkeitsempfinden auslöst. Blandine weiß instinktiv, dass er viele Tätowierungen hat, auch wenn sie keine sieht. Er trägt sein Testosteron wie ein starkes Aftershave.

Den Café-Gästen fällt kollektiv auf, dass der Mann klein ist.

»Oh«, sagt die Frau, und ihre Stimme sinkt. »Ich hatte dich größer in Erinnerung.«

»He?«

»Hallo«, berichtigt sie sich.

Er setzt sich neben das Kind, verwuschelt seine dünnen Schwänzchen. »Hey, Kiddo.«

Das Mädchen sieht ihn böse an. »Ich will nicht neben dir sitzen.« Ihr Ton ist finster und bestimmt. Sie ist etwa fünf.

»Mäuschen, bleib neben deinem Papa«, verlangt die Frau, die den Vater beobachtet, der das Kind beobachtet, das Blandine beobachtet, die es zurück beobachtet. »Er ist einen weiten Weg gekommen, nur um mit dir zu frühstücken. Ist das nicht lieb? Ist das nicht lieb von ihm, Mäuschen?«

Das Kind richtet den finsteren Blick vorwurfsvoll auf die Mutter, dann beschäftigt es sich wieder mit seinen Figuren. Soweit Blandine es sieht, gewinnt das Kaninchen.

»Das kommt raus, wenn ich es versuche«, beschwert sich der Vater.

»Oh, nein, nein, nein – sie hat nur Hunger, das ist alles!« Helles Lachen dringt aus dem Hals der Mutter. »Weißt du, es ist komisch; ich komme mir so albern vor – aber ich dachte, du bist viel größer. Ich habe allen erzählt, wie groß du bist. Ich habe gesagt: ›Er ist groß, riesig groß.‹ Aber das bist du gar nicht. Riesig, meine ich.«

Er verschränkt die Arme. »Was soll das heißen?«

Ihr Lächeln zuckt. »Es ist einfach komisch.«

Sie schauen beide in die Karte.

Irgendwann kommt Blandine an den Tisch und wartet, dass sie etwas sagen. Sie weiß, dass sie keine gute Kellnerin ist – ihr fehlt die positive Einstellung, sie stößt die Leute häufig vor den Kopf –, aber heute ist sie zu erschöpft, um gegen ihre Schwächen anzukämpfen. Die Mutter bestellt Pancakes und dazu Avocado, Grapefruitsaft, Apfelsaft und einen Extrateller. Der Vater bestellt Kaffee, Brombeer-Pie, Bacon und Eier. »Ganz flüssig.« Er grinst, die Zähne schneeweiß, sein Blick huscht zu Blandines Brust. »So gut wie roh.« Er zwinkert ihr zu.

Gäste zwinkern Blandine häufig zu. Nach dem Zwinkern packen sie häufig ungefragt intime Informationen aus. Weil Blandine sich ihrer Schönheit nicht bewusst ist – ihren Körper sogar abstoßend findet –, führt sie das Phänomen darauf zurück, dass sie zwanghaft Blickkontakt sucht. Letzte Woche vertraute ihr ein älterer Herr, dessen Frau gerade auf dem Klo war, an, dass er »Mitte rechts auf dem Sexualitätsspektrum« sei, »wenn ganz rechts voll homosexuell ist«. Am nächsten Tag gestand ihr eine Fünfzehnjährige, dass sie ihrem vierzigjährigen Jugendpfarrer Oben-ohne-Fotos von sich schickt. »Er liebt mich«, sagte das Mädchen voller Hoffnung. Erst gestern gab ein Ranger aus Michigan zu, dass er manchmal rohe Lachsfilets in der Nähe von Campingplätzen auslegt, weil er gern mal einen Bären sehen würde.

Blandine freut sich nicht, dass sie die Geheimnisse fremder Leute aufgebürdet bekommt. Sie will sich selbst transzendieren, will aus dem grotesken Gefäß ihres Körpers ausbrechen. Wie soll ihr das gelingen, wenn Fremde sie wie einen Lagerraum für ihre bleischweren Informationen behandeln? Sie sieht den zwinkernden Vater mürrisch an.

»Wir haben keinen Brombeer-Pie«, sagt sie.

»Sicher?«

»Ja.«

»Den hatte ich aber schon mal hier.«

»Wir hatten noch nie Brombeer-Pie.«

»Doch«, entgegnet der Mann. »Ich habe ihn bestellt, als ich das letzte Mal hier war.«

»Nein«, antwortet Blandine, wohlbewusst, dass sie ihren allgemeinen Widerwillen gegen diesen Mann in einen sinnlosen Widerspruch lenkt, aber sie hat keine Lust nachzugeben. »Das ist unmöglich.«

»Vielleicht war es vor deiner Zeit.«

»Ich arbeite von Anfang an hier.«

»Tja, echt schade, dass es heute keinen gibt.« Der Mann schaut sie böse an. »Echt schade. Was ist im Angebot?«

Blandine dreht sich zur Tafel am Eingang um und liest vor: »Lavendel-Lamm-Pie, Avocado-Rhabarber-Pie, Schwarzer-Schimmel-

Pie, Erdbeer-Tomaten-Essig-Pie, Banane-Kohle-Pie und Brokkoli-Pfirsich-Pie.«

Er macht ein Gesicht, als hätte sie ihm gesagt, die Pies seien mit gehackten Menschenschenkeln gefüllt. Grauen steht in seinem Blick und schlägt rasch in Wut um. Gefahr witternd beschäftigt sich die Frau mit einem Taschentuch und versucht erfolglos, das Kind dazu zu bringen, sich die Nase zu schnäuzen.

»Ist das ein Witz oder so was?«, fragt der Mann.

Blandine beißt die Kiefer zusammen. »Ich meine es todernst, Sir.«

»Du verarschst mich doch.«

»Sehen Sie sich die Tafel an.«

Er liest. »Schwarzer *Schimmel*?«

»Das ist Sauerrahm-Pie, mit schwarzem Lakritzpulver bestreut …«

»Kein Pie für mich. Kein Pie. O Gott.« Der Mann verschränkt die Arme und schüttelt den Kopf, die internationale Zurschaustellung moralischen Entsetzens. »Der Schuppen ist den Bach runter, seit ich hier weg bin.«

Als sie die Bestellung entgegengenommen hat, nimmt Blandine ihren Posten an der Kasse wieder ein und beobachtet die Familie verbittert. Keiner der Elternteile trägt einen Ring. Die Mutter sackt immer mehr zusammen, während sie irgendwas von ihrem Haar und ihrer Haut erzählt und dem Haar und der Haut des Kindes. »Ist sie nicht süß heute?«, fragt sie immer wieder. »Mit den Schwänzchen? Und das hübsche weiße Kleid? Am liebsten hätte ich auch ein weißes Kleid. Dann wären wir im Partnerlook.« Der Vater bleibt schweigsam, versucht nur gelegentlich, das Kind zu streicheln, aber es rutscht von ihm weg. So geht es eine ganze Weile.

Blandine holt das Essen und bringt es ihnen.

»Danke, Süße«, sagt der Vater, den Blick wieder auf ihre Brust gerichtet, und Blandine freut sich, dass sie ihm auf das Rührei geniest hat. Das Kind schlürft seinen Saft, als wäre es tagelang durch die Wüste geirrt.

»Früher bin ich ja immer knackbraun geworden«, sagt die Mutter, während sie dem Kind zwei ihrer drei Pancakes auf den Teller schiebt. »Aber meine Haut ist so sonnenempfindlich geworden, dass ich keine Viertelstunde ohne UV-Schutz draußen sein kann. Total verrückt. Wir waren am Wochenende im Dunes Resort – weil ich ihr Schwimmen beibringen will und so? –, und ich musste mich ständig eincremen, eincremen, eincremen, und sie musste mir beim Rücken helfen, und ich habe trotzdem überall Sonnenbrand bekommen, vielleicht sieht man es, wahrscheinlich siehst du es, aber ich weiß nicht, du hast mich ja eine Weile nicht gesehen, vielleicht siehst du es gar nicht.« Ihr Redefluss stockt, und sie wird rot. Das Mädchen sieht sie streng an und wirkt einen Moment lang unverhältnismäßig riesig, wie Jesus auf den Gemälden von Mutter und Kind.

»Sirup«, verlangt das Mädchen.

Die Frau kippt Ahornsirup an die Stellen, auf die das Kind mit dem Finger zeigt.

»Es ist bloß so verrückt«, endet die Frau kleinlaut. »Weil ich früher immer so knackbraun geworden bin.«

»Und trotzdem redest du noch so viel.« Der Mann schneidet sich ein Viertel ihres verbleibenden Pancakes ab.

»Tut mir leid«, flüstert sie, faltet die Arme und Beine um ihre Mitte und macht sich zu einem Päckchen ohne Glieder. Sie betrachtet den Mann, der den Pancake kaut. Ein dünnes Lachen. »Echt komisch.«

»*Was* ist komisch?«

»Ich dachte nur – ich dachte, du wärst so groß.«

KÖNNEN SIE BITTE

Lärmverschmutzung triggert bei Joan Kowalski ein Gefühl, das sich am besten als Tobsucht beschreiben lässt. Besonders stark ist diese Reaktion in Bibliotheken, im Büro und in der Woche vor ihrer Periode. In letzter Zeit ist der Lärm aus dem Apartment über ihr – wo die Horde Teenager wohnt, einschließlich des unheimlichen weißhaarigen Mädchens aus dem Waschsalon – unerträglich geworden. Polternde Möbel. Brüllende Jungs. *Bongos.*

Als Joan vor drei Monaten mit dem Zug zu ihrer Tante Tammy in Gary, Indiana, fuhr, saß sie ein paar Plätze von einem Mann entfernt, der lauter schnarchte, als sie für möglich gehalten hätte. Zum ersten Mal in ihrem Leben hatte Joan das Gefühl, sie wäre zu einem Mord fähig. Es war feucht und widerlich, das Schnarchen – unbeschreiblich widerlich. Joan war extra in den Bistrowagen umgezogen, weil ein junger Mann, der aussah wie frisch aus einer Studentenverbindung, eine Stunde lang von einem Telefonat zum nächsten segelte. Sie stand auf, um den schnarchenden Mann zu konfrontieren, zitternd sowohl aus Angst vor der Konfrontation als auch aus Entrüstung, dass sie dazu gezwungen war.

»Entschuldigen Sie«, sagte sie, aber der Mann schnarchte weiter. Sie tippte an seine Schulter. »Entschuldigen Sie.« Nichts. *»Entschuldigen Sie!«* Als er prustend aufwachte, war es ihm so peinlich und er wirkte so väterlich, dass sich der Großteil von Joans Wut in eine Entschuldigung zurückzog. »Tut mir leid, aber, äh, ich versuche zu lesen?«, sagte sie verunsichert. »Und ich bin sehr geräuschempfindlich? Und ich wollte fragen, ob es vielleicht eine Möglichkeit gibt, dass Sie, äh, aufhören zu schnarchen? Es tut mir wirklich leid. Wenn nicht, ist es auch okay. Ich weiß, meine Bitte ist unzumutbar. Es ist nur, ich habe große Schwierigkeiten, mich zu konzentrieren, wenn es so … laut ist.«

Der Mann wurde rot und nickte. »Ich habe es gar nicht gemerkt«, sagte er. »Dass ich schnarche. Ich wollte nicht einschlafen. Ich habe Schlafapnoe, normalerweise schlafe ich nicht so gut, aber letzte Nacht war mein Sohn krank, und ich habe kein Auge zugemacht. Wir glauben, er hat Grippe. Ich muss eingenickt sein. Tut mir wirklich leid – das ist mir furchtbar peinlich. Ich versuche, mich zu beherrschen.«

Joan entschuldigte sich noch dreimal, dann kehrte sie an ihren Platz zurück und kam sich schäbig vor. Wie gewöhnlich, wenn sie eins der Probleme der Welt konfrontierte, machte die Welt ihr klar, dass Joan das Problem war. Sie nahm sich vor, sich die Misophonie abzugewöhnen und von nun an ein besserer Mensch zu sein.

Doch am Dienstag, dem sechzehnten Juli, als Joan Kowalski abends auf dem Heimweg in der Straßenbahn zu lesen versucht, wird sie erneut auf die Probe gestellt. Die Tram ist rot und schick, nagelneu, aber nostalgisch, eine Reminiszenz an die frühen Lokomotiven und den alten amerikanischen Optimismus. Normalerweise fährt Joan in einem geerbten Kombi zur Arbeit, aber der Tank ist leer, und das Gehalt kommt erst am Freitag. Die Vorbereitungsphase des Vacca-Vale-Revitalisierungsplans hat kürzlich die Tram und ihre Schienentrasse hervorgebracht. Um die Nutzung der öffentlichen Verkehrsmittel anzukurbeln, hat die Stadt jeder Bürgerin und jedem Bürger eine Monatskarte geschenkt. Die Werbung hat funktioniert, und jetzt, während der Rushhour, sitzen mindestens zehn Leute in jedem Waggon.

Trotz der klimatisierten Kälte ist die Stimmung gut. Joan nimmt den Venedig-Krimi heraus, den ihr ihre Tante Tammy geschickt hat; sie ist immer noch geknickt von der Auseinandersetzung mit Anne Shropshire und will sich von der anhaltenden Scham ablenken, aber das Gekicher und Geplärre von drei Elfjährigen bringt die Wörter auf dem Papier durcheinander und regt sie schrecklich auf. Sie klingen wie Schimpansen. Immer wenn Joan denkt, das Teenie-

Gejohle hört endlich auf, wird es noch lauter und verschlingt Joans entzündlichen Frieden mitsamt dem Waggon. Die Kinder kreischen, als würden sie nichts sehen außer sich selbst. Joan bezweifelt, dass irgendetwas auf der Welt so lustig sein kann.

Nachdem sie den Mädchen böse Blicke zugeworfen hat, wechselt sie an der nächsten Station den Waggon, rennend, um nicht stehen gelassen zu werden, was ihr peinlich ist. Im nächsten Waggon ist es ruhig, bis drei Leute Mitte dreißig zu schreien anfangen.

»Wartet's ab!«, ruft ein sehr großer Mann. »Bald können Männer auch Kinder kriegen!«

»Nur ne Frage der Zeit!«, setzt ein zweiter, sonnenverbrannter Mann nach.

»Hoffentlich!«, entgegnet eine Frau in einer Camouflage-Latzhose. »Ich hoffe wirklich, dass ihr und eure ganzen Eier schwanger werdet!«

Joan weiß nicht, ob die Leute außer sich oder begeistert sind.

Sie wechselt den Waggon.

Die Ruhe im nächsten Abteil währt zwei Stationen. Dann zieht sich ein Kind den Hoodie falsch herum an, verbirgt das Gesicht in der Kapuze und wankt durch den Wagen wie ein kreischender Zombie. Der Vater starrt in sein Telefon, er hat einen Noise-Cancelling-Kopfhörer auf den Ohren.

Der letzte Waggon ist leer bis auf eine Frau und ihren Service-Hund. Die Frau und der Hund sind beide beige. *Bitte nicht streicheln,* steht auf der Weste des Hundes.

Joan steigt ein und räuspert sich. »Darf ich …«

»Können Sie bitte den Mund halten«, sagt die Frau mit geschlossenen Augen. »Können Sie bitte einfach den Mund halten und mich in Ruhe lassen.«

MEIN ERSTES WAR EIN FISCH

Bloß ein oller, halb toter Fisch, den ich am Fluss gefunden hatte. Bronzefarben und dünn, nicht länger als meine Hand, Handwurzel bis Fingerspitze. Fast süß. Als ich ihn fand, lag er im gefrorenen Matsch, nur ein paar Zentimeter vom Wasser entfernt, aber es gab keine Strömung, die ihn zurückgeholt hätte. Ich schwöre, er hat mich angesehen. Er war mein *Zeuge*. Eine Weile waren da nur der Fisch, ein paar Opossums, ein Haufen Kaninchen und ich. Stille bis auf so ein Schwanz-Verlängerungs-Motorrad, das über die Straße röhrte. Eiseskälte, weil Februar war, und meine Jacke war scheiße, deswegen zitterte ich ein bisschen. Der Fisch pumpte mit den Kiemen, als wäre er noch unter Wasser. Ich nahm ihn an der Schwanzflosse und trug ihn zwei Kilometer zurück zum Kaninchenstall. Die Schuppen zwischen die Finger geklemmt. Schleimig. Der Fisch zappelte noch ein, zwei Mal, aber dann starb er wirklich.

Ich weiß, es war bloß ein Fisch, und ich weiß, dass die meisten Leute wegen eines toten Fischs nicht traurig wären, aber an dem Abend – ganz ehrlich – es war, als würde der Fisch mir etwas über meine Seele verraten. Als würde er mir verraten, dass meine Seele gestört war. Ich weiß, es klingt blöd, aber das war der Gedanke, den ich hatte, und ich war nicht mal high. Ich dachte, der Fisch sagte zu mir: Ja, Jack, du bist böse. Irgendwas in deinem Getriebe ist schiefgelaufen, vielleicht in vitro, vielleicht in deiner Kindheit, und jetzt bist du auf die falsche moralische Zeitzone geeicht, vielleicht sogar auf das falsche Sonnensystem. Du, Jack, bist kaltherzig. Und du hast keine Ausrede. Auch wenn du in der Fürsorge warst, du hattest Glück – niemand hat dir wehgetan. Sie haben dich mit elf zu Cathy und Robert geschickt, einem älteren katholischen Ehepaar, und an die Zeit vorher, als du bei deiner Grandma warst, kannst du dich sowieso nicht erinnern, auch wenn du dir ziemlich sicher bist, dass alles gut war. Nicht toll, aber gut. Deine Grandma hat viel gearbeitet, aber sie hat sich um dich gekümmert, oder?

Als ich noch in der Fürsorge war, haben die Therapeuten immer versucht, mir die Erinnerungen an die Zeit vor elf aus dem Hirn zu locken, aber ich hatte nichts zu bieten. Jedenfalls nichts Konkretes. Nur verschwommene Bilder – Grandma rauchte im Auto; Grandma hatte eine Kaugummi-Maschine, die sie immer auffüllte; Grandma trug neonpinken Lippenstift; Grandmas Parfum roch wie nichts in der natürlichen Welt. Auf langen Strecken wurde mir von der Rauch-Parfum-Kombination im Auto schlecht, aber statt etwas an ihren Gewohnheiten zu ändern, ließ sie bloß das Fenster runter, sogar mitten im Winter. Ich erinnere mich, dass ich auf dem Weg zum Schulbus alte Eisenbahnschienen überqueren musste, und dort waren immer wahnsinnig viele Kaninchen. Wenn es kalt war, machte Grandma morgens Grütze für mich, und obwohl sie uns manchmal den Strom abstellten, hatten wir immer genug zu essen. Im Winter deckte sie mich mit drei Decken zu. Sie war Kassiererin im Supermarkt.

Ein Psychologe hatte die Theorie, dass ich traumatische Erinnerungen verdrängte, vielleicht dissoziierte, und ich wollte ihm glauben. Es hätte erklärt, wie künstlich sich alles anfühlte, wie einsam und digital. Dass ich häufig jemandem wehtun wollte, nur um zu sehen, ob wir beide echt waren, jemandem ins Gesicht schlagen, nur wegen des Nervenkitzels. Aber zwei andere Psychologen sagten, meine Kindheit hätte die Riechprobe bestanden. In meiner Akte sei kein Missbrauch dokumentiert. Es klang nicht alles leicht, versicherten sie mir, aber es klang auch nicht schrecklich. Einer sagte, vielleicht könne ich mich nicht erinnern, weil ich zu viel kiffte.

Wie jedes Pflegekind habe ich eine große Klappe, wenn es sein muss, aber Cathy und Robert waren gut zu mir. Sie waren viel weg, sammelten Engelsfiguren, hielten unheimliche kleine Sittiche im Wintergarten und sahen mir fast nie in die Augen. Aber sie sorgten für mich, auf ihre Art. Sie bezahlten meinen Ju-Jutsu-Kurs aus eigener Tasche. Kamen selten ins Untergeschoss und nie in mein Zimmer, sodass es einfach war, Mädchen reinzuschmuggeln, falls ich eins rumkriegte – meistens Anna, eine mollige Studentin vom Community College, die sogar Spaß am Sex mit mir hatte, die Gute. Sex mit Anna war der Sonnenstrahl in meinem bewölkten Leben. Sie hatte Sommersprossen auf den Schultern, die ich liebte. Im Bett übernahm sie gern die Führung, sagte immer genau, wie ich sie anfassen und was ich sagen sollte. Sie behauptete, ihre Eltern hassten sie und ich hätte Glück, dass ich keine habe. Anna war das Wunder, das mich die elfte Klasse überleben ließ, bis sie in der Vorlesung »Geld, Banking und Kapitalmärkte« ihren richtigen Freund kennenlernte. Dann machte sie Schluss. Falls Cathy und Robert von Anna wussten, erwähnten sie es nie. Cathy brachte mir bei, mit Gangschaltung Auto zu fahren, Robert legte an meinem Geburtstag drei verschiedene Fleischsorten auf den Grill, sie kritisierten nie meine Noten, zwangen mich nie zu lesen oder zu beten, taten mir nie weh und ließen es nie durchgehen, wenn andere mir wehtaten. Sie gaben mir Freiheit. Eine vernünftige Uhrzeit, wann ich zu Hause sein musste. Ein Telefon. Womit ich sagen will, Cathy und Robert haben mir keine Scheiße eingebrockt, die einem den Rest des Lebens verdirbt, Scheiße, wie sie fast jedes Fürsorgekind erlebt hat, das ich kenne. Jemand wie Blandine hat so ein Zeug wahrscheinlich vom ersten Tag an abgekriegt. Schwer zu glauben, dass das Blatt, das wir bekamen, vom gleichen Kartenspiel stammt.

Cathy und Robert hatten noch zwei andere Jungs aufgenommen, aber die kamen nicht vom Jugendamt – sie waren Austauschschüler aus China, von irgendeinem beknackten Austauschprogramm, das Vacca Vale irrtümlich für eine interessante amerikanische Stadt hielt. Die beiden hießen Wang Wei und Li Jun, aber in Indiana nannten sie sich Tyler und Chip.

Tyler und Chip hatten ihre Zimmer auch im Untergeschoss, aber ich hatte kaum was mit ihnen zu tun. Sie sahen Anna oft, aber sie sagten nie was und petzten auch nicht. Wir hatten eine Abmachung:

Leben und leben lassen. Einmal an Weihnachten stellte Tyler mir eine in rotes Papier gewickelte Schachtel vor die Tür. Es war ein selbst gemachtes Notizbuch mit einem richtig krassen blauen Muster auf dem Einband; und obwohl ich wusste, dass ich mich mit dem Ding nicht tot erwischen lassen würde, hatte ich ein Gefühl, als wäre Tyler mein Bruder. Es klingt kitschig. Es fühlte sich kitschig an. Aber es fühlte sich auch echt an. Mit heißen Händen schlug ich es auf. Vorne steckte eine Karte, auf der stand: *für dein Schreiben.*

Da fiel mir wieder ein, wie Cathy und Robert einmal beim Abendessen jeden von uns gefragt hatten, was wir werden wollten. Chip sagte Flugzeugingenieur. Tyler sagte: »Ein Richter für Kinder.« Nach ein paar Rückfragen nahmen wir an, dass Tyler Rechtsanwalt für Kinderrecht werden wollte. Als ich dran war, zuckte ich die Achseln und schob mir eine große Gabel Kartoffeln in den Mund, aber Robert hakte nach. Meine Englischlehrerin mochte mich, sie sagte, ich würde gute Essays schreiben, und legte mir immer Bücher auf den Tisch. »Schriftsteller«, sagte ich aus dem Bauch heraus. »Drehbuchautor. Ich weiß nicht.« Es reichte. Und dann konzentrierte sich jeder wieder auf das Barbecue-Chicken.

Als ich das Notizbuch zu Weihnachten bekam, lief ich los und kaufte Tyler ein Päckchen Zigaretten, weil er auf der Gasse hinter der Garage immer »heimlich« rauchte. Für Chip kaufte ich eine Flasche General Tso's Sauce, weil er sagte, das wäre sein Lieblingsnahrungsmittel in Amerika, und es wäre irgendwie falsch – seltsam – gewesen, nur für Tyler ein Geschenk zu besorgen. Ich schrieb auf beide mit Filzstift *Frohe Weihnachten*. Legte sie ihnen im Keller vor die Tür. Floh vom Tatort.

Trotz allem fühlte sich das Leben bei Cathy und Robert nie echter an als ein Videospiel. Trotz des Bio-Nelkenmundwassers, Roberts Schnurrbartspitzen im Waschbecken, des Klassikradiosenders, den sie beim Putzen hörten, ihrer Neigung, zu viele Gewürze zu kaufen, der Warze auf Cathys Augenlid – trotz all der Beweise *glaubte ich nie an sie* oder an die Sittiche oder an mich selbst. Erst recht nicht an Tyler und Chip, die nur zwei Jahre blieben. Wenn wir vögelten, glaubte ich an Anna, aber in der restlichen Zeit war auch sie nicht echt. Ich lebte sechs Jahre mit Cathy und Robert unter einem Dach, und wir blieben bis zum Ende Fremde. Ich hatte einen wiederkehrenden Traum, in dem ich vor einem brennenden Haus stand, und ich wusste, dass sie drin waren, und ich spürte nichts. Falls ich böse war, konnte ich niemandem die Schuld daran geben.

All das wurde mir klar, als ich den Fisch zurück zum Kaninchenstall trug. Na gut, dachte ich, dann ist es halt so. Ich bin die Sorte Mensch, die einen sterbenden Fisch aus dem Matsch zieht, um seinen Freunden eins reinzuwürgen. Ich bin offiziell gestört, und keiner kann mir sagen warum.

Der Fisch war mausetot, als ich vor der Tür stand. Bei mir regten sich leise Zweifel, aber die Unsicherheit machte mich noch sturer. Als ich reinkam, war die Wohnung voller Rauch, und ich sah, dass der Rauchmelder ausgeweidet auf der Theke lag. Malik saß an dem Pingpongtisch, der unser Esstisch war. Er hatte den Tisch mit einem traurigen Kerzenstummel, Servietten, zwei Gläsern Blue Gatorade und zwei Tellern gedeckt. Ich war nur eine halbe Stunde weg gewesen.

»Wo hast du die Stoffservietten her?«, fragte ich.

Er saß steif da, den Blick auf Blandines Tür gerichtet, sein Ausdruck verwirrt und verletzt. Die Reaktion aller Frauenlieblinge, wenn sie zum ersten Mal versetzt werden. Malik war keine Jungfrau. Egal wo er hinging, er bekam alle rum. Für einen charismatischen, gut aussehenden, vom Glück begünstigten Menschen wie ihn ist es wichtig, ab und zu einen Blick ins Leben der Normalsterblichen zu werfen. Wie wenn ein Star mit der U-Bahn fahren muss. Ich hatte noch nie ein so verzweifeltes Gesicht an ihm gesehen – eigentlich ist es Malik, der andere warten lässt. Todd saß immer noch vor der Glotze. Todd hatte sich nicht bewegt. In der ganzen Zeit, in der wir zusammengewohnt haben, erinnere ich mich nicht, dass er einziges Mal geblinzelt hat. Ich weiß, dass das nicht geht. Ich sage nur, dass ich mich nicht erinnere.

Ich hielt den Fisch hoch. »Hab ihn getötet.«

»Einen Fisch«, sagte Malik mit lebloser Stimme. »Mehr hast du nicht?«

»Ich hab euch gesagt, dass ich für sie töten würde«, erklärte ich gereizt.

Malik rieb sich angestrengt die Augen. »Interessiert mich nen Scheiß.«

»Sogar ein Schlafwandler kann einen Fisch töten«, sagte Todd. »Ein Baby kann einen Fisch töten. Ne Gurke kann einen Fisch töten. Das ist *keine Großtat,* Jack. Oder bist du beeindruckt, Malik?«

»Nein, Todd, ich bin nicht beeindruckt«, sagte Malik, der immer noch wie gebannt auf Blandines Tür starrte.

»Ich hab es nur bewiesen, mehr nicht«, sagte ich trotzig. »Ich hab gesagt, dass ich es machen würde.«

Todd schaltete um und sah Malik Bestätigung heischend an. »Heller Wahnsinn, Jack.«

Malik warf einen Blick auf den Fisch in meiner Hand, ohne zu blinzeln oder zu fokussieren, dann stand er auf und ging zu Blandines Tür. Er klopfte mit der Faust. Ein richtiges Macho-Klopfen. »Blandine? Yo, Blandine? Bist du da? Ich hab dir was gemacht. Ich weiß, du hast gesagt, du hast keinen Hunger, aber ich … ich hab zu viel gekocht, und ich dachte, vielleicht könnten wir …«

»Kein Hunger«, sagte ihre Stimme leise durch die Tür.

»Vielleicht wenn du siehst, was es gibt, vielleicht kriegst du dann Hunger, oder …«

»Ich hab keinen Hunger«, sagte sie ein bisschen lauter.

»Vielleicht wenn du dran riechst«, beharrte er. »Kennst du das? Du denkst, du hast keinen Hunger oder dass du nicht aufs Klo musst, aber dann riechst du Popcorn-Shrimps, oder du hörst Wasser plätschern, und auf einmal wird dir klar …«

»Ich gehe jetzt ins Bett gute Nacht«, sagte sie in einem Atemzug.

Maliks Rücken zuckte. Todd hatte den Fernseher auf lautlos gestellt. Malik ließ den Kopf hängen und drehte sich zu uns um. »Auch egal«, murmelte er.

Er setzte sich wieder an den Tisch und schnitt langsam durch den Bacon und durch das Steak, das außen kross und innen blutig war, und alles war mit kleinen grünen Flocken bestreut. Um ehrlich zu sein, waren es die kleinen grünen Flocken, die mir das Herz brachen. Aber dann fiel mir ein, dass Malik der Feind war. Ein Stapel deprimierender Pfannkuchen – »das sind keine *Pfannkuchen*«, blaffte Malik, als ich etwas sagte – schwamm neben dem Steak in einer gelben Soße. Malik kaute, als wären seine Bissen rationiert.

Ich wusste nicht, was ich mit dem Fisch machen sollte, ich hatte nicht so weit vorausgedacht, also stand ich einfach da und sah Malik und Todd und den lautlosen Fernseher an, wer weiß wie lange, und ich wusste überhaupt nicht mehr, worum es hier ging. Jeder in der Glotze kam mir vor wie ein Hemd. Kurz erinnerte ich mich, wie ich den Fisch mit bloßen Händen aus dem Fluss gezogen und ihn an einem Baumstamm totgeschlagen hatte. Mir auf die Brust getrommelt und den Mond angeheult hatte. Sachen, die ich nie getan hatte.

Ich rechnete nicht damit, dass Blandine aus ihrem Zimmer kommen würde, aber irgendwann ging ihre Tür auf. Das weiße Haar zu einem unordentlichen Knoten gesteckt, ihr dünner Körper noch dünner in den weiten Shorts und dem Basketballtrikot. Als sie ihre private Welt verließ und unsere betrat, wollte Malik aufstehen, aber er erstarrte auf halbem Weg. Blandine sah uns nicht an, als sie zum Bad ging, aber ich trat ihr in den Weg, den Fisch hinter dem Rücken.

»Was?«, fragte sie gereizt. »Was ist denn?«

»Ich hab was für dich.«

»Ich bin nicht in der Stimmung, okay? Für nichts, mit keinem von euch, also hört mit dem Scheiß auf. Ich bin müde und will mir meine blöden Zähne putzen.«

Malik hörte auf zu kauen. Er hing immer noch halb über der Tischtennisplatte, eine Haltung, die echt bescheuert aussah, und ich schämte mich für ihn.

Langsam hielt ich den Fisch zwischen mich und Blandine und

ließ ihn an seiner schleimigen Schwanzflosse baumeln. Fische haben keine Augenlider, daran hatte ich nicht gedacht. Man wird nicht gerne von einem Kadaver angestarrt.

Blandine betrachtete den Fisch einen Moment, ihr faszinierendes Gesicht ausdruckslos.

»Ich hab dir einen Strauß gepflückt.« Ich spürte mein Herz im Gehirn und das Blut in den Augen.

Und dann passierte ein Wunder: Sie lachte. *Lachte*. Lachte und lachte, beugte sich vor, verschränkte die Arme über dem Bauch, kniff die Augen zusammen, bis ihr Tränen aus den Augenwinkeln liefen, und als sie endlich wieder Luft bekam, legte sie ihre echte Hand auf meine echte Brust – das erste Mal, dass sie mich berührte, seit ich verliebt war –, und endlich verstand ich den Ausdruck *die Zeit blieb stehen*. »O Gott«, keuchte sie. »Der war gut.« Sie berührte noch einmal meine Brust, und ich spürte sie überall. Ich zog mein T-Shirt über die Hose und grinste wie ein Idiot. Sie ging zum Bad, seufzte noch ein paar letzte Lacher. »Du Clown.« Als sie die Tür hinter sich schloss, sah ich, dass sie lächelte.

Eine heiße, glückliche Stille.

»Ist das«, sagte Malik mit wutentbranntem Gesicht, immer noch halb über den Tisch gebeugt, »euer beschissener Ernst?«

Todd hatte schließlich vom Fernseher aufgesehen, und sein Blick klebte jetzt an den braunen Schuppen in meiner Hand.

Ich grinste breit, dann ging ich zu Malik und ließ den Fisch auf den Teller fallen, den er für Blandine gedeckt hatte. Mit offenen Augen sackte er auf ihr Steak.

»Ich würde«, sagte ich. »Und ich habe.«

CHEMISCHE GEFAHR

Manchmal malt Moses Robert Blitz – einziges Kind von Elsie Jane McLoughlin Blitz – seinen ganzen Körper mit der Flüssigkeit aus kaputten Knicklichtern an, verschafft sich Zutritt zum Haus des Feindes und weckt den Feind auf. Dann zappelt er in der Dunkelheit herum, nackt und leuchtend.

Er will keinen ernsthaften Schaden anrichten. Er will die Leute nur aufziehen.

Im Schutz des Leuchtens findet Moses Linderung und Kontrolle. Er hat das Gefühl, er wird zu seinen eigenen Bedingungen gesehen. Das Ameisenlaufen – die Fasern, die Käfer, das Krabbeln, die unerträgliche Aktivität unter seiner Haut – lässt nach, bis Moses die chemische Substanz wieder entfernt. Er denkt, das Leuchten ist irgendwie schlecht für die Fasern, und deswegen liebt er es wie ein Medikament oder wie einen Elternteil. Er ist dreiundfünfzig Jahre alt.

Sein Auftritt ist nicht besonders gefährlich, vor allem seit er eine glasfreie Marke verwendet. Die Knicklichter, die Moses als Neuling benutzt hatte, enthielten ein Glasröhrchen mit Wasserstoffperoxid in Phthalsäureester, das in einem mit Oxalsäurediphenylester gefüllten Halm schwamm. Beim Knicken zerbrach das Glasröhrchen, und die Stoffe vermischten sich, reagierten miteinander und leuchteten. Moses schnitt die obere und untere Spitze der Halme ab, rieb sich sorgfältig mit der leuchtenden chemischen Flüssigkeit ein und hüllte sich in einen langen Mantel, eine Skimaske und Handschuhe, um sich heimlich zum Aufenthaltsort seines Opfers zu begeben. Doch nachdem er sich bei der Vorbereitung des Bussini-Anschlags letzten Winter mit den Glassplittern die Beine zerschnitten hatte, beschloss er, zu einer glasfreien Sorte zu wechseln, die gleichwohl

Dibutylphthalat verwendet – DBP –, ein Stoff, der in der EU in Kosmetik und Kinderspielzeug verboten ist.

Wen interessiert, dass DBP in Kombination mit anderen chemischen Substanzen genetische Mutationen hervorrufen kann? Wen interessiert, dass DBP die Embryonalentwicklung schädigt, zu unerwünschten Veränderungen in Hoden und Prostata führt, die Spermienzahl verringert, die Hormonfunktionen stört und die Fruchtbarkeit beeinträchtigt? Wen interessiert, dass DBP für Wasserorganismen und kleine Kinder toxisch ist und bei Letzteren zu Leberversagen führen kann? Nichts davon betrifft Moses Robert Blitz. Er ist in keinerlei Hinsicht ein Kind oder ein Wasserorganismus. Er hat kein Interesse an Fortpflanzung, und seine Gene sind garantiert längst irreparabel mutiert. Abgesehen davon übertreibt die EU gerne. Er hat seine eigenen Vorsichtsmaßnahmen: Augen- und Mundkontakt vermeiden, nicht schlucken, von Haustieren fernhalten, nach dem Auftritt gründlich mit heißer Seifenlauge abwaschen und anschließend großzügig mit Babyöl einreiben. Vor Kurzem hat er ein Online-Rezept entdeckt, um seine eigene Leuchtmasse herzustellen: Natriumacetat, Ethylacetat, Farbe, Wasserstoffperoxid und ein Puder namens CPPO. Zurzeit wartet er auf den Kontakt zu der CPPO-Quelle in Russland. Den Reiz der Unsterblichkeit hat er nie verstanden.

Es brauchte nur eine kurze Google-Suche und drei E-Mails, um die Frau zu identifizieren, die Moses Robert Blitz' Kommentar zum Nachruf seiner Mutter gelöscht hat. Er fand ihre Privatadresse, ohne überhaupt zu suchen. Nach seiner E-Mail hatte sie seinen Kommentar überraschenderweise wiederhergestellt. Aber dann löschte sie ihn wieder! Wie kann er eine derartige Beleidigung auf sich sitzen lassen, wenn er sich schon gegen Geringeres zur Wehr gesetzt hat?

Vor dem Nachruf-Affront hatte er noch nie von Vacca Vale gehört, aber er bereist das Herz Amerikas gerne, sieht sich dort um und berichtet zurück an die Küsten. Diese Kirchen und diese Supermarkt-Lächeln. Dieser Dosenmais, der Tausende von Kilometern zurückgelegt hat, bevor er wieder dort landet, wo er gewachsen ist. Diese amerikanischen Flaggen in den Vorgärten, diese Minivans und christlichen Schulen. Die Straßen, die Fußgängerfeindlichkeit, die hart und freundlich geknurrten Rs. Süße Tankwartinnen und Tankwarte. Glaube und Wut und rechte Winkel. Alles Highways und Gott. Moses versteht die aktuelle Politik erst, wenn er im Mittleren Westen ist.

Es ist gegen drei Uhr früh am Mittwoch, dem siebzehnten Juli, und Moses ist kurz davor, den Red-Eye von Los Angeles nach Chicago zu boarden. Beim Warten tippt er einen Zeitplan in eine beige App auf seinem Smartphone:

- 7:30 Uhr: Ankunft in Chicago. Auto mieten. Fahren.
- 9:30 Uhr: Ankunft in Vacca Vale. Sehenswürdigkeiten besichtigen. Zeit totschlagen.
- 10:30 Uhr: Ins Motel einchecken. Mittagsschlaf.
- Nachmittag: Umsehen. Schönen Park finden. Spaziergang. Museum? Essen. Trinken. Oliven. Priorität = gut fühlen!!!!!
- Abend: Blog updaten. Lesen. Martinis. Leucht-Vorbereitung.
- 2 Uhr: KAWUMM!
- 14:30 Uhr: Rückflug, ORD-LAX. Nachlassverwalter wegen der Zorns anrufen.

Moses wischt die App weg und lächelt zufrieden mit sich selbst. Wenn er Zeitpläne macht, fühlt er sich wie ein richtiger Erwachsener.

Am Gate sitzen die Leute Körper an Körper, stieren in ihre Displays, alle hoffnungslos süchtig nach dem blauen Licht. Moses betrachtet die sternlose dunkelblaue Nacht hinter der Glaswand. Ein verschlafenes Kleinkind wirft den Kaffee seines Vaters um, der vom Teppich irritierend restlos aufgesaugt wird. Es sollte verboten sein, denkt Moses, Kinder mit in den Red-Eye zu nehmen. Er bevorzugt Nachtflüge, weil sie ihm das Gefühl geben, wichtig zu sein, als wäre sein Leben voll von Verpflichtungen. Er schläft sowieso nicht gut. Kleine Flugzeuge kurven auf der Piste herum, und noch kleinere Menschen in orangen Westen treffen Entscheidungen. Moses bewundert Leute, die Berufe haben. Eigentlich müsste er todmüde sein, aber stattdessen sitzt er kribbelig auf seinem Platz. Nicht aus dem Wunsch, aus seiner Haut zu schlüpfen, sondern aus dem Wunsch, Joan Kowalski sanft zu bestrafen.

Neben ihm sitzen zwei junge Frauen mit Gitarrenkästen. Sie könnten Zwillinge oder ein Liebespaar sein, er weiß es nicht genau, aber sie haben offensichtlich jahrelang auf engstem Raum zusammengelebt. »Wir haben so viel Zeug, und trotzdem sind wir so traurig.«

»Schreib ein beschissenes Drehbuch drüber.«

»Sei nicht so fies.«

»Dann sei nicht so ein Klischee.«

»Wovon?«

»Von einem Millennial.«

»Dein Hund ist auf Kur!«

»Deine Stimme ist wie Benzin.«

»*Deine* Stimme ist wie *Braunkohle.*«

Beide schweigen eine Weile, ziehen sich in ihre Displays zurück. Die eine zwirbelt schlecht gelaunt eine Haarsträhne, die dichten Brauen gerunzelt, Beine übereinandergeschlagen, der weiße Turnschuh wippt. Die andere trägt mehrere Schichten Lippenbalsam auf, dann desinfiziert sie sich die Hände mit einem Orangenblütenspray, das Moses kurz mit einem traumhaften Cocktail wiedervereinigt, den er vor einem Jahrzehnt in Beirut getrunken hat. Irgendwann kichert die erste. »Schau mal.« Sie hält der anderen das Telefon hin und legt den Kopf auf ihre Schulter. »Hast du schon mal eine Fledermaus auf einem Laufband gesehen?«

Moses hat eine Abneigung gegen alle Generationen, er hat eine Abneigung gegen das Konzept an sich, aber diese Generation findet er am schlimmsten. Er setzt seine schallschluckenden Kopfhörer auf und hört mit hoher Lautstärke »Vierzehn Ozeanwellen, die dein Baby beruhigen«. Es klingt toll. Dann googelt er wieder Joan

Kowalski, weil er sonst an den Fasern kratzen würde, die aus seiner Haut sprießen.

Joan Kowalski hat die nachlässige Online-Präsenz eines Menschen, der glaubt, dass ihn nie jemand googeln würde. Man sieht, dass sie die aktive Sicherung ihrer Privatsphäre – zum Beispiel das Löschen des unschmeichelhaften Fotos in der Hocke neben einer Wal-förmigen Mülltonne – nicht nur als Akt der Eitelkeit, sondern als Geschichtsklitterung verbuchen würde.

Eine Ledertasche mit Knicklichtern besetzt den Platz rechts neben Moses, und er spürt ihre Präsenz wie die eines romantischen Schwarms. An der Sicherheitskontrolle waren sie von den Knicklichtern irritiert, aber Moses hat die Achseln gezuckt und gesagt, er organisiere ein Musik-Festival. Das Orange der Flughafenpolster war in den Siebzigerjahren endemisch, und er wird nostalgisch. Er sieht sich auf Google Maps ein wüstes Land der Fabriken, Baustellen und vertrockneten Wiesen an. Scrollt durch die Suchergebnisse, die seinen Verdacht bestätigen, dass Vacca Vale ein weiterer amerikanischer Schandfleck ist – eine dieser ausgemusterten Einwegstädte, derentwegen Demagogen gewählt werden, die ihr Land zu einem Müllfeuer dezimieren. Eine Stadt, die einen guten Babysitter braucht. Und sehr viel Bildung! Dann sieht er ein Bild eines üppigen Parks, dessen Schönheit im Vergleich mit dem Rest wie ein Versehen wirkt, wie das einzige wohlgestaltete Kind einer zehnköpfigen Familie. Auf einem anderen Foto drängen sich Kühe auf einer verschneiten Weide. Moses würde gerne eine umstoßen.

Als er sich den Eintrag von Vacca Vale, Indiana, in der Online-Enzyklopädie ansieht, stößt er auf einen Abschnitt, der ihn nach Luft schnappen lässt. Die beiden jungen Frauen sehen ihn besorgt an. *Zorn Automobiles*, lautet der Link. Moses hatte ja keine Ahnung, dass die Lieblings-Automarke seiner Mutter aus Vacca Vale kommt, und der Zufall löst Juckreiz bei ihm aus und den Verdacht, dass sich hier Kräfte verschworen haben, um ihm ein Zeichen zu schicken, das er nicht haben will. Elsie besaß mehrere Zorns, die sie inniger liebte als die Menschen in ihrem Leben. Mit sechzehn stahl Moses ihr 1932er Presidential Coupé und bretterte damit um vier Uhr morgens mit Vollgas über den Pacific Coast Highway. Als sie dahinterkam, meldete sie ihn bei einem Intensivkurs für alte nordische Sprachen an und schickte ihn nach Reykjavík. Den Rest des Sommers redete sie nicht mit ihm.

Er fehlt bei der Beerdigung seiner Mutter, um Joan Kowalski zu bestrafen, aber seine Mutter fehlt ihm kein bisschen. Als er an seinem übersüßten Cappuccino nippt, durchströmt ihn ein Gefühl, das beinahe Glück ist. Nach der Landung in Chicago muss er mit dem Bus zur Autovermietung fahren. Er ist seit Jahren nicht mehr Bus gefahren, und bei der Aussicht fühlt er sich wie ein Mann des Volkes. Vielleicht sollte er für ein Amt kandidieren. In Vacca Vale hat er den ganzen Tag, um den Anschlag vorzubereiten. Joan zu erschrecken ist ein Kinderspiel.

Er steckt das Telefon ein und kratzt sich die Arme, fester und fester, bis die Leute anfangen, sich in die Schlange zu stellen. Er setzt den Kopfhörer ab. Ein Geschäftsmann, der ihm gegenübersitzt – er hat kein bisschen Hals –, spricht in sein Telefon. »Ich lade sie zum Duschen ein, mal sehen, wie es läuft.« Er lacht schnaubend. »Was soll's.«

»Zone eins, bitte boarden. Zone eins, bitte jetzt boarden«, verkündet eine androgyne Stimme, und Moses steht auf, ohne auf sein Ticket zu sehen. Vielleicht ist das sein Problem, denkt er. Er musste nie auf sein Ticket sehen, um zu wissen, dass er Zone eins ist.

VARIABLEN

Bei der Gleichung könnte die Variable Y ein Producer sein, ein Tankstellenmanager, der Sonnenkönig. Bei mehr als einer Gelegenheit war es der Präsident der Vereinigten Staaten. X könnte seine Angestellte sein, seine Stieftochter, ein wildes Stück Land, aber er muss das Gefühl haben, dass X ihm gehört. Meistens ist X ein Mensch. X ist nicht immer weiblich. X will immer gesehen werden, und Y will sie oder ihn immer sehen, oder them, oder es. Oft stellen im Verlauf beide fest, dass auch Y gesehen werden will. Es passiert ständig – in Videotheken, in Kirchen, in Fleischkühlräumen. Es wird immer passieren.

Diesmal ist Y ein Mann namens James Yager, Musiklehrer an der St. Philomena Highschool, der einzigen Privatschule in Vacca Vale. Wie viele Musiklehrer wollte James nie Musiklehrer werden. Er hat den Job als Ersatz-Lifestyle angenommen, als seine Band und die Gesundheit seiner Mutter den Bach runtergingen, womit seine Zukunft in Vacca Vale besiegelt war. Er lädt regelmäßig unter dem Namen Vu selbst aufgenommene Musik hoch. Interessiert sich für seine Schülerinnen und Schüler, aber nicht für Pädagogik. Die meisten duzen ihn. Er ist zweiundvierzig, auf eine schläfrige Art gut aussehend, manchmal genial und oft deprimiert. Der coole Lehrer.

Diesmal ist X eine Siebzehnjährige namens Tiffany Watkins. Sie ist in der elften Klasse, aber sie hat schon zu viel gesehen. Das Haar gebleicht, ätherischer Teint, schlechte Haltung. Weit auseinanderstehende Augen. Panoramasicht der Beutetiere. Tiffany ist unsicher, verkopft und wütend. Hübsch auf eine außerirdische Art. Süchtig nach Lernen, weil es sie von der Feindseligkeit ihres Bewusstseins ablenkt; sie hat eins dieser Gehirne, die sich selbst bekämpfen, wenn sie nicht mit einer schwierigen Aufgabe beschäftigt sind. Ihre Klassenkameradinnen wohnen in den Vororten und beschweren sich beim Mittagessen über die Kreuzfahrten, zu denen ihre Mütter sie mitschleppen. Sie wetteifern mit Storys, wie sie von ihren Eltern mit nagelneuen Autos überrascht wurden, und tragen Jacken von Luxus-Outdoor-Labels, als wäre die Fahrt zur Schule Extremsport. Sie gehören zu einer aussterbenden Dynastie, Epigonen von Zorn-Geld, zunehmend überflüssig, aber gestopft mit Treuhandfonds. Sie erinnern Tiffany an das britische Königshaus. Ihre Mitschüler riechen nach Trocknertüchern, jeder einzelne. Tiffany hat ein begehrtes Stipendium bekommen, um hier zur Schule zu gehen, und in der Mittagspause sitzt sie in der Bibliothek über den Hausaufgaben. Die Lehrerinnen und Lehrer mögen sie, weil sie schlau und tragisch ist. Wenn sie über sie reden, nennen sie sie »benachteiligt«, »gefährdet«, »atypisch« und »begabt«. Ihre Aufsätze, selbst wenn sie voller Schreibfehler sind und hier und da Plagiatsverdacht wecken: Wie kann ein so stilles, glückloses Mädchen solche überzeugenden, anspruchsvollen Argumente vorbringen? *Bei allem, was sie zu Hause durchstehen musste?* Ehrfurchtsvoll zitieren die Lehrer ihren Notendurchschnitt und ihre PSAT-Ergebnisse. Sie ist etwas Besonderes, sagen sie. Trotzdem halten sie Distanz, und Tiffany erwidert die Geste.

Außerhalb der Schule kauft Tiffany ihre Kleider im Secondhandladen, immer eine Nummer zu groß. In St. Philomena trägt sie Schuluniform. Die Schule musste ihre Uniform bezahlen, und als sie dem Dekan die gewünschte Größe nannte, hob er die Brauen, aber er sagte nichts. Die Schule und das ganze katholische County halten Bescheidenheit für die größte Tugend einer jungen Dame.

Eines Wintermorgens bringt die Englischlehrerin Tiffany in James' Musiksaal. »Sie muss Theater spielen«, erklärt die Englischlehrerin. »Du hättest hören sollen, wie sie eben die Perdita gelesen hat.«

James blickt vom Schreibtisch auf und sieht ein dünnes Mädchen in übergroßen Klamotten. Ihre blasse Haut erinnert ihn an die im Dunkeln leuchtende Knetmasse, die er seinen Kindern kauft.

Man kann sie backen – die Knete. James hustet. Kaum hat er Tiffany gesehen, will er instinktiv weg von ihr.

Tiffany zupft an einer Nagelhaut. Kaum hat sie James gesehen, will sie instinktiv sein stoppeliges Kinn anfassen, seinen Kaffee kosten, seine Brille aufsetzen. Sie wird rot.

»Okay«, sagt James passiv. »Komm am Donnerstag zum Vorsprechen.« Er führt Regie bei der Frühjahrsaufführung: eine düstere dystopische Komödie über vier Teenager, die ein Mannequin vergöttern. Das Stück wurde von einer wenig bekannten multidisziplinären Künstlerin geschrieben, die 1923 ins Wasser ging.

Tiffany bekommt die Hauptrolle.

Es stimmt, dass sie eine sensationelle Schauspielerin ist. Sie hat eine Gabe für Darstellung, Reaktion und Nachahmung – Instinkte, kultiviert durch eine Kindheit bei unzuverlässigen Bezugspersonen. Aber es ist Tiffanys nicht menschliche Qualität, die James am meisten in den Bann schlägt: Sie ist kalt und weit weg. Überirdisch. Astral.

Es stimmt, dass James ein charismatischer Lehrer ist, zu groß für seinen Teich. Aber es ist James' hypermenschliche Qualität, die Tiffany am meisten in den Bann schlägt. Er brennt und ist laut und ist hier, ganz hier. Er ist beliebt, er ist sexy in seiner Verschlafenheit, er wirkt berühmt, wenn man die Augen zusammenkneift. Sie sieht seinen Puls an seinem Hals. Sie sieht, dass einer seiner Schneidezähne falsch ist. Wenn sie will, kann sie die Hand ausstrecken und ihn anfassen. Sie will. Sie will nicht.

Es läuft so: Nach einer Woche Theaterproben fängt Tiffany an, James zu lange anzulächeln, fordert ihn heraus zurückzulächeln, weil er der einzige Mensch auf der Welt ist, den sie anfassen will. Eines Abends erzählt sie einen Witz, über den er lacht, bis er nach Luft schnappt, und das ist ihre erste gemeinsame Dosis Serotonin. Sie versteht, dass er in einer Küstenstadt glücklicher wäre. Er versteht, dass sie in einer anderen Spezies glücklicher wäre. Bis Dezember ist beiden Variablen klar, dass sie sich gegenseitig zum Kentern bringen könnten.

Wochenlang beneidet der Rest der Theatergruppe Tiffany um die Aufmerksamkeit, die sie von James bekommt, aber sie halten ihren Verdacht im Zaum. Sie kennen Tiffanys Geschichte. Sie tut ihnen leid. Ihm auch, nehmen sie an.

|||||

Der Anfang von James und Tiffany ist Mathematik, das Ende zwischen James und seiner Frau ist Tilgung. Meg verbringt immer mehr Wochenenden mit den Kindern bei ihren Eltern und rechtfertigt ihre Abwesenheit, indem sie ihn daran erinnert, dass Lillian und George jeden Moment sterben könnten.

»Das ist unsere letzte Chance«, sagt sie, und James' Puls rast.

»Wofür?«, fragt er.

»Dass die Kinder eine Beziehung zu ihren Großeltern aufbauen«, sagt sie. »Du kannst natürlich nicht mitkommen.«

Ihre Eltern hassen ihn. James nimmt an, sie haben seine Charakter-Mutation, die er erst kürzlich bei sich festgestellt hat, von Anfang an durchschaut. Seine Eltern sind tot.

Tiffany und James fangen monatelang an, James und Meg enden schon seit Jahren. In letzter Zeit haben ihre Streite an Häufigkeit und Dauer zugenommen, wie die Hurrikane, die Dürren und die Waldbrände auf der Welt. James' Kinder halten eine Reihe kleinerer emotionaler Erdbeben aus, für die ihr Wortschatz noch nicht reicht. Sie weigern sich, ihren veganen Luxusnachtisch zu essen. Sie werden quengelig, wenn sie ins Bett müssen. Sie kratzen an den Etiketten ihrer Kleidung. Emma, acht Jahre, entwickelt die irritierende Angewohnheit, ihren Vater lange anzustarren und schließlich zu fragen: »Kenne ich dich?« Dann lacht sie.

|||||

James wird Tiffanys Mentor an der St. Philomena. Es ist schön, ein Wort dafür zu haben. Bei Proben coacht er sie mit besonderer

Aufmerksamkeit und Zungenbrechern. Sie ist brillant, sagt er zu ihr. Sie ist außergewöhnlich und einzigartig. Er baut Bestätigung in ihr auf, als würde er ein Flaschenschiff basteln. Er verlangt, dass sie länger bleibt, dass sie anstrengende mentale Übungen macht, um ihre Rolle auszuloten. Sie verbringen viel Zeit miteinander, nachdem sich die Schule mit dem Gestank von Fischdärmen füllt, einem Gruß von der Hundefutterfabrik gegenüber. Während des Unterrichts unterbricht die Fabrik die Produktion und fängt nachmittags um drei wieder an – ein Abkommen zwischen der St. Philomena Highschool und Daydream Pet Chow, das zu erreichen fünf Jahre gebraucht hat. Wenn die letzten Schülerinnen und Schüler mit Fahrgemeinschaften in ihre Gated Communitys zurückgekehrt sind, fragt Tiffany James: »Ist es nicht komisch, dass eine sterbende Stadt Vororte hat?«

»Nein«, antwortet er. »Deswegen stirbt sie ja.«

»Wahrscheinlich müssen die Zahnärzte auch irgendwo leben.«

Worüber er lachen muss, worüber sie lachen muss, ihre Freude eine positive Feedbackschleife, bis sie das Gefühl hat, ihr Kopf platzt ab und Champagner sprudelt heraus, aus ihrem Körper, in die Schule.

Ein anderes Mal, allein im Musiksaal, fragt James Tiffany, wovor sie sich am meisten fürchtet. Tiffany stellt fest, dass sie neurologisch nicht in der Lage ist, ihn anzulügen. Es ist alles vorbestimmt, bis ein Prinzip ein Gefühl niederringt. »Unendliche Einsamkeit«, antwortet sie. »Davor fürchte ich mich am meisten.« Es klingt falsch, als sie es ausspricht, aber es ist das Wahrste, das sie hat.

James und seine Truppe trübsinniger, dramatischer Teenager haben ein Budget von fünfhundert Dollar, kein funktionierendes Soundsystem, keinen Kostümbildner, keine Zweitbesetzung. Aber sie proben, als wollten sie den Tony Award gewinnen.

Die anderen Mitglieder haben Tiffany und James misstrauisch im Auge. Sie texten sich darüber.

James fängt an, sich außerhalb der Proben bei Tiffany zu melden. E-mailt ihr Artikel, Videos, Musik, Ratschläge, Rechtschreibfehler. Stellt ihr persönliche Hausaufgaben: Wong Kar-Wai, Samira Makhmalbaf, Rungano Nyoni, Károly Makk, Bernardo Bertolucci, Denis Villeneuve, Jean-Luc Godard, Chetan Anand, Việt Linh. Er gibt ihr seine Zugangsdaten für Streamingdienste und übernimmt die Leihgebühren für Videos. Als wissensdurstige Schülerin verschlingt sie jeden Film, den er empfiehlt, mit rasendem Puls und steigender Körpertemperatur. Nach den Filmen ist sie katatonisch. Von einem Film muss sie eine ganze Woche lang jeden Abend weinen.

Wenn niemand zuhört, sagt Tiffany zu James, sie hätte nie gedacht, dass Filme die Wahrheit sagen können. Sie sagt ihm, dass sie *Paradise Lost* liebt. Sie sagt ihm, er sei gut in seinem Job. Sie sagt ihm, Einsamkeit sei das Berufsrisiko des Bewusstseins. Sie sagt ihm, sie hatte es nicht leicht. Er sagt ihr, sie soll lauter sprechen.

»Lauter«, sagt er. »Ich will dich auf dem Parkplatz hören.«

Einmal bei der Probe nimmt James Tiffany beiseite und definiert ihr Potenzial mit der mathematischen Präzision, nach der sie sich ein Leben lang gesehnt hat, und sie muss den Saal verlassen. Die Mädchenklos der St. Philomena sind wie Bunker: fensterlose Betonziegelkästen, gestrichen in der Farbe von Haifischen. In der letzten Kabine atmet Tiffany bewusst ein und aus, weil es manchmal sein muss. Er ist bloß ein väterlicher Freund, reden sie sich getrennt voneinander ein, eine Vaterfigur für ein vaterloses Mädchen. Aber James hat Tiffanys Problem missverstanden: Sie hatte einen Überfluss an Vätern, keinen Mangel.

In der Kabine hört Tiffany zwei Mädchen, die in den Waschraum kommen.

»Es sind die Tabletten, die ich nehme«, sagt die eine zur anderen. »Deswegen sieht meine Haut so aus.«

»Wie denn?«

»Schau mich an. Es sieht aus, als würde mir das Gesicht aus dem Gesicht fallen.«

Es läuft so: Als es kälter wird, spielen Tiffany und James per E-Mail, Textbuch, Kunst und Augenkontakt Apokalypse – rein platonisch. Sie darf die Welt sein, und er ist ihr Ende. Eine Offenbarung gibt es nicht. Er kreist um sie. Sie dreht sich. Allmählich werden sie zu Waisen ihrer Moral, und sie spüren, dass etwas gestorben ist, aber gleichzeitig ist etwas geboren. Von allen Menschen, denen Tiffany begegnet ist, nimmt James am meisten von ihr und gibt ihr am meisten. Es ist seine Schuld, es ist ihre, er ist nicht, es ist egal, es ist wahnsinnig wichtig. Ihre Mitschülerinnen und Mitschüler kommen ihr wie Kinder vor. Tiffany glaubt, sie ist in der Mitte ihres Lebens. James wird ein Freund, allen Widrigkeiten zum Trotz. Sie wird seine Freizeitdroge, eine schlechte Angewohnheit, die er vor anderen und sich selbst zu verbergen versucht. Beide fühlen sich aufs Heftigste verstanden. Monatelang ficken Tiffany und James, ohne sich anzufassen. Sie sind kein Einzelfall.

|||||

Eines Abends nach der Probe, als er denkt, die Schüler wären gegangen, setzt sich James im Musiksaal an den Flügel und spielt den ersten Satz einer Suite von Maurice Ravel. Tiffany ist noch da; James' Unterbewusstsein weiß, dass sie da ist; James' Unterbewusstsein nimmt Tiffany nicht mehr als Schülerin wahr.

Sie steht ein paar Meter entfernt, lehnt im Türrahmen, die Arme über der weiten blauen Schuluniform verschränkt. Mit ihrer hellen Haut, dem weißen Haar und den dunkel umschatteten Augen sieht sie aus, als wäre sie seit mehreren Tagen tot. Am Ende des Satzes entdeckt James Tiffany, die ihn anstarrt, und ihr Ausdruck verrät so etwas wie Angst.

»*Gaspard de la Nuit*«, sagt James und räuspert sich. »Um das zu lernen, habe ich sieben Jahre gebraucht.«

»Gaspard?«

»So was wie ›Schatzmeister‹. Schatzmeister der Nacht.«

»Das war lang.«

»Was?«

»Die Suite.«

»Oh, ja. Sieben Minuten.«

»Für jede Minute ein Jahr.«

»Na ja, das ist nur der erste Satz. Es gibt noch zwei, basierend auf den *fantaisies* des französischen Dichters Aloysius Bertrand. Anfang des neunzehnten Jahrhunderts, glaube ich.« Er lässt die Knöchel knacken. »Die Gedichte würden dir gefallen. Extrem surreal. Unübertroffen in seiner Zeit. Überhaupt nie übertroffen. Du lernst Französisch, oder? Oder Latein?«

»Les deux. Tum ex illis.«

»Ich habe eine Ausgabe, in der das französische Original und die Übersetzung nebeneinanderstehen. Ich leihe sie dir.«

»Und was war das?«

»Was war was?«

»Der Satz, den du gerade gespielt hast.«

»Oh. Er heißt ›Ondine‹. Es geht um eine Nixe, die einen Sterblichen verführt.«

Peinlich berührt von dem thematischen Bezug, der ihm nicht bewusst war, bis er es ausspricht, bringt James andere Fakten ins Spiel, bemüht sein Diplom in Musiktheorie. Er redet immer weiter, immer lauter, doch Tiffany sagt nichts. Um sich selbst zum Schweigen zu bringen, nimmt er ein Paar Kopfhörer aus der Tasche und geht auf sie zu. Um etwas zu tun.

»Hast du so was schon?«, fragt er. Er weiß, dass sie keine hat.

»Kopfhörer?«

»Ja.«

Tiffany starrt immer noch den Flügel an, als hätte sie Angst, er könnte zum Leben erwachen. »Warum?«

»Rosie hat Saft über meinen Laptop geschüttet, und ich musste gestern einen neuen kaufen«, sagt James. »Sie hatten ein Angebot für Lehrer. Beim Kauf eines Laptops Kopfhörer umsonst. Nimm sie, im Ernst. Ich habe sie geschenkt bekommen.«

»Und du?«

»Ich habe schon welche.«

»Bessere?«

»Ja.«

Tiffany spürt kaum, wie sich ihre Hände berühren, weil sie das Gefühl hat, sie berühren sich seit Wochen. James spürt es und zieht die Hand sofort zurück. Das Hundefutter riecht heute besonders stark nach Kloake. Einen Moment halten beide die Luft an und mustern einander im flackernden Licht der St. Philomena. Dann geht James zurück zum Flügel und nimmt seine Tasche.

»Entschuldige«, sagt er sachlich, fast wütend, als er sich an ihr vorbeischiebt. Sie verlässt den Saal, während er das Licht ausmacht und die Tür abschließt.

Im dunklen Flur zögern sie einen Moment. Nach Schulschluss kommt ihr die ganze Schule wie eine Kulisse vor, als wäre nichts, was dort passiert, echt. Der Sport, das Rechnen, das Sezieren, die Vorträge über Alkohol am Steuer, die Feueralarmübungen, die Chicken-Nuggets, das Jungfräulichkeitsgerede, die falschen Freundschaften. Nichts zählt. Es ist alles Sudoku, ein kontrolliertes Experiment, eine gnadenlose Reihe von Praxistests. Tiffany nimmt ihre Mitschüler als Raubtierwelpen wahr, die sich kratzend und beißend in der Höhle balgen, während ihre Mutter auf der Jagd ist. Sie will, dass etwas – irgendwas – zählt, und gleichzeitig macht sie die Überzeugung, dass nichts zählen kann, verwegen.

James steckt die Schlüssel in die Tasche, er wirkt schnodderig und dünner als sonst. Seine Brille ist verschmiert, sein Bart schimmert grau. Tiffany passt nicht in sein Leben, weil sein Leben zu groß ist; sie würde herumstrampeln wie ein Hamster in einem Swimmingpool, wenn er sie reinließe. Er würde sie nie reinlassen.

Er holt tief Luft und geht zielstrebig zum Ausgang. »Fahr vorsichtig bei dem Wetter«, ruft er. Er weiß, dass sie mit dem Fahrrad da ist. Wäre er ein anständiger Mann, würde der Anstand gebieten, Tiffany nach Hause zu fahren. Wie die Dinge liegen, gebietet ihm der Anstand, sich ihrer Gegenwart so schnell wie möglich zu entziehen. Er geht zum Lehrerparkplatz, ohne sich noch einmal umzudrehen.

Wie ein unbehauster Geist schwebt Tiffany zum Schülerausgang. Draußen lindert der Dezemberregen ihre heiße Haut. Tiffany tritt aggressiv in die Pedale, fährt zum Supermarkt und zittert nicht im Neonlicht, obwohl ihre Kleider nass sind und sie auskühlt. Jetzt ist sie rosa und verschwitzt und fiebrig, ganz fleischlich, wie die Kandidatin einer tropischen Realityshow. Sie erinnert sich nicht, wann ihr Körperlichkeit das letzte Mal Spaß gemacht hat. Jemals? Sie fühlt sich überschwänglich, wie auf Drogen, libidinös. Ein Mann starrt sie an, als er Avocados abtastet, mit offenem Mund, und zum ersten Mal in ihrem Leben gefällt ihr die sexuelle Aufmerksamkeit eines Fremden. Mach nur, denkt sie. Starr mich an. In ihrem Rucksack glühen die Kopfhörer. Sie kann sie spüren. Tiffany reißt Blattgemüse aus dem dunstigen Regal und wirft es in ihren Korb, hemmungslos strahlend. Pak Choi, Endivien, Spinat, Grünkohl, Baby Kale, Mangold, Brauner Senf, Sprossen, Rote-Bete-Blätter, Brunnenkresse. Ihr Speichelfluss ist so stark, dass sie denkt, sie hat Eisenmangel, aber sie wird nie zum Arzt gehen und ihre Werte messen lassen.

»Du liebe Zeit.« Die Kassiererin lächelt. »Hältst du Kaninchen?«

Die Summe erscheint auf dem Display: zwei Wochen Trinkgeld im Diner. Tiffany zahlt in bar.

»So ähnlich«, antwortet sie.

|||||

Tiffanys aktuelle Pflegeeltern sind freundlich, aber erschöpft. In der Schuldenfalle. Es ist ihre vierte Familie und ihre beste Familie. Sie haben drei eigene Söhne, die alle schon groß und aus dem Haus sind. Als Tiffany in Waynes und Stellas Fünfzigerjahre-Ranch-Bungalow auf der Arcadia Street ankommt, schlafen beide schon, und sie ist klitschnass.

Hoffe, du hattest einen schönen Schultag, hat Stella auf einen Zettel geschrieben. *Essen steht im Kühlschrank.*

Mit dem schärfsten Messer, das da ist, metzelt Tiffany das Gemüse, kippt Olivenöl und Salz darüber, schneidet genug, um zwei Salatschüsseln zu füllen. In ihrem Zimmer klappt Tiffany den Laptop auf, den ihr die Schule geliehen hat, und findet die Suite, die James gespielt hat. Die Kopfhörer sind kabellos, futuristisch, wie ein Gadget aus einem Science-Fiction-Film. Sie wechselt die nassen Kleider gegen Sportshorts und ein großes T-Shirt, auf dem BLUTSPENDER steht. Einmal wollte sie Blut spenden gehen, aber sie hat das Mindestgewicht nicht erfüllt. Beim Essen hört sie *Gaspard de la Nuit,* das ganze Stück – über zwanzig Minuten. Sie verbrennt sich den Mund an den Blättern, aber isst heißhungrig, genießt die Bitterstoffe, die ölige Glätte des Kohls. Sie leert eine Schüssel, dann lässt sie das Stück noch einmal laufen. In »Ondine« hört sie das Flirten des Wassers, hört die Gefahr des Begehrens, hört das Planschen. In »Le Gibet« stirbt jemand; sie spürt das Ende eines Lebens, das niemand führen und niemand erhalten wollte. »Scarbo« klingt wie die Panikattacke eines Genies. Sie weiß es nicht, sie schlägt später nach, er wird ihr seine Ausgabe leihen. Lauscht der Suite, bis der Akku leer ist. Putzt sich die Zähne, bis ihr Zahnfleisch taub ist. Duscht, bis sie ihre Haut nicht mehr spürt. Um drei Uhr morgens schreit sie in ihr Kissen, unanständig lebendig.

|||||

Drei Meilen entfernt, in einer renovierten Villa im Queen-Anne-Stil, die der Gründer von Zorn Automobiles, Woodrow Huxley Zorn III., vor 143 Jahren erbauen ließ, schläft James zum ersten Mal seit Monaten mit seiner Frau und löst bei beiden seismische Orgasmen aus. Aber er spürt, dass sie anschließend melancholisch wird, sich zu schnell von ihm abwendet, ihn zugunsten ihres geheimen Innenlebens allein lässt, das er sich vorstellt wie die Bibliothek eines Schlosses in Irland, das sie einmal besucht haben, majestätisch, mit Gespenstern und Kanonenschäden. Er ist noch außer Atem, als sie schon im Bad ist. Während er ihr beim Pinkeln zuhört – Hygiene ist ihre Religion, und sie hatte noch nie eine Blasenentzündung –, versucht er zu verstehen, warum er die Distanziertheit einer Person anziehend findet, aber die seiner Frau deprimierend. Aus dem Wasserhahn donnert Wasser in die Wanne; er lauscht, wie seine Frau den Metallhebel umlegt, und fragt sich, wie viel Wasser verloren geht, wenn es zwischen Hahn und Duschkopf hin und her gelenkt wird. James hat das Interesse an seiner Frau nie verloren, auch nicht, als die Farbe aus ihrem Haar und ihrem Lachen verschwand, aber sie hat das Interesse an ihm verloren. Als sie mit der Dusche fertig ist, fühlt er sich noch energiegeladener als beim Sex – aber es ist eine wütende Energie, eine Droge, die ihn kidnappt, ihn tollkühn von sich selbst entführt. Als seine Frau nach Vetiver duftend ins Schlafzimmer zurückkommt, kämpft er gegen den unheimlichen Impuls, sich auf sie zu stürzen, sie zu Boden zu werfen und zum Lachen zu bringen.

»Vergiss nicht, dass die Mädchen morgen zum Zahnarzt müssen«, murmelt sie von der anderen Küste der Matratze.

Gegen drei Uhr morgens zieht sich James an und geht joggen, er fühlt sich krank und außergewöhnlich. Drei Wurzeln lehnen sich unter dem historischen Backsteinpflaster auf, schlagen um sich wie Schlangen und stellen ihm fast ein Bein. Er passiert die eleganten Häuserreihen aus dem neunzehnten Jahrhundert, von denen keins so prächtig ist wie seins. Die Luft ist kalt und feucht, und das Viertel ist weihnachtlich herausgeputzt. Plastikrehe in Vorgärten, Kränze an Türen, champagnerfarbene Lichterketten an Dachrinnen. In der Nähe schreien Männer, aber James sieht sie nicht. Hört nicht, was sie rufen. In den letzten Jahren gab es mehrere bewaffnete Raubüberfälle in der Gegend, die zu einem Exodus in die Vororte geführt haben, und James weiß, dass er vorsichtig sein sollte, aber der Impuls, die Stimmen aufzuspüren und sich ihnen anzuschließen, ist stärker. Seine Taschen sind leer.

Nach zwanzig Minuten bleibt James auf der Brücke stehen, die sein Viertel mit Downtown verbindet. Er sieht seinem Atem im orangeroten Laternenlicht zu und lauscht dem Rauschen des

Wassers unter sich. Inspiriert von ihrem Lieblingsbilderbuch behaupten seine Töchter, dass sie Laternenanzünderinnen werden wollen, wenn sie groß sind. Er stellt sich vor, wie Emma und Rosie bei Dämmerung durch die Stadt wandern wie Feen und Flämmchen in gläserne Käfige pflanzen. Er bringt es nicht übers Herz, ihnen zu sagen, dass es in Vacca Vale keine Gaslaternen mehr gibt; stattdessen sprießen Natriumdampf-Hochdrucklampen aus dem Trottoir wie junge Bäume. Wenn durch den Natriumdampf Strom fließt, entlädt sich das Gas und leuchtet. Die Laternen tauchen die Stadt effizient und kostensparend in das schummerige orangerote Licht eines Traums. James mag Fakten, aber anders als seine Schülerin Tiffany verwechselt er sie nicht mit Weisheit. Trotzdem hat er wie Tiffany die Sehnsucht, Informationen anzuhäufen, bis sich seine Bildung ins Gegenteil verwandelt, bis er vor lauter Wissen vollkommen dumm wird. Früher fand James den Vacca Vale River, der zur Zeit seiner Geburt hauptsächlich aus Abwasser bestand, deprimierend impotent. Doch vor drei Monaten überschwemmte der Fluss die Stadt mit einer Kraft, die James als unterdrückte Wut interpretierte, als würde er sich für die jahrhundertelange Misshandlung rächen. Nur sein Viertel, das auf einem Hügel errichtet ist, blieb von der Flut verschont.

Auf der Brücke, wo ihm der Wind in die Ohren beißt, streckt sich James. Sein Knöchel pocht von einem Sturz als Siebzehnjähriger. Fußballspiel. Siegtreffer. Eine Verletzung, die nie richtig geheilt ist.

|||||

Am nächsten Tag, als sie die letzte Szene blocken, weicht James Tiffanys Blick aus. Es gibt Konsequenzen, redet er sich ins Gewissen. Das ist keine verdammte Kostümprobe.

|||||

Im Februar gibt James Tiffany seine Telefonnummer und dazu eine Ausrede. Kann sie am Freitagabend auf seine Kinder aufpassen? Auf den ersten Blick mag die Entscheidung, Tiffany zu sich nach Hause einzuladen und seiner Familie vorzustellen, die Antithese seiner neu gefundenen Überzeugung darstellen, doch folgt James einem Instinkt: Er muss seine Zeit mit ihr vollkommen akzeptabel machen. Er muss die Krallen freilegen, um sie ihr zu ziehen. Zwar fällt es ihm schwer, es so zu formulieren, aber sie zum Babysitten einzuladen ist die Lösung einer schlampigen Rechenaufgabe: Die beste Garantie dafür, dass niemals etwas zwischen ihnen passiert, ist, sie allen zu zeigen. Denen, auf die es ankommt. Außerdem, wenn sie seine Schülerin *und* seine Babysitterin ist, könnte er doch niemals – würde er doch niemals … zwei Klischees auf einmal? Igitt, denkt er. Auf keinen Fall. Nebenbei hat James das merkwürdige Bedürfnis, Tiffanys Existenz zu verifizieren. Sie könnte eine Halluzination sein, eine psychische Krise, der Geist einer Ahnin! Sein Privatleben – sein *echtes* Leben – wird diese Sache zwischen ihnen anpiksen und ihr die Luft rauslassen. Er will Tiffany in seinem Leben hypostasieren, und er will sein Leben in Tiffany hypostasieren, und dann wird sich jeder für sich wieder in seine eigene verbarrikadierte Welt zurückziehen, und alles wird gut. Alles wird immer gut gewesen sein.

»Unser Babysitter macht einen Schweige-Retreat«, erklärt er überflüssigerweise. »Und meine Schwiegereltern haben keine Zeit.«

Er fragt nicht, ob Tiffany Erfahrungen mit Kindern hat. Setzt voraus, dass die Tatsache, dass sie eine Frau ist, Qualifikation genug ist.

»Ich habe kein Auto«, antwortet Tiffany.

»Einer von uns kann dich abholen und heimfahren.«

»Um wie viel Uhr?«

|||||

Auf der Fahrt dreht James am Radio herum, während Tiffany ihre Lebenserfahrungen nach einem interessanten Kommentar abklopft. Am Ende schweigen beide.

Die meisten Häuser reicher Leute in Vacca Vale deprimieren Tiffany. Eine ihrer Pflegefamilien – die Familie, an die sie nicht zu denken versucht – lebte in einem Vorort. Tiffany fand die Vorstellung, im Grünen zu wohnen, aufregend, bis sie zwölf war: ein Panoptikum von Beige, fantasielose Architektur, kein Leben hinter Backstein- und Vinyl-Paneelen, viel Geld in einer Wüste des Geschmacks. Megakirchen. Ganze Stadtteile, die durch Copy-and-paste entstanden sind, umgeben von industriell bewirtschafteten Ackerflächen. Manchmal wanderte Tiffany kilometerweit, um Pferde auf einer Weide zu sehen. DIESE PFERDE SIND GLÜCKLICH PENSIONIERT, stand auf einem Schild in der Nähe der Koppel. Sie sah nie Menschen dort, nur in der Ferne eine schwarze Scheune. Die Pferde kamen neugierig näher, und sie fütterte sie durch eine Wabe des Maschendrahtzauns mit Äpfeln.

Weil James reich ist, hat Tiffany gedacht, dass er auch in einem Vorort lebt, und ist überrascht, als sie in ein Viertel nur sieben Minuten von der Arcadia Street entfernt abbiegen. Eine Zeile historischer Häuser am Fluss, nicht weit vom Zentrum. Mit verdammten Backsteinen gepflasterte Straßen. Er parkt vor einer Villa – einer *Villa* –, und Tiffanys Kiefer klappt herunter wie in einem Cartoon. Klackend schließt sie ihn wieder. Türmchen, eine um das Haus laufende Veranda, Erker. Stein und Mauerwerk und Schindeln. Zwei Schornsteine. Mehr Quadratmeter als die Häuser all ihrer Pflegefamilien zusammen.

»Ich dachte, du wohnst draußen in einem Vorort«, sagt Tiffany einfältig.

»Warum?«

»Ich weiß nicht.« Sie schluckt und schwitzt, als stünde sie vor einem Drachen. »Das Haus ist sehr … es ist so …«

»Es ist das Erbe meiner Frau«, sagt er knapp. »Ich habe nichts damit zu tun.«

Das Haus ist aus der Zeit gefallen und unpraktisch großartig. Es ist schwer zu fassen. Tiffany hat zwar gewusst, dass James' Frau von Zorn-Geld abstammt – ein Erbe, das sich immer noch vervielfacht, obwohl Zorn die Stadt in den Sechzigern im Stich gelassen hat –, aber sie hatte sich kein Schloss vorgestellt. James führt Tiffany in die Eingangshalle, stellt sie ab wie eine Tüte Lebensmittel, und plötzlich ist er weg und wird von seiner Frau abgelöst. Marmortisch, Porzellanvase, ein Blumenstrauß voller waldiger Zweige. Smaragdgrüne Details. Seine Frau lächelt. »James zieht sich rasch um«, sagt sie. »Er ist gleich wieder da.« Ihre Stimme ist klar und kühl wie ein Teich, ihr Wortschatz beiläufig energisch, ihre Haltung selbstsicher. Vor heute Abend verstand Tiffany James' Frau als *Konzept*, aber nicht als Realität. Jetzt steht sie vor ihr, in drei Dimensionen, so echt wie Tiffany – wahrscheinlich noch echter. Sie hat Augenbrauen, raue Hände, Persönlichkeit, einen Master-Titel in Gesundheitsmanagement, ein zurückhaltendes Lachen – das Lachen einer Erwachsenen, die als Kind häufig still sein musste. Sie hat sogar einen Namen. Ihr Name ist Meg. In ihrer Gegenwart fühlt sich Tiffany wie das Vorstadium einer Frau, nicht wie eine echte. Tiffany zieht sich hastig die Schuhe aus, merkt, dass sie es gleich an der Tür hätte tun sollen, und schämt sich übertrieben für ihren Fehler.

»Wie schön, dich persönlich kennenzulernen«, sagt Meg, die Tiffanys Unbehagen spürt und versucht, es zu lindern. »James erzählt nur Gutes von dir. Danke, dass du so kurzfristig auf unsere Kinder aufpasst.«

Meg führt Tiffany in die Küche und macht mit gymnastischer Leichtigkeit Small Talk. Unwillkürlich denkt Tiffany über Reichtum nach: Wäre das Geld in einer Großstadt auch so viel wert, oder leben Meg und James nur in der havarierten Wirtschaft von Vacca Vale in Saus und Braus? Bis jetzt war Tiffany davon ausgegangen, dass Meg viel Make-up und starkes Parfum tragen würde, sich das Haar in Balayage-Tönen färbte, Trends wie Rompersuits und Korbtaschen mitmachte, zweimal im Monat zur Maniküre ging, sich die

Nägel in modischen Farben lackieren ließ und wenig sachkundige Meinungen hatte. Tiffany weiß selbst nicht, wie sie darauf kam. Tatsächlich wirkt Meg erdig und belesen. Drückt sich gewählt aus. Ist intelligent. Ungeschminkt. Liebenswürdig. Die brutale Realität ihrer Existenz macht Tiffany zu schaffen. »Geht's dir gut?«, fragt Meg, als Tiffany hustet. Tiffany hat eine Art allergische Reaktion auf das Haus. Als Tiffany die Wasser- und Stromrechnungen auf der Kücheninsel liegen sieht, bäumt sich die Scham in ihr auf. Wissen sie nicht, dass sie selbst ein Kind ist, zu jung, um sich um andere Kinder zu kümmern?

Meg ist Gesundheits-, Koch- und Lifestyle-Bloggerin und schreibt vegane Kochbücher. Sie hat eine YouTube-Show geplant und eine halbe Million Follower auf Social Media – Fakten, die sie Tiffany mitteilt, ohne anzugeben. Sie schlägt vor, dass Tiffany das geröstete Paprika-Wurzel-Gemüse im Kühlschrank kostet, dann nennt sie ihr ein paar ihrer Lieblingsrezepte. Sie klingen alle folkloristisch. »Möchtest du ein Glas Holunderlimonade?«, fragt sie Tiffany. »Oder Lavendel? Rosmarin-Rhabarber-Sprudel? Löwenzahn-Hagebutten-Tee?«

Vielleicht weil sie merkt, dass Tiffany zu abgelenkt von der Villa ist, um sich auf die Getränkewahl zu konzentrieren, zeigt Meg ihr das Erdgeschoss. Ihre Schwester Gwen ist Architektin in Kopenhagen, erzählt sie. »Sie hat bei der Renovierung geholfen. Das Haus wurde über die Jahre von verschiedenen Familienmitgliedern immer wieder umgebaut, und viele ihrer Entscheidungen waren scheußlich. James und ich wollten die Geschichte des Hauses würdigen, deswegen ging es bei unseren Veränderungen mehr darum, die Vergangenheit freizulegen, als die Gegenwart reinzuholen. Wir wollten die ursprüngliche Schönheit des Hauses wiederherstellen.« Imposante Ölgemälde. Reiseandenken. Unheimliche, überflüssige Technik. Verschnörkelte Türen. Buntglasfenster. Importierte Teppiche mit eingewebten Geschichten – Geschichten anderer Leute, aus anderen Zeiten. Hohe Decken und erhabene Fenster. Ein betörender Geruch, der von den Dielen zu kommen scheint. Tabak, Zeder und Vanille. Weihrauch. Tiffany atmet und atmet, kann nicht genug kriegen.

»Die Stadt will uns die Villa abkaufen«, sagt Meg, »aber wir sind fest entschlossen, sie in der Familie zu behalten. Angeblich wollen sie ein Museum zu Woodrows Ehren daraus machen, die Stadtgeschichte sei heilig, bla, bla, bla, aber erinnerst du dich, was sie mit Cecils Anwesen gemacht haben? Ach, du hast nicht davon gehört? Der Kasten ein paar Häuser weiter – du musst ihn dir mal ansehen. Die Stadt hat nicht genug Geld für die Sanierung zusammengekriegt, und so stand das Haus leer, bis die Rohre platzten und das Dach einstürzte. Jetzt heißt es, der Umbau zum Museum sei ›auf unbestimmte Zeit verschoben‹. Als Nächstes machen sie einen Parkplatz daraus. Nein danke.«

Das Kinderspielzeug scheint komplett aus dem achtzehnten Jahrhundert zu stammen: kein Plastik, keine Batterien, kein Piepen und kein Blinken. Deckenhohe Regale mit leinengebundenen Büchern; die Katzen passen zu den Möbeln; die Möbel sind originell. Scheite im Kamin. Mahagonidielen. Tiffany watet durch ein Meer der Schönheit, sie ist überwältigt und den Tränen nah. Sie fühlt sich wie eine Kuh nach einem Hurrikan, die ziellos durch das Hochwasser schwimmt, zu einer Aufgabe verdammt, für die sie nicht gemacht ist.

Dann führt Meg Tiffany in einen Flur mit einer Galerie alter Schwarz-Weiß-Fotos. »Die Ahnen«, sagt Meg. »Perfekt gekleidet und kreuzunglücklich – jeder Einzelne von ihnen. Liegt wohl in der Familie.« In Format und in Autorität ist das Porträt in der Mitte das größte: ein stählerner Mann Mitte fünfzig. Anzug und Rauschebart wie Walt Whitman. Tief in den Höhlen liegende Renaissance-Augen, stechender Blick. Tiffany erkennt ihn aus den Geschichtsbüchern. »Ja, das ist Woodrow.« Meg sieht das Porträt mit undurchdringlicher Miene an. »Woodrow Huxley Zorn der Dritte. Der Gründer persönlich. Ich stamme nicht direkt von ihm. Wir sind eher um ein paar Ecken verwandt. Aber ich war die Einzige in der Familie, die es in Vacca Vale ausgehalten hat, und als meine Eltern zu alt wurden, um sich um das Haus zu kümmern, bot es sich an, dass ich … die Verwalterin wurde, so würde ich es nennen. Ich bin hier aufgewachsen, also fühle ich mich der Villa verpflichtet.«

Abrupt wendet sich Meg von Woodrow ab und geht weiter. »Genug von ihm«, sagt sie. Der Flur führt in ein kleines Zimmer, das mit sich wiederholenden minimalistisch gezeichneten Vögeln tapeziert ist. Blinde Konturen. Für Tiffany sehen sie wie Falken aus. In der Mitte steht ein Konzertflügel, die goldenen Füße auf marokkanischer Wolle. *Bösendorfer,* steht in goldenen Buchstaben auf der Seite. Tiffany versucht, nicht hinzustarren, aber sie kann nicht anders; der Flügel ist der hinreißendste Gegenstand, den sie je gesehen hat. »Das ist James' Zimmer«, sagt Meg. »Ich bin völlig unmusikalisch, und die Mädchen haben ihre Klavierstunden gehasst, also haben wir aufgegeben. Aber James spielt wie ein Gott. Hast du ihn mal spielen hören?«

Etwas zu schnell schüttelt Tiffany den Kopf. »Nein.«

»Oh«, sagt Meg. »Er hätte Pianist werden können – er ist wirklich ein Genie. Vielleicht können wir ihn mal zwingen, für dich zu spielen. Auf jeden Fall gehen die Kinder gegen sieben ins Bett und sollen um acht einschlafen.« Tiffany hustet wieder, aber Meg ignoriert es großmütig. Sie führt Tiffany zurück in die Eingangshalle. »Alle Ärzte und Notfallkontakte kleben am Kühlschrank – du findest den Zettel. Das Abendessen ist fertig; du musst es nur hinstellen. Wir zwingen sie nicht, den Teller leer zu essen, aber sie wissen, dass es nur Nachtisch gibt, wenn sie ihr Gemüse essen. Emma erklärt dir gerne den genauen Ablauf beim Ins-Bett-Bringen – sie ist hier die Chefin. Die beiden werden betteln, dass du ungefähr zwölfhundert Geschichten vorliest. Wir versuchen, es bei drei zu belassen. Was noch? Ach – nachts sperren wir die Katzen aus dem Kinderzimmer aus. Ruf einfach an oder schick eine Nachricht, wenn du Fragen hast.«

Im selben Moment sieht Tiffany, wie James die Treppe herunterkommt und sich das Hemd in die dunkelblaue Hose steckt. Frisch geduscht, Dreitagebart, verwuscheltes Haar, sichtbare Lachfältchen, insgesamt größer, als Tiffany in Erinnerung hatte. Er haut sie um. Sie bemerkt die Kinder kaum, die ihm nachlaufen, und bemüht sich, James ganz normal anzulächeln, wie eine ganz normale Schülerin, eine nette, namenlose Babysitterin, als hätten ihre Nerven nicht gerade für den Dad auf der Treppe eine Oper komponiert. Ihr Körper reagiert auf James wie auf die Villa: all die Pracht, die exakt ihren sehnlichsten Wünschen entspricht, und nichts davon wird je ihr gehören.

»Viel Glück«, sagt James zu Tiffany.

Die Neutralität, mit der er den Gruß hervorbringt, löscht alle anderen Zeichen aus. Tiffany begreift mit einer Macht, die sie fast zu Boden wirft, dass sie alles missverstanden hat. Sie ist größenwahnsinnig, albern, austauschbar, grotesk. Gedemütigt.

»Ich habe dich lieb«, sagt James. »Und dich auch.«

Seine Töchter klammern sich an seine Beine und betteln, dass er dableibt. Nur Meg kann sie von ihm losreißen. »Seid brav, meine Schätze.« Sie gibt ihnen einen Kuss auf den Scheitel. »Ihr seid Engel.«

Nach weiteren Beteuerungen, dass Tiffany jederzeit anrufen kann, verlassen die Eltern das Haus.

Als die Kinder – sie sind fünf und acht – zu ihr aufsehen, erinnern sie Tiffany an zwei Aras, die sie mal im Zoo gesehen hat. Erst mustern sie sie misstrauisch, dann fasziniert und schließlich beglückt. In ihren NASA-Schlafanzügen sehen sie weder ihrem Vater noch ihrer Mutter ähnlich, aber sie sehen aus wie Zwillinge.

»Ich sterbe vor Hunger«, sagt Emma, die ältere. »Magst du Tajine?«

Sie zu füttern ist erstaunlich kompliziert. Die beiden reißen immer wieder aus, machen Rundlauf durchs Erdgeschoss und kichern wie verrückte Wissenschaftlerinnen. Sie geben willkürliche Tiergeräusche von sich und weigern sich, mit der Gabel zu essen. Rosie, die jüngere, lispelt. Sie schreien: »Baum fällt!«, und werfen dabei die Kissen vom Sofa. Tiffany bewundert die unangepasste Seltsamkeit von Kindern im Allgemeinen und von diesen beiden im Speziellen, aber sie ist erst seit einer Stunde hier und jetzt schon erledigt. Nach dem Abendessen führen die Kinder Tiffany nach oben und kreischen wegen der Erdbeerzahnpasta.

»Wir könnten jeder ein eigenes Zimmer haben«, sagt Emma. »Aber wir teilen, weil *sie* nicht alleine einschlafen kann.« Sie zeigt auf Rosie, die im Spiegel schielt.

»Ist es schön, ein Zimmer zu teilen?«, fragt Tiffany.

»Ja«, antwortet Emma. »Ich kann nämlich nicht alleine aufwachen.«

Rosie sortiert einen Stapel Bücher, während ihre Schwester erklärt, warum sie so viele Zahnbürsten haben. »Unser Dad kauft ständig Zahnbürsten«, sagt Emma. »Weil er immer denkt, wir hätten keine mehr. Er sagt immer: ›Zum Glück hab ich an die Zahnbürsten gedacht.‹«

Unter dem Waschbecken stehen ungefähr zwei Dutzend abgepackte Zahnbürsten.

Emma zeigt ernst auf eine Schachtel Schmerztabletten und wechselt den Ton. »Weißt du, wie bei manchen Sachen auf der Packung ein Bild ist, neben dem ›Echtgröße‹ steht?«, flüstert sie Tiffany zu. »Das finde ich unheimlich.«

Tiffany weiß genau, was sie meint.

Sie liest Rose und Emma aus einem verschlissenen Cord-Schaukelstuhl vor. Von all den Antiquitäten mag Tiffany den Schaukelstuhl am liebsten. Abgewetzt, blau, fehl am Platz und beinahe hässlich fühlt er sich irgendwie vertraut an. Der Schaukelstuhl ist das einzige Möbelstück im Haus, bei dem sie keine Angst hat, es kaputt zu machen.

James' Lebensraum führt Tiffany eine Klasse von Luxus vor Augen, die ihr in Vacca Vale noch nicht begegnet ist, eine Klasse von Luxus, die sie mit europäischen Hauptstädten assoziiert. Der Reichtum, den Tiffany bisher kannte, leistet sich, dass alles geschichtslos und neu ist, aber James' Reichtum leistet sich, dass alles Geschichte hat und alt ist. In allem steckt Kunst und Vergangenheit. Tiffany ist wie gebannt. Sie war immer stolz auf ihre Abneigung gegen das

Kapital, aber jetzt erkennt sie, dass im Stillen ein bizarrer Elitismus in ihr wuchert. Die Faszination, die die Immobilie auf sie ausübt, beunruhigt sie zutiefst, und es gelingt ihr nicht, sie mit ihren knospenden Ideologien zum Thema Privatbesitz in Einklang zu bringen. Wer hat dem Waisenkind ein Auge für Antiquitäten erlaubt? Eine Schwäche für handgeknüpfte Teppiche wie eine verdammte Aristokratin? Für wen hält sie sich?

Das sind die Konturen ihrer Gedanken, als sie den Mädchen einen gereimten Comic über die Übel des Kapitalismus vorliest. Rosie kuschelt sich zu Tiffany auf den Schaukelstuhl, während Emma auf dem Schaffellteppich Schneeengel macht – »Wollengel« – und leise den Text mitspricht, den Tiffany liest. Die Tapete macht das Zimmer zum Wald. Über ihnen nisten Feen aus Stoff, Glitzer und Pfeifenputzern in einem Netz aus Lichtern. Von einer so malerischen Kindheit hat Tiffany nicht einmal geträumt, als sie vom Jugendamt von Familie zu Familie geschoben wurde wie ein Unglück bringendes Erbstück. Vorhängeschlösser an Kühlschränken.

»Wenn *wir* einschlafen, wachen *sie* auf«, flüstert Rosie und zeigt auf die Feen.

»Ja, und sie drehen die Heizung runter«, erklärt Emma. »Dann wird es kälter.«

Bevor sie ins Bett gehen, wollen die Mädchen, dass Tiffany ihnen die Etiketten aus den Schlafanzügen schneidet, weil sie angeblich beim Einschlafen stören. Tiffany erkennt das Manöver, mit dem sie Zeit schinden wollen, aber sie betrachtet ihre Feinfühligkeit als Zeichen von Genialität. Sie schneidet die Etiketten heraus und hebt sie wegen der Waschanleitung auf, weil sie annimmt, dass reiche Leute so was machen. In ihrem eigenen Leben hat Tiffany noch nie eine Waschanleitung gelesen, geschweige denn befolgt. Nachdem sie das letzte Buch des Abends gelesen hat – ein gereimter Comic über die Abholzung der Regenwälder –, löscht sie das Licht im Kinderzimmer, geht die Treppe hinunter und bleibt in der Küche stehen.

Es herrscht eine klingelnde Stille, wie nach einem Konzert. Sie legt die Schlafanzugetiketten in eine Obstschale, dann starrt sie in eine Speisekammer voller exotischer Wohlgerüche. Macht mit ihrem billigen Klapphandy ein Foto. Löscht es sofort wieder.

Sie will sein Kind sein und sie will seine Frau sein und sie will er sein.

Er zeigt mir sein Leben, wird Tiffany klar, damit ich es nicht kaputt mache.

In Echtgröße.

|||||

Als James Tiffany nach Hause fährt, ist klar, dass der Abend die beiden voneinander exorziert hat, genau wie James gehofft hatte. Sie mussten nur aus ihrer privaten, künstlichen Welt aus- und in die öffentliche, echte Welt eintreten. Dieses Ding, das von ihnen Besitz ergriffen hatte – nennen wir es Ondine –, konnte nur fiktive Luft atmen, im Theatersaal von St. Philomena. Sauerstoff tötet es, Zeugen töten es, und jetzt, frohlocket, ist es tot.

Vor dem Ranchhaus auf der Arcadia Street lässt James den Motor laufen und gibt Tiffany zu viel Geld.

|||||

»Was soll ich mit dir machen?«, fragt James Tiffany, den Mund in ihrem Nacken. »Was willst du von mir?«

|||||

Fragen 19–21 beziehen sich auf das unten abgebildete Foto, das der Journalist Jacob Riis Ende des neunzehnten Jahrhunderts aufgenommen hat. Fürsprecher von Personen wie den Abgebildeten würden sich am wahrscheinlichsten welcher der folgenden Meinungen anschließen? *Die Sache wird total aufgebauscht. Die Leute zerreißen sich das Maul, und es gab keinen Skandal mehr, seit Mrs Lansberry betrunken am Steuer erwischt wurde. Ich glaube, sie tut ihm bloß leid.* (A)

Die Entscheidung des Supreme Court im Fall *Plessy vs. Ferguson* war richtig. (B) Kapitalismus ohne staatliche Regulierung würde die sozialen Verhältnisse verbessern. *Apropos Skandal, habt ihr gehört, dass Kayla mit drei Lacrosse-Spielern den Pterodactylus gemacht hat? O Gott, das weißt du nicht? Drei Typen, ein Mädchen. Die Typen stehen in einer Reihe. Sie gibt dem Typ in der Mitte einen Blowjob und holt gleichzeitig den beiden anderen einen runter. Sodass es aussieht, als würde sie versuchen zu fliegen.* (C) Reichtum und Armut sind Produkte der natürlichen Auslese. (D) Die Regierung muss etwas tun, um die schlimmsten Missstände der industriellen Gesellschaft zu beheben. *Aber warum bleibt Tiffany immer länger als alle anderen? Meine Mom meint, wir sollten es Mr Rayo sagen.* »Die Geschichte der Menschheit ist eine Folge wiederholter Ungerechtigkeiten und Übergriffe seitens des Mannes gegenüber der Frau, mit der eindeutigen Absicht, sie einer absoluten Tyrannei zu unterwerfen. Zum Beweis sollen der wohlmeinenden Öffentlichkeit folgende Fakten unterbreitet werden. Er hat ihr nie gestattet, ihr unveräußerliches Recht zu wählen auszuüben. Er hat sie gezwungen, sich Gesetzen zu fügen, bei deren Entwurf sie kein Mitspracherecht hatte.« *Vielleicht denkt sie, sie ist zu gut für Jungs in ihrem Alter.* Seneca Falls Convention, Declaration of Sentiments and Resolutions, 1848. *Sie ist nicht mal auf Social Media. Alle haben immer Mitleid mit ihr, aber wenn du mich fragst, ist sie ein Snob.* In den 1870er-Jahren distanzierten sich viele UnterstützerInnen der Declaration von 1848 von welchen der folgenden Gruppen? (A) Sozialdarwinisten. (B) UnterstützerInnen der Sezession und der Rechte der Einzelstaaten. (C) UnterstützerInnen des 15. Zusatzartikels zur Verfassung der Vereinigten Staaten. (D) Isolationisten. *Ich habe sie noch nie mit anderen Schülern reden sehen, außer vielleicht beim Sezieren von Schweineembryos. Alle sind immer total nett zu ihr, aber sie hält sich für was Besseres.* In welche Richtung fließt der Induktionsstrom in der Spule auf Bild 3, falls er fließt? *Offensichtlich kennt sie ihre Grenzen nicht.* (A) Im Uhrzeigersinn. (B) Gegen den Uhrzeigersinn. (C) Weder noch, da in der Spule kein Strom induziert wird. Erkläre deine Antwort. *Er würde nie was Komisches ma-*

chen. Er ist ein guter Mensch. Wenn du Probleme hast, ist er der Lehrer, der dich unter seine Fittiche nimmt. Wähle und beschreibe zwei Darstellungen des männlichen Körpers in der Kunst, die die Stellung des Mannes im jeweiligen kulturellen Kontext untermauern oder infrage stellen. *Ich weiß nicht. Sie ist ganz schön tief unter seinen Fittichen.* Ein arktisches Nahrungsnetz enthält folgende Organismen: Orca, Eisbär, Ringelrobbe, Polardorsch, Krill, Kieselalge. Anmerkung: Abbildungen nicht maßstabgetreu. *Ich weiß, dass ihn alle für einen Traummann halten, aber er ist bloß für einen Lehrer heiß. Auf der Straße würdest du dich nicht nach ihm umdrehen.* Abgesehen davon, welche Organismen von welchen gefressen werden, beschreibe, was die Richtung der Pfeile in dem Diagramm außerdem bedeutet. *Da bist du aber die Einzige. Wenn mein Eisprung kommt, habe ich immer feuchte Träume von ihm. Du denkst, ich mache Witze? Mein voller Ernst. Er ist ein* Mann, *verstehst du? Und hast du ihn je Klavier spielen sehen? Gott im Himmel.* Pullo greift an und wird angegriffen. *Findest du sie hübsch? Ich weiß nicht. Ich finde sie irgendwie gruselig, aber wahrscheinlich könnte man mit ihr was verkaufen. Sie ist irgendwie besonders.* Übersetze folgenden Satz: *Ich habe gehört, sie ist bei Pflegeeltern, weil ihre Mutter Opioid-süchtig war und ihr Vater im Knast sitzt. Ja, Oxycodon. Ich hab gehört, bei ihrer Geburt musste ein Anwalt dabei sein, weil ihre Mutter high war und ihr Vater nicht da. Echt hart! Schon bei der Geburt ein Anwalt?* Mediocri spatio relicto … *Nein, ihre Mom ist tot.* Maria wurde für die Hauptrolle besetzt. Sie ist nervös, aber sie freut sich auf die Herausforderung. *Hast du gehört, wie sie mit dem Text durcheinanderkam, als er ihren Arm berührte? Darf er uns überhaupt anfassen?* Teil A: Erkläre, wie ihr die folgenden Konzepte bei der Darstellung helfen können. *kontextabhängiges Gedächtnis *Acetylcholin *kinästhetische Wahrnehmung *selektive Aufmerksamkeit. *Soll sie nicht eine Art Genie oder so was sein? Sie ist die Beste in der Klasse, oder? Und ich habe gehört, dass sie im PSAT fast hundert Prozent hatte. Warum machen schlaue Leute immer so dumme Sachen? Sie bringt ihn echt in Gefahr. Er hat eine Frau und Kinder – ich habe sie alle mal bei einer Tombola kennengelernt, eine total süße Familie.* Teil B: Erkläre, wie sie die folgenden Konzepte bei der Darstellung behindern können: *proaktive Hemmung *Yerkes-Dodson-Gesetz der Erregung *externale Kontrollüberzeugung. *Schau dir an, wie sie ihn anstarrt. Das ist widerlich. Wenn ihr wirklich etwas an ihm liegen würde, würde sie ihn in Ruhe lassen. Für ihn steht alles auf dem Spiel.* Vous aurez six minutes pour lire le sujet de l'essai, la source numéro un et la source numéro deux. Sujet de l'essai: *Glaubst du echt, die gehen miteinander ins Bett?* Berechne $(d^2y)/(dx^2)$ an dem Punkt der Kurve, an dem $X = 1$ und $Y = 1$ ist. *Das würde der nie machen, aber ich wette, sie legt es darauf an.* Löse nach X in Abhängigkeit von Y auf. *Sie hat niemanden. Sie hat nichts zu verlieren.*

|||||

»Kann ich ein Glas Wasser haben?«, flüstert Tiffany James zwischen den Dreihundert-Dollar-Laken zu.

|||||

Es läuft so: Den ganzen Februar halten sie Abstand. Dann, im März, schickt ihr James eine Nachricht: *Komm vorbei.* Minuten später antwortet Tiffany: *Hol mich ab.*

Sie erzählt Stella und Wayne, dass sie eine Freundin besucht, was beinahe stimmt. Vielleicht übernachtet sie dort, sagt sie. Stella und Wayne sind so glücklich zu hören, dass Tiffany Freunde hat, dass sie keine weiteren Fragen stellen. Tiffany duscht gründlich, drückt sich die Rasierklinge ans Bein, bis sie den Knochen spürt. Honeysuckle-Shampoo und Stellas teure Körperlotion. Nasses Haar, seitlicher Zopf, kein Make-up, weiche Kleidung. Schneller Puls. Heißes Blut. Es ist der erste Sonntag der Frühlingsferien, und der Schneematsch draußen ist grausam.

Im Auto verhalten sich Tiffany und James übertrieben normal.

Als sie durch die Nebentür das Haus betreten, versetzt ihr das Bewusstsein, dass ihr ein Lebensereignis bevorsteht, einen

Koffeinstoß; ihr Körper zittert, ihre Sinne schärfen sich und alle Farben werden satt. Sie fühlt sich lebendiger, als sie je für möglich gehalten hätte, und sie merkt, dass sie endlich aus der Imitation des Lebens herausgewachsen ist. Zum allerersten Mal steht sie im echten Leben. In der Küche wirkt James nervös, er fährt sich durch sein dickes Haar und verschüttet Wein beim Einschenken. Er reicht ihr ein Glas Pinot noir, als wären sie ebenbürtig. Trinkt sein Glas sehr schnell aus, dann schenkt er sich nach. Ohne es auszusprechen, hat er ihr kommuniziert, dass seine Kinder, seine Frau und seine Schwiegereltern über die Ferien nach Key West gefahren sind. Tiffanys verzweifelter Wunsch, den Wein zu mögen, führt dazu, dass er ihr wirklich schmeckt, aber als sie um ein zweites Glas bittet, sagt James: »Lieber nicht.« Sie schlendern durchs Haus wie durch Ikea, setzen sich auf verschiedene Möbelstücke, unterhalten sich über die Kindheit und malen sich alternative Leben aus, bis sie im Musikzimmer landen.

»Spiel es mir vor«, verlangt Tiffany, als sie den Bösendorfer sieht.

»Was?«

»*Gaspard de la Nuit*.«

Er kommt ihrer Bitte ohne Widerrede nach, dankbar für die Beschäftigung seiner Hände.

Als sie zuhört, weint Tiffany nicht. Macht ihm kein Kompliment. Streichelt die Katzen nicht. Es sind schwierige Aufgaben, aber sie meistert sie. Als er fertig ist, mit gerötetem Gesicht, fängt sie sich, indem sie sich noch ein Glas einschenkt – er hält sie nicht davon ab – und ihm viele Fragen über den Flügel stellt. Er erklärt, dass der Flügel eine satinierte Ebenholzoberfläche hat. Der Resonanzkasten ist österreichische Bergfichte mit einem Stimmstock aus Ahorn, Rotbuche und Nussbaumfurnier. Traditioneller Gussrahmen. Einfach gesponnene Bass-Saiten.

Der Flügel war ein Hochzeitsgeschenk von der Familie seiner Frau, Frucht ihres immergrünen Reichtums, und niemand hat ihn bisher so eng mit James assoziiert wie Tiffany an diesem Abend. Das einst so verführerische Vermögen seiner Frau stößt ihn inzwischen ab wie eine Zerrspiegelung. Er fühlt sich missgestaltet, seekrank, untenerernährt. In diesem Haus fühlt er sich mehr und mehr wie ein Tourist. Aber in Tiffanys Augen gehört alles ihm.

»Handgekerbter Steg«, sagt James. Tiffany steht Zentimeter von ihm entfernt, ihre zarte Hand schwebt über einer B-Saite. Sie bewundert die offen liegende Anatomie des Bösendorfer. Vorsichtig, als würde er einen fleischfressenden Vogel streicheln, berührt er ihr Handgelenk. »Tasten aus Fichte«, murmelt er. Er spürt, dass sie die Luft anhält, sieht, dass ihr ganzer Körper reagiert. »Du bist wunderschön«, sagt er und schockiert sie beide.

Ihr Gesicht läuft pink an. Plötzliche Abenddämmerung. »Fick dich«, sagt sie, schlägt seinen Arm weg und weicht zurück. Ein Moment des Schweigens. James fragt sich, ob er alles kaputt gemacht hat.

»Bei dir bin ich uneinsam«, flüstert sie schließlich, den Blick auf den Flügel gerichtet. »Bei dir bin ich echt.«

Tiffany und James ziehen sich emotional aus und der Bösendorfer sieht zu. Dann gehen sie nach oben und ziehen sich die Kleider aus.

|||||

Als der Tag anbricht, hört Tiffany auf so zu tun, als würde sie schlafen. Sie setzt sich im Bett auf, löst ihren Zopf und sieht zu, wie sich James' Rücken hebt und senkt. Ihr Haar ist immer noch feucht von der Dusche bei Stella und Wayne, duftet immer noch nach Honeysuckle, was sie irritiert – die Person unter der Dusche war eine andere Frau. Sie geht auf Zehenspitzen ins Bad und pinkelt so leise wie möglich, schämt sich ihrer Körperlichkeit. Als sie zurückkommt, ist James wach, im Schein seines Handydisplays sieht er zehn Jahre älter aus. »Hey«, sagt er, sein Ton ist kühl. »Zieh dich lieber an.«

Er wirft ihr die Kleider zu, und sie zieht sich schnell an, spürt, dass irgendetwas Wichtiges schiefgelaufen ist. Sie gehen die Treppe hinunter und betreten seine edle Küche, ringen um Gesprächsthemen, die stark genug sind, um die Scham zu verdrängen. Er macht für sie beide Espresso an einer lauten, komplizierten Maschine, dann scheint er es zu bereuen. Als sie aus Porzellantässchen die Crema nippen, sprechen sie über das Wetter, ihre Lieblingssorten Haferflocken, die Familiengeschichte seiner Katzen. Eine ist schwarz, die andere weiß, beide sind langhaarig und nervös. Sie beobachten Tiffany mit halb geschlossenen Augen und vorwurfsvoller Körpersprache, als wüssten sie genau, was sie getan hat. James füttert sie mit Kaninchenpastete, und Tiffany fragt laut, warum ihre Begegnungen regelmäßig vom Geruch nach Tierfutter begleitet werden. Er lacht nicht, scheint sie nicht einmal gehört zu haben.

Sie lächelt. »Was, meinst du, hat das zu bedeuten?«

»Wahrscheinlich nichts«, entgegnet er, den Blick auf sein Telefon gerichtet. »Es hat nicht immer alles etwas zu bedeuten.«

Eine Stunde, bevor Tiffanys Ferienkurs beginnt, setzt James sie vor einer Coffeeshop-Filiale in der Nähe der Schule ab.

»Wir bleiben in Kontakt«, sagt er zur Windschutzscheibe. Seit gestern Abend hat er ihr nicht mehr in die Augen gesehen.

»Klar«, antwortet sie mit einem Kloß im Hals.

Als Tiffany ihren Scone in die Schultoilette kotzt, ärgert sie sich am meisten über das verschwendete Geld.

|||||

Am Abend nach der Nacht schickt ihr James eine Textnachricht.

Ich möchte dir noch einmal sagen, wie viel Respekt ich vor dir habe. Du sollst wissen, dass mein Verhalten immer von meinem Interesse an deinem Wohl geleitet wird.

Als sie das Display anstarrt, spürt Tiffany den Puls in den Augen. Wieder diese unangenehme Förmlichkeit. Sie versucht, angemessen wütend zu werden, aber stattdessen muss sie heulen. Es wäre eine riesige Erleichterung, ihm zu glauben. Sie antwortet: *Können wir reden?*

Und dann nichts. Absolut nichts. Jeden Tag nach der Nacht starrt Tiffany das Display an, aktualisiert ihre Inbox, empfängt nichts, erzählt es niemandem, googelt sein Gesicht und zoomt näher, bis sie ihn nicht mehr erkennt. Sie hört blöde Musik mit den blöden Kopfhörern, die er ihr geschenkt hat. Mit jedem Mal wird Tiffany klarer, was für ein Narzisst er ist. Mehr noch, wie lächerlich. *Vu*. Lächerlich! Tiffany isst ein ganzes Glas Cornichons im Bett, starrt in den Laptop, drückt auf Pause, verliert die Fassung. Sie kann vierunddreißig Stunden nicht schlafen, dann schläft sie vierzehn Stunden durch. Er hat ihr seine Ausgabe von *Gaspard de la Nuit* nicht geliehen, und sie weiß, dass er es niemals tun wird.

Sie verlässt das Haus nur, um im Diner zu arbeiten. Wenn sie mit dem Rad durch Vacca Vales Industriewüste fährt, verwechselt sie die Landschaft immer wieder mit dem Jenseits. In diesem Jahr steht Vacca Vale auf dem ersten Platz der erstaunlich herzlosen Liste »Top Ten der sterbenden amerikanischen Städte«. Niemand war überrascht. Bei Ampersand ist Tiffany gemein zu Kunden und vergisst häufig ganz, den Mund aufzumachen. Ihr Verlangen nach James hat sich immer wie eine Geisteskrankheit angefühlt, aber jetzt fühlt es sich an wie eine Psychose. In ihrer Schicht geht sie zu oft aufs Klo. Filzt jedes Mal ihr Telefon.

Nach dem vierten Tag ohne Kontakt beginnt sie stimmlos FUCK YOU FUCK YOU FUCK YOU, YOU FUCKER vor sich hin zu murmeln, wenn sie ihre leeren Geräte kontrolliert. Manchmal meint sie damit sich selbst. Essen, Schlafen und Atmen sind unnatürliche Aufgaben geworden. Ihre Zähne klappern, sie sieht nur noch schwarzweiß, ihre Temperatur fällt, roter kalter Wind pfeift durch ihren Körper. Die Übelkeit drückt sie nieder, manchmal übergibt sie sich. Stella und Wayne kommen wohlmeinend zu dem Schluss, dass sie die Grippe hat. Sie stehen mit Eiswasser, Tomatensuppe und nach Himbeer schmeckender Medizin vor ihrer Tür. Tiffany nimmt die Medizin, zu allem bereit, was gegen das hilft, das sie hat.

»Er liebt es, gesehen zu werden, das ist offensichtlich«, sagt Tiffany am vierten Abend zu ihrer Venusfliegenfalle. Die Pflanze hat seit Langem nicht gefressen, weil das Haus zu sauber ist. Man soll einen ihrer Köpfe einmal im Monat füttern, aber Tiffany vergisst es immer. »Nur lebendige Fliegen«, hat die Dame im Laden gesagt. »Sie mag nur lebendige.«

|||||

Sechs Tage nach der Nacht kaut James auf den Pflanzen, die seine Frau im Kühlschrank gelassen hat, aber er schmeckt kaum etwas. Er stellt sich vor, er wäre ein Brachiosaurus, der Laub von den Bäumen isst, bedeutungslos und dem Untergang geweiht, überall Falten, die meisten seiner Zeitgenossen sind schon ausgestorben. Er hat die Woche damit verbracht, alle Laken, Kissenbezüge, Decken, Tagesdecken, Wolldecken und Badematten im ganzen Haus zu waschen, weil es ihm niederträchtig vorkam, nur die Bettwäsche zu waschen, in der er seine Schülerin gevögelt hat. Jetzt, beim Kauen, lauscht er dem Stampfen der Waschmaschine und macht sich eine Liste von Aufgaben, die er erledigen will, auch wenn er weiß, dass er sie nicht erledigen wird. Als er den Teller abgeräumt hat, sagt er per Textnachricht seine Therapiestunde ab. Der Tod seiner Mutter hat ihm klargemacht, dass Therapie für seine Gesundheit unerlässlich ist, und seitdem fragt er sich, wie er so lange ohne leben konnte. Es war, als hätte er mit dreißig zum ersten Mal Obst gegessen. In Vacca Vale kennt er sonst niemanden, der Therapie macht.

Am Nachmittag ruft Meg mit FaceTime aus Florida an. »Nächste Woche kommt ein Hurrikan, der hier alles auslöscht«, monotonisiert sie im strahlenden Sonnenschein und zeigt ihm die Villa, die ihre Eltern gemietet haben. »Wir sind gerade noch rechtzeitig hergekommen.«

Abends, als er die Wanne einlaufen lässt, durchsucht James die Badezimmerschränke, bis er eine Flasche Bademilch findet. Er hatte sie Meg vor ein paar Jahren zum Geburtstag geschenkt. Er hatte viel zu lange unschlüssig an dem Marktstand gestanden und der Verkäuferin gnadenlos spezifische Fragen gestellt, bis er zu dem

Schluss kam, dass Meg Eukalyptus-Fichte lieber mögen würde als Kamille-Rose. Jetzt steht die Flasche staubig und ungeöffnet im Schrank. *Aufbauend, energetisierend, belebend,* steht auf dem Etikett. Er kippt ein Drittel davon in die Wanne und legt sich in das duftende Wasser, bis die Zeit das Wasser abkühlt. Er fühlt sich weder aufgebaut noch energetisiert oder belebt.

James schläft in einem der Gästezimmer, auf dem Rücken, Hände über dem Nabel gefaltet, wie eine Leiche bei der Aufbahrung. Gegenüber vom Bett hat Meg einen Druck des Wandteppichs *Einhorn in Gefangenschaft* aufgehängt, der bei James das Bedürfnis auslöst, sich in die Hände zu beißen. Er erwacht vor Tagesanbruch in einem Museum der Kostbarkeiten seiner Frau und verbringt den ganzen Tag damit, von Zimmer zu Zimmer zu schlurfen, seltsam unfähig, das Haus zu verlassen. Die Katzen haben sich verdrückt. Er macht einen Bogen um die Familiengalerie, die ihm immer Gänsehaut gemacht hat, aber jetzt löst sie außerdem Würgereiz aus. Obwohl er nicht an Geister glaubt, hat er ihre Präsenz in diesem Haus vor langer Zeit akzeptiert. Sie hüllen ihn in kalte, feuchte Decken. Sie spielen mit der Elektrizität und dem Mobilfunknetz und dem Wi-Fi. Sie nennen ihn Bauerntölpel. Sie wissen, was er getan hat. Er versucht, ein Feuer im Kamin zu machen, zündelt und lockt, benutzt alle Zeitungen im Haus, aber das Holz will nicht brennen.

Am Samstag isst er nichts außer einer Packung Wild-Jerky, die er vor Monaten vor Meg versteckt hat, und starrt minutenlang in den Fernseher, bis ihm einfällt, ihn anzustellen. Er zermalmt den ganzen Abend Eiswürfel zwischen den Backenzähnen, den Blick auf eine digitale Uhr gerichtet, bis die Zahlen tanzen. Er schenkt sich ein großes Glas Gin mit Apfelsaft ein, die Mischung, die sein Bruder und er als Jugendliche tranken, wenn sie im verlassenen Maisschober auf der Farm seiner Eltern heimlich über Quantenphysik diskutierten, als hätten sie einen blassen Schimmer davon. Jetzt nippt er im Kinderzimmer an seinem Drink, macht im Kopf eine Liste der Bücher und Spielsachen, als könnte es sein, dass er von heute auf morgen das Land verlassen muss, dann schläft er auf dem Schaffellteppich ein, während irgendwo in der Ferne ein Autoalarm hupt.

Falls Tiffany denkt, sie wäre die Einzige, die verletzt wurde, dann ist sie noch jünger, als er dachte.

|||||

Sonntag – der siebte Tag nach der Nacht. Die Frühlingsferien sind zu Ende. Morgen müssen Tiffany und James wieder zur Schule.

Um sich gegen die träge psychologische Brutalität zu wappnen, die der Montag mit Sicherheit bereithält, hat sich Tiffany aus Waynes und Stellas dunklem, niedrigem Haus hinaus in die Welt geschleppt. Sie wiegt drei Pfund weniger als vor einer Woche; sie spürt, wie sie schrumpft. Unterwegs hat sie sich an der Tankstelle einen blauen Slushie gekauft, um sich aufzuheitern. Jetzt steht sie mit dem Slushie im Valley, dem einzigen Ort, den sie je geliebt hat, atmet den Pollen und die Erde eines Waldes ein, der zu wild für die Stadt ist, färbt sich die Zunge blau und kämpft gegen Kältekopfschmerz. Heute ist der erste milde Tag nach einem gnadenlosen Winter, und sie steht auf der beliebtesten Wiese des Valleys. Die ganze Stadt scheint hier draußen zu sein. Ein Werbebanner am Zaun preist Eigentumswohnungen an, die im Sommer aus den Hügeln sprießen und das Valley zerstören werden – Phase eins des städtischen Revitalisierungsplans, von dem Tiffany die Lust auf das Leben vergeht. Der Tag atmet lebendig und grau, schmilzt das letzte Eis, und der Petrichor-Geruch frischen Regens auf dem Asphalt ist so wohltuend, dass Tiffanys Augen tränen. Textzeilen aus dem Stück schießen ihr in unverwüstlichen Schleifen durch den Kopf, und sie versucht, sie auszuschalten, als ihr Telefon klingelt.

Sie zuckt zusammen. Schnappt nach Luft. Er hat sie noch nie angerufen.

»Hallo?«

»Hi.«

»Hey.«

Ihre Herzen klopfen in unterschiedlichen Bezirken. Das war nicht seine Idee, und er war nicht ihre, aber jetzt ist er da, in einem Klischee, das er besonders schlimm findet, und sie ist dort, in einem Klischee, das sie besonders schlimm findet, und was kann man da machen.

James steht in der Küche, zittert vom dritten Espresso, weiß, dass er keinen Grund hat, um 16:14 Uhr so tyrannisch hellwach zu sein. In ein paar Stunden kommt seine Frau zurück. Sie haben sich vorhin am Telefon gestritten – ein Streit, der mit allem nichts zu tun hat. Ein Streit um Zeit.

Tiffany steht auf der Wiese, zittert in dem weißen Baumwollkleid, weiß, wie passend sie für die Rolle der Unschuld vom Lande gekleidet ist.

Keiner von beiden sieht sich in der Lage, etwas zu ändern, in diesem Monat.

Er wartet, dass sie etwas sagt, als hätte sie ihn angerufen. Irgendwann fragt er: »Wie läuft's?«

»Gut.«

»Wie geht's dir?«

»Nichts.« Sie wird rot. »Ich meine …«

»Ja.« Er lächelt. Sie hört es. Es tut weh. »Ich weiß.«

Hast du mit deinem Therapeuten über mich gesprochen?, will Tiffany fragen. Sie wäre in beiden Fällen gekränkt. Doch sie kaut nur am Strohhalm ihrer Big Cup und starrt einen rosa Baum an, um zu beweisen, wie gut es läuft. James ist ein Kind, aber anders, sie sind beide Kinder, aber anders, und so sagen sie in der Statik nichts. Tiffany will ihren Körper verlassen. James will in seinem Körper bleiben. Das ist bei vielen der Grund zu vögeln – hier gibt es nichts zu sehen – Tiffany will schreien.

Unter einem Baum krempelt eine junge Frau die Jeans hoch und lacht in ihr Telefon. Tiffany beobachtet sie wie eine Anthropologin. Im Gegensatz zu Tiffany ist die lachende Frau echt. Wer auch immer mit ihr spricht, antwortet ihr freiwillig, und Tiffany beneidet sie. Sie fragt sich, ob es ein Wort für das Gegenteil von Solipsismus gibt, fragt sich, ob ein solcher Begriff ihre psychische Störung präzise beschreiben würde. Es ist Sonntag, aber es fühlt sich wie Mittwoch an. Es ist Frühling, aber es fühlt sich wie Herbst an. Es ist warm, aber Tiffany zittert. Sie fühlt sich betrunken.

Tiffany dachte, sie hat sich nur nach James' Stimme gesehnt, bis er Hi gesagt hat, als würde es von ihm verlangt, und jetzt korrigiert sie sich – sie sehnt sich nur nach seiner Stimme, wenn sie ihren Namen hält wie in der Nacht.

»Ich hätte früher anrufen sollen«, sagt James.

»Du schuldest mir nichts.«

Beide meinen nicht, was sie sagen.

Vor James hat Tiffany ein kleines Leben in dunklen Räumen geführt, sie hatte gehofft, sich irgendwann zu entfalten, aber dieser helle, leere Raum ist ihr peinlich. Sie sieht ein Stück Müll im Gras liegen und identifiziert sich damit. Tiffany ist nicht für ein großes Leben gemacht – sie erfüllt nicht die Mindestgröße. Sie ist siebzehn; sie fühlt sich wie siebzig. Sie ist siebzehn; sie fühlt sich wie sieben.

»Es tut mir trotzdem leid«, sagt er.

»Was?«

»Na ja.« Er seufzt. »Eigentlich alles.«

Er versucht, das Richtige zu tun, und pulverisiert sie stattdessen.

Das ist, was sie wollten – was sie immer alle wollen: Tiffany wollte James' Traurigkeit erhalten wie eine bedrohte Tierart, weil sie dachte, sie würde sie beide interessanter machen. James wollte in ihr seine Jugend erhalten. Er ist zweiundvierzig, aber er kam nie über fünfzehn hinaus. Er wollte nicht, dass sie ihn interviewt, aber er brauchte ihre Fragen. Sie waren sich nicht sicher, ob sie wirklich *Sex* wollten, aber sie wollten wissen, was als Nächstes passiert. Er ist zweiundvierzig und er hat schreckliche Angst. Sie brauchte keine Verbform, die die Zukunft einschließt, sie wollte nur, dass er ihr ein einziges Mal das Glück aus der Stimme wrang. Danach wusste sie nicht mehr, was sie wollte. Was sie je gewollt hatte.

»Hör zu«, sagt er am Telefon, aber er verwirft den Rest.

Die riesige Weite des Valleys lässt Tiffanys Augen tränen. In der Nähe entkorkt jemand eine Flasche Wein. Ein sehr menschlicher Mann nähert sich der sehr menschlichen Frau unter dem rosa Baum. Das Fleisch der beiden sieht weich und prall gefüllt mit Organen aus. Er hat ein Metallrohr in der Hand.

»Verzeihung«, sagt er und zeigt in die Äste. »Ich muss was runterholen.«

Irritiert sieht die Frau auf, dann geht sie hinaus auf die Wiese. »Tut mir leid«, sagt sie ins Telefon. »Da war eine Drohne. Sprich weiter.«

Der sehr menschliche Mann wirft das Rohr immer wieder in den Baum, der Äste und Blüten regnet. Ein Hund bellt, Kinder schreien, jemand spielt Mundharmonika, und Tiffany saugt an ihrem Strohhalm, bis sie dem Eis die ganze blaue Farbe ausgesaugt hat. »WIR LEBEN MIT DEM FEIND!«, brüllt ein Mädchen und sticht mit einem Ast nach ihrem Bruder.

»Gott.« James klingt genervt. »Wo bist du?«

»Im Park. Ich habe gelesen.« Sie hat ein Buch dabei, aber sie hat nicht gelesen, hat nur versucht, Sinn in die Druckerschwärze zu prügeln. »Es ist ziemlich gut«, sagt sie. »Es wäre sogar großartig, wenn es nicht die literarische Version eines oberkörperfreien Spiegel-Selfies wäre, also wenn der Autor die Muskeln nur anspannen würde, wenn er wirklich etwas hochhebt. Aber von der frühen Austreibung der psychosexuellen Triebe bleibt offenbar niemand verschont. Nicht mal Genies.«

Sie wird rot. Eigentlich wollte sie nur sagen, dass James nicht die einzige Geschichte ist, mit der sie sich beschäftigt, doch jetzt hat sie genau das zugegeben, was sie eigentlich verbergen wollte. Mit ihm passiert ihr das immer.

»Wahrscheinlich solltest du mehr fernsehen«, sagt James.

Es ist schon oft passiert, und es wird immer wieder passieren, aber als es ihnen passiert ist – als es ihr passiert ist, gab es ein paar Abweichungen von der Formel. Zum Beispiel: Tiffany scheint der eigentliche Sex mehr Spaß zu machen als James. Sieben Tage zuvor hatten Tiffany und James im Bett versucht, ihre Hüften zu etwas anzustiften, aber sie bewegte sich wie ein Teenager, und er bewegte sich fast überhaupt nicht, und deshalb dachten sie sich irgendetwas aus. Als es dann passierte, merkten sie beide, dass es bei ihnen nicht ums Vögeln ging, aber sie waren entschlossen, es durchzuziehen. Es war höflich, dann war es unheimlich, dann euphorisch, dann vorbei. Vor dieser Erfahrung hatte jeder, der Tiffany berührte, die Berührung genossen, gerade weil Tiffany sie nicht mochte. Selbstbefriedigung kam ihr nie in den Sinn. Sie wusste nicht, wie es ging; ihre Intelligenz war auf das Immaterielle beschränkt. Doch in jener Nacht, im Flackern der Tabakduftkerze, löste James – dem offenbar mehr an ihrem als an seinem eigenen Vergnügen lag – Gefühle bei ihr aus, die sie bis dahin für unerreichbar gehalten hatte. Sie hatte immer gedacht, sexuelles Glück wäre ein Luxus, der anderen vorbehalten war, wie Skifahren. Jetzt trauerte sie um diese Illusion.

Er zog ihr das Kleid über den Kopf, öffnete ihren BH und streichelte ihre Haut, als würde er darauf wichtige Informationen für den Notfall finden. Sie sah zu, wie er das Hemd, den Gürtel, die Hose auszog. Sein unvollkommener Körper vollkommen, weil es seiner war. An die dunkelblaue Baumwolle seiner Unterhose drückte eine Erektion, seine, aber für sie, für sie und ihretwegen, und diese überraschende Erkenntnis ließ ihren ganzen Körper aufblühen, heiß und stürmisch und alchemisiert. Er war unbekleidet, aber er war erst nackt, als er die Brille absetzte und vorsichtig auf den Nachttisch legte. Sein brillenloses, verletzliches Gesicht aus der Nähe war wie der Anblick eines Tigers im Zoo, gezähmt und dadurch dem Untergang geweiht, und eine Schockwelle des Mitleids durchfuhr sie, die den Wunsch in ihr auslöste, wegzusehen und gleichzeitig sein Leben zu retten. Sie schloss die Augen, spürte seine Hitze, spürte seinen Schwanz an ihrem Bein, spürte seine Stoppeln an ihrem Hals, ihren Brüsten, ihren Schenkeln. Und mit seinem Mund zwischen ihren Beinen spürte sie etwas vollkommen Neues, die Aktivierung eines sensorischen Systems, von dem sie nicht geahnt hatte, dass sie es besaß. Das ganze Zimmer flackerte und flutete und sang.

»Was willst du?«, fragte er, als er sie an den Rand ihrer selbst gebracht hatte.

»Dich.«

»Sag es.«

»Ich will dich.«

»Was soll ich mit dir machen?«

»Alles.«

Wann hatte er die Kerze angezündet? Später, als Tiffany die Chronologie der Nacht durchging wie eine Detektivin in einem Mordfall, kam ihr das Detail wichtig vor; es stand für Vorsatz, daher die Schwere des Verbrechens, daher die Schwere der Strafe. Sie verhütete nicht, und er hatte kein Kondom, aber keiner von ihnen machte sich darüber Gedanken. Auf dem Rücken in seinem Bett erlebte sie nur flüssige Verzückung. Als James in Tiffany eindrang, hatte sie jede Vernunft verlassen. Unwahrscheinlicherweise kam sie fast sofort zum Orgasmus. Sie wusste nicht, ob es ihr peinlich sein sollte – sie hatte noch nie einen Orgasmus gehabt oder überhaupt mit Absicht Sex –, aber das Mikroklima der Lichthaftigkeit hatte jede Scham verbannt. Nie würde sie den Stolz in seinem Gesicht vergessen, als wäre ihre Lust die größte Errungenschaft seines Lebens. Der Orgasmus, stellte sie fest, nimmt dich gleichzeitig in Besitz und exorziert dich von dir selbst. Als die chemischen Botenstoffe sie von einer Welt in die andere trugen – durch die verstärkte Stimulation des Gyrus angularis, wie sie später erfuhr, einer Hirnregion, die mit der Raumwahrnehmung, dem Erinnerungsvermögen, dem Lesen und außerkörperlichen Erfahrungen assoziiert wird –, fühlte sich Tiffany wie eine Mystikerin. James brauchte länger.

Danach wischte er mit den Boxershorts seine Spuren von ihrer Brust. Verschlungen und fast süß streichelte er ihr Haar, ihren Hals, ihr Schlüsselbein. Er fuhr die Konturen ihrer Brüste nach und sagte ihr, sie sei brillant, überirdisch, wichtig. Er stützte den Kopf auf die Faust, um sie anzusehen, und begann zu reden.

»War das dein erstes Mal?«, fragte er.

Sie zögerte, dann schüttelte sie den Kopf. »Nein.«

»Gut. Das ist gut.« Er hielt einen Moment inne, betrachtete ihr Schlüsselbein. »Hör zu, Tiffany. Ich will, dass du weißt, dass ich unglaublich viel Respekt vor dir habe.« Er berührte ihren Hals, als wäre er zerbrechlich und kostbar. Ein gesprungenes iPhone. Sie wusste nicht, was alarmierender war: seine Ehrlichkeit oder seine Förmlichkeit. »All das hier …«, sagte er und zeigte vage zwischen seine Brust und ihre Schenkel, »wurde davon motiviert.«

Ein unpassendes Wiehern flatterte in ihrer Kehle. Sie schluckte es herunter.

»Danke«, antwortete sie.

»Du solltest pinkeln«, sagte er.

»Was?«

»Das ist gut gegen Geschlechtskrankheiten nach dem Sex. Hat dir das niemand beigebracht?«

Jetzt lachte sie doch.

»Nein.« Er lächelte. »Wirklich – ich will nicht, dass du meinetwegen zu Schaden kommst. Auf keiner Ebene. Vertrau mir.«

»Okay.« Sie wurde rot. »Aber warte, wo sind meine …«

»Hm?«

»Ich habe meine …«

»Deine was?«

Sie wusste, dass es grundsätzlich besser war, nicht mit Leuten zu schlafen, vor denen man das Wort *Unterhose* nicht über die Lippen brachte.

»Meine …«

»Deine Unterhose?«

Erleichtert, dass er nicht *Schlüpfer* gesagt hatte, seufzte sie und versuchte, nicht feuerrot zu werden. »Ja.«

Er durchsuchte die Laken und reichte sie ihr. Es war unmöglich, beim Anziehen sexy auszusehen, aber sie gab sich Mühe. Dann schlich sie ins Bad, stellte den Wasserhahn an und pinkelte. Sie ließ das Licht aus, wollte die Spuren nicht sehen, konnte den Anblick der Seifen und Rasierer und Haarspangen einer anderen Frau nicht ertragen. Der rechtmäßigen Frau.

Als sie fertig war, ging er ins Bad und benutzte ohne erkennbare Scham das Klo. Er kam in frischen Boxershorts zurück und sah im Mondlicht ernst aus.

»Ich weiß, das ist … also, tut mir leid, dass ich dich überhaupt darum bitte, aber … wir erzählen es keinem, oder? Wir behalten es für uns?« Eine Sekunde. »Es wäre für uns beide schlimm.«

Es war keine Frage.

»Hoppla«, gab Tiffany zurück. »Ich habe es gerade getweetet.«

Er lachte nicht.

Leiser sagte sie: »Wem sollte ich es denn erzählen?«

In einer Studie nahm eine Frau, deren Gyrus angularis stimuliert wurde, ein Phantom hinter sich wahr. In einer anderen Studie dachte der Proband, er würde an der Decke schweben. Tiffany spürte alles gleichzeitig.

Woran sich Tiffany in dieser Nacht am besten erinnert, ist ihr Name in seinem Mund, als er in ihr war.

Jetzt, im Valley, brodeln und spucken gewisse Gefühle in ihrer Brust. Was ich am meisten an dir liebe, will sie sagen, ist dein Konzertflügel. Waren wir nicht gefeit, bis du deinen glänzenden, teuren Bösendorfer ins Spiel gebracht hast? Ja, ich wollte deine Stoppeln berühren, deinen Kaffee trinken und deine Brille tragen. Ja, ich wollte deinen Kopf und deine Worte und dein Gesicht und deine Traurigkeit und deine Sensibilität und deine Macht und dein Talent und dein Alter und deine Fantasie und dein Haar und deine Musik, aber am Ende – am Ende – wollte ich deinen Konzertflügel ficken.

Am Telefon im Valley sagt sie: »Warmer Tag.«

»Das stimmt.«

»Bist du sauer?«

Er hält inne. »Warum sollte ich sauer sein?«

Ihr fällt keine Antwort ein, und da sagt er es: ihren Namen.

Aber am Ende ist es nicht so, wie sie will. James' Stimme hält ihren Namen nicht mehr; seine Stimme diagnostiziert ihn. Ihre Augen füllen sich mit Tränen, die nichts mit ihr zu tun haben, so wie das Zucken ihres Knies, wenn der Kinderarzt ihre Reflexe kontrolliert, nichts mit ihr zu tun hat. Sie geht immer noch zum Kinderarzt, und als sie jetzt daran denkt, weint sie noch mehr. Plötzlich fällt Tiffany auch wieder ein, dass James Kinder hat – eine Tatsache, die sie jedes Mal schockiert. Wie kann ein Vater wie er in ein Kind wie sie eindringen? Einfach so? Ein Vater ohne Brille und völlig ohne Kondom? Sie stellt sich vor, wie er an seinem Küchenfenster steht und Holunderblütenlimonade trinkt. Überraschenderweise stellt sie sich ihn nackt vor. Dann sieht sie sich im Park um und wundert sich, dass niemand den Lärm in ihrem Körper hört.

»Was willst du von mir?«, fragt er müde. Er will gelobt werden, dass er angerufen hat.

»Hör auf, mich das zu fragen.«

»Wie meinst du das?«

»Du fragst mich das ständig. Bitte lass …«

»Du hast es auch gewollt.« Ein Vorwurf. Dann milder: »Oder?«

»Was gewollt?«, gibt sie zurück.

Er seufzt. »Woher sollen *wir* das wissen.«

»Wie alt bist du?«, fragt Tiffany. Die Wut hat ihre Stimme gekapert, und sie will, dass er sie hört.

»Im Ernst?«, fragt er.

»Vierzig?«

Er hält inne. »Zweiundvierzig.«

Er fragt sie nicht, wie alt sie ist.

»Ich bin siebzehn.« Sie will ihn verhaften, will seine Schuldgefühle chiropraktizieren, will ihn heiraten, will ihn verprügeln. Sie will sich ins Weltall schießen. *Unsere Nacht war genauso illegal, wie sie sich angefühlt hat.* Aber das stimmt nicht. Nicht in Indiana, wo das Mündigkeitsalter sechzehn ist. Sie hat nachgesehen. »Siebzehn.«

Als er wieder spricht, klingt seine Stimme sanft. »Du solltest mehr von den Menschen erwarten.«

»Du solltest mehr von dir erwarten.«

Tiffany sieht keinen Sinn mehr in dem Gespräch oder sonst irgendwas. Sie legt auf.

Endlich schafft es der sehr menschliche Mann, seine Drohne aus dem Baum zu holen, und hinterlässt, als er geht, ein Gemetzel von Blüten.

|||||

Nach einer Zeit tauft Tiffany *die Nacht* in *die Situation* um, weil sie weiß, dass sie in gewisser Weise schon gefickt haben, bevor es ihre Körper taten. Wenn sie jetzt an *die Situation* denkt, sind die Fakten wirr und verschoben, manche fehlen, andere sind zerknautscht, als hätte ein Welpe daran herumgekaut, und viele scheinen ganz verschluckt worden zu sein, kreisende, verknotete Fragezeichen in ihren Eingeweiden. Welche Entscheidungen haben sie selbst getroffen? Welche Entscheidungen wurden für sie getroffen? Wer hat wen ausgezogen? War es wirklich Pinot noir? Er drang in sie ein, er zog ihn heraus, aber was passierte dazwischen? Hat er ihr am nächsten Morgen Kaffee oder Tee gekocht? Haben Stella oder Wayne sie nach dem Ferienkurs abgeholt? Lässt sich irgendwas noch retten? War irgendwas davon interessant? Lassen sich James und seine Frau scheiden? Sie wollte, und er wollte, aber was wollten sie eigentlich?

Tiffany liest immer wieder *Das wüste Land* und versteht das Gedicht mit jedem Mal besser, auch wenn sie keine Ahnung hat, worum es geht. *Hier ist Belladonna,* schreibt Eliot, *die Dame vom Felsen, die Dame der Situationen.* Tiffany ist keine Dame der Situationen – alle halten sie dafür, aber es stimmt nicht. Das hier ist ihre einzige Situation.

In der Zeit danach übernimmt Tiffany noch mehr Schichten bei Ampersand. Sie ändert ihren Namen amtlich in Blandine, nach einer jugendlichen Märtyrerin, die stoisch die öffentliche Folterung durch die Römer ertrug. Blandine überzeugt ihre Pflegeeltern, dass sie eine Auszeit braucht. In der Bibliothek findet sie ein Buch über die Mystikerinnen, das sie mit einer Flasche von Waynes Yukon

Jack in einer Nacht durchliest. Sie leiht sich zwei weitere Bücher aus und bestellt ein drittes von einer Partnerbibliothek. Die Mystikerinnen waren kranke und schräge Genies, häufig urkomisch, immer allein.

Hildegard ist Blandines Lieblingsmystikerin, weil sie ungefähr einhundert Personen in einer vereint. Hildegard von Bingen: Prophetin, Komponistin, Botanikerin, Äbtissin, Theologin, Ärztin, Predigerin, Philosophin, Schriftstellerin, Heilige. Ärztin der Kirche. Eine veritable Universalgelehrte. Sie hat niemanden um Erlaubnis gebeten, all das zu werden, all das zu sein; sie hat es einfach getan. Sie schrieb immer Briefe an die männlichen Mitglieder des Klerus und forderte sie auf, sich am Riemen zu reißen. Sie bliesen nicht *die Posaune der Gerechtigkeit Gottes*, das war das Problem. Außerdem schrieb sie Rezepte. Als zehntes von zehn Kindern einer deutschen Adelsfamilie wurde sie als Zehnt an die Kirche abgegeben, eine erschreckend übliche Praxis damals. Wie alle Mystikerinnen war Hildegard ein kränkliches Kind, und sie hatte von klein auf Visionen, über die sie allerdings erst ab Mitte vierzig sprach. In ihren Schriften nimmt sie eine anstrengend genderspezifische Demut an, zeichnet sich selbst als eine Art *idiot savant*, ein albernes, schwaches Weib. Diese Haltung hat Blandine erst geärgert, aber als sie länger darüber nachdachte, wurde ihr klar, dass es sich um ein brillantes Manöver handelte: Es war der einzige Weg, Hildegards ausschließlich männliche Vorgesetzte dazu zu bringen, ihr die spirituelle Autorität zuzugestehen, die sie beanspruchte, wenn sie Priester belehren und Bücher herausgeben wollte. Selbst Könige suchten ihren Rat.

Auch Blandine kam als kränkliches Kind zur Welt. Sie hat es sich einmal von ihrem Sozialarbeiter erklären lassen: Sie litt nach der Geburt unter dem neonatalen Abstinenzsyndrom. Zehn Punkte auf dem Finnegan-Score. Ihre biologische Mutter war bei der Geburt high gewesen, und sobald Blandine das Licht der Welt erblickte, litt sie unter Entzug. »Du wurdest drei Monate lang behandelt«, erklärt der Sozialarbeiter. »Mit der Zeit wurden die Symptome milder. Deine Pflegefamilie hat sich großartig um dich gekümmert. Erinnerst du dich? Die Millers? Sie haben dich wirklich ins Herz geschlossen.«

Später hat Blandine die Diagnose nachgeschlagen: Babys mit neonatalem Abstinenzsyndrom müssen pharmakologisch behandelt werden. Kontrolliert dosiertes Morphium. Sie haben Tremor und Fieber. Licht und Geräusche müssen gedämpft, das Baby viel im Arm gehalten werden – am besten die ganze Zeit.

Als Blandine Hildegards chaotische, erleuchtete Schriften liest, versucht sie, sich zu erinnern, ob sie als Kind Visionen hatte. Langsam tauchen Bilder vor ihr auf: Welten aus Zuckerwatte und Licht, Mütter und Geometrie, lila Dreiecke und kleine springende Ziegen. Stimmen, die ihr sagen, sie würde eines Tages frei sein. Gehalten werden.

Ja, sie hatte Visionen. Hat die nicht jeder?

|||||

So gehen drei Wochen ins Land. Wayne und Stella lassen Blandine gewähren, weil das Jugendamt sie gewarnt hat, dass Tiffany traumatisiert sei und viel schlechter mit allem zurechtkomme, als es den Anschein hat. Das Jugendamt hat Stella und Wayne außerdem gewarnt, dass Tiffany unberechenbar und möglicherweise gefährlich sei. Blandine schreibt sich bei einem »Selbstständigkeits-Workshop« ein, der den Übergang aus der Fürsorge in die Selbstständigkeit erleichtern soll, und Wayne und Stella unterstützen sie. Sie haben beide nicht studiert, und Blandines Widerstand gegen eine Collegeausbildung ist für sie nachvollziehbar. Sie sagen in der Schule Bescheid, dass Tiffany – *die übrigens jetzt Blandine heißt* – eine Auszeit nimmt.

»Aus gesundheitlichen Gründen«, sagt Stella am Telefon. »Das Mädchen hat sich an Ihrer Schule totgeackert.«

Der Selbstständigkeits-Workshop findet an der Vacca Vale Highschool statt und wird von einem grundlos gut gelaunten Mann namens Micah geleitet, der früher kirchliche Jugendarbeit gemacht hat. Man sieht ihm den Gott immer noch von Kopf bis Fuß an. Er liebt seine Frau, seine Kinder, seine Hunde, seinen Grill, seinen Aufstellpool. Er ist der Leadsänger einer christlichen Rockband. Soweit Blandine weiß, ist das Schlimmste, was ihm je passiert ist, der Alkoholismus seines Großvaters, der lange vor Micahs Geburt nüchtern wurde. Micah verteilt Smarties an die Schüler für jede richtige Antwort. »Smarties für einen Smarty!« Er strahlt, und die ganze Klasse sieht ihn finster an. Blandine hat unfreiwillig Sympathien für diesen Mann. Vielleicht ist es Mitleid. Sein Optimismus ist peinlich, das stimmt, aber aus irgendeinem Grund hält sie trotzdem zu ihm. In dem Kurs werden lauter Videos aus den Neunzigerjahren gezeigt, die erklären, wie man ein Scheckbuch führt und bei Vorstellungsgesprächen die Wahrheit ausschmückt. In den Pausen dealen Mädchen auf dem Klo mit Gras. Aus Spaß zeigt eine den anderen die Messer, die sie in der Jacke hat. Im Kurs tut Blandine so, als würde sie mitschreiben, dabei schreibt sie verworrene spirituelle Ratschläge in der Stimme Hildegard von Bingens. Im psychologischen Nebel dieses Sommers erkennt sie, dass sie nur teilweise echt, teilweise lebendig ist. Nicht fit für menschlichen Kontakt. Sie erkennt, dass es schon immer so war.

Im Workshop sitzt sie hinter einem Jungen namens Todd, der mit der linken Hand mit Fineliner wunderschöne Comics zeichnet. Sie sieht ihm gerne zu, wenn er nur mit Tinte, Papier und seinen Gedanken ganze Welten aus dem Nichts erschafft. Als ein gut aussehender Typ namens Malik Blandine nach dem Kurs anspricht und fragt, ob sie Lust hat, mit ihm und zwei anderen Jungs in eine WG am Fluss zu ziehen, sagt Blandine, warum nicht. Später wundert sie sich, was sie dazu bewogen hat, das Angebot so schnell anzunehmen: das Interesse oder das Desinteresse an ihrem Leben? Irgendwo muss sie wohnen, redet sie sich ein, und Jungs machen ihr keine Angst. Männer machen ihr keine Angst. Niemand macht ihr Angst. Niemand kann bei dir einbrechen, wenn du vorher aus dir selbst ausbrichst. 177 nach Christus hat kein einziges hungriges

Raubtier Blandina in der Arena von Lyon angerührt. »Cool.« Malik lächelt. Er sieht aus wie ein Schauspieler. Nicht wie ein bestimmter – wie alle. »Wenn wir die Wohnung kriegen, ziehen wir am ersten August ein. Mit einem Mädchen in der WG haben wir bessere Chancen.«

Die Miete der Wohnung, die er gefunden hat, ist billig.

Blandine verbietet sich Selbstmitleid, aber sie gestattet sich Wut. Als sie eine Bestandsaufnahme macht, räumt sie ein, dass viele Aspekte der Situation das Allerletzte waren: Am Ende hat sie dem Menschen, der ihr am meisten bedeutet hat, nichts bedeutet; sie hat sich freiwillig in eine Machtdynamik begeben, die von vornherein krank war; sie hat in Kauf genommen, zur Zerstörung einer Familie beizutragen, selbst wenn es am Ende nicht dazu kam; ihr Verhalten war mit Sicherheit antifeministisch, auch wenn sie es noch nicht im Detail analysiert hat; sie hat sich einem einzigen Menschen auf der Welt gezeigt, und kaum hat er sie gesehen, ist er abgehauen; sie ist nicht an die Schule zurückgekehrt, obwohl die Studienberaterin sie zu weiterführenden Kursen und Bewerbungen gedrängt hat und Lernen ihre Lieblingsdroge ist. Fast der gesamte Lehrkörper von St. Philomena hat sich bei ihr gemeldet, versucht, sie mit Wertschätzung zu ködern, sie angefleht, wiederzukommen. James meldet sich kein einziges Mal. *Wenn du nicht wiederkommst, brichst du nicht nur mein Herz, du gefährdest auch deine Zukunft,* schreibt ihre Englischlehrerin, die sie liebt. Blandine löscht die Nachricht. Sie hasst Melodrama.

Lieber ist ihr der Zorn des Direktors, der in seiner E-Mail deutlich wird:

> Sie mögen die Entscheidung, vor der Sie stehen, als eine rein persönliche betrachten, Ms. Watkins, aber das ist nicht der Fall. Ihre Aufnahme an der St. Philomena Highschool ist der Großzügigkeit unserer Gemeinde zu verdanken, und Ihre bisherigen Erfahrungen hier verdanken Sie der Großzügigkeit unserer Lehrer. Mit ihrem Weggang würden Sie an dieser

kollektiven Großzügigkeit Verrat begehen. Sie haben sich mit Ihren Verdiensten vor Ihrer Zeit hier für das Aquinas-Stipendium qualifiziert, und dank Ihres Talents und Ihrer Arbeitsmoral konnten Sie sich hier entwickeln; jetzt, da Sie nur noch ein Jahr vor sich haben, sind Sie es Ihrem beeindruckenden Potenzial schuldig, bei uns zu bleiben. Aber Ihre Entscheidung betrifft nicht nur Sie. In dem Jahr, als Sie das Aquinas-Stipendium erhielten, gingen 748 Bewerbungen an der St. Philomena Highschool ein. Das sind 747 Schülerinnen und Schüler – etwa die Zahl unserer gesamten Schülerschaft –, die von den wertvollen Ressourcen, die unser Ausschuss in Sie investiert hat, hätten profitieren können. Wenn Sie Ihre Entscheidung fällen, bitte denken Sie an Ihre Verantwortung gegenüber der Schulgemeinschaft. Denken Sie an die Spender, die Ihre Ausbildung bisher finanziert haben. Denken Sie an jede Schülerin, jeden Schüler, die das Aquinas-Stipendium optimal genutzt hätten, wenn sie an Ihrer Stelle gewesen wären. Denken Sie an die Lehrerinnen und Lehrer, die sich unermüdlich für Sie eingesetzt, die Stunden vor und nach der Schule in Ihre Ausbildung investiert und Sie darauf vorbereitet haben, sich für einen Studienplatz an einer der besten Universitäten der Welt zu qualifizieren. Denken Sie an den Präzedenzfall, den Sie für den Rest Ihres Lebens schaffen würden, wenn Sie Ihre schulische Ausbildung jetzt abbrechen. Die Entscheidung, vor der Sie stehen, wird entweder das Muster Ihrer Resilienz festigen oder ein Muster der Niederlagen begründen. Wir – die Förderer, Befürworter, Verwaltungsangestellten, Mitschüler, Priester, Nonnen und Lehrer dieser Schule – haben Ihnen unsere Ressourcen und unsere Dienste zur Verfügung gestellt, weil Sie eine der vielversprechendsten Schülerinnen waren und sind, die unsere Institution je hatte. Sie haben nur noch ein Jahr vor sich, und Sie haben das ganze Kollegium auf Ihrer Seite. Es wäre ein Geschenk für alle Beteiligten, wenn Sie bleiben, und ein Akt des Verrats gegenüber allen Beteiligten, wenn Sie aufgeben. Verraten Sie uns nicht, Ms. Watkins.

Was sie auch wütend macht.

Aber der Aspekt aller Aspekte, der sie am wütendsten macht, ist die Banalität der Situation. Seither ist Blandine mit dem Wissen verflucht, dass einer der prägenden Momente in ihrem Leben nicht mehr war als die Lösung einer abgedroschenen Gleichung. Aus dem Internet hageln ihr die Beweise entgegen: Schauspieler schläft mit Kindermädchen; Leiter der Internationalen Reiterspiele hat mindestens sechzehn Teilnehmerinnen gevögelt; eine weitere Praktikantin gibt einem Präsidenten einen Blowjob; ein Philosophieprofessor hält um die Hand einer Studentin an, die zur Welt kam, als er fünfzig war. Ein Land droht dem anderen mit Atomwaffen. Der größte Schuldenberg der Welt gehört einem Mann. Reiche Länder machen das Wetter in armen Ländern kaputt. Ein Dokumentarfilm zeigt, wie ein rangniederer Schimpanse an die Macht kommt, indem er herumtobt, bis sich die anderen Männchen unterwürfig bei ihm einschleimen. Im Valley hört Blandine, wie drei vorpubertäre Mädchen einem vierten sagen, es stinke nach alten Socken. Die Stadterneuerung beginnt diesen Sommer mit der Sanierung der Zorn-Werkshallen, und anschließend kommt der Kahlschlag im Valley. Im Zoo von Vacca Vale frisst das Eisbärmännchen eins seiner Jungen, während die Mutter zusieht, zu deprimiert, um sich einzumischen. In dem Moment, als Blandine sich am lebendigsten gefühlt hat, war sie nichts als eine Variable.

Die Wut schaufelt sie aus sich heraus, als würde sie Brennstoffe in sich abbauen.

|||||

Eines Juliabends sitzt Blandine auf einem Baumstumpf im Valley und hält die Übersetzung eines Briefs in der Hand, den Hildegard von Bingen vor fast neunhundert Jahren an ihre Freundin und Nonnenschwester Richardis schrieb. Weil es geregnet hat, atmet der Wald, und der Duft des Schlamms liegt in der Luft wie Parfum. Millionen von Menschen auf der ganzen Welt schaffen es, nicht an James Yager zu denken. Wie machen sie das? Seit der Nacht ist er jeden Tag zu jeder Stunde in ihrem Bewusstsein, und Blandine ist froh, dass sie nichts von ihm hört, zumindest redet sie sich das ein, weil sie ihrer Reaktion auf seine Aufmerksamkeit nicht trauen kann – bisher waren ihre Reaktionen immer unwillkürlich. Nachrichten entstehen in ihrem Kopf, in ihren Händen, aber sie schickt sie nicht ab. Sie weiß, es ist das Richtige, sich nicht bei James zu melden, aber bei Gott – es fühlt sich an wie ein ungeniester Nieser.

Hildegard schrieb den Brief Mitte des zwölften Jahrhunderts, kurz nachdem Richardis Hildegards Kloster verließ und Äbtissin von Bassum wurde. Hildegard, die eigentlich nichts von irdischen Bindungen hielt, liebte Richardis innig und kämpfte gegen ihren Weggang. Sie schrieb dem Erzbischof einen Brief mit der Stimme Gottes – erste Person! –, in dem sie die Entscheidung verdammte. Als das nicht half, schrieb sie Richardis selbst. Blandine liest den Brief, dann betrachtet sie das aufgeschlagene Heft in ihrem Schoß, ein Relikt aus St. Philomena, ursprünglich als Werkzeug angeschafft, das Blandine von einer Ausbildungsstätte zur nächsten befördern sollte, die Seiten einst mit Physik beschrieben. Sie hat die vollen Seiten herausgerissen und die restlichen mit Entwürfen zu Briefen an James gefüllt, die sie nie abschicken wird.

Schmerz steigt in mir auf, schreibt Hildegard. *Der Schmerz tötet das Vertrauen und die Tröstung, die ich in einem Menschen besaß.*

Falls es etwas Unethisches an unserem Arrangement gab, schrieb Blandine, dann nicht, dass du Lehrer warst und ich Schülerin, oder dass du Regisseur warst und ich Schauspielerin, oder dass du verheiratet warst und ich ein Kind, oder dass du reich warst und ich arm, oder dass du Vater warst und ich Waise, oder dass du zweiundvierzig warst und ich siebzehn. Es war die Tatsache, dass unsere Beziehung mir immer unendlich viel mehr bedeuten würde, als sie dir bedeutet hat, und das wusstest du vom beschissenen Anfang an.

Das heißt: Der Mensch soll Ihn, den Hohen, Lebendigen, schauen, ohne irgendeine Umschattung der Liebe und ohne den schwachen Glauben, die die luftige Feuchtigkeit der Erde nur für kurze Zeit bieten kann.

Du hast immer schon Bedeutung gehabt. Ich nicht.

Und darum soll man nicht sein Augenmerk auf einen hochgestellten Menschen richten, der wie die Blume verwelkt. Hierin habe ich gefehlt aus Liebe zu einem edlen Menschen.

Mein ganzes Leben hat mich gelehrt, keine Investitionen zu machen, deren Ertrag vom Wohlwollen anderer abhängt. Siebzehn Jahre lang war es mir unmöglich, diese Lektion zu ignorieren, und dann, in wenigen Monaten, war sie einfach weg.

Weh mir Mutter, weh mir Tochter! Warum hast mich wie eine Waise zurückgelassen?

Du bist eine Metapher. Ich weiß nicht, wofür du stehst, aber du bist nicht nur du. Du bist auch kein *Vater,* falls das dein Schluss ist. So kausal bin ich nicht.

Ich habe den Adel deiner Sitten geliebt, deine Weisheit und deine Keuschheit, deine Seele und dein ganzes Leben! So sehr, dass viele sagten: »Was tust du da?«[3]

Was haben wir getan, James? Was hast du getan?

|||||

Eines Abends Ende Juli, lange nachdem sie die Schule abgebrochen hat, erhält Blandine eine E-Mail. Nächste Woche zieht sie bei Stella und Wayne aus und im La Lapinière Affordable Housing Complex ein. *Du kannst das größte Zimmer haben,* hat Malik ihr am Morgen getextet. *Weil du ein Mädchen bist.* Dann hat er ihr ein zwinkerndes Smiley geschickt. Jetzt sitzt sie an einem klebrigen Computer in der Bibliothek von Vacca Vale. Verwirrt beugt sie sich zum Bildschirm: Die Absenderin ist Zoe Collins, eine Schülerin der St. Philomena – sie war in der Zwölften, als Blandine in der Neunten dort anfing. In dem einen Jahr, in dem sie sich überschnitten, spielte Zoe die Hauptrolle in allen Theaterstücken. Nach Zoes Abschluss gab die Schule oft mit ihr an – sie hatte mit einem Klavierkonzert

3 HvB, Briefwechsel, Führkötter

ein Stipendium an irgendeinem berühmten Konservatorium gewonnen. Zweimal die Woche kam Blandine auf dem Weg zum Geschichtssaal im Schulflur an Zoes Foto vorbei, auf dem sie mit weißen Zähnen freudig unter einem Banner strahlt: ALUMNI EXCELLENCE. Blandine hat nie ein Wort mit Zoe geredet. In ihrem Bauch rumort Widerstand wie eine Kriegstrommel, als würde ein niederer Teil von ihr den Inhalt der Nachricht kennen, bevor sie ihn liest.

Kein Betreff.

Dich hat er auch rumgekriegt?

TEIL III

ES WAR NICHT TODDS IDEE

Nach dem Vorfall mit dem Fisch im Februar war Blandine selten zu Hause, als hätte sie eine Verschiebung gewittert. Ich redete mir ein, der Fisch wäre eine seltsame, einmalige Sache gewesen, aber tief im Innern wusste ich, dass unser Ritual Fahrt aufnahm, seit wir in den Kaninchenstall gezogen waren. Ich wusste, wir würden wieder töten.

Beim nächsten Mal schrammelte Malik auf einer miesen Gitarre herum, und Blandine war nicht da. Abends, im März, alle ein bisschen betrunken. Malik saß auf dem Futon, und Todd saß auf dem Boden und starrte in die Glotze. Es war ein Mittwoch, wie gefühlt immer in dieser Zeit. Die Heizung im Kaninchenstall lief auf Hochtouren, und man konnte sie nicht runterstellen, deswegen stand das Fenster offen, obwohl es draußen stürmte. Während Malik an einem Song herumbastelte, warf ich einen Ball aus Gummibändern in den Weidenkorb, den wir über die Tür genagelt hatten, nachdem wir den Boden rausgeschnitten hatten. Malik behauptete, wenn er fertig war, würde er den Song auf seine vielen Kanäle hochladen. Ruhm, Reichtum und Sex garantiert.

»Wie klingt das, Todd?« Malik räusperte sich und begann, zu den gleichen drei Akkorden zu singen, die er in verschiedenen Mustern immer wieder spielte. Und wissen Sie was? Der Arsch hat eine tolle Stimme. Erinnert an Apfelmost und die Kindheit anderer Leute.

»Your eyes are like the ocean, yeah, your soul is like a bird. Do you wanna go home? If you do just say the word. Our home, home, home, our home's the same home, home, home, so if you feel alone, alone, alone, I'll loan you my phone.«

»Welcher Ozean?«, fragte ich. »Welcher beschissene Ozean, Malik?«

»Dich hat keiner gefragt, Jack«, knurrte Todd.

»Nein, im Ernst. Ich bin neugierig. Hast du je einen Ozean angefasst? Oder wenigstens einen See?«

Malik ignorierte mich und sang die nächste Strophe. *»You don't have a phone, and I think that is so damn bold, and your hair is like a moonrise, yeah, and your hair is like white gold. Blandine, baby, Blondie, you're a weirdo, yeah, it's true, but my God, you smell like roses, and girl, there's no one else like you.«* Malik hörte auf zu klampfen und strahlte Todd an. »Das ist erst mal alles. Ich arbeite noch dran. Die Tonwechsel und so. Aber wie findest du es?«

Irgendwie haute der Rhythmus nicht hin.

»Erstens«, sagte ich, »warum soll sie sich dein Telefon ausleihen, wenn ihr zusammenwohnt, wohnt, wohnt?«

Todd zog sich am Ohr und dachte scharf nach. Zum ersten Mal seit ungefähr zehn Jahren riss er den Blick vom Fernseher los. Er verehrt Malik dermaßen, dass es wehtut. »Okay, also, das Einzige, was mich stört, ist, dass sich ›phone‹ nicht auf ›bold‹ reimt. Das mit dem weißen Gold war schön. Aber ich glaube nicht, dass sie nach Rosen riecht. Riecht sie überhaupt nach Rosen?«

Malik zuckte die Achseln. »Woher soll ich das wissen?«

»Doch, sie riecht nach Rosen«, sagte ich. »Wie eine Beerdigung.«

Dann lief die Werbung irgendeiner beknackten Vacca-Vale-Tourismus-Kampagne.

Wir sahen uns den Spot schweigend bis zum Ende an.

»So ein Müll«, sagte Malik.

»Vacca Vale: Willkommen zu Hause«, schnaubte Todd, aber für mich sah er irgendwie gerührt aus. »Was ist das für ein Scheißslogan?«

»Besser wäre: *Vacca Vale – Vorsicht vor dem Rost*«, sagte Malik.

»Vacca Vale: Verzeihung, Sir, haben Sie sich verfahren?«, sagte ich.

»Vacca Vale: Wir räumen morgen auf«, sagte Todd.

Wir lachten. Uns wurde warm. Wir wussten nicht, wen wir beeindrucken wollten.

»Vacca Vale«, sagte Malik. *»Früher haben wir hier Autos gebaut!«*

»Vacca Vale: Wo es mehr Kirchen als Menschen gibt.«

»Vacca Vale: Wo es mehr Kaninchen als Kirchen gibt.«

»Vacca Vale: Wo der Boden verpestet ist.«

»Vacca Vale: Wenigstens kann man hier noch ficken.«

»Ich habe null von den Orten erkannt, die sie gezeigt haben«, sagte Todd. »Gibt es hier überhaupt einen Bauernmarkt? Und diesen Park gibt es garantiert nicht.«

Ein Rascheln hinter dem Herd. Wir drehten uns um. Im Kaninchenstall lebten mehr Nager in den Wänden als in allen Gullys von Vacca Vale zusammen. Man gewöhnt sich an sie, hat fast Mitleid mit ihnen. Aber in unserer Küche schepperte schon seit Monaten eine Maus herum, und obwohl ich sie nie sah, hatte ich es satt zu wissen, dass sie da war.

»Die geht in die Falle«, sagte Todd. »Wartet's ab.«

»Ich habe Erdnussbutter reingetan und alles«, sagte ich. »Die lieben Erdnussbutter.«

»Ich sage euch – diese Generation der Mäuse ist auf der Höhe der Zeit«, sagte Malik. Ich verfehlte den Korb, und der Ball rollte im Wohnzimmer auf ihn zu. Er hob ihn auf und versenkte ihn beim ersten Versuch vom anderen Ende der Wohnung. Genervt nahm ich den Ball, aber ich warf nicht mehr. Trank nur mein Bier. »Die sind immer eins schlauer«, fuhr Malik fort. »Ich kenne einen Typen von der Arbeit, der hat monatelang eine Falle aufgestellt, und wisst ihr, was passiert ist? Einmal ist er morgens aufgewacht und auf Zehenspitzen in die Küche geschlichen, und was sieht er? Zwei Mäuse, die den Käse mit ihren kleinen Pfoten von außen fressen. Ohne dass das Ding zuschnappt. Im Ernst. Er hat in die Hände geklatscht, und die sind nicht mal abgehauen, es war ihnen scheißegal. Er hat gesagt, sie haben einen ganzen Laib Brot gefressen. Könnt ihr das glauben?«

»Ich glaube, du glaubst selber nicht, dass das ne interessante Geschichte war.«

»Ach, leck mich, Jack.«

Malik stand auf, legte die Gitarre hin und kam in die Küche gestiefelt. »Was macht sie? Meinst du, sie ist hinterm Herd?«

»Lass sie in Ruhe«, sagte Todd. »Ich will sie nicht sehen.«

»Ich schon«, sagte Malik. »Ich will ihr die Scheißpfote schütteln. Vielleicht ist es gar keine Maus.«

»Was soll es denn sonst sein?«, fragte ich.

»Keine Ahnung. Ein Häschen. Die Zahnfee. Ein Geist.«

»Der Geist von Woodrow Huxley Zorn dem Dritten«, sagte Todd. »Dem würde ich was erzählen.«

Ich stand auf und folgte Malik in die Küche. In der Küche ist es immer sehr sauber, weil Todd jeden Abend wie ein Wahnsinniger putzt. Besonders speziell ist er bei der Ordnung. Manchmal stellt Malik Sachen um, nur um ihn zu ärgern, und dann sehen wir zu, wie Todd durch die Küche tigert, bis er rauskriegt, was faul ist. Wenn er es wieder richtig hinstellt, gibt er gewöhnlich Blandine die Schuld. An diesem Abend war die Theke leer bis auf einen Krug mit Zweigen und weißem Klee. Blandine stellt immer solches Zeug überall hin. Ich war überrascht, dass Todd den Kram noch nicht weggeschmissen hatte.

Malik bückte sich und spähte in den Zwischenraum zwischen Herd und Wand.

»Siehst du sie?«, fragte Todd nervös.

»Nee … da ist alles … ich meine, ich sehe alles Mögliche, aber …«

Ein grauer Schatten auf der Theke. Ich drehte mich um.

»Da ist sie! Todd, schau!« Ich warf mit dem Ball nach dem Tier, aber die Maus war schon weggehuscht, und der Ball prallte von der Wand ab.

Todd sprang mit schreckgeweiteten Augen auf die Couch. »Wo?«

»Da! Beim Fernseher!«

»Wo?«

»Sie versteckt sich hinterm Schrank – pass auf!«

Malik zog seinen Turnschuh aus. »Todd! Fang!« Er schleuderte den Schuh durch die Wohnung und traf Todd in den Bauch, wo der Schuh einen braunen Streifen auf seinem weißen T-Shirt hinterließ.

»Scheiße, Malik!«

»Heb den Schuh auf, Kleiner!«, befahl Malik.

»Ich fasse deinen dreckigen Treter nicht an!«

»Heb ihn auf!«

»Warum!«

»Damit du die Maus töten kannst!«

»Ich will nicht …«

»Heb ihn

auf!«

Todd zögerte, dann hob er den neonfarbenen Schuh unbeholfen vom Boden auf. Der Sneaker war riesig in seinen blassen, kleinen Händen.

»Wirf, wenn du sie siehst!«, schrie Malik.

»Aber …«

»Mach's einfach!«

»Ich…«

»Mach's einfach!«

»Aber ich …«

»Sei keine Scheißpussy, Todd!«

Als die Maus vom Fernsehtisch auf die Couch zulief, stürzte sich Todd auf sie wie eine Katze und klatschte in einer geschmeidigen Bewegung den Schuh auf den kleinen Kerl. Immer wieder. Und dann noch mal und noch mal, immer fester, grunzend, bis nur noch ein kleines blutiges Häufchen auf dem Boden übrig war. Ich blinzelte. Die kleinste Pfote, die ich je gesehen habe, in einem zuckenden roten Haufen.

Stille.

»Verdammt, Bro«, sagte Malik schließlich. »Ich wusste, dass du es in dir hast.«

Todd schniefte und sah uns an, als wäre er es, der geschlagen worden war, seine Hände zitterten. Er ließ den Schuh fallen, stand auf und wich ein paar Schritte zurück, ohne das Blut anzusehen. Hinter ihm im Fernseher flackerte eine Realityshow über paranormale Aktivitäten im ländlichen Irland. Todds Gesicht war weiß und nass.

»Es ist …«, stammelte er mit dünner Stimme. »Es war noch ein Baby.«

Malik nahm ein Bier aus dem Kühlschrank, riss es auf und ging rüber zu Todd. Klopfte ihm auf den Rücken. »Stolz auf dich, Junge«, sagte Malik. Er drückte Todd das Bier in die zitternde Hand. »Du hast es für Blandine getan.«

Man kann sagen, dass von da an alles ein bisschen aus dem Ruder lief.

NAMENSPATRONIN

Im Internet stand, es war das Jahr 177 nach Christus unter der Herrschaft des Kaisers Mark Aurel im französischen Lyon. Blandina – nicht römisch und versklavt – wurde mit der Christin, die sie gekauft hatte, verhaftet. Sie wurde gefoltert, bis ihre Standhaftigkeit ihre Henker verzweifeln ließ, woraufhin sie Blandina in einem Amphitheater an einen Pfahl banden und eine Armada hungriger Raubtiere auf sie losließen. Aber die Raubtiere krümmten Blandina kein Haar, sie trauten sich tagelang nicht mal in ihre Nähe. Frustriert von Blandinas Unantastbarkeit und gedemütigt vor ihren Fans holten die Henker sie aus der Arena, peitschten sie aus und rösteten sie auf einem eisernen Grill. Dann steckten sie ihren verkohlten Körper in ein Netz und warfen sie einem wilden Stier vor, der sie mit seinen Hörnern aufspießte. Aber sie starb nicht. »Ich bin Christin, und wir haben nichts Unrechtes getan«, beteuerte sie immer wieder, wenn sie befragt wurde.

Sie war rätselhaft. Sie war unbesiegbar. Sie war fünfzehn Jahre alt.

Nach etwa einer Woche gescheiterter Versuche gingen die Henker auf Nummer sicher und erstachen sie mit einem Dolch. Da starb sie endlich.

Fasziniert von der Vorstellung eines so festen Glaubens, beeindruckt von einer Person, die fast zweitausend Jahre vor ihr lebte, wählte eine junge Frau, die früher Tiffany Jean Watkins hieß, Blandina als Namenspatronin in ihrem Streben, die mühselige Körperlichkeit, in die sie hineingeboren war, zu überwinden und Unantastbarkeit zu erreichen. Blandina von Lyon: Heilige der Dienstmägde, Folteropfer und derer, die fälschlich des Kannibalismus bezichtigt werden. Im Internet fand Tiffany/Blandine die Lebensgeschichte der Märtyrerin in der Schriftart Papyrus, druckte sie in der Bibliothek aus und klebte sie über ihr Bett.

Sechs Monate, nachdem Tiffany/Blandine ihren Antrag, ihre Geburtsurkunde und 210 Dollar abgegeben hatte, fand sie heraus, dass Blandina auf Latein »die Sanfte« heißt, während Tiffany griechisch ist und so viel heißt wie »Manifestation Gottes«.

PEARL

Am Morgen des Mittwochs, des siebzehnten Julis, fünfzehn Stunden, bevor sie ihren Körper verlässt, geht Blandine zu Fuß von La Lapinière zum Valley. Sie konnte in der Nacht nicht schlafen. Jetzt bricht der Tag an, um sie herum erwacht die Stadt zum Leben, und auf dem Weg erinnert sich Blandine an einen Artikel über eine Frau namens Pearl, den sie kürzlich gelesen hat. Pearls Organe befanden sich spiegelverkehrt auf der anderen Seite des Körpers, nur ihr Herz war am richtigen Fleck. Situs inversus mit Lävokardie – eine Diagnose, die Pearl nie erhielt. Niemand entdeckte die besondere Beschaffenheit ihrer Anatomie, bis eine Gruppe von Medizinstudentinnen und -studenten Pearls Leiche öffnete, um ihre Brusthöhle zu studieren. Weil sie Schwierigkeiten hatten, ein wichtiges Blutgefäß zu orten, kamen sie dem Rätsel ihres biologischen Designs auf die Spur.

Eins von 22.000 Babys kommt mit dieser anatomischen Besonderheit zur Welt. Davon lebt eins von fünfzig Millionen bis ins Erwachsenenalter. Pearl war nach einem relativ gesunden Leben im Alter von neunundneunzig Jahren gestorben. Altersschwäche, hieß es in dem Artikel. Sie war Inhaberin einer Tierhandlung. Sie hatte drei erwachsene Kinder und fünf Enkel. Auf einem Porträt von Pearl aus den Fünfzigerjahren ist ihr Gesicht symmetrisch, die Wangen rosa, von einer Wolke kastanienbrauner Locken umrahmt, mit einem freundlichen Lächeln und einer botanischen Smaragdbrosche am Kragen. Alles an ihr täuschte über die Wahrheit ihres Körpers hinweg, eines Körpers, der das Spektakel, die Störung, die Unmöglichkeit seiner Existenz vor der Welt verbarg. Sogar vor seiner Besitzerin.

Auf dem Weg zum Park kommt Blandine durch das südliche Ende der Innenstadt von Vacca Vale, wo sich geschlossene Läden und verbarrikadierte Häuser aneinanderreihen. Die Geschäfte, die noch laufen, sind eine Sports-Bar, die Filiale einer Fast-Food-Kette, ein Solarium, ein Secondhandladen, ein Schnapsladen, eine marode Kirche und ein Vape-Shop. Ein mit Blech verkleideter Laden zwischen zwei leeren Grundstücken ist mit Sperrholz zugenagelt. Die Tür ist verrostet. Das gemauerte Fundament mit Ranken zugewachsen. Auf dem Schild steht: LIL DADDY'S FASHION & ACCESSORIES. Handgemalt mit zarten Buchstaben und Rosen. Ein Stück weiter ist noch ein frei stehender Laden, mit buttergelb gestrichener Fassade, der auf die Straße zu kippen scheint. Keine Fenster, keine Tür. Auf dem leeren Parkplatz dahinter nur ein Kinderwagen. WENN SIE EIN BETT SUCHEN ----- RUFEN SIE JEDERZEIT AN, steht auf dem Brett an der Ladenfront, aber die Telefonnummer ist von einem gelben Streifen verdeckt. Über der Kreuzung wacht eine riesige Informationstafel mit austauschbaren schwarzen Buchstaben, die von den Zeilen baumeln wie Menschen, die an einer Klippe hängen. Viele Buchstaben fehlen bereits. Jetzt steht da: S. T A A E O P R N @ ALL C S T. Gegenüber kommt Blandine an der katholischen Hedwigskirche vorbei. Ein neogotisches Wunderwerk aus Naturstein und Backstein, das fünfzig polnische und deutsche Familien im neunzehnten Jahrhundert erbaut haben. Nach dem Vorbild einer französischen Basilika flankieren zwei Türme eine Fensterrose. Aus jeder Turmspitze ragt ein goldenes Kreuz, und die Fenster sehen aus wie mit Zuckerguss verziert. Insgesamt sieht die Kirche aus wie eine riesige Lebkuchenkonstruktion. Über der Rosette steht mit ausgebreiteten Armen eine Statue der heiligen Hedwig, der ersten weiblichen Herrscherin Polens. Ein ausgedruckter Zettel in Papyrus-Schrift hängt an der Tür: *Willkommen, Geflüchtete, Gefangene, Prostituierte und Verstoßene. Willkommen, Kranke, Menschen mit Behinderungen, Menschen ohne Wohnung. Frische Tomaten. Kühle Betten. Diese Woche Brot Brot Brot.*

Vögel zwitschern rebellisch in ihrem industriellen Lebensraum. Ein paar frühe Pendler fahren schläfrig durch die Straßen. Es ist noch zu früh für den Geruch nach Auto, also dankt Blandine der Luft für ihre unverschmutzte Pracht, inhaliert den Duft von Sommergras und frischem Regen. Ein lavendelblauer Himmel leuchtet auf, zeigt träge in die Zukunft. Auf ihrem Spaziergang durch die warme Morgenbrise stellt sie sich vor, jemand würde ihr den Artikel über Pearl mailen. Jemand würde schreiben: *Hat mich an dich erinnert*. In ihrer Fantasie kennt die Person Blandine besser als sie sich selbst, und Blandine nimmt die Nachricht durch die Haut auf wie ein Gedicht, das auf seine Wahrheit beharrt, bevor es seine Bedeutung preisgibt. Es ist keine normale Fantasie, das ist ihr klar. Aber wer will noch »normal« sein? Wer denkt noch so?

Blandine hat den Verdacht, wenn Medizinstudenten ihren Körper öffnen würden, fänden sie darin ein Miniatur-Vacca-Vale. Keine Organe. Ein Netz aus Highways, Einwegversuche menschlichen Aufstiegs, ein geplünderter Ort, der trotz seiner Nichtexistenz-Haltung existiert.

Ihr Inneres würde vom Vacca Vale River geteilt, der sich in ihr nach oben windet, bis er aus ihrem Kopf in den Lake Michigan fließt. Er ist 340 Kilometer lang. Tritt jedes Jahr stärker über die Ufer. In Vacca Vale gibt es viele Brücken über den Fluss, die das urbane Gewebe zusammenflicken, den Fluss zum Gleichmacher machen: Egal wer du bist, egal was du hast oder wo du wohnst, du lebst nahe am Fluss. Erstaunlicherweise – unglaublicherweise – hat eine örtliche Fischaktivistengruppe in der Nähe des Gerichts eine Lachstreppe durchgesetzt. Sie zählen und identifizieren die Fische, die jedes Jahr hier vorbeiwandern, dokumentieren ihre schrumpfenden Zahlen. Jeden Herbst stehen die Ergebnisse in der *Vacca Vale Gazette*.

Entlang des Flussufers im Norden der Innenstadt steht ein historisches Viertel. Villen an minzbewachsenen Hängen in verschiedenen Stadien der Pracht und des Verfalls, Anfang des zwanzigsten Jahrhunderts mit Zorn-Geld erbaut. Ein paar sind inzwischen Museen. Eine ist ein Bed and Breakfast. Eine gehört – oder gehörte – Blandines Theatergruppenleiter, einem Mann, an den sie nicht zu denken versucht. Eine Zeitlang war er alles. Wenn sie es nicht schafft, die Gedanken an ihn zu verdrängen, kneift sie sich in den Schenkel, bis ihre Nägel rote Klammern in der Haut hinterlassen.

Westlich der Villen sind noch ein paar trübe Geschäfte verteilt: das Vacca-Vale-Kino, eine Ladenzeile, das Wooden-Lady-Motel und das Zorn-Museum. Die Straßen im Zentrum sind ringförmig um ein paar öffentliche Gebäude angelegt, die inzwischen bröckeln wie alte Torten. Dem Gericht gegenüber ist Ampersand, das Café, in dem Blandine seit zwei Jahren arbeitet. Nach dem Frauenhaus führt die Straße zu einer Reihe von alten Mietskasernen, die im Jahr 1919 für die unterbezahlten Fabrikarbeiter errichtet wurden. Manche waren nur vorübergehend da und lebten allein. Manche teilten sich die Wohnung mit anderen Arbeitern. Wieder andere lebten mit ihren Familien dort. Die Wohnungen zeichnen sich durch einen Mangel an Fenstern und Stauraum aus, kleine Zimmer, schlechte Rohrleitungen, nachträglich eingebaute Elektrik und Heizung. Ein Drittel der Anlage wurde zum La Lapinière Affordable Housing Complex umgebaut, Blandine kennt das Gebäude also gut.

Im Norden der alten Villen erstreckt sich auf beiden Seiten des Vacca Vale River intensiv bewirtschaftetes Farmland, von Westen nach Osten. Mais und Sojabohnen, in übertriebenem, unbegreiflichem Maßstab. Im Sommer verwandeln sie sich in einen Anschlag chemischen Grüns und breiten sich Hunderte von Kilometern aus wie kultische Oden an die Geometrie. Eine strotzende Patina, die verzweifelt eine staubige Zukunft verbirgt und besiegelt. Dürre. Lebloser Boden, den keine Maschine, keine Chemie, kein Unternehmen und kein Mensch defibrillieren kann. Diese Zukunft materialisiert sich bereits, und wo heute sonst nichts mehr sprießen kann, sprießen Vororte. Bauunternehmen stürzen sich auf die Gelegenheit, versprechen Sicherheit, künstliche Rückhaltebecken, Gated Communities. Ein Überfluss an Beige. Zwei konkurrierende Mega-Kirchen. Jetzt können die Bewohner der Vororte ihre Kleidung in einer Erlebnis-Shoppingmall kaufen, ihre Lebensmittel in nach importiertem Kurkuma und frischer Farbe riechenden Supermärkten. Immer wieder stolpern Rehe in Vorgärten, hungrig, verwirrt. Trinken von den Rasensprengern.

Von diesem brutalen Schicksal einhundert Jahre lang verschont liegt im Süden der Innenstadt der beste Teil von Vacca Vale: Chastity Valley. Das Valley ist über zweihundert Hektar groß und hat die Form eines Pfeils, der nach Osten zeigt. Der Landschaftspark wurde während der Grippe von 1918 angelegt, um für die aufstrebende Stadt einen sicheren Erholungsort in Pandemiezeiten bereitzustellen. Von üppiger Vegetation gesäumt mäandert das Gelände zwischen gepflegten öffentlichen Wiesen und ungestörtem Gesträuch. Im Westen liegt ein kleiner See, der inzwischen an Algenblüte erstickt ist. Ein Bootshaus grüßt am Ufer und lenkt die Fußgängerin auf einen Pfad, der über den Festplatz führt, vorbei an den Grillplätzen, dem Flieder-Gedenkhain, den von Unkraut überwucherten Fußball- und Baseballfeldern, über eine friedliche Lichtung um einen ovalen Brunnen, an einem unheimlichen Karussell vorbei, bis der Weg die Fußgängerin schließlich auf die größte Wiese des Parks entlässt – das eigentliche Valley. Es ist natürlich kein echtes Tal, denn es gibt keine echten Berge, aber der Schöpfer des Parks war der Meinung, die schönsten Wörter der Natur sollten allen Menschen in allen Regionen gehören. Der Mittlere Westen, fand er, musste nicht so flach klingen wie seine Topografie. Auf der großen Wiese wird die Fußgängerin Picknickdecken und Babys sehen, Frisbees und Streit, Wein und Gelächter. Zunehmend: Drohnen. Zunehmend: ihre mörderische Wut darauf.

Wenn sie den Weg verlässt und durch den Wald in Richtung Süden wandert, erreicht sie Lover's Hollow, eine verwilderte Zufluchtsstätte, die vom Wald verborgen in einer Senke liegt. Von den Sechzigerjahre bis in die Achtzigerjahre trafen sich hier nachts heimlich Menschen, um sich Sex und Vergnügen hinzugeben, die gesellschaftlich geächtet waren und die sie sonst nirgends in Sicherheit ausüben konnten. Dass an einem Ort wie Chastity Valley ein Ort namens Lover's Hollow existierte, gibt Blandine Hoffnung für die menschliche Resilienz im Angesicht menschlichen Stumpfsinns. Trotz ihrer Recherchen hat sie nie herausgefunden, warum die Leute in den Achtzigerjahren aufhörten, sich in Lover's Hollow zu treffen. War das Liebesnest aufgeflogen? Hatte es die Polizei entdeckt? Spielte die Aidskrise eine Rolle? Wurden die Männer angegriffen? Die Lehren der Geschichte zwingen Blandine zu der Erkenntnis: ja, ja, ja und wahrscheinlich ja. Heute ist Lover's Hollow wegen der Schäden der letzten Flut abgesperrt. So wie das halbe Valley. Die Stadt verspricht, das zerstörte Erholungsgebiet wiederaufzubauen, und bindet das Versprechen an den Revitalisierungsplan. Am Ostrand des Parks steht ein Kiefernwäldchen, dessen Bäume von oben die Buchstaben ZORN ergeben.

Im Südwesten der Stadt, in einem fernen Winkel von Blandines Körper, würden die Studierenden schließlich auf ein verlassenes Fabrikgelände stoßen. In Vacca Vale suchen die leeren Werkshallen den Himmel und die Vögel heim mit der Erinnerung an vermeintlich bessere Zeiten, eine Endlosschleife wie die Tagträume eines traurigen Trinkers, der früher Quarterback in der Highschool war.

Einst der größte amerikanische Autohersteller, begann Zorn Automobiles 1852 als bescheidener Planwagen, den die spröden, vom Wind gepeitschten Hände Woodrow Huxley Zorns III. gezimmert hatten. Im Alter von vierundzwanzig baute er das Fuhrwerk, das ihn und seine Familie von Pennsylvania nach Indiana bringen sollte. Dort würde er sich seinem Bruder Cecil auf einer Farm anschließen. Das Fuhrwerk rumpelte durch den kalten November und überstand etliche Kilometer in Schlamm, Regen und dem ersten Schnee. Als Woodrow mit seiner Frau, den drei Kindern und dem Pferd in Vacca Vale einrollte, blieben die Leute auf der Straße stehen, um sein Fuhrwerk zu bewundern. Es war schön, stromlinienförmig und stabil. Ein Design, das sie noch nie gesehen hatten. Beeindruckt begannen die Städter, bei Woodrow Bestellungen aufzugeben. Er brauchte Geld, also nahm er die Aufträge an.

In der Scheune seines Bruders stellte Woodrow sein Werkzeug zusammen und arbeitete allein. Getrieben von Selbstkritik,

Schüchternheit, depressiven Schüben und der religiösen Überzeugung, dass Selbstbewusstsein vermessen war, führte Woodrow die Aufträge mechanisch aus, verbesserte mit jedem neuen Fuhrwerk das Design und tat Lob mit einem Achselzucken ab. Als er endlich einsah, dass er in einem schwierigen, wichtigen Job nicht nur kompetent, sondern brillant war, wurde Zorn Automobiles ein zweites Mal geboren. Der dritte und letzte Gründungsakt fand statt, als Cecil, ein großspuriger, aber genialer Geschäftsmann, erklärte: »Gemeinsam können wir etwas Großes aufziehen. Etwas von Dauer.«

Im Lauf der nächsten Jahrzehnte wurden aus den Fuhrwerken Buggys, dann Kutschen. 1904 baute Zorn das erste Automobil. Der ursprüngliche Entwurf lief elektrisch, aber weil Cecil die Trends auf dem Markt im Blick hatte, drängte er Woodrow, ein benzinbetriebenes Modell zu entwickeln. 1920 stellte Zorn das letzte Fuhrwerk her und nannte es: The Last Wagon. Zorn-Automobile waren eine Familie metallischer Gewinner, die an jeder Rallye teilnahmen und bei den meisten siegten. 1922 fuhr ein Zorn in 79 Stunden und 55 Minuten von New York nach San Francisco und gewann den ersten Platz. Zorns waren für ihr atemberaubendes und originelles Design bekannt, schöner und robuster als die meisten Häuser, die Blandine Jahrzehnte später in Vacca Vale sah. Der Duplex Phaeton von 1926, rot und funkelnd wie Reichtum. Der Vacca Vale Fire Truck von 1929, schwarzer Ledersitz vorne, oben offen, mit Blattgold-Dekor. Luxusretter. Der Roadster von 1931, der VD Pick-up von 1947. Zorns waren seit jeher mehr als Autos – sie waren Gesamtkunstwerke. Selbst Präsidenten liebten sie. Ulysses S. Grant besaß einen Zorn Landauer. Harrison besaß sieben Zorns, doch sein Liebling war sein Brougham. Ein Phaeton für McKinley. Eine schwarze Barouche fuhr Lincoln zu dem Theater, in dem er ermordet wurde. Der gelbe Peg von 1909 brachte Kongressabgeordnete zum Kapitol. Gelb, klotzig, schräg. Futuristisch. Zorn-Pferdekutschen hatten häufig kein Dach, und das aus gutem Grund. Bei Zorn gab es nach oben keine Grenzen.

Blandine erinnert sich an einen Grundschulausflug ins Zorn-Museum, wo sie ein Sondermodell von 1922 auf Anhieb verzauberte: Karosserie wie Marshmallow, weiße Felgen, getönte Scheiben, rote Samtausstattung und eine richtige Lampe an der B-Säule, das Design hypnotisierte sie mit seiner sinnlosen Schönheit. Erst als sie ins Innere spähte und den Papierblumenkranz auf dem kleinen Sarg entdeckte, begriff sie, dass es ein Leichenwagen für ein Kind war.

Über Jahrzehnte war Zorn Automobiles ein Wunder, der Puls der Zeit, ein Imperium. Cecil Zorn glaubte, sie hatten Erfolg, weil Gott es so wollte. Woodrow war anderer Meinung. Ihn beunruhigte der Erfolg seiner Firma, und je größer sein Ruhm und sein Vermögen wurden, desto jähzorniger wurde er. Kleine Herstellungsfehler trieben ihn zur Weißglut, und er war so besessen von der Perfektion seiner Modelle, dass er in einer der Fabriken ein Bett aufstellte und während der Woche dort schlief, um jeden Moment der Produktion zu überwachen. Seine Frau und seine Kinder lernten, seine Wutanfälle vorherzusehen und in Deckung zu gehen, was in der Villa am Fluss mit den vielen Zimmern nicht schwer war, vor allem wenn Woodrow in der Fabrik übernachtete.

1907 akzeptierte Woodrow, der an Magenkrebs litt, seinen bevorstehenden Tod und überschrieb die Firma an seinen ältesten Sohn Vincent. In dieser Zeit lebte Vincent als Maler in Paris. Er wollte mit Zorn Automobiles nichts zu tun haben, aber nach vielen verzweifelten Briefen seiner Mutter kehrte er pflichtbewusst nach Indiana zurück und überzeugte Delphine, seine Pariser Frau, ihn zu begleiten. In der Zorn-Villa veranstalteten sie opulente Partys, vernachlässigten das Geschäft, aber strichen die Gewinne ein. Es war Cecils jüngster Sohn Edward, der Zorn im frühen zwanzigsten Jahrhundert über Wasser hielt. Edward Zorn widmete sich dem amerikanischen Traum von Selbstbestimmung, Eigenverantwortung und Selbstverwirklichung. Wenigstens mit der Hälfte seiner Prophezeiung behielt sein Vater recht: Zorn Automobiles war groß. 1943 übernahm Vincents Sohn Claude das Geschäft und fuhr es endgültig gegen die Wand. Weil Zorn Automobiles ein amerikanischer Traum war, konnte er nicht von Dauer sein. Am Ende meldete Zorn Konkurs an. Es gab Fuhrwerke, Buggys, Kutschen, Autos, und dann, nach hundert Jahren Vormachtstellung, trat Zorn von der Weltbühne ab. Die meisten verbliebenen Familienmitglieder verteilten sich in alle Winde.

Kurz nach der Schließung der Fabrik erhielt das Gesundheitsamt von Indiana einen anonymen Hinweis: Aus einem lecken Vorratstank der Zorn-Werke seien Tausende Liter Benzol in die Kanalisation von Vacca Vale gesickert und hätten das Grundwasser verseucht. Benzol, Nummer siebzehn der am häufigsten produzierten chemischen Substanzen in den USA, ist eine flüchtige organische Verbindung, die im Freien schnell verdunstet. Eine farblose, leicht entzündliche Flüssigkeit mit einem süßlichen Geruch. Beim Menschen greift Benzol unter anderem das zentrale Nervensystem und das Immunsystem an. Bevor der Hinweis das Indiana Department of Health erreichte, hatte sich das Benzol längst in die Luft gemischt und Wohnhäuser, Arbeitsplätze, Schulen und Kirchen in Vacca Vale verpestet. Monatelang atmete die nichtsahnende Bevölkerung das Gift ein, bevor das Gesundheitsamt endlich Tests durchführte. Am Anfang waren die Symptome mild: Kopfschmerzen, Augenreizungen, Müdigkeit, Sehstörungen, Bewusstseinsveränderungen, Tremor, Übelkeit. Als die Nachricht publik wurde, bot Zorn den Menschen, die ihre Häuser verlassen mussten, Hotel- und Geschenkgutscheine an. Eine Welle von Klagen wurde gegen die Firma eingereicht. Doch der wahre Preis kam erst ans Licht, als es zu spät war: Anämie, Fehlgeburten, Missbildungen, Unfruchtbarkeit, MDS. Lymphome. Leukämie. Zorn schrieb den zerstörten Familien dicke Schecks aus, aber Schecks machten Tote nicht wieder lebendig. Insgesamt zahlte Zorn einen Bruchteil seiner jährlichen Einkünfte.

Nach 1963 wurde Zorn, der Superheld früherer Generationen, zum Buhmann von Vacca Vale. Zorn hatte Weihnachten gestohlen. Wegen Zorn verfielen Eltern dem Alkohol. Zorn war der Grund, dass du deinen Dad weinen sahst. Zorn war der Grund, dass du keinen Dad hattest. Dass er an einer Überdosis starb oder dealte. Dass er im Knast saß. Dass er sich eine Kugel in den Kopf jagte. Auch wenn es viele offene Fragen gab – wann, wer, wie viel, welche Maßnahmen, welche Kompensation –, zweifelte niemand, dass Zorn für den Chemieunfall verantwortlich war. Das Ergebnis der Untersuchungen überraschte also keinen. Die Bewohner sahen es so: Erst ließ Zorn die Region im Stich, stürzte die Wirtschaft in den Ruin, vernichtete Arbeitsplätze, riss Renten und Versicherungen weg wie ein Tischtuch unter kostbarem Porzellan. Und als wäre der psychologische und materielle Schaden nicht genug, vergiftete Zorn die Menschen, die zurückblieben.

Das Unglück ging in die örtliche Sagenwelt ein. Die Benzol-Verseuchung landete auf dem Lehrplan der Grundschulen. Die Bevölkerung fand ein Gefäß für ihre Wut. Selbst Kinder, die nach der Schließung von Zorn zur Welt gekommen waren, brauchten jemanden, dem sie die Schuld für den ständig bedeckten Himmel, die Spritzen in den Gassen, die Raubüberfälle geben konnten. Jeder wollte ein Feindbild.

Heute sind die Fassaden der Fabrikhallen mit Graffiti beschmiert. Blandine hat sich einmal eine Einwegkamera gekauft, um das drastische Pandämonium der Ausdrücke zu dokumentieren. GEH FICK DEINEN SCHIRM. FJP SOUTHSIDE. BÜRGERMEISTER BARRINGTON IST EIN FASCHIST. HEIRATE MICH, JESSIE. @BAXTER_BILLIONAIRE: BOSS DJ. SOZIALISTEN HINTER GITTER!!! Jemand hat BLACK LIVES MATTER mit BLUE LIVES MATTER übermalt. Noch jemand hat über beide ALL LIVES MATTER geschrieben. Noch jemand hat einen Pfeil gezeichnet, der auf das Chaos der Botschaften zeigt, und eine weinende Erdkugel gesprayt. Ein Maschinengewehr. Engelsflügel. Ein Falke mit einer amerikanischen Flagge als Umhang. Ein grinsendes Marihuana-Blatt. LEGALIZE HAPPINESS, sagt das Blatt. SUCH DIR EINEN JOB, steht daneben. Ein Poster, das einen Fetus zwischen zwei Brötchenhälften zeigt. OBAMA-BURGER, steht darunter. Der Papst mit einer antisemitischen Sprechblase. Viele Schwänze. Viele Herzen. Viele Initialen. Botschaften und Symbole mannigfaltiger Xenophobie. Ein Peace-Zeichen. Ein rotes Kaninchen mit einer Krone und despotischen Augen, drei Meter hoch, das ein kleines weißes Kaninchen am Genick hochhält.

In der Summe ist das Graffiti auf den Zorn-Werken wie das Internet.

Schau hierher, schreit jede Botschaft, wenn keiner schaut.

Kurz vor dem Eingang zum Valley kommt Blandine an einer Sackgasse mit Mülltonnen vorbei, an denen ein großes blaues Schild lehnt. WILLKOMMEN IN VACCA VALE, INDIANA: DER KNOTENPUNKT AMERIKAS. Die Stadt spricht zu ihr. Gibt keine Ruhe. Beim Weitergehen hört sie die toten Zorn-Werke, auch ohne sie zu sehen. Sie hört sie immer. Ein Summen, kalt und nass und dissonant. 1967 hatte eine Gruppe von Männern versucht, die Fabrik niederzubrennen, in der sie einst gearbeitet hatten, aber die Mauern waren zu feucht. Am lautesten sind die Stimmen der Fabrik nachts im Februar, nach einer Woche ohne Schlaf. Die Fabrik verseucht die Luft mit ihrer Geschichte, so wie damals mit ihrem giftigen Dampf. Das ist der Preis der Überfülle.

Relikte, Ruinen, Geister – die Zorn-Werke stehen noch. Als Blandine jetzt hinhört, merkt sie, dass sie keine Ahnung haben, was ihnen bevorsteht – dass sie bald ausgeweidet und in eine schlechte Imitation von Silicon Valley verwandelt werden. Eine Form von Unbehagen, die von einer anderen ersetzt wird. Loft-Grundrisse, weiße Wände, Pingpongtische, India Pale Ale im Bürokühlschrank. Millennial Pink. Gummibäume. Fitnessbereich und Cafeteria für die Belegschaft, alles, was nötig ist, damit sie sich zu Hause fühlen, damit sie nie nach Hause gehen. Ledersofas, handgewebte Zierkissen, verschiedene Arten der Kaffeezubereitung. Bald sehen die Fabrikhallen aus wie Instagram. Die Werke, die nichts von ihrem Schicksal ahnen, stehen drohend und ächzend da. Verrostet und gefangen in ihrer vergangenen Macht marschieren sie gen Osten, bis sie im heiligen Schimmern über dem Valley verschwinden.

Blandine braucht keine Medizinstudenten, die ihre Leiche öffnen, um zu wissen, dass die Stadt in ihr ist. Sie braucht niemanden, der ihr den Artikel über Pearl schickt, um zu wissen, dass Pearl und sie verwandt sind. Sie braucht keine Zeugen, die die Werke hören, um zu wissen, dass sie zu ihr sprechen, dass die Werke zu allen sprechen.

Wir dringen in euch ein mit unserem Nichts, sagen die Autowerke, weil es alles ist, was uns geblieben ist.

Blandine bleibt vor einer abgenutzten weißen Ladenfassade stehen. Sie geht jeden Tag an dem Laden vorbei, aber sie weiß bis heute nicht, was dort verkauft wird oder ob er noch offen hat. Kaputte Jalousien, das Innere liegt im Dunkeln. Sie späht durch die trübe Scheibe, sieht umgeworfene Stühle, Papierstapel, Waschbeckendärme, Apfelkerne. Ein Klavier, dem ein paar Zähne fehlen. An der Scheibe steht ein Schild, zum Bürgersteig.

JETZT AUCH LICHT, steht darauf.

DIE HÄSSLICHE WAHRHEIT

Moses Robert Blitz ist am Mittwochmorgen, dem siebzehnten Juli, nicht bei der Beerdigung seiner Mutter, aber er landet trotzdem in einer Kirche. Weil er erst ab zehn Uhr in sein Motel einchecken kann, aber schon um neun Uhr in Vacca Vale ankam, ist er ziellos durch die Stadt gefahren und hat sich nach Sehenswürdigkeiten umgesehen. Vacca Vale erinnert Moses an das Jenseits. Erst wollte er das Zorn-Museum besuchen, aber es hat geschlossen – es ist nur an zwei Tagen die Woche offen. Als er dann die katholische Sankt-Hedwig-Kirche entdeckte, deren neogotische Eleganz hier fehl am Platz wirkt, hat er den Mietwagen abgestellt und sein Gepäck im Kofferraum gelassen.

Die Sonne strahlt wie eine medizinische Leuchtstofflampe, die Schimmelpilze sichtbar machen soll. Er ist der Schimmelpilz. In Vacca Vale, Indiana, ist es unerträglich heiß und feucht, und er hat nicht die richtige Kleidung eingepackt. Sankt Hedwig steht auf der anderen Straßenseite seines Motels, an einer Kreuzung drei tausend Kilometer von der Asche seiner Mutter entfernt, und der Sog, der ihn in die Kirche zieht, ist derselbe, der ihn heute Morgen am Chicagoer Flughafen in das Fast-Food-Restaurant getrieben hat. Er will sich befreien. Er will weg von ihr. Er will, dass Amerika das Problem entfernt, weil Amerika es erschaffen hat. Seit der Geburt des Internets hat physische Distanz für Moses keine Bedeutung mehr, doch obwohl ihm das klar ist, ist er erschüttert, als er so weit weg von Los Angeles vor dem Altar steht und nur Elsie Jane McLoughlin Blitz sieht. Er sieht sie in dem Sensenmann-Kostüm, das sie einmal vor fünfzig Jahren an Halloween anhatte – dem einzigen Halloween, das sie mit ihm verbracht hat. Es gab – gibt immer noch, nimmt er an – ein gerahmtes Foto davon, das scheinheilig in ihrer Villa hängt, als hätte die Mutterrolle ihr Leben definiert.

An der Kirchentür schreit ihm ein ausgedruckter Zettel eine radikal christliche Willkommensbotschaft entgegen, doch Moses fühlt sich zu zynisch und zu verschwitzt, um sie zu lesen. Im Inneren gluckert ein Taufbecken und hohe Buntglasfenster füllen den Raum mit Farbe. Ein Banner mit freundlicher Schrift feiert den 170. Geburtstag der Kirche. Er sieht zwar keine Lüftungsschlitze einer Klimaanlage, aber in dem Gemäuer ist es kühl – entweder wegen der guten Isolierung, oder es sind übernatürliche Kräfte im Spiel, schätzt er. Er bekreuzigt sich mit Weihwasser, ist erleichtert, als nichts passiert, versucht, seine Mutter von der Windschutzscheibe seiner Psyche zu wischen, denkt in Social-Media-Posts. Er ist dreiundfünfzig Jahre alt.

Mit elf erhielt Moses die Taufe, die Erstkommunion und die Firmung, aber alles geschah überstürzt, nachdem Elsie fast an einer Überdosis gestorben wäre. Im Frühling nach ihrem Unfall klammerte sie sich an den Katholizismus, die Religion ihrer Eltern und Kindheit, wie an eine Schwimmnudel am tiefen Ende des Beckens und initiierte Moses zur Sicherheit gleich mit. Moses hatte nichts dagegen. Er verbrachte seine Kindheit in einem Zustand der Verwirrung und sehnte sich nach Ordnungssystemen wie Mathematik, Naturwissenschaften und Religion.

Unwillkürlich denkt er an Jamie, die letzte Person, die er geliebt hat. Oder irgendwie geliebt hat. Oder zu lieben versucht hat. Jamie mit ihren Kristallen und Tarotkarten, ätherischen Ölen und Podcasts, Astrologie-Apps und Horoskopen. Dunkles, kinnlanges, gerade geschnittenes Haar. Zierliches Gesicht, dramatische Wangenknochen, zarte Haut. Ausschlag in den Kniekehlen. Duft nach Zypressen. Ihre Jugend war Verkaufsargument und Blamage zugleich. »Mein wilder Bock«, nannte sie ihn. »Mein egozentrischer Widder.« Gegen Ende machte sie Bemerkungen wie: »Ich bin so blöd! Im Sternkreis sind Widder und Waage totale Gegenpole – wie könnte ich von dir erwarten, dass du meine sexuellen Grenzen respektierst?« Während ihrer Beziehung hatte er ihre Hingabe zum Übernatürlichen lächerlich gefunden, aber jetzt merkt er, dass seine Hingabe nicht so weit entfernt ist.

Als er tiefer in die Kirche geht, holte er so lange Luft, wie er kann. Er riecht Hochzeiten, Taufen, Beerdigungen. Weihrauch und Blumen. Anfänge und Enden. Er will Speck. Die Architektur ist Gotik für Arme, ein roter Teppich, hellblaue Decke, dunkle Holzbänke, Buntfenster und ein Tabernakel, das an Moses' monarchistischer Nostalgie rührt. Auf der Empore wacht wie ein Türsteher die Orgel, und er spürt das Kribbeln der Kontrolle, wie so oft; er muss sich kratzen.

Im Seitenflügel sieht er sich die Stationen des Kreuzwegs an, die wirklich grauenhaft sind – schlimmer als ein Horrorfilm. Alle Figuren sehen polnisch aus. Er wundert sich, dass *Kinder* diese Bilder regelmäßig sehen. Vor der sechsten Station bleibt er stehen: *Veronica reicht Jesus das Schweißtuch.* Das Mosaik zeigt eine Frau, die ein Selfie des Messias in der Hand hält und gleichzeitig den blutenden Mann anstarrt. Das Bild entspannt ihn. Veronica sieht Jesus an, als wäre er die alles verändernde Wendung im Finale ihrer Lieblingsserie. Moses findet Veronica sexy – er findet ungeteilte Aufmerksamkeit immer sexy. Er setzt sich auf eine Bank, nimmt das Telefon heraus und schlägt die Kirche im Internet nach, um einen Anfall von Einsamkeit abzuwehren.

Die Suche führt ihn auf eine Website, die komplett im Futur geschrieben ist, die Jahrzehnte überspannende Chronik einer Familie der Sankt-Hedwig-Gemeinde. *Kasper Wiśniewski wird 1843 zur Welt kommen. Er wird mit 16 Jahren von Polen nach Vacca Vale in Indiana auswandern.* Der Text ist über einem Comic-Friedhof eingefügt. Oben sieht man ein Foto von Kasper, glücklich und jung, beim Militärdienst. *1865 wird er Magda Mazur in St. Hedwig heiraten. Magda ist die Tochter von Filip Mazur, einem erfolgreichen Bauern.* Zu Magda gibt es kein Foto und auch keine Information über ihren Erfolg. *Sie werden 13 Kinder haben, von denen sie 5 verlieren, bevor sie erwachsen sind. Kasper wird 1901 an Gelbfieber sterben, und Magda wird 1926 an Magenkrebs sterben. An ihn wird man sich gerne wegen seiner Scherze und seines*

Lachens erinnern, und sie wird als fleißige Leserin in Erinnerung bleiben, die zu ernst für ihre Schönheit ist. Mr und Mrs Wiśniewski werden auf dem Friedhof der Unbefleckten Empfängnis an einer Stelle beerdigt sein, die Gott allein bekannt ist.

Die prophetische Konjugation macht Moses zu schaffen. Als er den Blick zum Altar richtet, sieht er Magda und Kasper, verbunden in einem so keuschen wie euphorischen Hochzeitskuss. Er will mehr über Magda wissen. Er stellt sie sich in einem kargen Garten vor, umgeben von einem Staketenzaun und einem Dutzend kreischender Bälger, eine Zigarette im Mundwinkel, mit finsterem Blick in einen Krimi versunken. Er sieht, wie der jüngste Sohn an ihrem Rock zieht und sagt: *Mama, Mama, schau, was ich kann, Mama, schau.* Er sieht, wie sie sich weigert hinzuschauen, ihre schöne, ernste Aufmerksamkeit für die künstliche Papierwelt in ihren Händen reserviert. Er sieht sie im Sensenmann-Kostüm.

Für Moses ist es ganz natürlich, sich für Menschen zu interessieren, die ihm online begegnen, aber fast unmöglich ist, sich für Menschen zu interessieren, die ihm in der sogenannten richtigen Welt begegnen.

Ein Vogelschrei schreckt ihn vom Display auf. Drei Miniaturschreie folgen. Beunruhigt sieht er sich um.

»Das werden die Falken sein«, sagt ein Mann. »Frühstück.«

Moses springt von der Bank. Ein paar Meter vor ihm steht ein älterer Priester in schwarzen Hosen, schwarzem Hemd und leuchtendem Piuskragen. Die meisten Priester machen ihm Gänsehaut, aber der hier strahlt so etwas wie … *Heiligkeit* aus, gesteht Moses sich ein. Moses glaubt nicht an Heiligkeit, aber hier ist sie, so sichtbar wie Sonnenbräune. Der Priester scheint Mitte siebzig zu sein. Er hat ein Gesicht, das zu Weihnachten passt, eine winzige Statur und eine randlose Brille.

»Wie bitte?«, sagt Moses.

»Im Frühling hat ein Wanderfalkenweibchen hier sein Nest gebaut«, sagt der Priester, »und weil wir es nicht übers Herz gebracht haben, sie rauszuwerfen, haben wir jetzt hier so eine Art WG. Wir haben sogar eine Live-Cam aufgestellt. Sie können sie jederzeit online beobachten. Sie hat drei Küken. Ich habe sie Ruby, Rettich und Rhino genannt.« Er grinst. »Ich weiß auch nicht; aber sie machen mich einfach glücklich. Gestern kam sie bei der heiligen Kommunion heruntergeflogen. Die Mutter. Hat eine Oblate geklaut! Zum Glück war sie noch nicht geweiht. Ein paar Gemeindemitglieder haben sich ziemlich erschreckt.«

Er wartet, dass Moses etwas sagt. Aber Moses ist nicht so nett.

»Wanderfalken sind vom Aussterben bedroht«, erklärt der Priester. »Deshalb wollen wir unbedingt gut auf sie aufpassen.«

Die Erläuterung löst Moses' Widerstand sanft auf. »Oh.«

»Na ja. Ich weiß, dass sie einem Angst machen können. Ein Falke!«

Nach einer Pause fragt Moses: »Wie heißt sie?«

»Wer?«

»Die Mutter? Haben Sie ihr auch einen Namen gegeben?«

»Oh, ja. Dorothy die Zweite.«

»Und wer ist Dorothy die Erste?«

»Meine Mutter.« Der Priester wird rot. »Meine Menschenmutter.«

Moses beißt auf die Zähne und nickt.

»Ich habe sie sehr geliebt«, murmelt der Priester. Er betrachtet seine Schuhe, dann tritt er einen Schritt vor. »Entschuldigen Sie«, sagt er. »Ich glaube, wir kennen uns noch nicht. Ich bin Father Tim.«

»John«, sagt Moses und schüttelt die warme Hand des Priesters. »Freut mich.«

»Willkommen in Sankt Hedwig, John. Sind Sie neu in der Gemeinde?«

Moses zögert. »Ja.«

»Was führt Sie her?«

Moses beginnt zu schwitzen.

»Sind Sie zur Beichte gekommen?«, fragt Father Tim freundlich.

»Zur Beichte?« Daran hat Moses nicht gedacht; er war erst einmal bei der Beichte. »Ja.«

»Toll. Es ist gleich da vorne, sobald Sie so weit sind. Lassen Sie sich Zeit.«

Father Tim lächelt wieder, dann verschwindet er in einem altmodischen Beichtstuhl auf der anderen Seite der Kirche. Moses sieht Bewegung unter den Dachsparren: Dort ist sie, Dorothy die Zweite, mit gelben Füßen und passendem Schnabel, überbringt den Küken etwas, das Moses lieber nicht sehen will. Ihre Brust ist gesprenkelt, der Schnabel gebogen, und sie wirkt ziemlich hager, als hätte sie am Highway die Nachtschicht. Moses wünschte, die Vogelmutter hätte einen Mann und eine Nanny, bezahlte Elternzeit, jemanden, der ihr den Rücken massiert. Als sie Moses bemerkt, hält sie beim Füttern inne und funkelt ihn an, und ihre unheimliche Tierweisheit bestätigt ihm, dass er der Eindringling hier ist. Nicht sie.

Moses sieht auf die Uhr und ignoriert die Masse hohler Beileidsbekundungen auf dem Display. Jetzt drängeln sich vor dem Friedhof wahrscheinlich die Fans – Fremde, die sich einbilden, sie würden seine Mutter kennen, würden sie lieben. Sie verstopfen die Straße, diese Blanko-Trauernden, mit ihren frei erfundenen Verbindungen zum geliebten amerikanischen Sweetheart Elsie Blitz, die sie hochhalten wie Eintrittskarten zum Jahrmarkt, um einen Blick auf die Leiche zu werfen, dabei wurde sie verbrannt. Ihre Anbetung hätte Elsie erst großartig, dann grauenhaft gefunden. Überschwang und Hass – die einzigen Energien, die sie geben und nehmen konnte. »Ich habe immer gedacht, alle Beziehungen sind eingebildet«, hat sie auf ihrer Neuntausend-Dollar-Matratze zu Moses gesagt. Ihr Haar, ihre Haut und die Laken drei Schattierungen von Schnee. Sie war sechsundachtzig Jahre alt. »Aber jetzt, da ich sterbe, sehe ich die Konsequenzen. Ich sehe, dass Leute außerhalb meines Kopfs existieren, Entscheidungen treffen, Spuren hinterlassen. Ich sehe dich – mein Moses, mein süßer Engelsknabe. Weißt du, was ich meine? Ich sehe, dass ich dich zugrunde gerichtet habe.«

|||||

Am Anfang waren da eine Mutter und ein Kind. Aber die Mutter war nicht Mutter genug, und das Kind war zu sehr Kind. Es brauchte alles; es war das tobende Id. Das Kind würde ohne sie sterben, aber die Mutter mochte seinen Anblick nicht. Auch sie brauchte alles.

Das Problem war, dass die Mutter sich in der Öffentlichkeit nie umdrehte, wenn sie *Mom?* hörte. Sie war zuerst und vor allen Dingen Schauspielerin. Mit vier gewann sie dank ihrem roten Haar und ihren gierigen Eltern die Berufslotterie, und mit fünf begann sie zu arbeiten, getauft mit den binären Wassern von Anbetung und Abscheu.

Du bist perfekt. Du machst alles falsch. Ruhe. Sprich lauter. Du bist schlau. Du bist hübsch, aber dumm. Zeig uns, wie du tanzen kannst. Zappel nicht herum. Sing uns was vor. Sei still. Imitiere. Sei originell. Du bist genau wie sie und wie sie und wie sie. Zeig uns, dass du ein Star bist. Spiel dich nicht auf. Alle sehen auf dich. Du bist nicht der Mittelpunkt der Welt. Du bist perfekt. Tickst du noch richtig?

In den bitteren Jahren nach dem Zweiten Weltkrieg war sie der Zuckervorrat der Nation. Eine Zeit, geprägt von traumatisierten Vätern, wirtschaftlichem Wohlstand und einer internationalen Krise der psychischen Gesundheit. Wegen ihres Berufs durfte sie nie Kind sein, doch ihre Psyche ließ sie nie erwachsen werden. Es war nicht vernünftig, als Kind ein Kind zu bekommen, aber sie war kindisch ungehorsam.

Als Teenager und Twen baute sich die Schauspielerin eine Festung aus Glas und Spiegeln und schmiss bunte Partys. Als junge Schauspielerin erlebte sie schlimme Dinge, wie so viele: Ablehnung, Vergewaltigung, Magersucht, Sucht, Zurückgewiesen von einem älteren verheirateten Mann, ihrer ersten großen Liebe, der Regisseur hatte sie gewarnt. Furchtbare Perücken! Doch meistens erfuhr sie Gewalt in Form von Rampenlicht, der schlimmsten Art von Licht – Strahlung, die sie verbrannte, von der ihre Seele Hautkrebs bekam. Sie lernte, sich zu nehmen, was sie wollte, lernte, dass Vergnügen die intravenöse Ernährung war, die sie am Leben hielt. Vielleicht dramatisierte sie, aber andererseits – sie war Schauspielerin. Na und?, konnte sie zu dem Heer der schlimmen Nächte sagen, die an ihre Tür klopften. Ich habe immer noch all die grandiosen Nächte. Sie erfand eine Religion des Vergnügens und verschrieb sich ihr ganz.

Sie war zierlich; alle ihre Freunde waren riesig. Sie trank gern und nahm Drogen; sie reiste gern zwischen Bewusstseinswelten, ohne Security oder Passkontrolle. Sie mochte Stärke – die Tatsache, dass man, wenn man stark genug war, jeden dazu bringen konnte, alles zu tun. Sie mochte drei Tage reife Avocados. Das Meer mochte sie nicht, und sie beschuldigte die Leute, die es angeblich liebten, der Angeberei. Manchmal saß sie vor dem Pazifik und versuchte, etwas zu spüren, aber ihr Herz war eine Landratte. Zu midwestlich. Das einzige, was sie spürte, wenn sie das Meer sah, war die Anwesenheit der Abwesenheit von Ehrfurcht. Sie hatte zu große Angst davor, um zu schwimmen.

Ihre Mutter war Irin; die Schauspielerin mochte irische Jigs, irische Leute, die Bücher lasen, irische Gebete. Sie verlangte, dass alle auf ihren Partys Blau trugen. Sie zog Orangenbäume in ihrem Garten, sah gern zu, wie andere die Orangen pflückten. Geißblatt, Flieder, Chlor, Gewitter, Kiefer, Seife, ungewaschenes Haar, Streichhölzer, der Weihrauch der Mitternachtsmesse, Zigaretten, Lagerfeuer, Benzin, Pelz: Das waren ihre Lieblingsgerüche. Wenn sie Leuten davon erzählte, logen sie und sagten, sie sei einzigartig. Sie mochte es, wenn Leute logen, damit sie sich gut fühlte. Sie mochte Rachepläne und körperliche Fehlbildungen. Sie liebte Whiskey den Ersten, den Zwergschnauzer, der in *Meet the Neighbors* ihren Hund darstellte. Sie mochte auch Whiskey den Zweiten, seinen Nachfolger, aber weniger. Sie mochte Schaum, alle Sorten von. Sie ließ sich gern fotografieren, zeichnen und ärztlich untersuchen. Sie hasste es, beschrieben zu werden.

Erstaunlicherweise wurde die Schauspielerin erwachsen. Weil ihre Kindheit eine Absage an die Kindheit war, ging sie als Erwachsene hart gegen das Erwachsensein vor, das heißt, sie sagte sich von den meisten Pflichten los, die es mit sich brachte, wenn man in einem Körper und in einer Gesellschaft lebte. Wählen. Steuern. Zahnarzt. Mittagessen. Diese Dinge quälten sie entsetzlich, wenn sie sie zu Bedingungen, die nicht ihre eigenen waren, ertragen musste.

Sie betete täglich. Sie mochte private Abteile in Zügen, Männer Mitte fünfzig, Bilderstürmerei. Sie mochte verkrüppelte Taubenfüße; sie wies gern ihre Reisebegleiter darauf hin; sie las gern wissenschaftliche Erklärungen für das Phänomen; sie mochte die Tatsache, dass man selbst im entlegensten Winkel der Welt garantiert verkrüppelte Taubenfüße zu sehen bekam. Sie mochte gefährdete Arten. Räucherfleisch. Nachts das Licht anlassen, mit offenem Verdeck herumfahren, selbst wenn es kalt war, sie mochte Nachkriegsfilme, in denen nichts, aber auch gar nichts schieflief. Schreien, wenn niemand da war: in ihrem blauen Ballsaal, unter Wasser im Pool, auf ihrer Veranda mit Blick in die Berge. Sie mochte intensive Aromen: Espresso, Bourbon, Tabasco, Meerrettich, Dijon, Wasabi. Sie ließ den Tee immer zu lange ziehen. Ihr Lieblingsgericht war das Corned Beef mit Kohl ihrer Mutter, und eins der Dinge, die sie am meisten bereute, war, dass sie sich nicht das Rezept aufgeschrieben hatte, bevor ihre Mutter starb. Sie mochte es, alle abgelaufenen und enttäuschenden Lebensmittel aus dem Kühlschrank wegzuwerfen; sie mochte ihre strahlende Abwesenheit von Schuldgefühlen.

Sie liebte Zorns, liebte es, ihre vier Wagen nebeneinander in der Garage zu parken, die sie den Stall nannte. Sie liebte die verchromten Falken, die mit schmalen Augen und breiten Schwingen auf der Motorhaube saßen. Sie liebte es, einem Mann namens Dominic zuzusehen, wenn er die perfekten Karosserien ihrer Zorns wusch und wachste, liebte das Gefühl, der Schwamm würde über ihre Haut gleiten, wenn sie ihm zusah. Sie liebte das Design des gelben 1932er Presidential Coupé. Die Technik des roten 1924er Duplex Phaeton. Die Geschwindigkeit des 1951er Commander Stardust. Stromlinienförmiges Cabrio mit Pontonkarosserie, cremefarben lackiert,

Achtzylindermotor und ein Gesicht wie ein Raketenwerfer. Cognacfarbene Ledersitze. Messingarmaturen. Orangefarbenes Lenkrad. Wenn Freiheit einen Duft hätte, roch ihn Elsie in ihren Zorns. Im Commander-Stardust-Cabrio hatte sie drei ihrer besten Orgasmen gehabt. High-Voltage-Orgasmen, die sie ins Leben zurückkatapultierten, als sie in Verzweiflung begraben war. Wenn sie das Cabrio fuhr, fühlte sie sich verstanden, ihre Körper zwei Hälften einer Maschine.

Bis sie dreißig war, hatte sie ihr Leben um ihre Wünsche gebaut; sie hatte vorausschauend in Likes investiert, bevor es das Internet überhaupt gab. Dinge, die sie likte, und Likes, die sie bekam. Es kümmerte sie nicht, wer oder was kaputtging, wenn sie ihr Vergnügen aus dem obersten Regalfach holte.

In der Religion der Schauspielerin war Schwangerschaft Häresie.

Wie alle, mit denen die Schauspielerin schlief, war der Vater des Babys ein hohes Tier und nicht von Dauer. Er gehörte irgendwie zum Hochadel; sie vereinbarten Stillschweigen. Elsie mochte es, die Geheimnisse mächtiger Männer zu hüten – es machte das Patriarchat inklusiver, angenehmer und amüsanter. Die Schauspielerin war ein Genie, wenn es darum ging, Gesellschaft zu finden, aber sie hatte keine Ahnung, wie man sie hielt, und sah auch nicht den Reiz darin. Sie hatte schon einmal eine Abtreibung gehabt. Sie würde es jederzeit wieder tun. Den Schwangerschaftstest machte sie auf ihrer jährlichen Blitz-of-July-Party in ihrer Fünfzigerjahre-Villa in Malibu, wo es sehr viel Glas und sehr wenig Privatsphäre gab. Sie war schon betrunken. Wenn die Minutenzahl gerade ist, behalte ich es, dachte sie. Dann sah sie auf die Uhr, die sie um den Hals trug.

Der Fetus erwies sich von Anfang an als raffinierter Parasit, der in der natürlichen Welt seinesgleichen suchte. Das Wesen in ihr hatte kein Interesse an ihren Vorlieben und führte eine Vendetta gegen ihre Lieblingsbeschäftigungen. Zwar ersparte es ihr neun Monate lang die Menstruation, aber es setzte ein ganz neues Programm der anatomischen Hölle in Gang. Es demolierte Raum für Raum ihres Körpers und verleibte ihn sich ein. Offenbar hatte es die Mission, ihr die Barbarei des weiblichen Körpers immer wieder aufs Neue vorzuführen. Die Schauspielerin erwartete Gewichtszunahme, Erschöpfung und schmerzende Brüste. Sie erwartete Gelüste und Morgenübelkeit. Inkontinenz. Mit diesen Bürden konnte sie leben, aber auf den Rest war sie nicht vorbereitet. Niemand – weder ihre Freundinnen noch ihre Mutter, ihre Ärzte, ihre Bücher oder Fernsehsendungen – hatte sie vor dem Rest gewarnt.

Plötzlich war sie kein Sopran mehr. Ihre Haut wurde eng. Ihre Knochen fühlten sich … *lose* an. Ihr Gehirn hinkte und stotterte, als wäre sie in wenigen Wochen Jahrzehnte gealtert. Es war, als hätte sie sich im Sommerlager einen Virus geholt: Sie musste ständig niesen, alles juckte, ihr war heiß, sie vergaß alles und schwitzte die ganze Zeit. Sie konnte nicht mehr tanzen. Sie hatte plötzlich Mundgeruch, gegen den kein Kraut gewachsen war. Ihre Leitungen funktionierten nicht mehr richtig. Die Adern auf ihren Brüsten zeichneten sich ab wie die Adern auf Kuheutern. Die Schwangerschaft machte ihre Haut kaputt, trennte ihre Beckenknochen, blies ihre Gelenke auf, löste Akne, Pigmentflecken, Migräne, Übelkeit und Prophezeiungen aus. Ihr Bauchnabel wurde dunkel. Ihre Vulva *wurde blau*.

Neun Monate vergingen wie in Zeitlupe. Und dann passierte alles auf einmal. Plötzlich redeten die Ärzte von Kaiserschnitt. »Kaiserschnitte sind für Weicheier!«, kreischte sie zurück. Kicherte. Oder vielleicht bildete sie es sich nur ein; sie wusste es nicht. Inzwischen bestand sie nur noch aus Schmerz. Dort im Kreißsaal waren die Wehen die hässliche Wahrheit, und es gab nichts vor und nichts nach der hässlichen Wahrheit. »Na gut, gebt her«, sagte die Schauspielerin. Ihre Mutter war bei ihr, in einem gelben Trainingsanzug mit einem Rosenkranz in der Hand. Es war wie ein Exorzismus. »Gebt mir den schicksten Kaiserschnitt, den ihr habt.«

Danach begann sich ihr Haar zu locken, und ihre Sehstärke veränderte sich. Es – das Baby – wollte, dass sie – die Mutter – die Schauspielerin – die *Mutter* – und jeder andere sah, dass sie ihm gehörte. Es wollte sie für alle anderen verderben. Die Worte hatte ein charmanter Verehrer benutzt, als sie zwanzig war: *Ich will dich für alle anderen verderben.*

Als sie aus dem Krankenhaus kam, schob Elsie das Baby in das einzige Zimmer der Villa ohne Sonne ab und verlangte von den Kindermädchen, Sprache fürs Erste von ihm fernzuhalten. Sie hatte keine Lust, sich mit den Rückwirkungen der Sprache auseinanderzusetzen. Sie musste ihren Grips sortieren, ihre Lage, ihre Präferenzen. Sie musste neue Kontaktlinsen bestellen. Und dann war da noch die Frage der Fütterung. »Sie wissen, was empfohlen wird«, sagte eins der Kindermädchen, das zu jung für den Job war, eine angehende Schauspielerin mit hauchdünnen Kleidern, perfekter Haut und sehr schmutzigen Schuhen. Sie lächelte. »Die Muttermilch macht's.« Elsie feuerte das Kindermädchen, behielt das andere, eine gestandene Frau Mitte sechzig, und entschied sich trotzdem zu stillen. Sie sah das Baby nur in diesem Zimmer gerne an, im Dunkeln, wo sie nicht viel sah, nur die Idee. Auf abstrakter Ebene war es eine wunderbare Idee.

|||||

»Ich fürchte, ich bin kein besonders guter Mensch.« Stirnrunzelnd starrt Moses das Beichtstuhlgitter an.

»Eigentlich beginnt man mit: ›Vergib mir, Vater, ich habe gesündigt.‹«

»Oh.« Moses schaudert. »Aber ich bin mir nicht sicher, ob ich wirklich gesündigt habe.«

»Dazu kommen wir gleich.«

»Was soll ich dann sagen?«

»Ach, lassen wir das aus. Bekreuzigen Sie sich einfach irgendwie. Im Namen des Vaters, des Sohnes, des Heiligen Geists. Amen.«

Moses vergisst die Reihenfolge – Stirn, Schultern, Brust?

»Okay, John. Wie lang ist ihre letzte Beichte her?«

»Hmh, vielleicht fünfundvierzig Jahre?«

»Also gut. Fangen Sie an.«

»Ich glaube, ich bin ein schlechter Mensch.«

»Aber Sie glauben nicht, dass Sie gesündigt haben?«

»Na ja, ich glaube, es ist mehr eine Sache der Identität als eine Sache des Verhaltens.«

»Wie kommen Sie darauf?«

»Sie dürfen das niemandem erzählen, oder? Wie bei der Therapie?«

»Ja, es bleibt alles zwischen Ihnen und Gott. Ich bin bloß der Dolmetscher.«

»Woher weiß ich, dass Sie nichts ausplaudern?«

»Wenn, würde ich exkommuniziert.«

»Nein.«

»Doch.«

»Aber wenn Ihnen ein Verbrecher ankündigt, dass er einen Mord vorhat?«, fragt Moses.

»Ich kann nur versuchen, den Menschen zu überreden, von der Sünde abzulassen und zu Gott zu finden.«

»Ich habe es übrigens nicht vor. Jemanden zu ermorden.«

»Das freut mich zu hören.«

»Aber es kommt mir irgendwie wie ein Fehler im System vor«, sagt Moses. »Totale Schweigepflicht, wenn ein Menschenleben auf dem Spiel steht.«

»Ich habe die Regeln nicht gemacht.«

»Na gut.« Wo anfangen? »Ich heiße gar nicht John.«

Zur Zwergfaultier-Aktivistin konvertierter ehemaliger Kinderstar Elsie Blitz hat das einzige Kind, das sie ausgetragen hat, Moses Robert Blitz getauft, weil sie bei einer Dinnerparty den Städteplaner Robert Moses kennenlernte und ihn hinreißend fand. Robert Moses – hinreißend! Für Moses Robert Blitz ist allein diese Geschichte ein Beweis für den Irrsinn seiner Mutter. Elsie wusste genau, wenn sie ihr einziges Kind Moses Robert nannte, würde die Klatschpresse davon ausgehen, dass Robert Moses der Vater wäre. Also tat sie es.

»Aber meinen echten Namen nenne ich Ihnen nicht«, sagt Moses.

»Wollen Sie mir erzählen, was Sie dazu bringt, Ihren Namen zu verschweigen?«

Moses sucht nach einer Formulierung. »Es steht mir nicht zu.«

»Na gut«, sagt Father Tim. »Erzählen Sie mir, was Ihnen durch den Kopf geht.«

»Ich verpasse gerade die Beerdigung meiner Mutter.«

Eine Pause.

»Ich meine, jetzt, in diesem Moment«, fährt Moses rasch fort, »ich bin nicht da, wie man sieht, und ich bin froh, dass ich nicht da bin. Ich habe überhaupt kein schlechtes Gewissen. Keine Schuldgefühle. Gar keine. Ehrlich gesagt habe ich überhaupt keine Gefühle.«

»Ist das wirklich so?«

»Sie war ein narzisstischer Opioid-Junkie und hätte nie ein Kind kriegen sollen«, sagt Moses. »Sie hat mich und alle anderen Menschen in ihrem Leben vernachlässigt. Ich meine, wenn sie einen ansah, hat sie immer nur sich selbst gesehen. Alle haben sie geliebt, aber ich bin der einzige Mensch, der sie kannte. Wenn Sie sie kennen würden, würden Sie sie hassen.« Sein Herz klopft schneller. »Sie ist Schauspielerin.«

»Findet die Beerdigung in Vacca Vale statt?«

»Nein. In Malibu.«

»Und was führt Sie dann hierher?«

»Manchmal reibe ich meinen ganzen Körper mit der Flüssigkeit aus Knicklichtern ein und verschaffe mir Zutritt zu den Häusern meiner Feinde«, platzt Moses heraus.

Father Tim stockt wieder, wie ein Navi, das nach einer falschen Abzweigung neu kalibriert. »Okay. Wie oft haben Sie das schon getan?«

»Bis jetzt zweimal.«

»Und was tun Sie, wenn Sie in dem Haus sind?«

»Eigentlich zappele ich nur ein bisschen im Dunkeln herum. Ich habe keine Kleider an. Nur Unterhosen.«

»Aber Sie … danach gehen Sie einfach?«, fragt Father Tim.

»Sie denken, ich klaue oder vergewaltige oder so was?«

»Das habe ich nicht gedacht.«

»Sie denken, ich ermorde die Leute oder so was?«

»Ich bin nicht von Mord ausgegangen. Auch wenn Sie das Wort nun schon zweimal benutzt haben.«

»Ich bin kein *Psychopath*. Ich spiele den Leuten gerne Streiche. Nachdem ich Ihnen einen Schrecken eingejagt habe, gehe ich wieder. Ich spaziere einfach zur Haustür raus und gehe nach Hause. Ich fasse nichts an, niemanden.«

Father Tim denkt einen Moment nach. »Und Ihre … Zielpersonen … wie fühlen die sich dabei? Wissen Sie das?«

»Eine dachte, sie hätte einen Albtraum, glaube ich. So was wie Schlaflähmung. Ein anderer hatte gerade eine psychedelische Phase. Also, na ja. Bis jetzt habe ich die intendierte Wirkung noch nicht erreicht.«

»Was ist denn die intendierte Wirkung?«

Als Moses nicht antwortet, ändert der Priester den Kurs. »Wie haben Sie die Menschen ausgewählt?«, fragt Father Tim. »Was war Ihr Ziel?«

»Die Erste hat mich als Kind gemobbt. Ich habe rausgefunden, dass sie immer noch in West Hollywood wohnt, und da bin ich … bin ich einfach …« Moses beendet den Satz nicht. »Als ich jünger war, habe ich gestottert.«

»Oh?«

»Es war schlimm.«

»Wann hat das aufgehört?«

»Erst im College«, antwortet Moses. »Und es kommt immer noch manchmal vor, wenn ich gestresst bin oder müde oder so was.«

»Und diese Person hat sich über Ihr Stottern lustig gemacht?«

»Ja. Wir waren auf dem Internat. Über mein Gewicht hat sie sich auch lustig gemacht. Natürlich waren noch andere Kinder dabei, aber sie war die Anführerin. Sie hat kleine Cartoons gezeichnet und mich Moses der Mond genannt. In ihren Comics war ich so eine Art Dorfplanet, der mit seinem Übergewicht und seinem Stottern um die Schule kreist. Sie hat mich in den Himmel gezeichnet und die Schüler unten, und die Schüler sind vor mir weggelaufen.«

»Das muss sehr wehgetan haben.«

Eigentlich hasst es Moses, wenn Leute das sagen, oder Variationen davon, aber bei Father Tim klingt es weniger wie ein Ausstieg aus dem besagten Schmerz und mehr wie ein Einstieg.

»Und was war mit der zweiten Person?«, fragt Father Tim. »Wie haben Sie die ausgewählt?«

»Ach. Der war mein Mitbewohner im College. Einmal habe ich ihn in den Semesterferien mitgenommen – meine Mutter hatte ein Ferienhaus auf Pumpkin Key –, und er hatte so was wie ... so was wie Sex mit ihr. Mit meiner Mutter. Hat ein paar Fotos gemacht. Sie veröffentlicht, die Details und alles an die Klatschpresse verkauft. Ihre Leute mussten die Story zurückkaufen, um sie zu vertuschen.«

Der Priester denkt nach. »Ist es schon einmal passiert, dass Sie jemanden bestrafen wollten, aber sich zurückgehalten haben?«

»Ja.«

»Und wie war das?«

»Na ja, ich wollte es auch bei meiner Ex-Freundin machen. Jamie. Sie entwickelt Spezialeffekte. Sie war fünfundzwanzig – wahrscheinlich hätte ich damit rechnen müssen. Hat mich mit irgendeinem Start-up-Arsch betrogen. Vielleicht ist das eine Tautologie. Start-up-Arsch.«

»Und warum haben Sie sich zurückgehalten?«

Moses überlegt. »Sie kannte mich zu gut. Vielleicht hätte sie es rausgekriegt. Sie war ziemlich schlau für eine Horoskop-Nudel. Und dann was, verstehen Sie?«

»Was hätte Sie rauskriegen können?«, fragt Father Tim.

»Wer dahintersteckt.«

»Sie meinen, Sie hätte bei einem solchen Erlebnis an Sie gedacht?«

»Ganz sicher. Sie war intelligent, in der Richtung.«

»Erzählen Sie mir mehr von Ihrer Mutter«, sagt Father Tim.

Moses bemerkt ein komisches Grinsen in seinem eigenen Gesicht – ein Grinsen, das er nicht beherrschen kann. Er ist froh, dass Father Tim ihn nicht sieht. Das redet er sich wenigstens ein.

|||||

Wenn Moses an seine Mutter denkt, hat er eine Montage von Independence-Day-Partys im Kopf. Der Vierte Juli war Elsies Lieblingsfeiertag – sie muss dankbar gewesen sein, dass sie kurz danach starb. Jedes Jahr schmiss sie eine Party, die ein mittleres amerikanisches Jahreseinkommen kostete. Eingeladen waren die Besten und Schlausten, zusammen mit einer verblüffenden Riege an Kleinstadtbürgermeistern. Als Kind wurde Moses für die Party ausquartiert. Als Preteen schloss er sich in seinem Zimmer ein. Als Teenager sah er zu. Als Twen schoss er sich mit Alkohol und Drogen ab. Ab dreißig war sein Ziel Sex. Mit vierzig und fünfzig blieb er einfach zu Hause.

Moses fiel es schwer zu erklären, woher die Obsession seiner Mutter für das Militär kam, die ihre Persönlichkeit, ihre politische Haltung und ihren Architekturgeschmack beeinflusste. Die Obsession wurde dadurch kompliziert, dass sie sich als Sozialistin betrachtete. Sie landete etwa zur selben Zeit auf der Schwarzen Liste, als der Lupus auftrat und ihre Opioid-Abhängigkeit begann, sodass sie viele Gründe hatte, sich aus Hollywood zurückzuziehen, und nicht gezwungen werden musste.

Sie zeigte ihre Sammlung exotischer Waffen und ausgestopfter Tiere erst nur als Party-Dekoration in ihrer Villa, aber später ließ sie sie als Dauerinstallation hängen. Die Idee dazu kam von einem schottischen Schloss, in dem sie ein historisches Drama um dunkle Familiengeheimnisse gedreht hatte. »Die Botschaft ist Abschreckung«, erklärte sie Moses einmal.

Der Blitz of July, wie Elsie ihre Party nannte, war eine durchgeplante und doch wilde Veranstaltung mit Spielen, Preisen, Überfluss, Überfüllung, jede Menge Glitzer und rotem Fleisch. Ein-

oder zweimal Hahnenkämpfe. Sie ließ auf dem ganzen Anwesen Nebelkühler und Ventilatoren gegen die Hitze aufstellen, sodass alle Haut glitzerte und alles Haar flatterte; Gäste, die ohnehin ständig posierten, waren von den Bedingungen begeistert und sabberten über die Steigerung ihrer eigenen Attraktivität. Es gab immer ein Trampolin, eine Schokoladenrutsche, eine Schaumwolkenmaschine. Ein Streichelaquarium. Jedes Jahr lud Elsie Bands aus aller Welt ein – die einzige Bedingung war, dass es keine amerikanische Gruppe sein durfte. Sie fand, es gab nichts Patriotischeres, als Talent zu importieren. Niemand hörte zu, aber alle liebten die Musik. Die Gäste gaben sich große Mühe, ihre Macht sichtbar und ihre Mühe unsichtbar zu machen. Wenn Moses an seine Mutter denkt, sieht er Celebritys in maßgeschneiderten Badeanzügen, die umherschwebten wie der Müll auf den Straßen von Manhattan. Mit der besten Haut, den besten Zähnen und dem besten Haar, das Geld kaufen konnte, parlierten sie über Gerechtigkeit, spekulierten über das Sexleben von Leuten, die noch wichtiger waren, und schimpften über die Automatisierung, als stünde ihr eigener Arbeitsplatz auf dem Spiel. Überall waren Angestellte, aber Moses sah sie nie.

Seit er denken konnte, hatte Moses einen wiederkehrenden Traum, in dem er durch eine Blitz-of-July-Party wanderte, die Szenen verzerrt und wie durch ein Fischauge gefilmt, die Musik mutiert, alle Haare blond. Im Traum hatte er Informationen über eine akute Bedrohung – ein Mörder unter den Gästen, die Villa von feindlichen Guerillakämpfern umstellt, Terroristen auf dem Dach, eine Drohne, die eine Bombe fallen lassen würde – aber wenn er versuchte, die Gäste zu warnen, stellte er fest, dass er keine Stimme hatte. Er schrie, und es kam kein Ton heraus.

»Also, das ist kein psychologisches Rätsel«, sagte seine Therapeutin.

|||||

»Mein richtiger Name ist Moses«, gesteht er reumütig.

»Interessant«, sagt Father Tim.

»Was?«

»In der Bibel«, beginnt Father Tim, aber Moses niest sechs Mal hintereinander, als wäre er allergisch auf den Bezug. Er ist Schrei-Nieser.

»Gesundheit«, sagt Father Tim. Er wartet, bis Moses sich wieder fängt. »Alles in Ordnung bei Ihnen?«

»Ja. Tut mir leid. Erzählen Sie weiter.«

»Also, in der Bibel legt Moses' Mutter Moses in ein wasserfestes Körbchen, um ihn vor dem Pharao zu schützen, der befohlen hat, alle männlichen Neugeborenen in den Nil zu werfen. Der Pharao hatte Angst, dass ein Junge ihn eines Tages vom Thron stürzen würde. Auch sie übergab ihr Kind dem Nil, aber sie legte ihn in ein …«

»Ich weiß, ich weiß«, sagte Moses ungeduldig. »Das weiß jeder. Was ist damit?«

»Moses' Mutter lässt ihn allein, um ihn zu retten«, sagt Father Tim. »Wovor, glauben Sie, wollte Ihre Mutter Sie retten, als sie Sie alleingelassen hat?«

Moses will den Vergleich nicht durchspielen. »Ich wurde nicht nach *dem* Moses benannt«, sagt er. »Mit dem habe ich nichts zu tun. Ich wurde nach einem Stadtplaner benannt. Einem schrecklichen Typen. Rassist! Ein Parkplatz nach dem anderen. Überall Highways. Er wollte einen Highway durch den Washington Square Park bauen!«

»Ruhm?«, schlägt Father Tim vor.

»Was?«

»Hat Ihre Mutter versucht, Sie vor den Fängen des Ruhms zu retten?«

Die Fänge des Ruhms – wer ist dieser Witzbold? »Nein. Sie hat mich sogar in die Branche gedrängt. Hat mich gnadenlos zu Castings geschickt, mich Drehbücher schreiben lassen, mir Jobs in der Produktion besorgt. Sie meinte, allein schaffe ich sowieso nichts, und ich hätte Glück, dass ich sie habe.« Moses kratzt sich am Hals. »Läuft die Beichte immer so ab?«

»Jede Beichte ist anders.«

Moses erinnert sich kaum an seine letzte Beichte, nur an die Umstände, die dazu geführt hatten – er war dreizehn, in den Ferien in Rom mit zwei Internatsfreunden und ihren Kindermädchen, und eins der Kindermädchen hatte darauf bestanden. »Wir warten draußen«, sagte die andere. »Nein«, sagte die erste finster. »Alle müssen beichten.« Moses und seine Freunde folgerten, dass sie ein Verbrechen begangen hatte. Am nächsten Tag stand in der Zeitung, dass in einer der Villen, die sie besucht hatten, der Zahn einer toten Königin gestohlen worden war. Das Kindermädchen hatte einen Pixie-Cut, den sie jeden Monat anders färbte, und den Kleiderschrank voller weißer Jumpsuits. Sie war eine Art Malerin, ohne Familie oder Gemeinschaft, zu der sie gehörte, und schleppte immer irgendwelche französischen Manifeste herum, clever und sichtlich erschöpft vom Menschsein, obwohl sie keine dreißig war. Sie entsprach genau dem Täterprofil.

Sie kehrte nicht mit ihnen nach Amerika zurück; sie stieg in den Zug nach Ancona. »Zahnfee!«, riefen ihr die Kinder hinterher, als sich ihre Wege trennten. »Diebin! Hexe! Nutte! Fotze!« Sie sah nicht zurück.

Monate später erzählte Moses' Freund ihm, was wirklich geschehen war: Er war im Hotel ins Bad eingebrochen, als das Kindermädchen unter der Dusche stand, hatte den Duschvorhang zurückgezogen und ihr seine Erektion angeboten. Sie hatte ihn buchstäblich aus dem Zimmer geworfen. »Ich hatte blaue Flecken! Das war Körperverletzung! Meine Mutter hat ihr den Monat nicht bezahlt.« Den Jungen zur Beichte in die Kirche zu schicken, war ihr letzter Akt als Kindermädchen. Er war nicht katholisch. Sie auch nicht. Moses hatte eine sensationelle Zeit in Rom.

Der römische Beichtvater verschrieb Moses' Freund ein Jahr Gemeindedienste, am besten in einem Frauenhaus. Deswegen mag Moses Religion: Es war eine Methode, sich mit Verstößen auseinanderzusetzen – sie auf den Punkt zu bringen, zu interpretieren, eine Handlungsoption zu bieten.

»Wovor hat Ihre Mutter Sie gerettet, als sie Sie alleinließ?«, wiederholt Father Tim.

Moses verdreht die Augen. »Die Mutter von *dem* Moses hat ihn in ein wasserfestes Körbchen gelegt. Meine hat mich auf den Rücken eines Krokodils gesetzt und gesagt, ich soll ihm die Nase zuhalten.«

»Ich stelle nicht in Abrede, dass sie Ihnen wehgetan hat«, sagt Father Tim. »Ich versuche nur, sie zu verstehen. Nach meiner Erfahrung ist das der beste Punkt, um anzufangen, ganz gleich wie grausam jemand scheinbar ist.«

»Ihr *Leute*. Ihr Hinterwäldler.«

»Wie bitte?«

»Warum gehen Sie davon aus, dass sie mich vor irgendwas retten wollte? Vielleicht hat sie gar nicht an mich gedacht, sind Sie schon mal darauf gekommen? Menschen sind egoistisch. Manchmal ist nicht mehr dahinter. Wenn sie grausam *scheinen*, dann, weil sie grausam *sind*.« Plötzlich hat Moses das Gefühl, er wäre mit einer Fahrradpumpe voller Wut verbunden. Im Mittleren Westen sind Narzissten wahrscheinlich viel kleiner und umgänglicher als die, die sie in Hollywood haben, nimmt Moses an – wie diese Zwergfüchse in der Nähe des Äquators. Aber woher soll Father Tim das wissen? »Aber woher sollten Sie das wissen?«, fragt Moses. »Sie leben in diesem gottverlassenen Nest, wo Ihnen die Serienmörder wahrscheinlich die Tür aufhalten. Wahrscheinlich fragen die Mörder hier, wie Sie es gern hätten, bevor sie Sie umbringen. Sie haben keine Ahnung, wie meine Mutter war.«

Einen Moment ist Moses erleichtert. Dann schämt er sich.

»Vielleicht«, sagt Father Tim vorsichtig, »hat Ihre Mutter Sie verlassen, um Sie vor ihr selbst zu retten?«

|||||

Moses Robert Blitz war zwölf Jahre alt, hatte kürzlich Bekanntschaft mit Erregung und Demütigung gemacht, und das Datum war der fünfte Juli. Es war fünf Uhr morgens, und er wachte schweißgebadet auf, so ausgetrocknet, dass er das Gefühl hatte, er wäre mit Sand gefüllt. Das Problem war, dass es oben keine Gläser gab, und er hasste es, aus dem Hahn zu trinken – er ekelte sich vor dem Schmutz. Nachdem er ein paarmal das Licht an- und ausgemacht hatte, beschloss er, aufzustehen und sich in der Küche ein Glas Wasser zu holen. Sein Traum hatte sich zu einer Pannenshow entwickelt – es war immer wieder dieselbe Szene, in der er jedes Mal andere Fehler machte, für die er ausgelacht wurde.

Deswegen war er verwirrt, als er die Treppe hinunterging und echtes Gelächter hörte. Moses erstarrte. Zählte mindestens fünf Stimmen. Die verschiedenen Arten zu lachen seiner Mutter drangen zu ihm herauf: ihr angespanntes Lachen, ihr Lachen, das wie Winter klang, ihr Lachen, wenn sie gelangweilt war.

Er beugte sich vorsichtig über das Geländer, um sich einen Überblick zu verschaffen: Elsie und vier Freunde – zwei Frauen und zwei Männer, häufig die letzten Gäste am Blitz of July –, in verschiedenen Positionen vor dem Kamin ausgestreckt. Alle trugen Blau. Im Wohnzimmer gab es zwei Sofas, zwei Loveseats und vier Sessel, aber sie zogen den Flokati vor. Gläser und Flaschen dümpelten im Teppichflor wie Schiffe auf hoher See. Es war der Lieblingsort seiner Mutter, mit Atelierfenstern und weißen Wänden, sechs Meter Raumhöhe und Tierpräparaten, ausschließlich ausgestopfte Vögel, die von der Decke hingen wie ein erfrorener artübergreifender Vogelzug. Exodus. Moses sah an ihren Augen, dass Elsie und ihre Freunde betrunken oder high oder beides waren. Aus den Lautsprechern klimperte Jazz und die Kerzen flackerten. Jemand formulierte eine komplizierte Meinung, die mit dem Wort *Erdlinge* endete.

»Aber am Ende wird er erstochen.«

»Was macht man eigentlich, wenn jemand erstochen wird? Das habe ich mich immer gefragt.«

»Oh! Oh, das weiß ich.«

»Rette sich, wer kann.«

»Nein, wirklich, in *Blutrote Rosen* wurde mein Verlobter erstochen, und ich musste ...«

»Nur zu, lass uns an deiner Seifenoper-Bildung teilhaben. Das ist bestimmt alles medizinisch korrekt.«

»Ist es! Die haben Experten! Zuerst musst du einen Verband anlegen. Um die Wunde. Und dann drücken. Ich glaube, man soll dafür sorgen, dass die Wunde oberhalb des Herzens ist, aber das ist heute nicht mehr so wichtig. Wichtiger ist der Druck. Jedenfalls legt man den Verletzten flach hin, und dann kann man die Beine anheben. Ich glaube, es hat irgendwas mit dem Kreislauf zu tun oder so?«

»Sehr nützliche Informationen, Marianne. Vielen Dank.«

»Guten Morgen, Moses.«

Moses erschrak. Einer der Männer hatte ihn entdeckt, und jetzt sahen alle außer seiner Mutter zu ihm herauf. Im Licht der Aufmerksamkeit kam er sich vor wie ein Sumpfmonster, das herauskommt, um Flusspferde zu überfallen. Dabei waren *sie* die Eindringlinge, erinnerte er sich, als er versuchte, seinen Mut zusammenzukratzen und etwas zu sagen. *Er* wohnte hier; nicht diese Leute. Aber er wusste, die Hoffnung auf Selbstvertrauen war genauso unwahrscheinlich wie die auf eine göttliche Eingebung. So was musste in dir stecken oder wenigstens auf deinen Anruf reagieren.

»Schau dir den niedlichen Schlafanzug an.«

»Du bist ja pitschnass, Junior. Warst du schwimmen?«

»Nein, ich hab ne Idee, wir geben ihm alle eine Weisheit mit auf den Weg – in vino veritas, und Paul steht total auf ...«

»Verdammt noch mal, Marianne. Besorg dir deine eigenen Kinder.«

»Hast du Hunger, Großer?«, fragte ein Mann, den Moses als einen wichtigen Regisseur erkannte.

»Körper ...«, begann Marianne prophetisch und blinzelte in ihr Glas, aber sie sprach nicht weiter.

»Wir haben Snacks«, sagte der Regisseur. »Prosciutto.«

»Aber nicht zu viel für *Grasso*«, sagte ein Mann in einem knallblauen Anzug. Er tauchte einmal im Jahr hier auf, und Moses hatte keine Ahnung, wer er war. Doch Moses hasste diesen Mann mit einer Heftigkeit, die in keinem Verhältnis zu ihren Interaktionen stand. Offenbar die Antwort auf eine Botschaft, die nur sein Unterbewusstsein entziffern konnte. Sehnsüchtig dachte Moses an die Migration der Weihnachtsinselkrabbe, die sie in der Schule durchgenommen hatten, auch ein jährliches Ereignis, das er allerdings viel lieber miterlebt hätte als den Blitz of July. Er stellte sich die Krabbenweibchen vor, rot und robust, die in Massen durch die Dunkelheit wanderten, um bei Flut den Strand zu erreichen. Jede Krabbe trug einhunderttausend Eier in sich, die sie ins Meer bringen musste, hatte er gelernt – ein gefährliches Unterfangen, weil die Krabbe nicht schwimmen kann. Sobald die Eier das Wasser berühren, schlüpfen die kleinen Krabben, und die Weibchen gehen und überlassen sie sich selbst. Konnte man ein solches Wesen Mutter nennen? Moses fürchtete, falls er je die Weihnachtsinselkrabben-Wanderung erlebte, würde er eine zertreten. »Ja, Elsie?«, fuhr der verhasste Mann in dem blauen Anzug fort. »Es ist nicht gesund, dein Kind so zu mästen. Das ist Kindesmisshandlung. Du bist eine schlechte Mutter, Darling. Aber deswegen bist du ja so interessant!«

Moses beobachtete seine Mutter, die nicht zu ihm heraufsah. Das kastanienbraune Haar zu einer komplizierten Hochfrisur gesteckt. Die Haut glänzend von Schweiß, Öl, Sonne und Make-up. Am Rest von ihr funkelten Saphire. Sie trug schon einen indigoblauen Seidenpyjama, aber den Schmuck hatte sie noch nicht abgelegt.

»Wusstet ihr, dass sie die dickste Hauskatze der Welt aus dem *Guinness-Buch der Rekorde* gestrichen haben, weil sie zu Tierquälerei anstiftet?«, warf Marianne ein, die jüngste und schönste der fünf.

»Elsie, dein Sohn hat Hunger«, sagte der Regisseur. »Tu was. Wir machen ihm Angst.«

»Wir machen bloß Spaß, mein Moses«, sagte Sabine, eine französische Kostümdesignerin Mitte vierzig und eine von Elsies engsten Freundinnen. »Das weißt du. Du weißt, wir machen uns nur lustig, weil wir alle sehr müde sind – und weil wir voneinander die Nase voll haben.«

»Das stimmt«, sagte Marianne lächelnd. »Du bist wie ein Patenkind für uns, Moses.«

»Elsie«, sagte der Regisseur. »Gib ihm was zu essen, bevor er bleibende psychologische Schäden davonträgt.«

»Ich hab k-k-k-keinen Hun-hun-hunger.«

Moses genoss die kurze Befriedigung, einen Satz herausgebracht zu haben. Kurz danach kam die Scham. Die Erwachsenen schwiegen einen Moment, und er nahm etwas Wässriges an ihnen wahr, etwas Lösliches, als wären sie der Stoff eines Traums.

»Du musst dich nicht schämen, wenn du Hunger hast!«, rief Sabine, die dazu neigte, banale Szenen dramatisch zu interpretieren. Sie hatte eine Federboa um den Hals, die zitterte, wenn sie sprach. Moses konnte ihren Atem verfolgen. »Wenn sich unsere Jungs für ihren Hunger schämen, was für Männer werden dann aus ihnen!«

»Natürlich hast du Hunger, Großer«, sagte der Regisseur, der eine Hand auf Elsies Knöchel hatte. Mit der abstrakten Vorstellungskraft eines Zwölfjährigen begriff Moses, dass er und seine Mutter vögelten. »Komm schon. Wir beißen nicht.«

»Er ist im Wachstum«, sagte Sabine. »Elsie, gib deinem wachsenden Jungen was zu essen.«

»Er wächst zu viel«, sagte der Mann, der ihn *Grasso* genannt hatte, lachte und sah Elsie nach Bestätigung heischend an. Sie hatte Moses den Rücken zugewandt, sodass er nicht sehen konnte, ob sie ihm die Bestätigung gönnte.

»Moses, ich will mich für uns alle hier entschuldigen«, sagte Marianne und strahlte ihn an. Sie war so hübsch, dass es ihm schwerfiel, ihre Aufrichtigkeit zu beurteilen, weil ihre Schönheit alle anderen Daten manipulierte. »Das ist dein Zuhause, und wir sind unhöflich.«

»Wo ist Harriet?«, fragte der Regisseur, und Moses fühlte sich hintergangen. Woher kannte der Regisseur den Namen seines Kindermädchens?

»Sie hat das Wochenende frei«, sagte Elsie irgendwann. Auch ohne ihr Gesicht zu sehen, wusste er, dass sie in ein Glas mit bernsteinfarbener Flüssigkeit starrte. »Lässt uns in der stressigsten Zeit des Jahres allein, weil sie auf irgendeine Beerdigung muss. Sie ist in Kansas. Oder Wyoming. Ich habs vergessen. Irgendein flaches Land.«

»Ich – h-h-h-habe – D-d-d-durst«, sagte Moses wie angewurzelt auf seiner Stufe.

»Er hat Durst«, sagte Marianne. »Habt ihr gehört? Besorgen wir ihm ein Glas Wasser, verdammt noch mal.« Sie stand auf und wollte zur Küche gehen, aber der Regisseur nahm ihre Hand.

»Marianne, du bist bloß nett, weil du keine Persönlichkeit hast. Das ist dein Problem«, sagte er. »Aber es ist nicht dein Fehler – es ist der Fehler der Gesellschaft. Niemand hat von dir verlangt, eine Persönlichkeit zu entwickeln, weil du immer so himmlisch aussahst. Wer kann dir vorwerfen, dass du nichts außer nett bist? Wer von uns hätte die harte Arbeit auf sich genommen, eine Persönlichkeit zu entwickeln, wenn wir nicht gemusst hätten?« Seine Ansprache war präzise, seine Aussprache nicht, weil seine Zunge schwer vom Alkohol war. »Aber gib wenigstens zu, dass Nettigkeit keine Tugend ist, Marianne, vor allem wenn die Nettigkeit keine Persönlichkeit hat.«

»Cheers«, sagte der andere Mann.

Marianne riss sich los, zeigte ihm den Mittelfinger und ging in die Küche. Sie tat Moses leid, obwohl er schon mit zwölf wusste, dass er Gefühlen, die von Schönheit geleitet wurden, nicht vertrauen durfte. Er war den Tränen nah und versuchte verzweifelt, sie zurückzuhalten.

»Elsie, tu was«, sagte Sabine. »Schau, dein Kind ist verletzt. Wir haben dein Kind verletzt.«

»Mein Kind?«, sagte Elsie. Sie drehte sich um und sah Moses zum ersten Mal an, das Gesicht verschlossen wie ein Geschäft nach Feierabend. »Ich habe den Jungen noch nie gesehen.«

|||||

»Nach dem Lupus wurde sie süchtig – sie hatte mehrere Operationen, und die Ärzte haben ihr immer wieder Morphium verschrieben. Das war, bevor sie die Regeln verschärft haben. Sie konnte nichts dafür, aber sie hat zu lange gewartet, bis sie sich Hilfe holte, und dann war es fast zu spät. Sie hatte tausend Leute um sich herum; sie wusste genau, wo sie hinmusste; sie hatte Geld; sie hatte Zeit. Ich meine, irgendwann machte sie dann Entzug, aber sie hätte es viel früher tun können.«

»Sucht verändert das Gehirn. Es …«

»Mutterschaft auch, sagt man.«

Moses hat keine Ahnung, wie lang er schon in diesem Beichtstuhl sitzt; er schätzt irgendwo zwischen zehn und vierzig Minuten.

»Es gibt Raum für Ihre Wut, auch ohne Ihrer Mutter die Schuld an ihrer Sucht zu geben«, sagt Father Tim sanft.

»Aber statt sich Hilfe zu holen«, entgegnet Moses, »hat sie sich immer mehr Morphium verschreiben lassen. Die kranke Wahrheit ist, sie fand es toll, süchtig zu sein, sie fand es toll, Opfer zu sein, sie fand es toll, ein Problem zu haben, die Kontrolle zu verlieren. Sie liebte jede Ausrede für eine Eskalation. Sie wollte … gehen.«

»Wie meinen Sie das?«

»Wollte raus. Hier raus. Aus sich selbst raus.«

»Sie meinen, sie wollte sterben?«

»Nein, nicht unbedingt – der Tod war ihr zu langweilig. Sie wollte das Gegenteil vom Tod. Was in meinen Augen dem Tod ziemlich ähnlich sieht, aber sie dachte, sie hätte eine Art Nirwana erreicht.«

»Viele würden behaupten, der Tod sei eine Voraussetzung für das Nirwana.«

»Ich würde behaupten, ein Mindestmaß an menschlichem Anstand auch.«

»Wovor, glauben Sie, wollte Ihre Mutter fliehen?«, fragt Father Tim. »Dieselbe Sache, vor der sie Sie retten wollte?«

»Aus meinen Poren sprießen bunte Fasern«, verkündet Moses. Ihm ist klar, dass das Gespräch im Eimer ist, aber er weiß nicht mehr, wie man ordentliche Gespräche führt.

Inzwischen zögert Father Tim nicht mehr. »Wie fühlt sich das an?«

»Sie sind auf alles gefasst, oder?«

»Ja«, antwortet er und hustet. »Das sagt man mir öfter.«

»Es fühlt sich an wie Kunstrasen«, sagt Moses. »Plastikgras, das aus mir herauswächst. Stellen Sie sich das vor.«

»Ich stelle es mir vor.«

Eine Pause.

»Was, glauben Sie, ist der Grund dafür?«, fragt Father Tim. »Für die Fasern?«

»Ich erzähle anderen meine Theorie nicht, außer sie sind selbst betroffen«, sagt Moses.

»Weil Sie meinen, dass sie Ihnen nicht glauben?«

»Weil ich *weiß,* dass sie mir nicht glauben. Sie können nicht. Sie sind nicht dazu in der Lage.«

»Geben Sie mir eine Chance.«

»Sprießen bunte Fasern aus Ihren Poren?«

»Nein.«

»Dann erzähle ich Ihnen meine Theorie nicht.«

»Na gut.« Father Tim seufzt. »Kehren wir zu Ihrer Mutter zurück. Warum glauben Sie …«

»Hören Sie, ich habe schon eine Therapeutin, einen Psychiater, einen Coach und das Internet. Ich brauche nicht auch noch einen Priester aus Nimmerville, Indiana, der mich analysiert oder meine Mutter oder sonst was. Ehrlich gesagt hatte ich heute überhaupt nicht die Absicht zu beichten. Ich denke nämlich nicht, dass ich etwas falsch gemacht habe.«

»Ich auch nicht«, gibt Father Tim zurück. »Aber Sie haben die Beichte begonnen, indem Sie sagten, Sie glauben, Sie seien ein schlechter Mensch. Ich versuche nur, Ihnen zu helfen, sich richtig zu sehen.«

»Sie wollen mir bestätigen, dass ich ein schlechter Mensch bin.«

»Im Gegenteil, ich würde Ihnen gern zeigen, dass Sie gut sind.«

»Sie kennen mich nicht. Sie wissen nicht, ob ich gut oder schlecht bin.«

»Sie sind gut.«

Moses schnaubt, dann macht er im Stillen einen Deal: Falls Father Tim irgendwas in der Richtung sagt, er sei nach dem Bilde Gottes geschaffen, verlässt er sofort die Kirche.

»Die Kirche lehrt, dass wir mit der Ursünde zur Welt kommen«, sagt Father Tim. »Die Versuchung, egoistisch zu handeln, ist etwas, womit wir uns ein Leben lang auseinandersetzen müssen. Aber wenn wir älter werden, entwickeln wir auch die Fähigkeit, Versuchungen zu widerstehen. Das unterscheidet den Menschen von allen anderen Tieren, soweit ich das beurteilen kann. Wenn wir keine andere Wahl hätten, als jedem Impuls zu folgen, würden wir es nicht ›Sünde‹ nennen – dann würden wir es Instinkt nennen. Ein Delfin ist kein ›Sünder‹, wenn er Kindsmord begeht.«

»*Delfine* machen so was?«

»Es wurde beobachtet.«

»Vielleicht sollten wir sie dann …«

»Ein Delfin hat keine Wahl. Aber Sie, Moses, Sie sind frei.«

»Nur weil ich keine Kinder ermorde, heißt das nicht, dass ich *gut* bin. Oder frei.«

»Ich habe nicht gesagt, dass Sie gut sind«, sagt Father Tim.

»Doch, genau das haben Sie eben gesagt!«

»Wirklich?«

»Ja!«

»Na ja.« Father Tim seufzt. »Tut mir leid. Ich habe es nicht so gemeint. Sie haben recht. Ich kenne Sie überhaupt nicht. Ich habe meinen Kaffee noch nicht getrunken. Wenn ich meinen Kaffee noch nicht getrunken habe, stelle ich manchmal unverantwortliche Behauptungen auf.«

Moses ist von seiner Enttäuschung überrascht – davon, was sie über ihn sagt.

»Ehrlich gesagt«, sagt Father Tim, »ich glaube, heute ist vielleicht mein letzter Tag.«

»Was?«

»Als Priester.«

Moses hat das Gefühl, die Rollen von Zuhörer und Redner wurden vertauscht, es ist, als würden die Gezeiten wechseln. »Also …«

»Es ist eine Menge faul im Innern der katholischen Kirche«, murmelt Father Tim, »und ich dachte, ich könnte einen Wandel von innen bewirken, aber stattdessen habe ich das Gefühl, die Fäulnis ist ansteckend. Ich fange an, den miesen Geruch an mir selbst zu riechen. Vor allem wenn ich allein bin. Der Kragen würgt mich. Buchstäblich. Ich komme mir kalt und feucht vor, als wäre ich gar nicht da, und Gott redet nicht mit mir. Gott redet nie mit mir. In all meinen Jahren des Betens hat Gott nicht einmal zurückgerufen.«

Ein schwacher Vogelschrei von oben. Moses lauscht so aufmerksam, dass er nicht sieht, was vor seinen Augen ist.

»Ich will reisen«, fährt Father Tim fort. »Ich will mich wieder verlieben. Ich will jemanden kennenlernen, der leidet, und mit ihm so reden, als wäre ich ich, nicht irgendein Abgesandter von einem Boss, den ich nie gesehen habe. Wenn der Boss was taugt, und wenn er sich die Daten ansehen würde, wäre er ziemlich enttäuscht davon, wie wir hier unten seinen Laden geführt haben. Frauen sollten Priester werden können. Priester sollten heiraten dürfen, wenn sie wollen, Kinder kriegen, wenn sie wollen. Leute aller Geschlechter und sexueller Orientierungen sollten willkommen sein, genau so, wie sie sind. Missbrauch sollte geächtet werden. Verhütung sollte unterstützt werden. Ich meine, das Letzte, was unser brennender Planet im Moment braucht, ist ein Bevölkerungsboom mit großindustriellem Appetit. Das sind lauter einfache Dinge, eindeutige Dinge, die unweigerlich richtig und gut sind, aber mir ist klar geworden, dass sie in dieser verrottenden Institution niemals passieren werden. Ich habe es satt, Befehle zu befolgen, kleinlaut das Spiel mitzuspielen, darauf zu warten, dass sich die Regeln von selbst ändern. Es wird die Hölle, mich von diesem Kragen zu befreien. Aber so ist das Leben, oder?«

Es dauert einen Moment, bis Moses klar wird, dass er nickt. »Ja«, flüsterte er heiser. »Ja.«

»Jedenfalls bin ich überrascht, dass ich gesagt habe, Sie wären gut, nicht weil ich Sie für schlecht halte. Es wäre absurd, einen ganzen Menschen als gut oder schlecht zu beschreiben. Sie sind eine Reihe von chaotischen, widersprüchlichen Verhaltensweisen, wie jeder andere auch. Solche Verhaltensweisen können zu Mustern werden oder zu Instinkten, und manche sind besser als andere. Aber solange Sie am Leben sind, steht das Urteil noch aus.«

Moses kratzt sich sachte die Waden. »Was war so toll an Dorothy der Ersten?«

|||||

Am Ende waren da eine Frau und ein Mann. Aber der Mann war zu sehr Sohn, und die Frau war nicht Mutter genug. Sie würde ohne ihn sterben. Sie brauchte alles, und der Sohn mochte ihren Anblick nicht. ER brauchte auch alles.

Sie verbrachte ihren letzten Vierten Juli im Bett ihrer Villa in Malibu. Moses hatte ein Jahr nicht mit seiner Mutter gesprochen, aber Clare, die unermüdliche Assistentin, bearbeitete ihn. Als die Anrufe, E-Mails, Briefe und morbiden Video-Nachrichten nicht halfen, spürte Clare seine sozialen Netzwerke auf und schickte ihre Botschaft durch diesen Kanal; als sie auch dort nicht weiterkam, fuhr sie zu seinem Haus in der Nähe von Griffith Park und drohte, sein Geschirr zu zertrümmern, bis er versprach, seine Mutter am Totenbett zu besuchen.

Als er in Elsies Villa ankam, hatten die Krankenschwestern Mittagspause, wärmten sich in der Küche ihr Essen in der Mikrowelle auf, das köstliche Aromen verströmte, und unterhielten sich auf

Spanisch. Die Atmosphäre im Haus war nicht todernst, sondern heiter, was Moses überraschte. Die Zimmer von der kalifornischen Sonne durchflutet, die Teppiche waren frisch gesaugt. In den Vasen standen frische Blumen. Das Personal war anwesend und aufmerksam. Ohne etwas zu sagen, führte Clare Moses nach oben ins Zimmer seiner Mutter. Ihr Haar roch nach Minze.

Elsie hatte ihr Leben lang gesünder ausgesehen und geklungen, als sie war. Sie erzielte diesen Schein mithilfe von Botox und jedem anderen bekannten chemischen Schönheitsmittel, plastischer Chirurgie, jahrzehntelangem kostspieligem Training, einer Köchin, dreißig Jahre Freizeit, einem sich selbst auffüllenden Bankkonto und übernatürlich guten Genen. Die Feinde ihres Aussehens – Drogenmissbrauch, Schlaflosigkeit, Sonne, psychische Störungen – konnten dagegen nicht viel ausrichten. Sie hatte mit einer Mischung aus Willenskraft und Wissenschaft ihre Jugend konserviert.

Doch jetzt, endlich, stand Elsie Jane McLoughlin Blitz der Tod im Gesicht. Im Schlafzimmer wandte Moses den Blick ab.

»Clare, geh«, sagte Elsie wie zu einem Labrador. »In den Garten. Los. Komm erst wieder, wenn er weg ist.«

»Okay.« Clare bückte sich, um einen Strohhalm in den Smoothie auf Elsies Nachttisch zu stecken.

»Clare.«

Sie ging zur Tür. »Ich gehe ja schon. Ich bin schon weg.«

Über Elsies riesigem Bett hing ein Ölgemälde, eine Schlachtszene aus dem achtzehnten Jahrhundert. Auf der anderen Seite hingen ausgestopfte Tiere: ein ganzer Fasan, ein Chukarhuhn, eine Klapperschlange, die Köpfe eines Bisons, eines Büffels, eines Rentiers und eines Dickhornschafs. Eine Vampirfledermaus. Ein Biber, der aussah, als hätte er sich durch die Wand genagt.

Es war zu warm, fast neblig. Moses hatte das Haus seit Jahren nicht betreten.

»Nichts anfassen«, keuchte Elsie. »Gemeine Viren können mich umbringen. Komisch, oder? Du überlebst sechsundachtzig Jahre das Unaussprechliche, und dann stirbst du an etwas Mikroskopischem – einer Erkältung. Ich muss dir sagen, ich leide Qualen.«

Er kratzte sich.

»Hör auf. In Gottes Namen – *hör auf* damit. Du weißt, dass mir davon übel wird.« Sie brach ab, schloss die Augen, als müsste sie sich mit sich selbst beraten. »Aber mir gefallen deine Socken.«

Er sah nach unten, dankbar für den Vorwand. Seine Strümpfe waren neongelb.

»Ich hatte einen Traum, dass du der Klabautermann bist, kannst du dir das vorstellen?«, sagte Elsie. »Es stand überall in der Zeitung, in meinem Traum. Breaking News: Der Klabautermann, der seit Anbeginn der Zeit Kinder und Nervenkranke terrorisiert, ist endlich gefasst – sein Name ist Moses Robert Blitz! Im Traum wurde ich nicht mal *erwähnt!* Ist das zu fassen? Das fand ich am schlimmsten. Dass sie das, was an dir am interessantesten ist, nicht mal erwähnen!« Sie lachte, bis sie husten musste. »War nur Spaß, Darling. Ach, komm schon. Sei nicht so empfindlich.«

»Es läuft super, Mutter. Danke. Ich bin echt *froh,* dass ich hier rausgefahren bin. Sie hat mich gezwungen – deine Dienerin. Sie hat gesagt, du würdest betteln, mich zu sehen. Sie hat gesagt, das wäre dein einziger Wunsch.«

Elsie räusperte sich. »Tja.«

»Du hast eine wahnsinnig komische Art, es zu zeigen.«

Er warf einen kurzen Blick in ihre Richtung, dann wandte er sich wieder ab, unfähig, ihren Anblick zu ertragen. Sie war kahl, bläulich, vierzig Kilo, unübersehbar todgeweiht. Aber selbst jetzt sah er sie noch durch ein Computerraster, eine Matrix aus Pixeln und Scanlinien, die sie irreal machten. Er hielt sich am nächsten Gegenstand fest – einem Hutständer –, um nicht umzukippen.

»Nichts anfassen!«, krähte Elsie. Es schien unmöglich, dass ihr schwacher Körper ein so schrilles, lautes Geräusch hervorbrachte. »Aber du willst natürlich deine eigene Mutter umbringen. Davon träumst du.«

Moses erinnerte sich an den Rat seiner Therapeutin, den sie ihm vor dem Besuch gegeben hatte. *Sie müssen sich nicht beleidigen lassen,* hatte sie gesagt. Nicht mehr. *Wenn es Ihnen zu viel wird, können und sollten Sie einfach gehen.*

»Ich gehe jetzt«, erklärte Moses ausdruckslos.

»Nein!«, rief Elsie.

Zum ersten Mal in seinem Leben sah Moses bei seiner Mutter so etwas wie Angst aufblitzen.

»Ich habe genau fünf Bitten«, flüsterte sie.

»Ich muss nicht hierbleiben, egal ob du leidest oder nicht. Du bist auch nie geblieben, wenn ich gelitten habe.«

Moses, der sich auf den Biber konzentriert hatte, verwechselte das Schweigen seiner Mutter mit einem Moment der Reue, bis er das Schlürfen hörte. Noch ein Blick in ihre Richtung: Sie beugte sich über das Bett, saphirblauer Morgenmantel, jeder Knochen sichtbar, und versuchte, aus einem Strohhalm zu trinken. Aber sie verlor das Gleichgewicht und warf das Glas auf den Boden. Eine Pfütze breiiges Grün auf Weiß.

»Verdammt«, knurrte sie.

»Ich kann Clare holen«, sagte Moses durch zusammengebissene Zähne. Unfähig, seine biologische Reaktion auf das Zeugnis des Leidens seiner Mutter zu unterdrücken, schluckte er die Tränen herunter und konzentrierte sich auf die Fledermaus. Ihr Maul stand offen und entblößte Mikro-Fänge unter der Walnussnase. Sie sah albern aus, ihre Gefährlichkeit im Leben vom Tod ins Lächerliche gezogen.

»Nein«, sagte Elsie.

»Gut. Nenn mir deine Bitten. Aber ich habe gleich ein Meeting, also …«

Elsie schnaubte. Er hörte, wie sich seine Mutter im Bett zurechtsetzte, ihre langsamen, angestrengten Bewegungen, das Rascheln der Decke, mühsames Atmen.

»Soll ich Clare bitten, dir einen neuen Smoothie zu bringen?«

»Nein«, sagte sie. »Er kommt mir sowieso wieder hoch.«

Er schloss die Augen. »Was ist dein erster Wunsch?«

»Ich will bei meiner Beerdigung Applaus.«

Natürlich. »Sag das Clare. Du weißt, dass ich sie nicht organisiere.«

Elsie ignorierte ihn. »Zweiter Wunsch: Der Empfang soll an diese volkstümlichen europäischen Erntedankfeste erinnern. Ich will Flammenwerfer. Maibäume. Geschmückte Baumstämme. Ich will Musiker, die Jigs spielen, und Bier und Würstchen und Jungfrauen in Weiß und kräftige Kerle mit roten Wangen. Feen. Hexerei. Christliche Rechtsprechung. Kandierte Äpfel. Tänze und Heiratsanträge und Gänseblümchenketten. Ohnmacht. Sonnenstrahlen. Libido – jede Menge davon. Im Klartext, am Ende soll jeder satt und klebrig sein.«

»Das ist ekelhaft.«

»So will ich es.«

»Schön. Ich richte es Clare aus.«

»Mein dritter Wunsch ist, dass du ab und zu bei den Zwergfaultieren reinschaust.«

»Bei ihnen *reinschauen*?«

»Nach dem Rechten siehst.«

»Mutter.«

»Ich habe einen großen Teil meines Vermögens für ihre Erhaltung gespendet, aber vielleicht reicht es nicht. Manchmal reicht Geld einfach nicht, verstehst du? Ich hätte ein besseres Gefühl, wenn ich wüsste, dass sich jemand um sie kümmert.«

»Interessieren sie dich überhaupt?«, fragte Moses skeptisch.

»Natürlich!«, rief Elsie aus.

»Vergib mir, dass ich auf die Idee kam, es wäre nur Theater.«

Elsie senkte die Stimme und sprach die Worte einzeln aus. »Es gibt fast nichts auf der Welt, das mir mehr bedeutet.«

»Schön«, sagte Moses, der endlich wegwollte. »Ich schau bei den Scheißfaultieren rein. Nächster Wunsch?«

Fast gegen seinen Willen nahm er eine merkliche Veränderung in der Energie wahr, die vom Bett seiner Mutter ausging, unmessbar, aber real, und als sie weitersprach, war ihre Stimme von Jahrzehnten des Kummers erfüllt. Ihm wurde schwindelig und er taumelte.

»Moses«, flüsterte seine Mutter. »Räche dich an mir und meiner Mutterschaft. Vergib mir nicht – das ist mein vierter Wunsch. Bitte, vergib mir niemals. Meine Verbrechen sind meine einzige Gesellschaft, hier in diesem Zimmer. Clare und meine Verbrechen. Ich habe lang und scharf darüber nachgedacht, und mir ist klar, dass ich keine Gnade verdiene, selbst nach meinem Tod. Selbst nach *deinem* Tod. Ich konnte nie – ich weiß nicht, warum ich nie konnte – aber ich war einfach nicht – ich *konnte* nicht. Selbst jetzt versuche ich es, und es kommt einfach nicht. Die Mutterrolle liegt mir nicht. Ich sehe dich an, Moses.« Ihre Stimme zitterte. »Liebe meines Lebens. Meine einzige Liebe. Moses, bitte.«

Moses kratzte sich am Hals, dann hielt er inne, weil ihm einfiel, dass sein Zwang seine Mutter aufregte, dann machte er weiter, weil ihm einfiel, dass seine Mutter ihn aufregte, dann hörte er wieder auf, weil sie im Sterben lag. Manipulation – sie hatte einen Doktortitel darin; sie konnte dich zehn Stunden in das Poolhaus sperren und dir dann ein schlechtes Gewissen deswegen machen; sie konnte fünf Jahrzehnte lang absolut alles falsch machen und dich an ihrem Sterbebett zum Heulen bringen.

»Und der fünfte Wunsch?«

»Sieh mich an«, verlangte Elsie.

»Ich sehe dich an, Mom.«

Endlich tat er es. Für den Rest seines Lebens würde es das Schwierigste sein, das er je getan hatte. Als er ihr in die Augen sah, wurde die Kraterlandschaft ihres Gesichts von einem Lächeln zerrissen, das auch ihn zerriss. Die Fenster nach Westen tauchten ihre Züge in ein unheimliches Orange. Diesmal war seine Sicht nicht verpixelt.

»Ich sehe dich an, Mom. Was ist dein fünfter Wunsch?«

»Das war mein fünfter Wunsch.«

|||||

»Dorothy die Erste?«, fragt Father Tim. »Meine Mutter?«

»Ja. Sie sagten, Sie haben sie sehr geliebt.«

»Das habe ich gesagt, nicht wahr?«

»Warum?«

Nachdem sie im mondbeschienen Meer aus den Eiern schlüpfen, verbringen die Krabben einen Monat im Wasser und wachsen. In den meisten Jahren überlebt fast keine diese Zeit. Doch ein- oder zweimal im Jahrzehnt schafft es eine große Population kleiner Krabben ungefressen aus dem Meer. Neun Tage wandern sie über die Insel zu dem Wald, in dem ihre Eltern leben, trotz neuer Gefahren, unter anderem, aber nicht ausschließlich, der gelben Spinnerameise. Moses wird nie herausfinden, welche Bedingungen diesen Überfluss an Leben ermöglichen oder welcher Empfang die Nachkommen bei ihrer Ankunft im Wald erwartet oder woher sie wissen, wo sie hinmüssen. Aber manchmal überleben die Krabben einfach, gegen alle Wahrscheinlichkeit.

Father Tim schweigt lange. »Hey«, sagt er schließlich. »Ihre Mutter hat nicht zufällig in der alten Fernsehserie die Susie Evans gespielt, oder?«

LISTE VON HILDEGARD-ZITATEN, EINGETRAGEN IN EIN NOTIZBUCH AUF BLANDINES NACHTTISCH, DAS JACK AM MITTWOCHMORGEN LIEST, WÄHREND ER SICH MIT DEM FINGERNAGEL DAS WORT NICHTS IN DIE HAUT RITZT

Gott aber hat bestimmte Menschen mit Einsicht betaut, damit der Mensch nicht gänzlich dem Gespött verfiel.[4]

Das Paradies ist ein lieblicher Ort, der im frischen Grün der Blumen und Kräuter von köstlichem Wohlgeruch prangt, erfüllt von auserlesenen Düften. Er ist zur Freude der Seligen ausgestattet.[5]

Die Erde, die die Menschheit nährt, darf nicht verletzt werden. Sie darf nicht zerstört werden!

Das düstere Feuer erschütterte die ganze Haut mächtig mit Donnergetöse, Gewittersturm und Hagel von großen und kleinen sehr spitzen Steinen.[6]

Das Wort steht für den Körper, aber die Symphonie steht für den Geist.

Bier trinken für die Gesundheit!

Sogar in einer Welt, die Schiffbruch erleidet, sollst du tapfer und stark bleiben.

4 HvB, Briefwechsel, Führkötter, S. 196

5 HvB, Scivias, Storch, S. 32

6 HvB, Scivias, Storch, S. 40

Menschheit, sieh dich genau an. Im Innern hast du Himmel und Erde und die ganze Schöpfung. Du bist eine Welt – alles ist in dir verborgen.

Das Wort ist Leben, Sein, Geist, alles saftige Grünen, alle Schöpfungskraft. Das Wort manifestiert sich in jeder Kreatur.

Das Lebendige Licht sagt: Die Wege der Schrift zielen auf den hohen Berg, wo Blumen und kostbare Gewürzkräuter wachsen, wo das Wehen eines sanften Windes ihnen starken Duft entlockt, wo Rosen und Lilien mit leuchtendem Antlitz prangen.[7]

Heilige Menschen ziehen alles Irdische an.

So werde ich dich, Tod, bis zum völligen Untergang töten, denn ich werde dich dem entziehen, woraus du zu leben meinst, sodass man dich einen unnützen Kadaver nennen wird![8]

Die Seele ist nicht im Körper; der Körper ist in der Seele.

Denn sie ist furchtbar mit dem Schrecken des rächenden Blitzes und sanft mit der Güte der hellen Sonne; und sowohl ihr Schrecken als auch ihre Sanftmut sind den Menschen unbegreiflich.

Doch sie ist mit jedem und in jedem, und so schön ist ihr Geheimnis, dass kein Mensch die Süße kennen kann, mit der sie die Menschen nährt und in ihrer unergründlichen Gnade verschont.

Ich bin Hildegard. Ich weiß, was es kostet, zu schweigen, und ich weiß, was es kostet, die Stimme zu erheben.

7 HvB, Briefwechsel, Führkötter, S. 65

8 HvB, Scivias, Storch, S. 112

Als Luzifer sich in seinem verkehrten Willen zum Nichts – da es ein Nichts war, was er tun wollte – erheben wollte, stürzte er in das Nichts und konnte keinen Halt finden, weil er keinen Grund unter sich hatte.[9]

9 HvB, Heilwissen, Pawlik

REINRASSIGE TIERE

Etwa sechseinhalb Stunden, bevor Blandine Watkins ihren Körper verlässt, steht sie mit ihrem Mitbewohner Jack im Loft des örtlichen Bauunternehmers Maxwell Pinky. An der Tür hecheln zwei reinrassige Samojeden. Die Klimaanlage erlöst sie alle von der Nachmittagshitze. Pinky lässt die Klimaanlage nur für die Tiere an, erklärt Jack verblüfft.

Im Kaninchenstall gibt es keine Klimaanlage. Die Hälfte der Bewohner hat sich nachträglich Fenstergeräte eingebaut, aber Apartment C4 – Blandine und ihre Mitbewohner – gehört nicht dazu.

»Ich weiß nicht, Blandine. Er hat gesagt, ich soll nichts anfassen. Ich glaube, er hat Kameras und so ein Zeug. Ich brauche den Job hier. Ich werde ständig wegen irgendwelchem Scheiß gefeuert, und ich will einfach …«

»Keine Angst«, sagt sie und sieht ihn kurz an. »Ich interessiere mich nur für die Architektur.«

Blandine will sich einen Überblick verschaffen, um Phase zwei ihres Sabotageplans vorzubereiten, den sie insgeheim Unentwicklungsplan getauft hat. Jack weiß nichts von ihrem Vorhaben, aber als sie von Raum zu Raum schleicht, ahnt er, dass sie etwas im Schilde führt.

Sie sind seit zehn Minuten hier, und sie hat die Hunde nicht einmal angefasst.

»Keine schlechte Bude, oder?« Jack ist nervös, er schiebt die Hände in die Hosentaschen und zieht sie wieder heraus, spielt mit den Hundeleinen herum.

»Ich frage mich, was so was kostet.«

»Ich glaube, manche werden vermietet und manche werden verkauft.«

»Wetten, dass die über zweitausend im Monat verlangen?«, sagt Blandine.

»Zweitausend!«

»Ich weiß nicht.«

Mit einer Mischung aus Enttäuschung und Erleichterung registriert Jack, dass Blandine außerhalb von Apartment C4 nur ein bisschen hübscher als der Durchschnitt ist. Er mustert ihren fahlen Teint und ihre mageren Glieder, ihren präpubertären Körper, das strohige weiße Haar mit dem dunklen Ansatz, den nicht vorhandenen Hintern. Trotzdem hat sie etwas Hypnotisches. Sie verströmt eine Kraft, wie man sie mit Geistern, Außerirdischen, Magie und Wundern verbindet. Er sieht ihre Makel, fühlt sich ein wenig abgestoßen, und doch kann er ihren Zauber nicht abschütteln. Ihm kommt der Verdacht, dass er vielleicht ihre Persönlichkeit mag.

»Wer würde so viel Geld bezahlen, um in *Vacca Vale* zu wohnen?«, fragt er.

»Jemand, der Vacca Vale besitzen will.«

Das Gebäude ist die renovierte Werkhalle einer Autofabrik, eine von Pinkys Luxusanlagen im Zentrum, am Ufer des verseuchten Flusses, nur zehn Minuten zu Fuß vom Kaninchenstall entfernt. Noch ist das Gebäude weitgehend unbewohnt, und alles wirkt wie eine Kulisse, aber Pinky ist sich sicher, dass er, sobald die Techies nach Vacca Vale umsiedeln, die Eigentumswohnungen ruck, zuck verkauft hat. Er will, dass sich die Küstenstädter in dem Wohnkomplex zu Hause fühlen. Fünf Meter hohe Decken, jadegrün eingefärbte Betonfußböden, große Fenster. Trotz der Perma-Wolkendecke von Vacca Vale flutet von allen Seiten Licht herein. Perfektes Raumklima, nagelneue Ausstattung, Duschen mit zu vielen Einstellungen. Airconditioning, Alarm und Musik per Handysteuerung. Sauna und Fitnessraum im Keller, Grill und Sofas auf dem Dach. Die Sonne lässt Blandines Haar über ihrer Stirn leuchten wie einen Heiligenschein. Jack konzentriert sich auf die Wolken blauer Flecken an ihren Beinen.

Blandine sieht sich die Deckenbalken an, zieht die Wangen ein, legt den Kopf in den Nacken. In dem Loft sind zu viele Zitronen – Zitronen auf der Küchentheke, Zitronen in einer Porzellanschüssel auf dem Esstisch, Zitronen in einem Glaskrug im Regal. Sie hätte nicht gedacht, dass sie Maxwell Pinky noch mehr hassen könnte, aber die Zitronenschwemme löst etwas in ihr aus. Phase zwei wird viel einfacher als Phase eins, und der Gedanke berauscht sie. Zugegeben, es wird schwierig, das Zeitfenster zu finden, wenn niemand zu Hause ist. Sie braucht mindestens sieben Minuten, um die lebensgroße weiß gekleidete Voodoo-Puppe an den Balken in Pinkys Schlafzimmer zu hängen. Sie will die Puppe mit Matsch, Blättern und Tierknochen aus dem Valley füllen, damit sie schwer ist.

»Du meinst, es gibt Überwachungskameras?«, fragt Blandine.

»Ja, das hat er mir am ersten Tag gesagt. Ich schätze, er hatte Angst, dass ich was klaue. Dabei hab ich ihm nicht mal erzählt, dass ich in der Fürsorge war, weil er auch so schon lauter Vorurteile gegen mich hatte. Der musste mich bloß ansehen. Ich weiß nicht, was er genau gemacht oder gesagt hat, aber ich hatte das Gefühl, dass er von mir *erwartet,* dass ich ein Assi bin, und so was kotzt mich an, aber ich brauchte den Job, weil sie mich im Baumarkt gefeuert haben, und … hab ich dir das erzählt? Ja, die haben mich gefeuert, weil ich zu oft high war. Das ist das Gute beim Hundesitten, du kannst so viel high sein, wie du willst. Die Anforderungen sind echt überschaubar. Na ja, ist irgendwie nachvollziehbar, dass Pinky Kameras hat, weil hier so viele Leute rein- und rausgehen – die Putzfrau, ich, sein Assistent, der Lieferservice und so. Ich schätze, wenn du so reich bist, musst du misstrauisch sein. Reiche Leute sind nie allein, das hab ich mitgekriegt. Da ist so ne ältere Frau, die ständig vorbeikommt und die Badewannen putzt und die Vorhänge saugt und so. Vielleicht vögelt er sie auch. Vielleicht ist sie seine Mutter. Keine Ahnung. Der hat lauter Frauen um sich, die mindestens zwanzig Jahre älter sind als er? Ist mir ein Rätsel. Jedenfalls muss er Überwachungskameras haben, wenn so viele Leute bei ihm rein- und rausgehen. Und dann die Scheiße neulich im Country Club. Ich glaube, seitdem hat er die Sicherheit erhöht. Der Wachmann in der Lobby ist neu.« Bis zum Hals im eigenen Gelaber sucht Jack nach einem Strohhalm, um sich herauszuziehen. »Hast du davon gehört?«

»Aber *wo?*«

»Wo was?«

»Wo sind die Kameras?«

Jack starrt sie an. Als sie seinen Argwohn spürt, wirbelt sie herum und wirft ein flirtendes Lächeln in seine Richtung. »Ich liebe Technik.« Sie strahlt ihn an. »Wir haben noch nie in so einem futuristischen Haus gewohnt. Ich meine, ich nicht. Du vielleicht?«

»Natürlich nicht.«

»Und ich habe nichts vom Country Club gehört. Was war denn im Country Club?«

»Echt nicht? Das war überall in den Nachrichten.«

»Ich sehe nicht fern.«

»Es war auch überall in den sozialen Medien.«

»Ich habe keine sozialen Medien.«

»Ach ja, stimmt.« Er verdreht die Augen. »Du bist was Besseres.«

Sie schüttelt den Kopf. »Stimmt überhaupt nicht. Im Gegenteil, ich bin zu schwach. Ich meine, jeder ist zu schwach, aber ich bin besonders empfänglich für falsche Belohnungen, verstehst du? Die Plattformen sind so angelegt, dass sie süchtig machen, sie analysieren deine Unsicherheiten und verwenden sie, um dich zu manipulieren. Sie beuten die Einsamkeit der Leute aus, indem sie Gemeinschaft, Anerkennung, Freundschaft versprechen. Ehrlich, da sind soziale Medien genau wie Scientology. Oder QAnon. Oder Charles Manson. Und als wäre es nicht genug, dass sie die Isolation der Menschen als Waffe benutzen, reden sie jedem Nutzer, jeder Nutzerin ein, dass sie kleinere Celebritys wären, zwingen sie, glitzernde, künstliche Sampler ihrer besten Erlebnisse zu kuratieren, und verlangen Nonstop-Performance, die so gut wie nichts mit ihrem Innenleben zu tun hat, wodurch sie ihren Narzissmus verstärken, ihre Ängste potenzieren und ihre Sicht auf die Welt einschränken. Nebenher machen sie dich zur Ware, schlachten deine Daten aus und verkaufen sie, damit irgendwelche fiesen Firmen dir noch mehr Scheiß verscherbeln können, der dich angeblich hübscher, schlauer, produktiver, erfolgreicher und beliebter macht. Und die ganze Zeit musst du so tun, als wärst du der größte Glückspilz der Welt. Alle schreien: *Wahnsinn, was ein Glück, dieser unbeschreiblich tollen Gruppe von Menschen begegnet zu sein,* bla, bla, bla. Davon wird mir schlecht. Alle *influencen, alle werden geinfluenct,* alle starren ihr eigenes beschissenes Profil an und suchen nach Beweisen, dass sie es wert sind, geliebt zu werden. Und dann, wenn du nett bist und dich ablenken lässt von der schwierigen Aufgabe, die Bilanz deiner Mängel gegen die Triumphe der anderen aufzuwiegen, das ist der Moment, wenn die algorithmischen Raubtiere des späten Kapitalismus zuschlagen und dich zu konsumistischen, finanziell unverantwortlichen Formen der sogenannten Self-Care anstiften, was eigentlich nichts anderes als fortgeschrittene Selbstsucht ist. Facials! Pediküre! Smoothie-Packs, die an die Haustür geliefert werden! Und, ja, das ist bloß an der Oberfläche. Das Zeug, das dich persönlich oxidiert. Aber tausend kleine Kratzer summieren sich, verstehst du? Der Makro-Schaden, der entsteht, ist beängstigend. Hacking, niederträchtige politische Roboter, Echokammer-Effekt, Panikmache, Erosion der Wahrheit, et cetera, et cetera. Von der Zerstörung des öffentlichen Diskurses ganz zu schweigen. Ich meine, das ist nur meine persönliche Meinung. Kann jeder machen, wie er will. Aber ich persönlich brauche den Scheiß nicht. Nichts davon.« Blandine lässt ihren Nacken knacken. »Ich bin schon korrupt genug.«

Kurze Pause.

»Tja«, sagt Jack. Seine Augenbrauen sind hochgezogen. Er hat genau zugehört.

»Ich will nur … ich will ein Leben, das ein bisschen mehr wie das echte Leben ist«, sagt Blandine. »Du nicht?«

Die Samojeden winseln im Duett, sie wollen endlich raus. Jack sieht sie dankbar an, weil sie ihm das ersehnte Stichwort liefern, die Bühne endlich zu verlassen.

»Wir müssen jetzt los«, sagt er. »Die Hunde müssen wirklich raus. Die müssen pinkeln und so.«

»Ganz kurz noch.«

»Na gut. Aber …« Er sieht sie leidend, aber tapfer an, als wartete er auf die Grippeimpfung. »Na gut.«

»Was war das für eine Sache im Country Club?«

»Ach, halb so wild. Ich glaube, es war bloß ein Streich.«

»Was ist passiert?«

»Da war so ein Essen, zu dem lauter Politiker und die Leute von der Sanierung eingeladen waren. Und jemand hat einen Anschlag auf sie gemacht.«

»Einen Anschlag?«

»Na ja, keinen richtigen *Anschlag*. Ich weiß nicht; so haben sie es in den Nachrichten dauernd genannt, aber es war eher eine Art unheimlicher Scherz.«

»Was ist passiert?«

»Beim Abendessen ist von der Decke lauter Hexenzeug auf das Büfett gefallen.«

»Hexenzeug?«

»Voodoo-Puppen und Blut und Knochen und so ein Kram.«

»Echtes Blut?«

»Keine Ahnung. Vielleicht. Ich glaube.«

Blandine hält inne, und etwas an ihrem Ausdruck lässt Jack schaudern. Dann ist der Moment vergangen, wie eine Motte, und sie lacht. Jack, der Blandine erst dreimal hat lachen sehen – einmal, als er ihr einen toten Fisch hinhielt –, lacht unwillkürlich mit.

»Du hast recht«, sagt sie. »Das ist irgendwie komisch.«

»Ich meine.« Er lacht verwirrt. »Irgendwie schon.«

Blandines Lachen verstummt, als sie durch das Loft geht und sich die Decke und die Regale ansieht. An den Wänden hängen Schwarz-Weiß-Fotos von Pinky mit unwichtigen Politikern und B-Promis. »Das ist echt eine schicke Wohnung.«

»Blandine, wir müssen jetzt echt …«

»Glückliche Hunde. Die haben ein besseres Leben als wir.«

Jack seufzt. »Er liebt sie wirklich.«

Blandine hält Maxwell Pinky, Stadtratskandidat und Vacca Vales größter Bauunternehmer, für den allerschlimmsten der Valley-Zerstörer, weil er als einziger aus Vacca Vale stammt. Für sie ist er ein Verräter. Seine Geschichte ist undurchsichtig, und keiner weiß, wer seine Eltern sind. Es geht das Gerücht, sein Startkapital käme von zwielichtigen familiären Gerichtsprozessen. Auf Blandine wirkt er nicht verwaist, sondern fundamental elternlos. Es ist, als wäre er aus dem Schlamm des Vacca Vale River gekrochen, ein Sumpfmonster im Anzug, das sein eigenes Nest plündert und frisst. Sich überfrisst. Auf einem Tisch am Eingang steht ein Goldfischglas, das nicht mit Wasser, sondern mit politischen Pins gefüllt ist. Sie erinnert sich gelesen zu haben, dass Pinky Vacca Vales ersten Hundespielplatz durchgesetzt hat – als könnte er damit annähernd die Planierung eines so kostbaren Orts wie des Valleys aufwiegen. Über der Küche hängt ein Plakat mit der Aufschrift: MAXWELL PINKY FÜR DEN STADTRAT VON VACCA VALE. »ER KENNT DIE GEGEND.«

Von wem das Zitat stammt, steht nicht da.

Blandine spürt, wie eine Herde der Gewalt durch ihren Körper auf den Besitzer dieses umwerfenden Standorts zutrabt. Sie fantasiert davon, einen Pin aus dem Glas zu fischen, die Nadel zu öffnen und die Spitze in Pinkys Rücken zu bohren. Einen Baum in seine Haut zu ritzen.

»Hast du viel mit ihm zu tun?«, fragt Blandine.

»Mit Pinky?«

»Ja.«

»Nein, meistens mit seinem Assistenten.«

»Wer ist sein Assistent?«

»So ein Typ namens Paul.«

»Wie alt?«

»Keine Ahnung, geht aufs College?«

»Weißt du, wie er mit Nachnamen heißt?«

»Vana irgendwas? Vanacore? So was in der Art.«

Blandine nimmt sich vor, mit diesem Paul Vana-irgendwas Verbindung aufzunehmen. Von ihm wird sie Pinkys Reisedaten kriegen.

»Warum?«, fragt Jack.

»Ich bin bloß neugierig. Du nicht?«

»Auf Paul?«, fragt Jack. »Der ist nicht besonders interessant.«

»Nein, ich meine Pinky. Er ist fünfunddreißig, und er kolonisiert praktisch unsere Stadt.«

»Na ja, keine Ahnung«, sagt Jack. »Ich glaube eher, das ist vor langer Zeit passiert.«

»Aber findest du es nicht problematisch? Was Pinky uns antut?«

Blandine späht blinzelnd durch das Loft zu Pinkys Schlafzimmer, stellt sich die Puppe vor, die sie dort aufhängen wird, ausschließlich aus Material aus dem Valley, mit Kunstblut im Mund, von einem Strick baumelnd. Vielleicht verteilt sie Stöcke und Steine auf dem Boden. Alles im Schlafzimmer ist weiß: der Teppich, die Wände, das Bettzeug, die Regale, jeder Gegenstand in den Regalen – weißes Porzellan, weiße Lampen, die Bücher nicht mit dem Rücken, sondern mit dem Schnitt nach vorn. Vielleicht wirft sie Erde auf das ganze freakige Weiß. Oder sie könnte diesmal etwas anderes ausprobieren, etwas Neues, das Jack niemals mit ihr in Verbindung bringt. Sie könnte selbst eine Kamera installieren, sich Informationen besorgen, um Pinky zu erpressen.

»Pass auf«, sagt Jack. »Ich weiß, was du hören willst. Du willst, dass sich alle genauso über den Valley-Plan aufregen wie du. Aber das tue ich einfach nicht. Viele Leute finden den Plan gut, und ich finde, du bist ein bisschen voreingenommen und kurzsichtig. Ich meine, viele sagen, der Plan kurbelt unsere Wirtschaft an und schafft neue Jobs und so was. Und ich habe Pinky zwar erst ein paarmal getroffen, aber ich finde ihn gar nicht so schlimm. Ich hab gehört, dass er früher arm war, also weiß er, wie es ist, wenn man nicht hat, was man zum Leben braucht, und jetzt will er Vacca Vale helfen, aus der Gosse zu kommen. Klar wandert auch was in seine eigene Tasche. Aber was soll's, wenn es am Ende allen Leuten hilft? Wir müssen aus der Gosse kommen.«

Blandine dreht sich zu Jack um. Sie sagt nichts und sieht ihn interessiert an.

»Außerdem«, redet er weiter, »irrst du dich, wenn du sagst, dass soziale Medien nur böse sind. Da passiert auch ne Menge Gutes. Ich folge lauter Aktivisten und so. Ich lerne sehr viel – wie man über bestimmte Themen spricht zum Beispiel, neue Arten zu denken, Petitionen. Diese ganzen Sachen. Und denk an die ganzen Proteste, die vielen Menschen auf der Welt, die Bewegungen in Gang setzen. Viel davon wäre ohne soziale Medien gar nicht passiert.«

Sie merkt, dass sie rot wird, und sieht weg.

»Was?«, fragt Jack. »Was ist?«

»Nichts«, sagt sie. »Nur – es steht dir gut.«

Er räuspert sich. »Was?«

»Eine andere Meinung zu haben und zu widersprechen. Es ist …« Sie sucht nach einem Wort, wird noch röter. »Es ist cool.«

»Ganz schön herablassendes Kompliment«, sagt Jack, aber er wirkt rettungslos zufrieden. Er zwingt sein Grinsen in ein schiefes Grummeln. »Warum gehst du dann nicht einfach? Wenn du hier alles so schlimm findest? Warum ziehst du nicht weg?«

»Wohin denn? Auf den Mars?«

Er zuckt die Schultern. »Chicago, New York City, Portland. Egal. Ich meine nur, hier findest du es ja offensichtlich scheiße. Du verachtest alle Leute. Du könntest irgendwohin ziehen, wo es lauter schlaue Leute mit schlauen Titeln und schlauen Meinungen gibt. Du musst nicht in Vacca Vale bleiben und auf alle herunterschauen.«

Es ist, als hätte er mit den Zitronen nach ihr geworfen. Blandine weicht zurück, die Augen aufgerissen vor Angst, Verletzung, Schreck. »Ich verachte nicht alle«, sagt sie. »Und ich schaue nur auf die herunter, die ganz oben sind.«

Jack schüttelt den Kopf. »Siehst du, das glaube ich eben nicht.«

»Aber es stimmt.« Sie beißt sich auf die Lippe. »Es … es stimmt.«

»O Gott. Jetzt weine doch nicht. Bitte weine nicht. Es tut mir leid. Ich wollte dich nicht beleidigen oder so was. Ich wollte nur …«

»Ich gehe nicht weg aus Vacca Vale«, unterbricht ihn Blandine. Sie klingt wütend. »Wenn ich wegwollte, wäre ich längst weg. Ich will nicht weg, und ich verachte die Leute hier nicht. Verstehst du? Ich werde Vacca Vale NIE verlassen.«

Er sieht sie an, als hätte sie ihm gerade erklärt, dass der Mond in Wirklichkeit ein Golfball sei, der zu weit geflogen und am Himmel liegen geblieben ist. »Aber das ist doch verrückt«, sagt Jack.

»Was?«

»An deiner Stelle wäre ich bei der ersten Gelegenheit hier weg. Warum zum Teufel willst du hierbleiben?«

»Im Ernst? Vor einer Sekunde hast du gesagt …«

»Ich hab gesagt, du kannst ein bisschen arrogant sein, mehr nicht. Ich hab nie behauptet, dass Vacca Vale ein Paradies ist. Wenn ich die Chance hätte, hier wegzukommen, würde ich sofort gehen.«

»Wir sind hier nicht von einem Graben mit Haien umgeben oder so.«

»Vielleicht gehe ich irgendwann, aber für mich ist es eben nicht so einfach wie für dich.«

»Was soll das denn heißen?«

»Komm schon, Blandine. Wir wissen, dass du auf der St. Philomena warst. Wir wissen, dass du das Stipendium hattest.«

Sie ist außer sich. »Wie …«

»Das steht alles im Netz, okay? Ich hab nicht danach gesucht. Malik hat es rausgefunden. Er steht auf dich. Ehrlich gesagt ist er total verknallt in dich, aber das hast du nicht von mir. Jedenfalls muss man kein Privatdetektiv sein, um zu checken, dass du Möglichkeiten hattest, die der Rest von uns nicht hatte. Wir hören, wie du redest. Wir sehen die Bücher, die du mit dir rumschleppst? Wir wissen, dass du zu diesen Gemeindetreffen wegen des Revitalisierungsplans gehst. Du – du bist … anders.«

Sie verdreht die Augen.

»Nein, im Ernst. Du hattest die Chance, aus Vacca Vale rauszukommen, und du hast sie nicht genutzt. Und das mit deiner unsterblichen Loyalität zu Vacca Vale – das nehm ich dir nicht ab. Ich glaube, du wolltest unbedingt hier raus, und dann ist irgendwas schiefgelaufen. Was ist passiert? Warum hast du die Highschool abgebrochen? Warum verkaufst du beknackten Kuchen?« Er hält inne, richtet sich auf. »Warum?«

Blandine wird heiß. In ihrer Nachttischschublade liegt die ausgedruckte E-Mail ihrer Studienberaterin Mrs Wood. Nach fast zwei Jahren ist das Papier dünn und brüchig geworden, unzählige Male an denselben Stellen gefaltet. Die E-Mail war kurz und schmucklos, aber sie hat Tiffany beim ersten Lesen mit einer rauschhaften Euphorie erfüllt, ihre Sauerstoffverfügbarkeit verdreifacht, die Zimmerdecke mehrere Stockwerke angehoben. Sie hatte die Nachricht in der Mittagspause erhalten, in der Schulbibliothek, eines stürmischen Oktobertags. Das war Anfang der elften Klasse gewesen, bevor ihr Leben unter dem Gewicht ihrer dümmsten Sehnsüchte einstürzte. Tiffany hatte die E-Mail sofort ausgedruckt und in der Seitentasche ihres Cord-Rucksacks verstaut, um sie immer bei sich zu haben.

Auch wenn der Brief inzwischen ein ganz anderes psychologisches Wetter aufziehen lässt, holt Blandine ihn immer noch ab und zu heraus und liest, welche Zukünfte Mrs Wood für sie ausgemalt hat. Eine Liste der besten Universitäten des Landes. Die ernste Frage nach Tiffanys eigenen Zukunftsvisionen, als würden sie eine Rolle spielen, als wären sie erreichbar. Die Schritte, die sie realistischerweise unternehmen konnte, um von den mahagonigetäfelten Tempeln des freien Willens, der Mobilität und der Schönheit aufgenommen zu werden. Tiffany fühlte sich erbärmlich ignorant – sie war erst vor drei Wochen siebzehn geworden –, aber als sie zitternd im Neonlicht dem Trommeln des Regens gegen die Scheiben lauschte und den Duft der Bücher einatmete, verstand sogar sie, dass ein Abschluss wie die, von denen Mrs Wood redete, eine der wichtigsten Eintrittskarten der Welt war. Konnte es wirklich sein, dass Bildung Tiffany nicht nur von dem fensterlosen Wartezimmer ihres Lebens ablenkte, sondern sogar daraus befreite? *Wenn Sie weiterhin so hart arbeiten,* schrieb Mrs Wood, *können Sie zweifellos eine außerordentlich gute Bewerbung vorlegen. Ich kann Ihnen natürlich nicht garantieren, dass Sie zugelassen werden, aber ich bin fest davon überzeugt, dass Sie einen Platz an einer dieser Universitäten verdienen. Zumindest haben Sie das Recht verdient, als Bewerberin berücksichtigt zu werden.*

Blandine fühlt sich unangenehm sichtbar in Pinkys sonnendurchflutetem Loft, als hätte sie keine Kleider an. »Das College ist nicht für jeden das Richtige«, murmelt sie.

»Stimmt«, sagt Jack. »Aber für Leute wie dich.«

»Ich lasse mir von *dir* keinen Vortrag über Bildung halten.«

Jack nimmt es nicht persönlich. »Warum?«, fragt er. »Weil ich auch nicht aufs College gehe? Komm schon, Blandine. Hier geht es nicht um mich. Ich bin schlau genug, um zu wissen, dass ich nicht schlau genug bin. Aber du hattest …«

»Um aufs College zu gehen, muss man kein Genie sein. Soweit ich verstanden habe, ist es leichter, wenn man keins ist.«

»Egal. College war nicht mein Ding, das steht fest. Aber …«

»Du redest, als wäre das College eine Art heilige Stätte. Aber es ist auch bloß ein System, und es ist genauso korrupt wie alle anderen. Du kannst nicht mit ein paar Zeugnissen deine eigene Geschichte hinter dir lassen und in ein besseres Leben umsteigen. So läuft es nicht. Du hast dich am Hals, egal wie viele Abschlüsse du hast. College ist bloß ein weiteres Level in dem Spiel, von dem wir unterdrückt werden – von dem alle unterdrückt werden.«

»Ich halte dir keinen Vortrag«, sagt Jack. Die Sanftheit seines Blicks überrumpelt Blandine und verbreitet ein schwindelerregendes Flimmern im Raum. »Und ich bilde mir kein Urteil über dich. Ich versuche nur herauszufinden, *was passiert ist.*«

Im folgenden Schweigen entdeckt Blandine, die hibbelig geworden ist, über einem dicken Buch mit dem Titel *Rostgürtel: Die Wiederkunft* eine Kamera. Leicht zu erreichen mit einer Steinschleuder.

»Wir können nicht weg«, flüstert sie schließlich, den Blick auf das Goldfischglas mit den Slogans gerichtet. »Weil wir die Einzigen sind, die Vacca Vale retten können.«

Jack sagt nichts, aber als sie ihn ansieht, begegnet er herausfordernd ihrem Blick. Er hat etwas Wichtiges verstanden. Ein Subtext ist hörbar geworden, und er hat hingehört. Die Veränderung zeigt sich in seinem Ausdruck, und Blandine sieht es. Sie spürt es. Als er hier vor ihr im Loft steht, in seinem himmelblauen T-Shirt und der gelben Baseballcap, mit dem kurz geschorenen Haar und der Sommerbräune, sieht Jack robust, überzeugend und echt aus. Aus ihm strahlt die leuchtende Gesundheit, die Blandine mit den Amischen assoziiert, und der fatale Gehorsam, den sie mit dem Militär assoziiert. Sie sieht ihn an – sieht ihn richtig an – zum ersten Mal. Eine Handvoll Sommersprossen auf der Nase, das Gesicht leicht asymmetrisch, ein paar Aknenarben, helle und sympathisch eng stehende Zähne. Seit dem Frühjahr sind seine Muskeln definierter geworden, seine Brust breiter, seine Kleider enger. Obwohl ihre Mitbewohner ein Jahr älter sind, kamen sie ihr immer eine Generation jünger vor. Aber jetzt, in der Julisonne in dem unberührten Loft, in dem summenden Moment nach ihrer ersten richtigen Unterhaltung, kommt ihr Jack gleichaltrig vor.

Ihr kommt der Gedanke, dass sie auf ihn zugehen, sein T-Shirt berühren, ihn küssen könnte. Sich in diesem Schrein fremden Reichtums ausziehen. Was würde er tun? Auf einmal findet sie es unglaublich, dass sie seit einem Jahr die Dusche teilen. Als sie sich ansehen, breitet sich Wärme in ihr aus, ihr Puls wird schneller und sie kommt sich vor wie ein Idiot. Mit einer Heftigkeit, die ihren ganzen Körper erfasst, sehnt sie sich danach, seine Hand zu nehmen und ihn ins Schlafzimmer zu führen, unter ihr Kleid, in eine Art von Zukunft, eine Zukunft, in der er im Kino seine Hand auf ihrem Knie hat, in der sie zusammen Pasta kochen, aufwachen und sich ihre Träume erzählen. Sie sehnt sich danach, für den Rest ihres Lebens auszuschlafen. Sich ins Weiß der Laken sinken zu lassen und ihm zu sagen, er soll mit ihr machen, was er will.

Die Samojeden winseln an der Tür.

»Okay«, sagt Jack. »Sie müssen raus. Jetzt wirklich.« Er kratzt sich nervös an seinem kurz geschorenen Kopf, tritt von einem Bein aufs andere, hält die Hundeleinen fest. »Bist du so weit?«

Sie geht auf ihn zu, bleibt Zentimeter vor ihm stehen. Ihre Augen sind auf der Höhe seiner Brust, und sie spürt seine Körperwärme. Einen Moment lang scheint er von ihrer Nähe schockiert, aber dann wird sein Ausdruck weich, als hätte er seit langer Zeit damit gerechnet. Ihre Hand schwebt vor seinem Oberkörper, und sie spürt beinahe die verschlissene Baumwolle seines T-Shirts. Sanft zeichnet er einen Kratzer auf ihrem Arm nach. Die Berührung schwimmt wie ein kleiner Fisch an ihrem Körper auf und ab. Beide atmen schnell, vollgepumpt mit der vertrauten Panik – die immer da ist, wenn zwei Menschen das erste Mal die Hand nacheinander ausstrecken. Die Panik, die sagt: wenn du noch näher kommst, machst du alles kaputt.

Blandine denkt an die Kameras, geht abrupt in die Knie und streichelt die aufgeregten Hunde. Ihr Fell ist sauber, weiß und unrealistisch weich. Als sie die Tiere am Hals krault, hören sie zu winseln auf. Aus ihren Mäulern hängt Sabber.

»Okay.« Blandine steht auf, streift Jack, als sie die Tür öffnet, und verlässt die Wohnung. Die Berührung bleibt auf ihrer Haut zurück, durchglimmt sie. Sie kann ihn jetzt nicht ansehen, aber vielleicht bringt sie heute Abend den Mut auf, bei ihm anzuklopfen. Vielleicht kann es schön sein, einen Körper zu haben; vielleicht kann Lust ihr so leichtfallen wie offenbar allen anderen; vielleicht ist das hier ein Vorgeschmack. Vielleicht ist es nur die Hitze.

»Danke für die Führung«, sagt sie. »Gehen wir mit den armen Hunden raus.«

DIE FLUT

Heute ist die Mutter eine Mutter, die im La Lapinière Affordable Housing Complex nägelkauend dem Blick ihres Babys ausweicht. Doch vor zehn Monaten war sie Hope, vierundzwanzig, Kellnerin, und lag neben ihrem Mann in einem Motel-Bett. Das Motel hieß The Wooden Lady. Es war spät. September. Hochwasser. Als der Vacca Vale River die Innenstadt überflutete, tat das Ehepaar so, als würden sie Urlaub machen, als wären sie nicht aus dem Kaninchenstall zwangsevakuiert worden, sondern freiwillig verreist.

Sie waren seit zwei Jahren verheiratet. Bevor Hope Anthony begegnet war, hatte sie nicht gewusst, dass sie das Zeug hatte, länger als eine Stunde am Stück glücklich zu sein. Sie hatte gedacht, ihr fehlte das Gen dazu. Doch zu dem Zeitpunkt, als sie mit ihrem Mann in das Motel eincheckte, war sie wohlvertraut mit der Art von Gefühlen, die sie früher nur von Weitem bewundert hatte wie Schmuck am Hals anderer Leute. Sicherheit, Erfüllung, Euphorie. Liebe. Diese Gefühle, hatte sie entdeckt, konnten so lange dauern, dass sie zum Zustand wurden.

Draußen prasselte seit drei Tagen ununterbrochen Regen, leistete Überstunden. Alle nannten den Regen »sintflutartig«, ein Wort, das für Hope nach etwas langfristig Verheerendem klang. Doch solange sie bei Anthony war, war sie zufrieden. Fühlte sich sicher. Fast wie auf Drogen. Das Zimmer war warm und gemütlich und kostete 59 Dollar die Nacht. Hope wusste, dass in diesem Motel Morde begangen wurden, aber sie war trotzdem gerne hier. Sie fühlte sich an Orten bescheidener Hässlichkeit wohl. Es war die einzige Ästhetik, die sie nicht nervös machte; hier musste sie sich nicht den Kopf zerbrechen, ob sie gut genug war.

Als sie ein paar Stunden vorher im Wooden-Lady-Motel angekommen waren, stellte Anthony den Wagen auf dem aufgeweichten Parkplatz ab, während Hope zum Einchecken hineinging. Der Empfang war nicht besetzt. In der mit orangefarbenem Teppich ausgelegten Lobby stand eine Vase mit Gummischlangen, und in einem Regal hinter dem Empfang saßen Kaninchenfiguren, die Hope mit erschrockenen Gesichtern anstarrten, als erwarteten sie, dass Hope in ihr Leben eingriff. Sie tötete oder rettete. Irritiert suchte Hope im Erdgeschoss nach irgendwem, dem sie Geld geben konnte, Haar und Kleider triefend nass. Sie stolperte in einen Pausenraum – fensterlos –, fand eine leere Kaffeekanne, eine nackte Glühbirne, einen chaotischen Stundenplan an der Wand, Schimmelgeruch und eine Reihe hellbrauner Spinde. Eine der Spindtüren war mit Disney-Stickern beklebt. Glitzernde Comicfiguren, die ahnungslos strahlten, mit schmuddeligen Rändern. Der Anblick der Aufkleber erfüllte Hope mit einer überwältigenden Zärtlichkeit und rührte sie zu Tränen, die sie nicht verstand.

Jetzt, frisch geduscht und nach billiger Seife duftend – Seife, für die sie extra gezahlt hatten –, fühlte sich Hope großartig. Ein angenehm summendes Wohlgefühl durchströmte sie, als sie sich unter der Bettdecke mit dem Wolf an Anthonys warmen Körper schmiegte, ihr sauberes Haar feucht auf dem Kissen, während seine Hand abwesend ihren Oberschenkel streichelte und Kaskaden von Glücksgefühlen bei ihr auslöste. Ihre frisch rasierten und eingecremten Beine fühlten sich seidig unter den Laken an. Von einem erotischen Impuls der Gesundheit und Lebenskraft wurde ihr heiß, sie wollte tanzen, wollte Anthony anlächeln, die ganze Welt. In Krisenzeiten fühlte sie sich unpassend wohl; Krisen rechtfertigten die Panik, die mindestens einmal im Monat den Käfig ihres Körpers schüttelte. Gaben ihr das Gefühl, normal zu sein. In Krisen war jeder der animalischen Angst ausgesetzt, die Hope das ganze Jahr begleitete. Der einzige Vorteil ihrer Angststörung war, dass sie Hope auf das Worst-Case-Szenario vorbereitete; sie war nie überrascht, wenn etwas Schlimmes eintrat, denn im Worst-Case-Szenario verbrachte sie die meiste Zeit.

»Okay«, sagte Anthony mit Blick auf sein Telefon. »Sieht aus, als hätte Rizzo auf. Aber nur zum Abholen, kein Lieferdienst.«

»Wie willst du dahinkommen? Fahren geht nicht.«

Sie hatten die sieben Kilometer von ihrer Wohnung zur Wooden Lady mit zusammengebissenen Zähnen und groben Flüchen überstanden. Ein Exodus von Autos, überall Äste und Stromleitungen, kaputte Laternen, gesperrte Straßen, Wasser bis an die Radkappen. Regen so dicht, dass man die Hand nicht vor Augen sah.

»Es ist bloß die Straße runter«, sagte Anthony. »Ich gehe zu Fuß.«

»Du willst für eine Pizza dein Leben riskieren?«

Anthony verdrehte scherzhaft die Augen. »An einem Regenspaziergang ist noch keiner gestorben«, sagte er. »Ich nehme einen Schirm mit.«

»Im Ernst, Anthony. Es ist gefährlich da draußen.«

»Zu spät – ich habe schon bestellt.«

»Du hast gerade geduscht! Du wirst klitschnass.«

»Gott behüte. Pass auf, die größte Gefahr im Moment ist eine hungrige Hope.«

»Ha, ha.«

»Siehst du? Du verstehst keinen Spaß mehr.«

Sie biss ihm sanft in den Arm. »Vielleicht fresse ich dich.«

»Mmh«, sagte er. »Das klingt nicht schlecht.« Er küsste sie langsam, dann stand er auf. »Ich gehe zu Rizzo, und du kannst mich nicht aufhalten.«

»Wie Pizza meinen Mann umbrachte«, seufzte Hope. »Eine True-Crime-Folge.«

»Frau«, gab Anthony zurück und sammelte seine Kleider ein. »Ich bin hier der Versorger. Deshalb versorge ich dich.« Er grinste. Sie betrachtete sein dichtes Haar, die Farbe wie schwarzer Kaffee. Seine Augen zwei Feuerstellen. Ein Bartschatten am Kinn, ein schiefer Zahn, etwas große Ohren. Schwarze Jogginghose, weiches T-Shirt, Jacke. Man sah ihm immer noch die Jahre Fußballtraining an. Bis zu seiner Verletzung in der zwölften Klasse war er auf bestem Weg zu einem Sportstipendium fürs College. Jetzt verbrachte er die meiste Zeit auf Baustellen. Seine Haut war noch sonnengebräunt vom Sommer und rosig von der Hitze im Zimmer. Er strahlte.

»Schauen wir *Meet the Neighbors,* wenn du zurückkommst?«, fragte Hope. »Falls du überlebst?«

»Für dich? Tue ich alles.«

»Es beruhigt mich.«

»Ich weiß.« Anthony lächelte. »Versprich mir, dass du dir keine Sorgen machst, okay?« Er hob die Finger zum Peace-Zeichen, ging zur Tür und schloss sie hinter sich.

Hope wusste, dass der Gang durch den Regen ihn nicht umbringen würde. Das Hochwasser hatte den Westen der Stadt, wo sie sich befanden, einigermaßen verschont, und es stimmte, dass Rizzo nur ein Stück die Straße hinunter war. Hope lächelte verträumt, dann richtete sie den Blick auf den Motel-Fernseher, wo Gebleichte-Zähne-Betonfrisur Zahlen vorlas. Die Sendung hieß Nachrichten. Die Zahlen verschwanden sofort im Unterholz ihrer Gedanken, aber Hope versuchte, sie festzuhalten.

Vor einer Woche hatte sie ihre Cousine Kara um einen französischen Haarschnitt gebeten. Kara hatte dreißig Zentimeter von ihrem dunklen Haar abgesäbelt, kinnlang mit einem dichten Pony, und ein ganzes Drogeriemarktlager in den neuen Schnitt geknetet. Anthony liebte die Frisur und fasste ihr immer ins Haar, wenn er an ihr vorbeikam. Hope fühlte sich natürlich trotz des schicken Haarschnitts nicht wie eine Französin. Sie fühlte sich wie die, die sie war: eine Frau, die ihre Hosen im Kaufhaus kaufte und sich jedes Jahr ehrlich auf den Jahrmarkt freute.

Im Motel-Bett las sie den Chat mit ihrer Mutter, der ungewöhnlich deprimierend war. Hopes Mutter hatte sich vor Kurzem über eine katholische Dating-Website in einen Heizungs- und Klimatechniker verliebt und war zu ihm in seine perfekt klimatisierte Eigentumswohnung in Pensacola gezogen. Mittlerweile schien sich Hopes Mutter hauptsächlich in einem Kanu mit Glasboden aufzuhalten. Sie und ihr neuer Ehemann hatten eine Bartagame adoptiert und posteten häufig Fotos von ihr auf Facebook. Das Reptil hieß Daisy. Daisy fraß gern Grillen und Bananen. Daisy belastete ihre Mitmenschen nicht mit einem Übermaß an existenziellen Ängsten. Daisy fuhr gern auf dem Saugroboter Karussell.

Hope war vierundzwanzig Jahre alt und eifersüchtig auf eine beschissene Bartagame.

Wollte dir nur sagen, dass es uns gut geht, hatte Hope ihrer Mutter vor einer Stunde geschrieben. *Ich bin im Motel. Anthony ist gerade losgezogen, um Pizza zu holen. Ich glaube, unsere Sachen überleben, sobald die Kanalisation repariert ist. Kara ist bei Jenna und Matt. Tante Cathy ist auch bei ihnen. Alle sind in Sicherheit.*

Keine Reaktion.

Jetzt sprach das Fernsehen zu Hope, als hätte es eine wichtige Nachricht speziell für sie.

»Sintflutartige Regenfälle«, sagte Terry Hoff, die alterslose Frau, die beim Lokalsender arbeitete, seit Hope denken konnte, »haben den Vacca Vale River auf ein Rekordhoch von vier Meter 17 anschwellen lassen. Die letzte Höchstmarke aus dem Jahr 1982 lag drei Meter 62. Experten gehen davon aus, dass diese sogenannte Jahrtausendflut bisher siebenhundertfünfzig Unternehmen und zweitausend Privathaushalte in Mitleidenschaft gezogen hat. Nachdem Vacca Vale vor weniger als einem Jahr von einer Fünfhundert-Jahr-Flut betroffen war, werden Zweifel an dem Timing laut.«

»Zu viele Zahlen«, murmelte Hope. Das konnte nicht der Zweck von Zahlen sein. Es war verantwortungslos, Kindern in der Schule Zahlen zu geben, ohne ihnen zu erklären, wie man sie in Zusammenhang brachte. Schnitt zu einem Saal voller Journalistinnen und Journalisten. Eine überstürzte Pressekonferenz. Auf dem Podium stand Bürgermeister Douglas Barrington, der genauso aussah wie alle Bürgermeister, die Hope je gesehen hatte: weiß, männlich, groß, übergewichtig, graues Haar und dunkelblauer Anzug, väterlich. Man sah ihm an, dass er viel rotes Fleisch aß. Als Dad wäre er bei den offiziellen Anlässen da, aber die meiste Zeit würde er sich rarmachen. Er würde dir Radfahren beibringen, aber er wäre nicht da, wenn dir ein Zahn ausfällt. Bei zwanzig Zähnen würde er dir kein einziges Mal das blutige Taschentuch vom Mund nehmen.

Man sah es ihm einfach an, dachte Hope.

»Bürgermeister Barrington«, begann ein Reporter, »angesichts des extrem kurzen Abstands zwischen den Hochwasserkatastrophen, würden Sie sagen, der Klimawandel ist schuld?«

Barrington zog die Brauen hoch. »Nein, das würde ich nicht sagen. Passen Sie auf, Mutter Natur hat ihre Höhen und Tiefen. Ist es Pech? Und ob. Hat es was mit der sogenannten Erderwärmung zu tun? Das weiß keiner so genau. Aber was ich genau weiß, ist, dass wir alle Hebel in Bewegung setzen, um die Krise zu bewältigen und dafür zu sorgen, dass so was nicht noch mal passiert.«

Hope trank einen Schluck Bier, das sie nach dem Stromausfall aus dem Kühlschrank gerettet hatten. Die Dose war noch kalt und feucht wie eine Hundeschnauze. Es war ein Trinkspiel, das Anthony und sie bei den Lokalnachrichten spielten. Immer wenn Barrington »und ob« sagte, mussten sie trinken.

»Welche Maßnahmen werden sie ergreifen, um zukünftige Hochwasser einzudämmen oder zu verhindern, die mit der Erderwärmung immer wahrscheinlicher werden?«, fragte eine Reporterin mit einer dicken Brille. Sie kam Hope bekannt vor, aber sie brauchte einen Moment, bis ihr einfiel woher: Sie waren zusammen zur Highschool gegangen. Araceli. Sie war in Hopes Klasse gewesen, schlau und ernst. Nicht nett, aber gutmütig.

»Na ja«, antwortete Barrington abschätzig, »ich glaube zwar nicht, dass Hochwasser wie diese in Zukunft *wahrscheinlicher* werden, aber ich erzähle Ihnen mal, was wir schon angeleiert haben. Wir bauen Rückstautore und sanieren die Kanalisation. Wissen Sie, unsere Stadt liegt an einem Fluss; wir werden immer mal wieder mit Hochwasser zu tun haben – das ist ein normaler Prozess, ein *natürlicher* Prozess. Wir haben so was vorausgesehen. Deswegen haben wir die größten Schäden in Chastity Valley, nicht an Gebäuden in der Stadt. In den Flutwiesen haben wir einen Park, keine Geschäfte, weil wir hier in Vacca Vale eine intelligente Stadtplanung haben. Deswegen finde ich, wir haben im Großen und Ganzen Glück gehabt. Ist jetzt viel zu tun? Und ob. Hätte es schlimmer laufen können? Und ob.«

Zwei Schlucke Bier.

Dann war Terry Hoff wieder im Bild, die streng wirkte in ihrem roten Blazer und der Ganzjahresbräune. »Wie wir gerade gehört haben, Tom, liegt viel Arbeit vor uns, um die Hochwasserschäden zu reparieren. Mit welchen Kosten rechnen die Experten?«

Hope fragte sich, wer allen Moderatoren Amerikas die amerikanische Moderatorenstimme beibrachte – mit dieser Theatralik, dieser computerisierten Hypnotik. Würden Leute aus der fernen Zukunft, die das Material fänden, fälschlich zu dem Schluss kommen, dass alle so redeten?

Schnitt zu einem vom Wind gebeutelten Mann im Regencape mit verregneter Brille, der verzweifelt in die Kamera blinzelte. Er stand in der verlassenen Innenstadt vor einem Amtsgebäude. Warum zwangen sie den armen Tom raus in den Sturm und richteten den miesen grellen Scheinwerfer auf ihn? »Das stimmt, Terry«, sagte er mit einer Sekunde Verspätung. »Ich habe mit ein paar Leuten gesprochen, die sich auskennen, und wie es aussieht, sind die Kosten extrem hoch. Die Kosten für die Wiederherstellung von Chastity Valley, wo der größte Schaden entstanden ist, belaufen sich auf über zwei Millionen Dollar. Unternehmen und Privathaushalte verzeichnen Schäden in Höhe von rund 514.000 Dollar. Die Agentur für Katastrophenschutz stellt der Stadt zwar voraussichtlich 344.000 Dollar für den Wiederaufbau zur Verfügung, aber wie Sie sehen, ist damit nur ein Bruchteil der Gesamtkosten gedeckt. Bürgermeister Barrington hat sich immer kritisch zu den nationalen Plänen zur Bekämpfung der Klimakrise geäußert, indem er argumentierte, die Maßnahmen würden der Wirtschaft schaden. Jetzt müssen wir fragen: Wie hoch ist der Schaden, wenn wir nichts tun? Wir wissen …«

Schnitt zu Terry, die angespannt lachte. Sie lachte nur, wenn etwas schiefging. Offensichtlich hatte Tom sich wieder nicht an seinen Text gehalten. Anthony liebte das an Tom, und Hope liebte das an Anthony. »Danke, Tom.« Terry sammelte sich und schlitterte durch den Rest der Nachrichten. Die Vacca-Vale-Wasseraufbereitungsanlage nahm dreimal so viel Wasser auf wie sonst. Eine Bundesstraße war zerstört worden, aber Hope verstand die Details nicht. Der Golfplatz war intakt. Eine Weile schweiften ihre Gedanken ab, sie nippte an ihrem Bier und dachte vage an die Bibel. Als sie sich wieder auf den Fernseher konzentrierte, wurde ein Farmer interviewt.

Jenseits der Innenstadt erstreckten sich riesige Agrarflächen, auf denen sich nach und nach Vororte ausbreiteten. Wie hatte es das Flusswasser bis auf die Mais- und Sojabohnenfelder geschafft? Ein Foto der Äcker: überflutete Stoppelfelder. »Ich hab versucht rauszukommen und mir den Schaden anzusehen«, sagte der Farmer, »aber ich bin bis zum Knie im Matsch versunken. Es hat sich angefühlt, als wollte die Erde mich verschlucken.«

|||||

Während sie auf Anthony wartete, sah sich Hope eine Episode von *Meet the Neighbors* an, einer Fernsehserie aus den 1950er-Jahren über eine Familie exzentrischer Städter, die aufs Land zieht. Im Mittelpunkt der Handlung stehen meistens der Familienhund und das jüngste Kind Susie Evans, großartig verkörpert von Elsie Blitz. Rundes Gesicht, kastanienbraune Locken, Sommersprossen auf der Nase. Beim Start der Sendung war sie sechs, doch sie spielte mit der Anmut und dem Selbstvertrauen einer Erwachsenen. Sie konnte singen und steppen, überzeugend lachen und weinen. Der Zwergschnauzer Whiskey, ihr Sidekick, reagierte immer mit echter Zuneigung auf Elsie Blitz. Hope hatte irgendwo gelesen, dass Elsie in der Woche, als Whiskey starb, vor lauter Kummer nicht arbeiten konnte, aber weil sie die Dreharbeiten nicht unterbrechen konnten, änderten sie das Skript und fügten etwas Trauriges ein, damit sie eine Ausrede hatte zu weinen. Dann wurde Whiskey durch einen identischen Hund ersetzt, aber Hope sah, dass die Bindung nicht dieselbe war.

Die Serie blieb mehrere Staffeln lang auf Sendung und gab Generationen von Amerikanern Zuversicht. Auf Hope wirkte sie wie ein Beruhigungsmittel. Die Sendung erinnerte sie an ihre Mutter, und sie zählte längst nicht mehr mit, wie oft sie jede Staffel gesehen hatte. Hope klickte auf dem Laptop herum, bis sie die Episode fand, bei der sie aufgehört hatte: *Captain Susie und der Wald der Ausreißer.* Der Vorspann war altmodisch, üppig und theatralisch, untermalt von festlicher Orchestermusik. Es war eine ihrer Lieblingsepisoden: Beim Zelten mit der Familie schärfen die Eltern Elsie mehrfach ein, in der Nähe zu bleiben, doch sie wandert immer tiefer in den Wald, weil sie denkt, sie hätte eine Elfe gesehen. Nach längerem Herumstreifen begegnen sie und Whiskey einer Gruppe von Kindern, die von zu Hause ausgerissen sind. Schnell wird sie deren charismatische Anführerin. Am Ende überzeugt Susie alle Kinder, zu ihren Eltern zurückzukehren.

»Ich bin nie allein, wenn du bei mir bist«, sagt Susie zu Whiskey, der zustimmend mit dem Schwanz wedelt.

|||||

Im flackernden Flur der Wooden Lady starrte Hope auf ihr Telefon. Im Zimmer war das Funknetz schlecht, und Anthony war schon seit fast einer Stunde unterwegs. Jetzt kehrten die Balken auf dem Display zurück, aber sie hatte weder neue Nachrichten noch verpasste Anrufe. Sie versuchte, die Panik zu unterdrücken, die in ihrer Brust aufstieg, als neben der Tür eine Motte auf der grünen Tapete landete. Das Insekt war ein atemberaubender Anblick. Hope kam näher, um die Flügel zu betrachten, weiß und schimmernd wie Schnee, mit blassem Mikropelz gesäumt, zwei Büscheln am Übergang zum Körper. Hellbraune Antennen. Die Augen kreisrund und dunkel wie Tapioka. Irisierend und hypnotisierend.

Plötzlich wurde Hope gewahr, dass sie nicht allein im Flur war. Mit gesträubten Nackenhaaren drehte sie sich um und entdeckte eine ältere Frau im Nachthemd, die sie beobachtete.

»So was macht Gott, wenn er noch mal neu anfangen will«, sagte die Frau, die mit ihrer hellen Kleidung und dem wolkigen Haar an die Motte erinnerte, als hätten sie und die Motte sich gegenseitig manifestiert. Verwirrt versuchte Hope, die Frau anzulächeln, doch sie brachte nur ein Stirnrunzeln zustande. »Merk es dir, der Tag der Abrechnung steht bevor«, fuhr die Frau fort. »Und wenn es so weit ist, will ich meine Angelegenheiten in Ordnung haben. Sag, Schätzchen – nimmst du Jesus Christus als deinen persönlichen Herrn und Erlöser an?«

Hope knirschte mit den Zähnen. In dieser Stadt kam man nirgends um Gott herum. »Ja«, sagte sie, um das Gespräch abzukürzen. »Und ob.«

»Gut«, sagte die Frau. »Du hast nicht zufällig eine Zigarette, oder?«

»Nein«, antwortete Hope, »leider nicht.«

»Ach, sei froh. Dann lebst du ewig.«

Hope lächelte gezwungen.

»Ich bin am Ende des Flurs«, sagte die Frau und humpelte zu ihrem Zimmer zurück. »Falls du ne Zigarette findest, wärst du so nett und bringst sie mir? Ich habe meine zu Hause gelassen, und langsam wird mir irgendwie komisch.« Sie musste über achtzig sein. Als Hope ihre mühsamen Bewegungen sah, wallte Mitgefühl in ihr auf.

»Sind Sie allein hier?«, fragte sie.

Die Frau drehte sich um. »Ja.«

»Wegen des Hochwassers?«

»Natürlich.«

»Übersteht es Ihr Haus?«

Die Frau zuckte die Achseln. »Wessen Haus übersteht es schon?«

|||||

Endlich kam Anthony mit einer in eine Mülltüte gewickelten Schachtel zurück. Das Wunder seiner Existenz, der heilige Duft von Pizza. »Tut mir leid, dass du warten musstest«, sagte er und schüttelte den Schirm aus. »Die Schlange war unfassbar lang. Anscheinend haben alle anderen zu, und Rizzo muss die ganze Stadt versorgen.« Er war nass bis auf die Knochen.

»Warum hast du nicht auf meine Nachrichten geantwortet?«, fragte Hope. »Ich habe mir wirklich Sorgen gemacht.«

Anthony zeigte auf seine Reisetasche, auf der unschuldig sein Telefon lag. »Ich habe es vergessen. Ich habe dir doch gesagt, du sollst dir keine Sorgen machen.«

Hope starrte ihn an.

»Ehrlich gesagt war es ganz lustig. Ich hab Frank getroffen – erinnerst du dich an ihn? Wir waren zusammen in der Highschool, er war bei mir in der Mannschaft. Mittelstürmer. Hatte einen mordsmäßigen linken Fuß.«

Anthonys Gegenwart begann die Angst, die in Hopes Körper brannte, zu löschen, und als er ihr drei Stücke Pizza mit grünen Oliven gab – ihre Lieblingspizza, nicht seine –, breitete sich wieder Frieden in ihr aus, ein Frieden, so köstlich, als hätte Gott ihn gebraut.

Nach dem Essen lagen sie auf dem Rücken, während draußen der Regen prasselte. »Dreh dich um«, sagte er.

»Warum?«

»Ich massiere dir den Rücken. Wiedergutmachung, weil du dir Sorgen gemacht hast.«

»Das musst du nicht.«

»Ich möchte aber.«

Sie strahlte, setzte sich auf, küsste ihn. Er zog ihr das T-Shirt über den Kopf, strich sanft über ihre Haut. »Dreh dich um«, flüsterte er. Sie gehorchte, und er massierte lange ihren nackten Rücken, seine kräftigen Hände schwielig. Irgendwann drehte sie sich wieder um, ihr ganzer Geist war entfacht. Im Schein der Motel-Lampe wirkte Anthony wie ein Gemälde. Sie fühlte sich diabolisch, als sie seine Schönheit schlürfte – Twitter und die Kirche würden sie verdammen –, aber Hope hatte vor Jahren aufgehört, ihre Lust zu rationieren, als ihr klar geworden war, dass sie vielleicht nicht viel davon genießen durfte, bevor sie starb. Sie verschlang ihren Ehemann mit Blicken. Sein dunkles struppiges Haar, sein kantiges Kinn, die Architektur seines Körpers und die eine Vene an seinem Hals, die diese seltsame Wirkung auf Hopes Gehirn hatte und die Bereiche ausschaltete, die für Sprache, Logik und Atmung zuständig waren. Seine Boxershorts waren noch aus Highschool-Zeiten, zerrissen und mit Comicfischen gemustert. Sie berührte sie, war eifersüchtig auf sie, eifersüchtig, weil seine Boxershorts den ganzen Tag ganz nah bei ihm sein durften, sogar bei der Arbeit. Sie schluckte. Dann fiel ihr auf, dass Anthony sie besorgt ansah, mit strahlenden Augen und gerunzelter Stirn. »Geht es dir gut?«, fragte er. Er strahlte so hell, dass sie das Gefühl hatte, er könnte sie verbrennen.

»Ich will …«

»Ja?«

»Ich will …«

Und dann verstand er. Ein stilles Lächeln. »Zeig mir, was du willst«, sagte er.

Der Rest des Katholizismus, der noch in ihr steckte, ließ Hope erröten, machte sie schüchtern, gab ihr das Gefühl, abgrundtief verdorben zu sein. Dabei hatte sie die Religion jahrelang aussortiert, Kiste für Kiste, ohne noch einmal hineinzusehen. So wie sie das Haus ihres Vaters ausgeräumt hatte, nachdem er starb. Statt zu sprechen, beugte sie sich vor und zog den Bund seiner Boxershorts herunter, zeigte ihm, was sie wollte, indem sie ihn zuerst in den Mund nahm. Er griff in ihr Haar, zog sanft an ihrer neuen Frisur, während sie den Rücken durchdrückte. Er murmelte ihren Namen wie ein Gebet, und sie spürte, wie er in ihrem Mund härter wurde. »Fuck«, flüsterte er. Sie liebte es, wie ihm beim Sex die Sprache entglitt. »Du bist so schön«, murmelte er und streichelte ihr Haar. Er zog an einer Strähne. »Ich stehe auf deine Frisur.« Nach ein paar

Minuten schob er sie von sich herunter, das Gesicht gerötet, und drückte sie sanft auf die Decke. »Leg dich hin.«

Sie legte sich hin, durch ihren ganzen Körper strömte flüssiges Licht. Er küsste ihren Mund, ihren Hals, ihre Brüste, und seine Berührungen machten ihre Nervenenden zu Neon. Er küsste ihre Hüften, ihre Schenkel. Sein Mund war warm, seine Stoppeln wie Sandpapier. »Du bist ein Kunstwerk.« Wenn er solche Dinge sagte, klang er, als meinte er sie auch so. Ihre Haut schimmerte, und bald leuchtete ihr ganzer Körper wie das biolumineszierende Plankton, das sie im Internet gesehen hatte. Der göttliche Schock seiner Zunge an ihrer Klitoris, zwei Finger in ihr. »Du schmeckst so gut«, sagte er. »Ich könnte dich ewig lecken.« Seine Hände und sein Mund ließen sie über den Laken schweben, eine Flut nahm von ihr Besitz und überwältigte sie, und dann flehte sie ihn an, sie zu vögeln, fast sprachlos, und endlich tat er es, und als er in sie eindrang, dachte sie, die Ekstase würde sie zerreißen. »Langsam«, keuchte sie, »sonst komme ich sofort.« Er zog sie auf sich. »Zeig mir, wie du es willst«, sagte er. *Ja,* hörte sie sich sagen, immer wieder. Sie war ein fleischgewordenes *Ja.* Der Lampenschein flimmerte auf seinem muskulösen Torso, und er hielt ihren Hintern, als sie ihn fickte, den Blick auf ihre bebenden Brüste gerichtet, als retteten sie sein Leben. Sie hörte sich Wörter singen, die sie nie wiederholen würde, spürte das Aufbäumen in ihrem Körper, in seinem Körper, im ganzen Zimmer, in der ganzen Welt, das sie beide ineinanderhob und aus sich selbst heraus, und während sie sich wand und um ihn enger wurde, platzten Schweißperlen aus seiner Hand. Einen Moment war alles Indigo. Seine Augen rollten zurück, sein Mund öffnete sich, dann zuckte er zu einer Musik, die nur sie hörten, und ergoss sich in sie, als sie sich vereinigten. Zusammen wurden sie kurz zu allen Gegenständen und Kräften um sich herum: den Möbeln, den Leitungen, dem Wald, den Fabrikhallen, dem Fluss, dem Sturm.

Jemand hatte Hope erzählt, dass am Anfang alles aus einem Ursprung kam. Als sie im Dunkeln nebeneinanderlagen, sein Sperma über ihren Schenkel lief, ihre Brustwarzen hart, ihre Pussy heiß und feucht und pulsierend wie ein Herz, atemlos und berauscht von der Hingabe, Tränen in den Augen von dem wilden chemischen Sturm, der in ihr tobte, wusste sie, dass es auch so enden würde – dass alles in einen Ursprung zurückkehren würde.

Seine dunklen Augen suchten ihre, als sie in einem Rhythmus atmeten. Sie wussten, es war nichts Einzigartiges oder Neues oder Gefährliches an der Art, wie sie Liebe machten, kein Stoff für einen Film, aber es war die Vertrautheit des ehelichen Sex, die Hope berührte. Darin lag für sie der Beweis, dass auch das Gewöhnliche den Menschen verwandeln konnte. In dem Motel sahen sie und ihr Ehemann einander ehrfürchtig an, wie zwei Ermittler, die einen unlösbaren Fall gelöst hatten.

Nachdem sie dreizehn Monate lang versucht hatten, ein Kind zu zeugen, hatten Hope und Anthony aufgehört, Schwangerschaftstests zu kaufen, hatten aufgehört, ihren Zyklus zu überwachen. Sie konnten sich keine Kinderwunschbehandlung leisten, und aus Angst vor einer Diagnose, gegen die sie nichts tun konnten, gingen sie nicht zum Arzt. Sie waren jung, beruhigten sie sich. Doch das war der Grund für Hopes Sorge: Wenn sie schon mit vierundzwanzig Probleme hatte, wie hoch waren dann die Chancen, dass es klappte, wenn sie älter war? Sie wünschte sich ein Kind mit einer Klarheit, die sie bis dahin nur einmal gespürt hatte, nämlich als sie am Lagerfeuer auf der Farm des Onkels von Karas Freundin Anthony kennenlernte und nach zehn Minuten wusste, dass sie ihn heiraten würde. Er war sechsundzwanzig, und auch er wollte ein Kind. Eine Zeitlang war der Sex deprimierend biologisch geworden, Spontaneität und Fantasie waren ihnen abhandengekommen, doch kaum hörten sie auf, es zu tun, um ein Kind zu machen, kehrte der Spaß zurück. Als der Sex kein Mittel zum Zweck mehr war, war er besser als je zuvor.

Draußen vor der Stadt, zwölf Kilometer entfernt von dem Motel, in dem Hope und Anthony im Bett lagen und Atem schöpften, hatte der Vacca Vale River fast das ganze Chastity Valley überspült. Früher war der Fluss ein Ort gewesen, wo Beamte Abwasser und

Mörder Leichen verklappten. Jetzt war der Fluss überall. Von oben betrachtet hatte das Valley Form und Farbe verloren, der Nachthimmel ließ Regen auf die Pflanzen donnern, die Herbstbäume verschwanden im Dunkeln und im Wasser. Einer Spielplatzburg ging die Flut bis zu den Zinnen. Tierhöhlen stürzten ein. Eichhörnchen, Rehe, Eulen, Füchse und Streifenhörnchen flohen auf höheres Terrain, suchten in dichterer Vegetation Schutz vor dem Wind. Die Fische flohen nach unten: Zum Grund des kleinen Sees am westlichen Ende des Valleys, der sich mit der Umgebung vereinigte. Bald waren alle Gestade verschwunden. Eine Entenfamilie schwamm in einer dichten Reihe im Dunkeln durch den Wald. In der Innenstadt von Vacca Vale küsste der geschwollene Fluss die Brücke, die sich über ihn streckte. Südlich des Zentrums standen die erschwinglichen Wohnviertel trotzig im steigenden Wasser, einstöckige Einweghäuser hielten tapfer das Dach hoch. Im La Lapinière Affordable Housing Complex liefen Keller und Erdgeschoss voll. In den ärmeren Gegenden fiel überall die Strom- und Wasserversorgung aus. Stoppschilder tauchten unter. Amerikanische Flaggen schwammen oben. Basketballkörbe hingen ins Wasser. Motorhauben klappten auf. Ein Lastwagen trieb eine Wohnstraße herunter. Die Farbe des Wassers war die Farbe des Nichts, und es war, als hätte das Nichts, das Vacca Vale schon immer verfolgt hatte, Form angenommen, wäre zu einer physischen Substanz geworden, einer Substanz, die fähig war, messbaren Schaden anzurichten. Der Fluss war überall, er verseuchte die Stadt mit sich selbst, beharrte darauf, dass es keinen Unterschied zwischen ihm und dem Rest gab.

In Zimmer 57 in der Wooden Lady erlaubte eine Frau namens Hope ihrem Mann, sie an seinen warmen, echten Körper zu drücken. Tief in ihrem Innern begann eine Transformation. In vier Tagen würde sich ein befruchtetes Ei in der Gebärmutterschleimhaut einnisten. Es würde ein Junge sein, und er käme mit großen, dunklen, schönen Augen zur Welt. Im Bett weinte Hope glücklich, wie sie es oft nach gutem Sex tat. Anthony küsste ihr die Tränen vom Gesicht, fuhr das Muster nach, das das Licht auf ihre Haut malte, und sagte ihr, dass es wunderschön sei, so viel zu spüren. Neben dem Fernseher stapelten sich Pizzakartons. Im perfekten Daumennagel ihres Mannes erkannte Hope etwas Existenzielles, ein Geheimnis der Götter, die ihr helfen würden: Keine einzige Fabrik, kein zugenageltes Fenster, kein wolkenverhangener Tag, kein ausverkaufter Honigschinken, kein leeres Bankkonto, kein medizinischer Notfall konnten sie langfristig umbringen. All das Nichts konnte ihnen nichts anhaben. Hope wusste zwar, dass es keine Freiheit gab, aber es gab so etwas wie Glück, und das war wichtig, und es war echt, und manchmal bekam man es umsonst.

»Ich liebe dich«, sagte er.

»Ich liebe dich«, sagte sie.

Und sie glaubten einander.

OLIVENLAKE

Moses wohnt in der Wooden Lady, einem Ort, der, sobald man die Schwelle übertritt, zu schweren Verbrechen inspiriert. Er hat das Motel gewählt, weil es die schlimmsten Bewertungen hat – *Als wäre Mord ein Ort geworden,* kommentiert Benutzer BabyFace444 –, und er wollte unter dem Radar bleiben. Auf dem Empfangstresen steht ein Schild mit der Aufschrift: VACCA VALES ERSTES MOTEL! Eine zweifelhafte Auszeichnung. Das Motel hieß »The Wooden Indian«, bis vor drei Jahren eine Studentengruppe dagegen demonstrierte und die Besitzer den Namen änderten. Das hat Moses vor seiner Anreise im Internet gelesen.

Am Mittwoch gegen zehn geht Moses auf den Empfangstisch zu, nach seiner ungeplanten Beichte in Sankt Hedwig. Sein Blick fällt auf eine gerahmte Collage regionaler Schlagzeilen, die mit der Wooden Lady zu tun haben.

AUSSAGE VON WOODEN-LADY-MITARBEITER LÄSST ALIBI DES MULBERRY-KILLERS AUFFLIEGEN. GINA LADOWSKI ÜBERNIMMT WOODEN LADY, KRIMINALITÄT SINKT UM 13 %. WOODEN-LADY-POOL SCHLIESST NACH DEM FUND VON 10 TOTEN OPOSSUMS. »DIE PROSTITUIERTEN KOMMEN ZU UNS, NICHT UMGEKEHRT«: WOODEN-LADY-BESITZERIN ÄUSSERT SICH ZU SEXARBEITERINNEN-VORWÜRFEN.

»Jede Presse ist gute Presse, oder?«, sagt Moses mit französischem Akzent. Er trägt trotz der Hitze einen schwarzen Rollkragenpullover.

Der Teenager am Empfang sieht ihn an wie ein Bestattungsunternehmer. Hinter ihm tummeln sich Kaninchenfiguren in den Fächern des Aktenschranks. Mitten in der Lobby steht eine Vase mit Schlangen, die an einen Grabstein erinnert.

»Wozu die Schlangen?«, fragt Moses.

Der Concierge richtet die Aufmerksamkeit wieder auf das Spiel auf seinem Telefon. »Für die Kinder«, antwortet er.

»Mein Name ist Pierre«, sagt Moses. »Pierre BuFont. B, U, F, O, N, T. Ich hätte gern ein Einzelzimmer.«

Der Junge setzt sich widerwillig an den uralten Computer und tippt. Er macht eine Pause, um einen ausgiebigen Schluck von seinem Milchshake zu trinken, und murmelt etwas, das für Moses klingt wie: *Wir haben keine Echos mehr.*

Moses bittet den Jungen, zu wiederholen, was er gesagt hat.

»Wir haben keine Nichtraucherzimmer mehr.«

»Das ist mir recht«, antwortet Moses alias Pierre. »Ich bin Raucher.«

»62 Dollar und 53 Cent.«

Moses zahlt in bar.

Sobald die Sache im Rollen ist, macht er das Beste daraus. Er deponiert sein Gepäck in Zimmer 57 – eine dunkle Kammer, in der, was Moses nicht weiß, vor zehn Monaten ein Kind gezeugt wurde. Das Zimmer ist überraschend gemütlich, trotz der grünen Tapete, dem kalten Rauch und der gruftartigen Atmosphäre. Es erinnert Moses an die Pariser Katakomben. Als er seine Sachen abgestellt hat, verlässt er das Motel, überquert die vierspurige Kreuzung und geht in den Weinladen, wo New-Age-Musik aus den Lautsprechern und eine Gorilla-Doku in den Fernsehern laufen. Bei sphärischen Flöten- und Synthesizer-Klängen kauft er Wermut, Gin, Oliven und ein Päckchen Zigaretten, das Ganze mit Akzent. Falls die Kassiererin seine französische Darbietung interessant findet oder seinen Geltungskonsum – er hat nur die teuersten Marken gewählt –, lässt sie es sich nicht anmerken.

Er kehrt in sein Motel-Zimmer zurück und entdeckt eine rosa Kapuze in der Kommode. Nur die Kapuze, ohne den Rest. Im

Bad ist keine Seife, und es gibt auch kein Frühstück. Ein einzelnes feuchtes Handtuch. Moses ist begeistert – von allem. Er ist wie verkatert von dem Austausch mit Father Tim, alles juckt, er bekommt schlecht Luft, fühlt sich verfolgt. Er trinkt ein paar Schlucke Gin, zieht sich aus, dann legt er sich ins Bett. Er sinkt sofort in einen dünnen, schwitzigen Schlaf.

|||||

Als er aufwacht, findet er Spuren eines feuchten Traums, aber er erinnert sich nicht an Details. Er schleppt sich ins Bad und duscht, Bruchstücke kommen zurück. Eine Kunstklasse hat ihn gemalt, als er nackt Modell saß. Alle Augen waren auf ihn gerichtet. Er hat sich ein Handtuch von zu Hause mitgebracht, schrubbt sich damit aggressiv die Haut, dann zieht er ein frisches Outfit an, das mit dem, das er am Morgen getragen hat, identisch ist. Um Zeit totzuschlagen – ein Ausdruck, der ihm immer gefallen hat –, macht er sich einen Extra-Dirty Martini. Er mixt ihn hastig, verschüttet Wermut auf dem paranormalen Fernseher, der ständig von alleine an- und ausgeht. Zum Glück ist er auf lautlos gestellt.

Es ist nach fünf am Nachmittag. Auf dem Nachttisch liegt ein Päckchen Zigaretten. Er zündet sich eine an, raucht hollywoodmäßig, erfreut sich bewusst an der Abwesenheit von Kunst. Auf der Bettdecke heult ein Wolf einen gelben Mond in einem Kiefernwald an. In diesem Motel fühlt sich Moses tatsächlich französisch, trotz der Bettdecke – er spürt, wie der Nihilismus und die Leidenschaft wie zwei Rehböcke um die Hoheit über sein Gehirn kämpfen.

Er streckt sich auf dem Bett aus, nippt an seinem Drink, der hauptsächlich nach Olivenlake schmeckt. Die Klimaanlage ist eher eine Geste als Realität – sie verteilt zimmerwarme Luft, obwohl sie permanent auf der kältesten Stufe eingestellt ist. Moses schwitzt, aber ihm ist kühl. Er trinkt, bis der Martini zu wirken beginnt, ihn aufwärmt, den Morgen auslöscht, seinen Körper von Schmutzpartikeln reinigt. In der Grundschule hat Moses am liebsten radiert –

Radieren war für ihn das, was Zeitreisen am nächsten kam. In der Pause saß er mit seinem Heft auf dem Kunstrasen, schrieb schreckliche Dinge über Leute, die er kannte, hinein – sich selbst eingeschlossen –, und dann radierte er alles wieder weg, bis das Papier dünn und heiß war. Die Radiergummikrümel blieben am Polohemd seiner Schuluniform kleben, hinterließen Spuren. Doch Spuren haben Moses nie etwas ausgemacht.

Moses klappt den Laptop auf, genießt die Druckwelle des Bildschirmscheins und loggt sich in den Mailserver seines Mental-Health-Blogs ein. Zielgruppe seines Blogs ist eine Teilmenge der Menschen, die unter den gleichen invasiven juckenden bunten Fasern leiden wie er. Allerdings identifiziert sich seine Teilmenge nicht mit der Morgellons-Krankheit. Offen gestanden findet Moses die Morgellons-Leute vollkommen unglaubwürdig, auch wenn er in seinen Einträgen einen respektvollen Ton ihnen gegenüber wahrt. Die Morgellons-Community verschwendet zu viel Energie darauf, in der Medizin um Anerkennung zu kämpfen, während Moses' Leute wissen, dass sie höherentwickelt sind als der dermatypische Rest der Menschheit und daher von der Medizin, die von Minderentwickelten dominiert wird, keine Erkenntnisse erwarten können. Als würde man von Lieschen Müller erwarten, Gottes Sohn zu erkennen – die Mehrheit würde ihn nicht erkennen! Die Mehrheit hat ihn nicht erkannt! Moses' Leute versuchen auch nicht, ihr Leiden zu behandeln, weil sie es als ihre Pflicht betrachten, es zu ertragen. Kokosnussöl, Zimt, schwarze Seife – diese Mittel sind vertretbar, solange sie benutzt werden, um die Symptome zu lindern, nicht auszumerzen. Falls die Symptome »heilen«, muss der oder die Betroffene die Anwendung sofort einstellen und alles in seiner Macht Stehende tun, um das Jucken wiederherzustellen.

Wenn Moses' Gruppe über ihren Zustand redet, benutzen sie das Wort »Zoll«, denn die Symptome fördern genetisches Material zutage, das nur bei hypersensiblen Menschen vorkommt – Genies, KünstlerInnen und ProphetInnen. Menschen, die vom Zoll betroffen sind, akzeptieren die Fasern als Preis ihrer Überlegenheit. Der

Zoll ist hoch, aber, wie Moses in seinem Blog in der Rubrik »Über uns« schreibt:

> Es ist unsere Pflicht, quälende Beschwerden zu ertragen und gegen Ende unserer vorbestimmten Missionen beispiellose Schmerzen. Unser Leben ist kein Spaziergang. Unsere Besonderheit wird uns von unserer Familie und unseren FreundInnen isolieren. Sie wird gegenwärtige Strukturen des Glücks lächerlich oder unerreichbar machen oder beides. Das ist unser Zoll, ein Zoll, den wir gerne auf uns nehmen, weil wir wissen, dass er das betroffene Bewusstsein dem Nirwana öffnet. Wie meine Großmutter zu sagen pflegte: Jede Gabe ist auch ein Kreuz.

Manche von Moses' Leuten glauben, dass alle Menschen vom Zoll befallen sind, aber die Hypersensiblen die einzigen sind, die es merken. Doch das ist nur eine Teilmenge der Teilmenge – die meisten glauben, dass sich der Zoll nur einer auserwählten Minderheit offenbart. Ihre fortgeschrittene Evolution rechtfertigt weder Selbstmitleid noch Disziplinlosigkeit; im Gegenteil, sie verlangt mönchische Bescheidenheit und ein strenges Arbeitsethos. Sie rechtfertigt auch keine Feindseligkeit gegenüber geringeren Mitgliedern der Spezies. Sie verlangt die reinste Gewaltlosigkeit. Die Betroffenen sind mit einer außergewöhnlichen Empfindsamkeit gesegnet, einem Kanal der schöpferischen Empathie, und es ist ihre himmlische Pflicht, diese Fähigkeit auszuüben und sie niemals zu betäuben oder zu ignorieren. Das ist ihre Philosophie. Moses hat ähnliche Argumente von Veganern bezüglich der menschlichen Verantwortung gegenüber nicht menschlichen Tieren gehört – wer mit einem Bewusstsein ausgestattet ist, muss es instrumentalisieren, um den Schaden, den er der Welt zufügt, zu begrenzen – eine Haltung, die Moses sympathisch, aber letztlich absurd findet. Es ist anstrengend genug, findet er, Mitgefühl für die nicht essbaren Tiere auf der Welt aufzubringen.

Als Moses daran denkt, was er mit Joan Kowalski vorhat, kratzt er sich heftig die Kopfhaut. Kein Mensch ist perfekt. Nicht mal die Propheten. Und die Genies sowieso nicht.

Moses nimmt Nachrichten von Betroffenen, oder vermeintlich Betroffenen, entgegen und bietet ihnen Beratung an. Sein Blog ist anonym, er unterzeichnet mit dem Namen Dr. Malachi. Im Posteingang blinkt eine neue Nachricht. Betreff: *Cluedo*. Er klickt darauf. Einen Moment lang wird der Zoll von einer angenehmen Schweißpatina gelindert, die fast so gut wirkt wie die Leuchtfarbe. Moses isst drei Oliven und mixt sich noch einen Drink.

CLUEDO

Lieber Dr. Malachi,

ich weiß, dass Ihr Spezialgebiet der »Zoll« ist, aber da mir sonst niemand antwortet, hoffe ich, dass Sie Ihre psychiatrische Expertise ausnahmsweise auf meinen seltsamen Fall ausweiten.

Eingangs möchte ich klarstellen, dass ich mich, obwohl ich ein Mann bin, nicht als Produkt, Opfer oder Täter »toxischer Männlichkeit« betrachte, und ich hege kein Interesse, ein Macho zu sein. Ich hatte einen Vater, der mich in den Arm genommen und zum Zeichnen ermutigt hat. Er hat vor mir Tränen vergossen und alle Mahlzeiten gekocht. Meine Mutter war eine Intellektuelle, sie ging häufig auf Reisen, und wenn sie zurückkam, spürten wir, dass sie Wochen der Privatoffenbarungen erlebt hatte, zu denen wir niemals Zugang hätten, und das fand ich aufregend. Meine kleine Schwester ist meine beste Freundin.

Beim Sex habe ich immer gewartet, bis die Frau den ersten Schritt macht, und ich gehe nur weiter, wenn sie ausdrücklich sagt, dass sie es möchte. Ich finde den Orgasmus meiner Frau wichtiger als meinen, und ich ziehe erotische Filmszenen Pornografie vor, weil ich die Porno-Industrie aus ethischen Gründen kritisch sehe. Ich bevorzuge die Frau oben. Meine Frau ist eine Heldin und ein Genie, sie schminkt sich nicht oder färbt sich die Haare, und ich richte mich in fast allen Lebensentscheidungen nach ihr. Wenn in den Nachrichten das sexuelle Fehlverhalten mächtiger Männer enthüllt wird, erfasst mich eine solche Traurigkeit, dass ich davon einschlafe. Mir wird schwindlig, wenn ich Blut sehe und/oder das Leiden anderer, und bei gewalttätigen Filmszenen muss ich die Augen schließen. Ich versuche, vegan zu leben. Ich habe häufiger an feministischen Demonstrationen teilgenommen als meine Frau, auch wenn es natürlich kein Wettbewerb ist und ich, nebenbei bemerkt, bei Wettbewerben kein bisschen ehrgeizig bin. Bis jetzt hatte ich immer ein relativ ausgeglichenes Gemüt. Die Paarungsszenen in Tierfilmen deprimieren mich extrem.

Ich weiß nichts von psychischen Krankheiten in meiner Familie, bis auf einen Onkel, der bipolar war und sich irgendwann in den Kopf geschossen hat, aber wir waren uns überhaupt nicht ähnlich. Ich werde bald vierzig, und tatsächlich fürchte ich mich ein bisschen vor dem Älterwerden, und im Winter wurde meine Schwester versetzt, was hart war. Meine Eltern leben beide noch und sind gesund, und Dad ist seit einem Jahr krebsfrei. Mein Beruf hat immer einen großen Teil meiner Zeit eingenommen, und leider tue ich nicht so viel für meine persönliche Entwicklung, wie mir lieb wäre (ich hatte gehofft, ich würde längst fließend Mandarin sprechen, und auf meinem Tablet sind noch neununddreißig ungelesene Sachbücher!), aber meine Arbeit macht mir Spaß, und ich glaube, dass unser Unternehmen Gutes bewirkt. Ich programmiere und habe kürzlich eine Gehaltserhöhung bekommen. Ich habe eine fantastische Ehefrau und einen engen Freundeskreis, die meisten ohne Kinder, was gut für uns ist. Bevor alles den Bach runterging, habe ich jeden Donnerstag mit zwei Kumpeln von der Arbeit die Craftbeer-Szene unter die Lupe genommen. Sie sind jünger als ich – die Kollegen in meinem Alter haben alle Kinder –, und sie erinnern mich an mich selbst vor zehn Jahren. Das letzte Bier, das ich probiert habe, war ein isländisches India Pale Ale, das mit Schafdung geräuchert war. Gar nicht schlecht! Ansonsten habe ich mit meiner Frau in einer gemischten Fußballmannschaft gespielt und fand es toll, wie die Liebe meines Lebens den Rasen unsicher machte. Ich merke, dass ich mich nicht mehr so bewege wie früher, und ich bekomme selbst von kleinen Anstrengungen Muskelkater, aber es ist wichtig, aktiv zu bleiben – es hilft mir, das bisschen Jugend, das noch übrig ist, festzuhalten. Ha.

Soweit zu meiner Normalität, und nun zu meiner Abnormalität:

In letzter Zeit leide ich unter drei Symptomen, bei deren Entschlüsselung ich auf Ihre Hilfe hoffe. Ich habe den Verdacht, sie hängen miteinander zusammen, vielleicht aber auch nicht, und das letzte ist auf jeden Fall das schlimmste. Es könnte auch sein, dass es sich nur um eine Art von Vitaminmangel handelt. Die beiden ersten Symptome kommen mir wie Hinweise vor, die mir beim Verständnis des letzten helfen sollen, aber ich bin ratlos. Ich habe das Gefühl, ich habe den Verstand verloren und bin gleichzeitig in meinem Kopf gefangen, und ich habe schreckliche Angst. Bitte helfen Sie mir.

Die Symptome, in der Reihenfolge ihres Auftretens:

1. Seit einer Weile habe ich so große Angst davor, mir an einem Metallgriff einen elektrischen Schlag zu holen, dass ich zu extremen Mitteln greife, um jede Berührung zu vermeiden. Neulich habe ich zwanzig Minuten eines wichtigen Meetings versäumt, weil ich mich nicht überwinden konnte, die Gebäudetür zu öffnen, und es kam sonst keiner. Im Winter fing es mit einer leichten Aversion an, aber wenn ich heute gezwungen bin, einen Metallgriff anzufassen, hyperventiliere ich. Den letzten Stromschlag hatte ich im März, und ich habe ihn eine Woche lang gespürt – wie Geister, die immer wieder zuschlugen. Immer wieder. Der eigentliche Schlag war gar nicht so schlimm. Aber die Nachschläge, wenn man es so nennen will, waren so unangenehm, dass ich mich eine Woche nicht konzentrieren konnte. Ich bekam starke Kopfschmerzen. Selbst die Kopfschmerzen fühlten sich wie ein Stromschlag an.

2. Kurz nachdem die Stromschlagphobie begann, entwickelte ich den Drang, Oberflächen mit meinem Namen zu taggen. Wände von Tiefgaragen, Klokabinen, Telefonzellen, Parkbänke, Kirchentüren, Bücher in der Bibliothek, Laptops, Speisekarten in Restaurants, das Segelboot eines Freundes, das Innere und Äußere meines eigenen Autos. Einmal sogar den Fußballschuh eines Mannschaftskollegen. Der Drang ist so stark und körperlich, fast wie das

Bedürfnis zu niesen. Manchmal, wenn er übermächtig wird, muss ich ihn in Sex kanalisieren, damit er mich nicht vollkommen überwältigt. Vandalismus ist mir extrem zuwider. Ich habe mich nie für Graffiti interessiert und mich auch nie mit Tagging beschäftigt, aber manchmal erwache ich wie aus einem Traum und stehe im Gang mit den Sprühfarben im Baumarkt, und obwohl ich alle Tagging-Fantasien unterdrücke, weiß ich genau, wie mein eigenes Tag aussähe. Ich sage hier nur so viel, dass es gelb wäre.

Ich habe dem Bedürfnis nur einmal nachgegeben, in der Nähe der örtlichen Tennisplätze. Ich nenne keine Details, weil sie meine Identität preisgeben könnten. Ich schäme mich sehr dafür. Bitte geben Sie mir einen Rat.

Das letzte Symptom ist das schlimmste, haben Sie Geduld, wenn ich bei der Schilderung schlingere. Mir ist übel und ich zittere, während ich dies schreibe.

3. Es begann an Beths vierzigstem Geburtstag vor zwei Monaten. (Ich werde meine Frau Beth nennen. Aus nachvollziehbaren Gründen habe ich alle Namen geändert. IRL weiß meine Frau nur von Problem #1 – und selbst das habe ich heruntergespielt.) Beth und ich sind seit dreizehn Jahren ein Paar und seit zehn Jahren verheiratet, und ich hatte zum ersten Mal beschlossen, eine Überraschungsparty für sie zu organisieren. Sie hatte kein Problem damit, »die Schwelle zu überschreiten« oder so etwas (im Gegensatz zu mir!). Und sie ist auch nie traurig wegen unserer Kinderlosigkeit. Angesichts der ökologischen Katastrophe fand es Beth immer unethisch, Kinder in die Welt zu setzen. Und ich bin total bei ihr. Ich meine, manchmal sehne ich mich nach jemandem, dem ich Schach beibringen könnte, und ich ertappe mich dabei, wie ich fremde Babys anlächele, aber ich teile Beths Meinung – in der heutigen Welt wäre es egoistisch, dem angeborenen Fortpflanzungstrieb nachzugeben.

Alles in allem ist Beth ein phänomenaler Mensch und eine sehr verständnisvolle / geduldige / positive Partnerin. Sie riecht nach Lavendel, und in der Mittagspause leitet sie mir interessante wissenschaftliche Artikel weiter. Früher jedenfalls, bevor alles im Eimer war. Deshalb wollte ich ihr zum Vierzigsten eine besondere Freude machen.

Ich lud ein paar ihrer Freundinnen und Freunde von der Arbeit ein – sie ist bei einer kleinen gemeinnützigen Umweltschutz-Organisation –, und weil ich es ihr besonders nett machen wollte, lud ich sogar Valentina ein, ihre College-Freundin. Beth und Valentina stehen sich nahe, und Beth verteidigt sie immer, weil Valentina angeblich irgendein Kindheitstrauma hat, aber Beth weigert sich, Einzelheiten zu nennen. Ich bin misstrauisch, was das »Trauma« angeht – es sieht Valentina ähnlich, mit Lügen Sympathie zu kaufen.

Für mich ist Valentina im besten Fall eine Nervensäge, im schlimmsten eine Soziopathin. Sie ist laut, unhöflich, trinkt zu viel und macht häufig Leute aus Spaß fertig. Ich habe auch den Verdacht, dass sie eine pathologische Lügnerin ist. Sie reißt immer irgendwelche exklusiven Milliardäre auf, und ihre Beziehungen halten nie länger als einen Monat. Offenbar hat sie eine geheimnisvolle Pfründe, die ihr das hedonistische Leben finanziert – sie reist durch die Welt, sammelt akademische Titel, schreibt einen Food-Blog und nennt sich Fotografin. In den sozialen Medien hat sie anscheinend eine gewisse Prominenz, aber keiner weiß warum. Bei dem einzigen interessanten Gespräch, das ich je mit Valentina geführt habe, ging es ums Programmieren, weil sie zum Spaß ein Programmier-Bootcamp in Mexico City belegt hatte. Ich gebe zu, dass sie eine Art Genie ist, und obwohl ich sie im Grunde nicht leiden kann, gebe ich auch zu, dass sie eine unheimliche Art von Charisma besitzt.

Bei der letzten Thanksgiving-Party, die wir immer mit unseren kinderlosen Freunden feiern, betrank sich Valentina und erzählte ein paar detaillierte Märchen von der angeblichen Fuchsfarm ihrer Familie in Spanien. Weil ich Valentina gründlich im Internet gestalkt habe, weiß ich zufällig, dass sie italienischer und polnischer Abstammung ist und sich ihre Familie vor Generationen in Neuengland niedergelassen hat, und ich bin mir ziemlich sicher, dass sie eigentlich Valerie heißt.

Irgendwie schaffte sie es, während sie die Partygäste mit ihren Fuchsgeschichten faszinierte und verstörte, gleichzeitig dem Gastgeber Jandro einzureden, sein Ehemann Ron habe ihn mit einer der anwesenden Personen betrogen. Die »Beweise« dafür packte sie zwischen ihre blutigen Fuchspelzfakten. Die meisten der »Beweise« beschränkten sich auf Rons nervöses Verhalten den ganzen Abend. Valentina beugte sich immer wieder zu Jandro und flüsterte ihm etwas ins Ohr, während die Gäste noch über das, was sie gerade erzählt hatte, erschraken oder lachten. Da ich bei Valentina immer auf der Hut bin, hörte und sah ich genau hin, was sie tat, auch wenn ich bezweifle, dass es sonst jemand mitbekam. Ich gebe zu, dass sie kurz auch mich von Rons Untreue überzeugt hatte.

Aber ich kenne Ron gut, und Ron würde niemanden betrügen – niemanden, den er nicht mochte, und erst recht nicht Jandro, den er über alles liebt. Sie sind immer monogam gewesen; Ron ist kategorisch gegen Untreue. Ich glaube, Ron hatte einfach seine Truthahnkochkünste überschätzt, und es war ihm peinlich, dass das Fleisch so trocken geworden war.

Aber wenn Valentina die Finger im Spiel hat, verlieren Tatsachen ihre Macht. Am Ende des Abends schrien sich Jandro und Ron an und fielen fast von der Feuerleiter, Jandro weinte, und Ron war fassungslos – und Valentina – ich schwöre – Valentina sah ihnen durchs Fenster zu und *grinste.* Sie nahm eine Zigarette aus ihrer Handtasche und verließ die Wohnung. Als sie wiederkam, sah sie verändert aus. Ich brauchte einen Moment, bis ich verstand, dass sie sich nachgeschminkt hatte – ihr Gesicht war frisch gepudert, die Lippen rot wie dunkle Kirschen. Jandro und Ron waren immer noch draußen auf der Feuerleiter; der Rest von uns räumte verlegen auf. »Ich muss los«, verkündete Valentina mit geheucheltem Bedauern. »Ich treffe mich auf Drinks mit einem echten Carnegie, ob ihr es glaubt oder nicht. Kiss kiss, bang bang.«

Als ich Beth auf dem Heimweg erzählte, was ich mitbekommen hatte, glaubte sie mir kein Wort. »Du hast dich wahrscheinlich verhört«, sagte sie. »Du konntest doch gar nicht verstehen, was sie auf der anderen Seite des Zimmers geflüstert hat.« Dann hielt sie mir einen Vortrag über das Klischee der »willkürlichen Teufelin, die ihre Reize benutzt, um anständige Männer zu ruinieren«, wobei sie die Genesis und ein paar Filme zitierte. »Du reduzierst Valentina auf einen von Männern erfundenen Typus.«

»Aber sie hat nicht ihre Reize benutzt«, sagte ich. »Und Jago war keine Frau.«

»Was?«

Plötzlich hatte ich die Handlung von *Othello* im Kopf – in der Highschool hatte ich einen Aufsatz darüber geschrieben.

»Jago. Shakespeare. Keiner versteht seine Motivation für die fiesen Dinge, die er Desdemona und Othello antut. Und er benutzt auch nicht seine Reize.«

»Vergleichst du Valentina gerade ernsthaft mit einem Shakespeare-Schurken?«

»Du hast doch mit Klischees und Typen angefangen.«

»Jago hatte ein Motiv. Er war Rassist. Oder er wollte Othello an die Wäsche. Oder beides.«

»Vielleicht hat Valentina auch ein Motiv. Vielleicht ist sie Rassistin.«

»Ich bitte dich.«

»Oder homophob.«

»Komm schon.«

»Vielleicht will sie Jandro an die Wäsche!«

»Ich fasse es nicht.«

»Oder vielleicht macht es ihr einfach Spaß, *anderen Leuten ins Leben zu pfuschen.*«

Beth hielt inne, dann sagte sie: »Du suchst nach Gründen, sie zu hassen, und du willst, dass ich sie auch hasse. Wenn sich hier einer wie Jago verhält, dann du.«

»Du sagst, ich bin ein Rassist?«

»Du weißt, dass ich das nicht gesagt habe.«

»Ein Rassist gegen eine weiße Frau aus Boston?«

»Sie ist aus Madrid.«

»Sie ist kein bisschen *spanisch!*«, rief ich. Der Fahrer hielt vor unserer Wohnung und sah uns erschrocken an. Ich ballte die Fäuste. »Tut mir leid«, sagte ich. »Tut mir leid.« Wir waren beide müde und angetrunken. Ich beschloss, das Thema fallen zu lassen und Reue zu zeigen. Valentina hatte für einen Abend genug angerichtet. Beth ging ein paar Schritte vor mir und verschwand im Gebäude.

Mit dieser Geschichte wollte ich nur illustrieren, warum ich eigentlich keine Lust hatte, Valentina zu Beths Geburtstag einzuladen.

Aber ich lud sie trotzdem ein, weil ich Beth liebe, und leider ist Beth unkritisch, was Freundschaften angeht. Oder sie hat eine Schwäche für geheimnisvolle Gestörte.

Das Geburtstagsdinner lief gut. Selbst gemachte Frühlingsrollen. Scharfer Basilikumtofu. Butterscotch-Creme-Pie. Champagner. Beths Lieblingsgerichte, die ich selbst zubereitet hatte. Sie trug ein sexy smaragdgrünes Kleid, und irgendwann zog sie mich ins Bad, um mir zum Dank einen schnellen Blowjob zu geben, daher weiß ich, dass sie meine Mühe zu schätzen wusste. Bis zum Nachtisch war ich betrunken. Irgendwann, als ich das Geschirr abräumte, schlug jemand vor, wir sollten Cluedo spielen. Ich hatte das Spiel seit Jahren nicht gespielt, aber ich war mir sicher, dass wir es irgendwo hatten. Ging ins Arbeitszimmer, um nachzusehen. Der Türknauf ist aus Glas, also konnte ich ihn gefahrlos anfassen. Das Zimmer war dunkel und vollgestellt. Als ich nach dem Lichtschalter tastete, stand plötzlich jemand hinter mir und schloss die Tür. Eine kalte glatte Hand hielt mir den Mund zu. Ich spürte jeden ihrer Ringe. Ich schob sie weg. »Was machst du da?«, fragte ich. Valentina legte mir die Hand auf die Brust.

»Dein Herz rast«, sagte sie.

»Weil du mich zu Tode erschreckt hast.«

Was nur halb stimmte. Valentinas Gegenwart irritiert mich immer, aber erschreckt hatte sie mich nicht. Unterbewusst hatte ich wohl damit gerechnet, sie hier zu treffen.

Ich möchte an dieser Stelle unbedingt klarstellen, dass manche Leute Valentina zwar sexy finden, aber auf mich übt sie keinerlei Anziehungskraft aus – ihr ausgemergeltes, vogelartiges Äußeres stößt mich genauso ab wie ihr Charakter.

»Was machst du hier?«, fragte ich.

»Ich habe nur meinen Lippenbalsam geholt. Entspann dich«, sagte sie. Ich hörte, dass sie lächelte. »Warum bist du so nervös? Versteckst du hier etwas?«

Ich hatte vergessen, dass die Mäntel und Taschen der Gäste auf dem Schreibtisch lagen. Valentinas Hand war immer noch auf meiner Brust, oder wenigstens kam es mir so vor, also wich ich einen Schritt zurück und stieß gegen die Tür.

»Du kannst nicht bei anderen Leuten im Dunkeln lauern, sie angrabschen und erwarten, dass sie … Das ist echt gruselig, okay?«

»Okay, okay, mein Gott.« Sie lachte. »Ich fand es witzig. Tut mir leid. Von Cluedo werde ich auch immer ganz nervös.«

»Ich bin nicht …«

»Als ich klein war, waren meine älteren Cousins und Cousinen besessen von Cluedo – irgendwann hörten wir auf, das Spielbrett zu benutzen. Wir hatten diese alte Villa in Ludlow in Vermont, wo die ganze Sippe den Sommer verbrachte. Ungefähr vierzig Leute. Wir Kinder spielten das Spiel abends wie ein Theaterstück. Es entwickelte sich eine ganz neue Version, mit veränderten Regeln und Personen und Requisiten, wir hatten sogar Kostüme – ich musste immer Dr. Schwarz sein. Der Ermordete …«

»Entschuldige.« Ich schob mich an ihr vorbei, um das Licht anzumachen. Im Hellen sah ich, dass sie an der Tür stand, das Spiel in den Händen, die Tube Lippenbalsam in der Blusentasche. »Erste.« Grinsend verließ sie das Arbeitszimmer und schloss sich den anderen im Wohnzimmer an. Ich hörte sie lachen.

Ich blieb eine Weile im Arbeitszimmer stehen, hatte Gänsehaut. Valentina benutzte zu viel schwarzen Kajal – ihre Augen schienen noch im Arbeitszimmer zu schweben, ohne den Rest. Wie das Grinsen der Cheshire-Katze.

An den Rest der Party erinnere ich mich nur verschwommen. Valentina sah mich kaum noch an. Unser Freund John gewann das Spiel. Professor Peter Bloom. Heizungsrohr. Billardzimmer. Auch egal.

Nicht egal ist, was danach geschah.

Gegen zwei Uhr früh, als alle gingen, kehrte ich ins Arbeitszimmer zurück, um das Geburtstagsgeschenk zu holen, das ich mir für Beth ausgedacht hatte: vierzig handgeschriebene Briefe von vierzig ihrer Lieblingsmenschen – Verwandte, Lehrerinnen und Lehrer aus der Schule, College-Professorinnen, zwei ihrer Lieblingsschriftstellerinnen, ein Senator, eine Umweltaktivistin, eine Komikerin. Ich will ja nicht angeben, aber ich hatte zehn Monate vorher angefangen, Leute für die Briefe zu gewinnen, und das Geschenk war total großartig. Es wäre perfekt gewesen, hätte ich neben den Briefen nicht ein rostiges Heizungsrohr gefunden. Es war so dick wie mein Unterarm.

»Babe?«, rief ich.

»Hmm?« Beth putzte sich gerade die Zähne.

»Ist das dein Rohr?«

»Waw?«

»Haben wir ein Rohr?«

Sie spuckte aus. »Rohr?«

»Ja.«

»Wovon redest du?«

Ich ging mit dem Rohr ins Bad und hielt es ihr hin. Sie zog die Brauen hoch.

»Ist das mein Geburtstagsgeschenk?«

»Nein! Gott, nein! Ich frage mich nur, wo es herkommt?«

Beth schüttelte den Kopf. »Keine Ahnung.«

Ich brachte das Rohr wieder ins Arbeitszimmer und legte es an die Stelle zurück, wo ich es gefunden hatte, aber es irritierte mich zu sehr. Ich starrte es an. Natürlich nahm ich an, dass es Valentina war, die mir einen Streich spielte, aber egal wie albern der Streich war, ich ertrug es nicht, mit dem Gegenstand in einer Wohnung zu sein. Also ging ich vier Treppen nach unten, verließ das Gebäude und warf das Rohr in die Mülltonne. Als ich wieder oben war, außer Atem von den vielen Stufen, lag Beth schon im Bett, cremte sich die Beine ein und sah traurig aus.

»Es war wirklich ein schöner Abend«, sagte sie niedergeschlagen.

Ich wartete auf den Rest, aber sie betrachtete nur ihre Zehen.

»Das freut mich«, sagte ich vorsichtig. »Was ist los?«

Sie sah auf. »Nichts.«

»Was ist? Sag es mir.«

»Ich habe nur.« Sie schloss die Augen. »Ach, nichts.«

»Beth. Du bist keine gute Schauspielerin. Bitte sag mir, was du auf dem Herzen hast.«

»Aber du darfst nicht denken, dass ich undankbar bin wegen der Party«, fing sie langsam an. »Denn das bin ich nicht. Es war wirklich schön. Und das Essen. Und die Leute. Alles war perfekt. Vielen Dank.«

Ich wartete. »Aber …?«

Sie runzelte die Stirn, dann antwortete sie schließlich. »Ich hatte gehofft, du hättest ein Geschenk für mich. Ein Geschenk zum Anfassen. Ich weiß, es ist materialistisch und kindisch und undankbar und schrecklich von mir, und Gott – ich bin echt bescheuert.« Sie seufzte. »Bitte, vergiss, dass ich etwas gesagt habe. Die Party ist mehr, als ich verdient habe. Ich bin unausstehlich.«

Ich schlug mir auf die Stirn. Wegen des Heizungsrohrs hatte ich das Geburtstagsgeschenk völlig vergessen! Geschenke sind die Nummer eins der Liebessprache bei meiner Frau! »Beth! Ich bin so ein Idiot!« Ich rannte ins Arbeitszimmer, holte die Briefe und über gab sie ihr im Bett.

Sie war hin und weg. Sie liebte das Geschenk. Sie liebte mich. Sie weinte und sagte, noch nie hätte sie etwas so bewegt, außer meiner Liebe. Und so weiter.

Als Nächstes erinnere ich mich, wie ich schreiend und in kaltem Schweiß aus einem Albtraum erwache, in dem ich Beth in einem Ballsaal in Vermont mit dem Heizungsrohr ermordet habe. Stumpfe Gewalt auf den Kopf.

Nie war mir das Ursache-Wirkungs-Prinzip klarer gewesen. Nie war eine Ursache so wirksam gewesen. Ich zitterte eine Woche lang. Das war der Anfang meiner Hölle.

Ich hatte gehofft, dass sich das Heizungsrohr als eine Art Halluzination herausstellen würde. Aber ein paar Wochen später fand ich in meiner Schreibtischschublade einen Strick. Anfang Mai fand ich in der Hausbar einen Leuchter, den ich noch nie gesehen hatte. Dann: eine Spielzeugpistole in der Nachttischschublade. Ein Plastikdolch im Wäscheschrank zwischen zwei frischen Handtüchern. Eine mir unbekannte Rohrzange in einem meiner Stiefel. Zum Glück war ich derjenige, der all die Gegenstände fand.

Falls Sie das Spiel Cluedo nicht kennen, die möglichen Waffen sind: Leuchter, Pistole, Seil, Rohrzange, Dolch, Heizungsrohr.

Ich erzählte Beth nichts von alldem, weil ich sie nicht beunruhigen wollte. Ich ging nicht mehr zu Fußballspielen. Ich ging nicht mehr mit den Jungs von der Arbeit Craftbeer trinken. Ich erzählte allen, es wäre der Stress. Ich versuchte, mit Beth ein normales Sexleben aufrechtzuerhalten, aber es war unmöglich. Ich hatte solche Angst, ihr wehzutun, dass ich keinen mehr hochbekam. Stress, beharrte ich. So viel Stress. Natürlich war sie wie immer– liebevoll, geduldig, tolerant. Sie versuchte, mich zu massieren, aber ich schob sie weg, sagte, meine Haut tat weh. Was stimmte.

Bis Ende Mai war ich felsenfest davon überzeugt, dass Valentina Beths oder meinen Tod plante, und wollte zur Polizei gehen. Selbst wenn es nur ein Streich war, diesmal war Valentina zu weit gegangen und hatte eindeutig soziopathisches Verhalten an den Tag gelegt. Oder? Als im Wäscheschrank das Heizungsrohr wiederauftauchte, schwor ich, gleich am nächsten Morgen bei der Polizei anzurufen.

Doch in dieser Nacht machte ich eine schreckliche Entdeckung, die alles veränderte, und das ist der verrückteste Teil dieser grotesken Scharade: Als ich beim Onlinebanking meine Kontoauszüge kontrollierte, entdeckte ich ein paar Ausgaben, die ich nicht einordnen konnte. Ich sah mir die Liste der Transaktionen an und stellte fest, dass jeder der Gegenstände – jede Cluedo-Waffe – offenbar von mir selbst gekauft worden war, im März in drei verschiedenen Geschäften.

Ich redete mir ein, dass Valentina den Jago bei mir gemacht hatte, genau wie sie es bei Jandro getan hatte. Versuchte, die Panik zu unterdrücken. Offenbar hatte sie meine Karte entwendet, die Einkäufe gemacht und die Dinge bei der Geburtstagsparty in unserer Wohnung platziert. Aber die Erklärung hinkte: Ich hatte meine Karte ja selbst ständig benutzt. Sie war nicht gestohlen worden. Hatte Beth die Gegenstände vielleicht gekauft, weil sie sie für irgendein Partyspiel benutzen wollte? Aber nein – sie hatte das Heizungsrohr ja nicht erkannt. Hatte sich Valentina in mein Konto gehackt? Vielleicht hatte sie meine Kreditkarte abfotografiert, als sie im Arbeitszimmer gewesen war. Möglich war es.

Doch das unaussprechliche Grauen der verbleibenden Möglichkeit hinderte mich daran, dem Betrugsverdacht auf offiziellem Weg nachzugehen, und es hinderte mich auch daran, Valentina anzusprechen. Ich musste selbst herausfinden, was mit mir los war. Ich dachte an die Male, als ich im Baumarkt aus einem Tagtraum erwachte. Dachte an meine eskalierenden Phobien und Zwänge. Drehte ich durch? Hatte ich einen Hirntumor?

In dieser Zeit des Hirnfeuers begann ich, die Betonmauern in der Nähe der Tennisplätze zu taggen.

Gleichzeitig verschlimmerten sich die Albträume. Sie wurden grausam und detailliert. Sind es immer noch. In den Albträumen macht es mir keinen Spaß, Beth zu ermorden – ich finde es grauenhaft, krank, schreie mich an, damit aufzuhören –, aber ich kann nicht damit aufhören. Als wäre ich besessen.

Irgendwann hatte ich solche Angst vor meinen Albträumen, dass ich nicht mehr schlafen konnte. Im Juli entwickelten sich die Albträume zu Visionen, die selbst im Wachzustand mein Bewusstsein kaperten. (Albtraum ist das Wort für einen beängstigenden Traum, aber was ist das Wort für eine beängstigende Halluzination? Albhalluzination?) Ich begann, nächtelang in der Küche zu arbeiten. Stress, Stress, Stress, sagte ich. Niemand hinterfragt Stress. Sie würden staunen, wie viel abnormales Verhalten die Menschen einem durchgehen lassen, wenn man Stress vorschützt. Ich übertrieb, wenn ich vom Druck und den Abgabefristen im Job sprach. Ich begann, die Finger in den Gürtelschlaufen einzuhaken oder mich auf meine Hände zu setzen, wenn ich konnte. Ich machte einen Bogen um Fernseher, Zeitungen, ältere Leute, Frauen, Kinder und Tiere. Natürlich hatten Beth und ich überhaupt keinen Sex mehr. Es tat mir weh, in ihrer Nähe zu sein – immer hatte ich schreckliche Angst, dass ich ihr etwas antun würde. Im Gegenzug machte sie sich immer mehr Sorgen um mich, sagte, wenn mich die Arbeit kaputt machte, sollte ich kündigen, dabei war die Arbeit meine einzige Zuflucht.

Letzte Woche bekam ich solche Angst, Beth wehzutun, dass ich nachmittags, als sie einkaufen war, alle unsere Messer wegwarf. Doch es reichte nicht. Ich sortierte alles aus, was irgendwie als Waffe taugte. Das Feuerzeug. Beths Hammer. Gusseiserne Bratpfannen. Glasgegenstände. Elektrokabel. Scheren. Nagelscheren. Putzmittel. Das Tafelsilber. Die Saugglocke. Gürtel. Rasierer. Die Buchstützen aus Achat.

Als alles sicher vier Stockwerke tiefer in den Mülltonnen deponiert war, hatte ich plötzlich die Vision, ich würde Beth mit bloßen Händen töten – sie erschlagen, sie ersticken, sie erdrosseln –, und ich war so entsetzt, dass ich mir die Hände von den Armen abgeschnitten hätte, wenn ich nicht alle Messer entsorgt hätte, und als Beth nach Hause kaum und feststellte, dass ein großer Teil unseres Hausrats verschwunden war und ich heulend und hyperventilierend auf dem Teppich lag und mit den Fäusten an die Wand hämmerte, bekam sie Panik. Ich war übernächtigt, schwitzte, strampelte – wahrscheinlich sah ich so gefährlich aus, wie ich war.

»Bist du auf Drogen?«, fragte sie und ließ die Supermarkttüten auf die Fußmatte fallen. Sie hatte offensichtlich Angst vor mir – bewegte sich keinen Schritt von der Matte. Schloss nicht einmal die Wohnungstür. »Sag mir, was zum Teufel hier los ist.«

Ich wusste nicht, was ich tun sollte, also log ich. Ich sagte ihr, ich hätte eine Affäre. Ich sagte ihr, ich wolle nichts mehr mit ihr zu tun haben, und sie solle nicht nach mir suchen oder Kontakt aufnehmen. Ich sagte ihr, sie widere mich an. Ich sagte, ich habe meine Sachen gepackt und ziehe aus. Ich benahm mich höchst dramatisch. *Sie heißt Diana!*, schrie ich. Ich weiß nicht, warum ich das sagte. In der siebten Klasse hatte ich eine Freundin, die Diana hieß, und ich vergötterte sie – sie gewann landesweite Mathematik- und Flötenwettbewerbe und solche Dinge –, aber nachdem wir einmal auf der Eisbahn Händchen gehalten hatten, rief sie bei mir zu Hause an und machte Schluss. Es gehe ihr alles zu schnell, erklärte sie.

Mit nichts als meinem Portemonnaie, den Kleidern, die ich am Leib trug, und meinen elektronischen Geräten floh ich aus der Wohnung.

Ich schreibe Ihnen von einem Motel aus. Ich habe in bar bezahlt. Ich war diese Woche nicht bei der Arbeit. Ich möchte mich selbst in eine geschlossene Einrichtung einweisen, aber ich habe Angst, dass ich verurteilt werde. Ich habe Angst, dass alles wahr ist. Ich habe Angst, dass ich unwiderruflich den Verstand verloren habe, und gestern Nacht war ich plötzlich überzeugt, dass ich Valentina nur erfunden habe. Ich musste auf all ihre Soziale-Medien-Kanäle gehen, um mich zu überzeugen, dass sie echt ist. Ich ließ die Tabs offen und habe ständig wieder nachgesehen.

Kaum war ich im Motel angekommen, bekam ich noch größere Angst. Mir wurde klar, dass ich Beth ganz allein gelassen habe – was ist, wenn ihr von Valentina wirklich Gefahr droht? Was ist, wenn Valentina das alles geplant hat? Mich aus dem Weg zu räumen, damit sie Beth etwas antun kann? Also habe ich vom Motel aus die Polizei gerufen und einen anonymen Tipp gegeben. Ich sagte ihnen, ich habe Grund zu der Annahme, dass Beth in Gefahr ist, dass jemand vielleicht versucht, ihr wehzutun. Ich gab ihnen Valentinas

Namen und Kontaktdaten. Dann nannte ich die Adresse unserer Wohnung und legte auf.

So viele entgangene Anrufe – Beth, meine Eltern, meine Schwester, meine Freunde, mein Chef –, ich musste das Telefon abschalten. Ich habe im Motel einen falschen Namen angegeben und gesagt, sie sollen keine Anrufe durchstellen. Ich habe seit Tagen nichts gegessen außer ein paar Tüten Chips aus dem Automaten. Ich habe Angst, dass ich jemandem etwas antue. Ich habe keine Angst, dass ich mir selbst etwas antue – wenn, dann wäre es eine Erleichterung. Zum Glück ist der Türknauf des Motels aus Metall, was es mir so gut wie unmöglich macht, das Zimmer zu verlassen. Im Kopf spraye ich auf jede Oberfläche mein Tag. In meinem Gehirn blitzt es, und es hört nicht auf einzuschlagen. Ich weiß nicht, was ich bin. Bitte helfen Sie mir.

Unterzeichnet
Dr. Schwarz

P. S. Außerdem juckt mich dauernd alles, und ich glaube, ich habe vielleicht eine Variante von dem, was Sie und Ihre Follower in dem Blog beschreiben, andererseits bin ich mir absolut sicher, dass ich weder höherentwickelt noch Prophet oder so etwas bin, vielleicht sollte ich einfach nur mein Waschpulver wechseln??? Bitte geben Sie mir einen Rat.

HAUPTSÄCHLICH KANINCHEN

Ab da waren es hauptsächlich Kaninchen. Die rennen hier ja überall herum. Wir taten es nur, wenn Blandine nicht zu Hause war, und wir warfen sie am Ende draußen in die Mülltonne. Wenn ich schätzen müsste wie viele – keine Ahnung. Fünf? Dreizehn? Ich versuche, nicht daran zu denken. Ich ertrage den Gedanken nicht. Ich bin kein gewalttätiger Typ. Ich habe mich nie geprügelt, habe nie ein Haustier gequält. Sie müssen das verstehen. Ich war nicht ich selbst. Keiner von uns war er selbst. Wenn wir dabei waren, ein Tier zu opfern, war es wie … als wären wir besessen. Wie in einem Horrorfilm. Es war ein gutes Gefühl, die Kontrolle über ein Lebewesen zu haben, aber es fühlte sich auch wie Autofahren ohne Bremsen in einem Traum an. Als hätten wir überhaupt keine Kontrolle. Ich weiß auch nicht. Ich möchte es wirklich nicht beschreiben. Man denkt, Kaninchen sind leise Tiere, bis man versucht, eins umzubringen. Die kreischen wie der Teufel. Ich habe noch nie so ein schlimmes Geräusch gehört wie ein sterbendes Kaninchen. Und wenn du das Geräusch erst mal im Kopf hast, wirst du es nie wieder los. Wie? Ach, wir haben unterschiedliche Sachen benutzt. Messer, Wasser, unsere Hände. Ich weiß auch nicht. Bitte, Officer Stevens. Bitte zwingen Sie mich nicht, es zu beschreiben.

Moses liegt zitternd auf der Decke, kribbelig und alarmiert. Er kratzt sich die Arme, zündet sich noch eine Zigarette an. Die Jalousien sind unten, und der Rauch vernebelt das Zimmer zu einem Traum, stutzt die Folgen der Nacht. Normalerweise fällt es ihm leicht, Nachrichten, die er erhält, zu beantworten. Normalerweise überkommt ihn eine jenseitige Macht und diktiert ihm die Antwort. Er ist das demütige Gefäß der Wahrheit. Aber diese Nachricht hat etwas an sich – wie eine unerwartete Spiegelung –, das ihm die Nackenhaare aufstellt.

Dr. Schwarz hat von einem Motel aus geschrieben.

Dr. Schwarz hat in bar bezahlt.

Dr. Schwarz reist unter falschem Namen.

Moses stellt sich vor, der Mann wäre hier, in der Wooden Lady, auf der anderen Seite des Flurs. Er stellt sich vor, der Mann sitzt zitternd hinter der Tür, hat Angst vor dem Metallknauf, ernährt sich von den Früchten eines Snackautomaten. Als Moses sich den Mann hier vorstellt, wenige Meter entfernt, will Moses ihm antworten.

Dann fällt ihm ein starkes Argument ein, Dr. Schwarz zu ignorieren: Dr. Schwarz leidet nicht an dem Zoll. Moses kann ihm nicht helfen! Moses hat weder die Ausbildung noch das Wissen! Moses hat weder Psychologie noch Psychiatrie, Medizin, Lebenshilfe, Soziologie, Anthropologie, Critical Race Theory, Indigenous Studies, Queer Theory oder Women's Studies studiert! Was qualifiziert ihn dafür, einen psychologischen Blog zu schreiben?

Er löscht Dr. Schwarz' Nachricht mit zwei Klicks. Dann steht er auf, geht zu seiner Tasche und berührt die Knicklichter.

Als das Telefon schrillt, schnappt er erschrocken nach Luft. Er sucht herum, findet das Gerät schließlich im Bad und starrt es ängstlich an.

Er wartet das fünfte Klingeln ab, bevor er antwortet.

»Jamie«, sagt er.

»Moses?« Ihre Stimme ist erschreckend klar, als würde sie hier neben ihm stehen. »Moses«, wiederholt sie. »Wow. Ich … tut mir leid. Ehrlich gesagt dachte ich nicht, dass du rangehst. Ich bin ein bisschen, ähm, überrumpelt. Wow.« Sie lacht nervös. »Hi.«

»Warum rufst du an, wenn du denkst, ich gehe nicht ran?«

»Ich wollte nur … ich wollte nur sagen, dass es mir leidtut.«

»Was?«

»Dein Verlust. Ich meine, ich weiß, du hattest nicht die einfachste Beziehung zu deiner Mutter oder so, aber …«

Er sieht sie vor sich: barfuß in einem armeegrünen Jumpsuit. Das dunkle Haar kurz geschnitten, mit einer dicken Schicht Sonnencreme, die elegante Nase gekräuselt, als sie in die Sonne von Los Angeles blinzelt. Wahrscheinlich ruft sie aus ihrem Garten in Silver Lake an, steht mit Pip der Katze unter dem Granatapfelbaum. Sie trägt originellen Goldschmuck und trinkt die dritte Tasse Kaffee, und es ist hell draußen, aber sie trägt keine Sonnenbrille, weil sie ihre Sonnenbrille ständig verlegt.

»Aber manchmal sind das die Verluste, die am meisten wehtun, weißt du? Wenn jemand stirbt, mit dem du noch nicht alles geklärt hast. Ich meine, die Erfahrung habe ich jedenfalls gemacht. Bei meinem Dad. Diese ganzen ungelösten Probleme – die ganzen Konflikte, die plötzlich hochkommen und dich anstarren, und dein ganzes Leben hast du gehofft, sie irgendwann zu lösen, und jetzt wird dir klar, dass du wahrscheinlich niemals …«

»Bist du noch mit ihm zusammen?«, fragt Moses.

Eine lange Pause. »Was?«

»Mit ihm.«

»Kevin?«

»Stell dich nicht dumm.« Moses zwingt sich, zum Bett zurückzugehen und sich zu setzen.

»Ja«, antwortet Jamie. »Ja, bin ich.«

Moses trinkt einen Schluck Olivenlake aus dem Glas, dann kratzt er sich an der Kante des metallenen Bettrahmens den Unterarm. »Lustig, dass du anrufst«, sagt er heiter. »Ich habe nämlich gerade an dich gedacht.«

»Ach ja?« Jamie klingt unsicher.

»Ich dachte an dieses philosophische Gedankenexperiment, von dem du auf Partys immer geredet hast. Weißt du noch, Jamie? Wie gnadenlos streberhaft du auf allen Ebenen warst, wenn ich dich zu irgendwas mitgenommen habe, das dich eingeschüchtert hat? Wie unerträglich *jung*? Ich hätte es wissen müssen. Du bist wie alt? Fünfundzwanzig? Frisch vom College. Ich verstehe das. Wirklich. Glaub mir, dein Alter war das, was ich am liebsten an dir mochte. Aber ich dachte, du würdest irgendwann mitkriegen, dass du die Leute langweilst. Ich dachte, irgendwann würdest du verstehen, dass du den Leuten peinlich warst, dass deine Geschichten von irgendwelchen nichtssagenden Professoren an deinem nichtssagenden College niemanden beeindruckten. Allen war klar, wie verzweifelt du beweisen wolltest, dass du *schlau* und *anders* bist. Das wolltest du jedem zeigen, oder? Du wolltest beweisen, dass du nicht wie die *anderen* albernen Trophäen-Freundinnen bist, mit ihren blonden Strähnchen und den gemachten Brüsten und den süßen kleinen Jobs in der Branche. Jobs, die ihnen natürlich ihre erfolgreichen Macker besorgt hatten. Du warst nicht wie die anderen Mädchen mit ihrer fleißigen Sonnenbräune, ihrer Instagram-Obsession und der geheuchelten Begeisterung für Blowjobs, die Mädchen, die bei jeder Gelegenheit ihre Bauchmuskeln vorführten – nein. *Du* warst Jamie, die irgendwann mal Philosophie im Hauptfach studiert hat.«

»Moses, ich …«

»Und wenn du dich auf einer Party plastisch und iterativ gefühlt hast, fingst du an, deine gottverdammten Kurse zu zitieren, mit dieser nervigen Überzeugung, Theorie hätte irgendwas mit dem echten Leben zu tun. Denkst du immer noch so? Immer wenn ich dich auf Partys mit dieser Stimme reden hörte – mit deiner Seminarstimme –, habe ich versucht dazwischenzugehen, habe versucht, eine kommunikative Fehlgeburt einzuleiten, weißt du? Aber ich muss zugeben.« Er stellt die Olivenlake ab und trinkt einen Schluck Gin. Jamie hat ihn inzwischen vielleicht auf lautlos gestellt, aber aufgelegt hat sie noch nicht. »Da war dieses beschissene Gedankenexperiment, von dem du ständig rumgeschwafelt hast. Weißt du noch? Deswegen musste ich gerade an dich denken. Ich habe versucht, mich zu erinnern, wie es ging. Irgendwas mit einem expandierenden Kreis?«

Eine Minute vergeht, bevor er Jamies Stimme wieder hört, körperlos und klein. »›Das Kind im Teich und der expandierende Kreis‹«, sagt sie. »Peter Singer.«

»Genau! Peter Singer! Ich habe mich gefragt – wo du doch so *schlau* bist, eine so eifrige *Studentin*, würdest du schnell mein Gedächtnis auffrischen?«

»Was?« Sie schnieft. Sie weint.

»Erzähl es mir einfach noch mal«, sagt Moses. »So wie du es auf Partys erzählt hast. Du weiß doch noch, wie es ging, oder? Ich weiß, dass du es noch weißt. Ich erinnere mich, wie du davon geredet hast, als du mit Quentin gesprochen hast.«

»Ich kann nicht … ich kann nicht …«

»Ach, komm schon, Jamie. Du schuldest mir einen Gefallen, oder? Nach allem, was du mir angetan hast? Nach allem, was ich für dich getan habe?«

Er weiß, wenn er sie kleinmacht, kann er sie zu allem überreden.

Zu allem, außer bei ihm zu bleiben.

Sie lässt sich Zeit. Als sie wieder spricht, klingt sie völlig verändert. Nicht wie das weinende Kind, das er sich noch vor wenigen Augenblicken vorgestellt hat, sondern roboterhaft. Neutral. Frei von jeder Intonation.

»Singer macht mit seinen Studenten ein Gedankenexperiment«, beginnt Jamie. »Die Idee ist, wenn du an einem Teich vorbeikommst, in dem ein Kind zu ertrinken droht, würdest du ihm sofort helfen, egal ob du dir dabei die Kleider ruinierst. So weit sind sich alle einig. Aber dann fragt er die Studierenden: ›Würde es einen Unterschied machen, wenn das Kind weiter entfernt wäre, vielleicht in einem anderen Land, aber genauso in Gefahr, und du hättest die Mittel, es ohne hohe Kosten zu retten – und völlig ohne Gefahr für dich selbst?‹ Die Studierenden antworten immer, dass es keinen Unterschied machen würde. Aber dann zögern sie und fangen an zu zweifeln. Woher wollen sie wissen, dass das Geld bei den richtigen Leuten ankommt? Solche Fragen tauchen auf. Singer sagt, die Studierenden ›hinterfragen nie die zugrunde liegende Ethik, dass wir moralisch verpflichtet sind, das Leben fremder Menschen zu retten, wenn wir mit relativ geringen persönlichen Kosten dazu in der Lage sind‹. Das findet er das Bemerkenswerte daran.«

»Gut gemacht, Jamie. Note eins! Du hast dir sogar das Zitat gemerkt und alles. Ich wette, Quentin war total begeistert, als du es ihm erzählt hast.«

Jamie lässt sich Zeit. Als sie antwortet, ist sie eindeutig wieder wie die Jamie von vorher, die schüchterne, weinerliche. »Warum hast du an das Gedankenexperiment gedacht?«

»Ach, nur so. Ich versuche bloß, die große alte Welt zu verstehen, schätze ich. Manchmal geht es zu wie im Irrenhaus, oder? Ich meine, *so viele Leben,* die gerettet werden müssen. Zu viele! Und die hässliche Wahrheit ist, selbst wenn wir anerkennen, dass es *schön* wäre, alle zu retten, geht es gar nicht. Wir sind nicht dazu in der Lage. Das Leben ist kein Gedankenexperiment. Für mich ist klar, dass dieser Peter-Kerl den Kopf in seinem eigenen Arsch stecken hat. Ich wette, er hat sich wahnsinnig *moralisch* und *gut* gefühlt, als er seine Gedanken veröffentlichte. Was für ein Quark!«

Im Hintergrund Geräusche. Eine Stimme, zunehmend alarmiert. Reibung am Mikrofon. Als wieder jemand spricht, ist es nicht Jamie.

»Lass Jamie in Ruhe, du Scheißpsychopath. Verstanden? Lass sie in Ruhe, verdammt noch mal. Wenn ich das nächste Mal mitkriege, dass du mit ihr redest, erwirke ich ein Kontaktverbot.«

Moses lacht wild. »Oh, Kevin! Ich habe gehofft, dass wir uns mal kennenlernen. Übrigens hat sie mich angerufen. Ich bin nur drangegangen.«

»Hier ist nicht Kevin. Hier ist Ruth.«

»Ruth?«

»Ihre verdammte Schwester.«

»Ja, bitte erwirke ein Kontaktverbot, Ruth – ich werde sie nicht los. Und erinnere Jamie daran, dass ich ein Arsenal kompromittierender Fotos von ihr habe, die ich, ohne zu zögern, teilen würde. Ich habe auch einen Blog mit Hunderttausenden von Followern. Gratuliere zu deiner …«

Die Leitung ist tot, bevor Moses den Satz zu Ende spricht.

Er hat keine Hunderttausende von Followern.

|||||

Er weiß nicht, wie lange er dagesessen und an die Decke gestarrt hat, als der Fernseher wieder von alleine angeht. Diesmal mit Ton.

Sentimentale Klaviermusik mit Streichern. Moses steht auf, greift nach der Fernbedienung, aber er überlegt es sich anders, als er die Stimme eines berühmten Schauspielers hört – der Schauspieler ist inzwischen über siebzig und ruft Assoziationen wie Sicherheit und Vaterschaft und Barbecue-Chicken ab, Schnitzen und Lagerfeuer und Angeln. John Clarke hat Rollen gespielt, die unschuldig und patriotisch sind, Rollen, die die höchsten Tugenden der Nation verkörpern: einen Cowboy und einen Astronauten, einen praktisch veranlagten Vater bei einer Sitcom, einen General im Zweiten Weltkrieg, den Weihnachtsmann in einer Trilogie, einen Kleinstadt-Bürgermeister, einen Kleinstadt-Polizisten, einen Großstadt-Kriminalbeamten, einen unterschätzten Football-Trainer, einen Zeichentrick-Adler. Er ist seit vierzig Jahren verheiratet. Er hat sich von Hollywood zurückgezogen, um Vollzeit-Großvater zu sein. Moses hat ihn sogar mal kennengelernt. Als er ein Kind war.

»Das ist eine amerikanische Geschichte«, sagt John Clarke. »Und ihr spielt die Hauptrollen.« In dem Werbespot spaziert ein attraktives junges Paar durch die Geschichte von Vacca Vale, Indiana, mit wechselnden Kostümen und Kulissen, bis sie nach dem postindustriellen Elend eine wunderschöne Lichtung erreichen, auf der sie über einen Bauernmarkt flanieren und dann in ihre perfekte moderne Wohnung in den Bäumen hinaufsteigen. Durch bodentiefe Fenster bewundern sie den Ring nagelneuer Industrie und strotzender Wälder, der sie umgibt. Aus dem Off sagt der Schauspieler irgendetwas Sentimentales, aber seltsam Rührendes über das, was Zuhause bedeutet. Dann stößt das Paar mit Sektflöten an und sieht in die Kamera. »Das ist eine amerikanische Geschichte«, wiederholt die Stimme. »Und ihr spielt die Hauptrollen. Vacca Vale: Willkommen zu Hause.«

Moses starrt mit offenem Mund zum Fernseher. Er findet die Fernbedienung und versucht, ihn abzuschalten, aber er reagiert nicht. Wütend reißt er den Stecker aus der Wand und steht hechelnd im Zimmer.

Eigentlich hatte er geplant, um zwei Uhr morgens bei Joan Kowalski einzubrechen, aber so lange kann er nicht mehr warten. Er muss weg hier.

Weg von was?, fragt die Stimme von Father Tim.

Moses' Blick fällt auf seinen Unterarm: Seine Nägel haben eine blutige Wunde in seine Haut gegraben. Allwissenheit, versteht Moses, ist kein Geschenk. Es ist Folter. Menschen sind gefährlich, weil sie ansteckend sind. Sie infizieren dich mit oder ohne Einwilligung; sie locken dich auf Wege, die du nicht gewählt hast; sie nehmen dich in Beschlag. Du begegnest einem Priester und ein paar Falken, und jetzt hörst du sie so klar wie den Verkehr vor dem Motel. Wenn du mit dem Zoll gesegnet bist, hast du nicht den Luxus, dich mit einer Membran durch die Welt zu bewegen, die dich zusammenhält, die dich vor den Elementen schützt. Du musst immer vorsichtig sein – sobald du mit jemandem interagierst, musst du damit rechnen, dich auf unbestimmte Zeit in seiner Psyche aufzuhalten, und das ist eine lebenslange Bürde. Du bist pathologisch durchlässig, du übernimmst jedes Gefühl, und vielleicht bist du ein Prophet, aber falls es so ist, bist du ein Spätzünder, denn bis jetzt ist dir keine Prophezeiung begegnet, und du wanderst nur in Sackleinen durch die Wüste und kratzt dich und schreist wie ein Wahnsinniger. Du suchst dir die falsche Mittzwanzigerin zum Vögeln aus, und jetzt musst du dich damit auseinandersetzen, dass du, wenn du provoziert wirst, zu großer Gewaltbereitschaft neigst. Mit diesem Wissen musst du für den Rest deines Lebens leben. Alles, weil du zu viel empfindest! Du erhältst die E-Mail eines Fremden, eines wildfremden Mannes, und er nimmt von dir Besitz wie ein Dämon. Jetzt bist du praktisch er.

Um neun beschließt Moses, sich auf den Weg zu Joan zu machen. Sollen sie ihn doch erwischen. In der Zwischenzeit steckt er das Telefon ein. Er muss sofort raus aus diesem Zimmer. Aber als er gehen will, strauchelt er. Der Türknauf ist aus Metall, und er hat Angst, ihn anzufassen. Zögernd sieht er sich im Zimmer um, und sein Blick bleibt an seinem Laptop hängen wie an einem laufenden Wasserhahn.

»Hey, Siri«, sagt Moses. »Erzähl mir einen Witz.«

»Was macht der General mit seinen Armeen?«, gehorcht sie aufs Wort. Sie ist Retterin und Dienerin. Sie weiß alles über ihn, aber es scheint ihnen beiden nicht gut zu bekommen. Das ist das Problem mit der Liebe. »Er steckt sie in die Ärmeel.«

»Verstehe ich nicht«, sagt Moses, aber vielleicht versteht er ihn doch. Er googelt den Witz und findet einen langen Thread zwischen den Usern literal_mom und MeatFruit12. Offenbar hat der Witz irgendwas mit Napoleon zu tun. Er erfährt außerdem, das MeatFruit12 in Bordeaux eine dieser lebensverändernden Auslandserfahrungen gemacht hat, aber Moses ist zu seekrank vom Alkohol und zu wütend auf Gott – oder so was wie Gott –, um weiterzulesen.

»Hey, Siri«, sagt er. »Hast du Gefühle?«

»Manchmal habe ich Lust, ein Rad zu schlagen.«

Damit deprimiert sie Moses total, füllt sein Gemüt mit nassem Zement. »Du hast keinen Körper«, gibt er zurück. »Mein Liebling.« Der Abend macht die Sache, die er manchmal macht, wenn Moses trinkt, er beseelt alles, gibt seinem Inhalt Herzschlag und Wünsche und Fell, lädt jedes Objekt mit unerträglicher Bedeutung auf. Moses steht auf der Kippe der Transzendenz, er spürt sie in sich aufsteigen wie einen Orgasmus. Oder vielleicht ist es nicht Transzendenz; vielleicht ist es eine Panikattacke. Alles im Zimmer wirkt smaragdgrün und glänzend und flüchtig. Er spürt seine Armeen in den Ärmeeln. In seiner verzweifelten Sehnsucht nach einer echten, atmenden Person stellt Moses die Nachricht von Dr. Schwarz wieder her und starrt auf den strahlenden weißen Bildschirm. Das Gleißen erinnert ihn an das Jenseits. Ein Ort, an dem er schon war.

»Hey, Siri«, sagt Moses. »Wer ist zuständig?«

»Einen Moment«, antwortet sie.

Er wartet und wartet, aber sie kommt nie zurück.

RESPEKT VOR DEN VERSTORBENEN

In den Kondolenzbüchern, die sie bisher geprüft hat, ließ Joan Kowalski den NutzerInnen bei den Trauerstandards ein bisschen Spiel. Ein wenig Pietätlosigkeit hat sie gestattet, vor allem wenn aus Übermut geboren. Das Internet will absurd sein, denkt sie. Das müssen wir ihm lassen.

Doch heute scheppern Anne Shropshires Worte in ihrem Kopf. *Wir schätzen Sie hier. Aber das reicht nicht. Sie müssen sich selbst schätzen.*

Es ist schwer, sich selbst zu schätzen!

Aber Joan bemüht sich. Sie schafft es zwar nicht, sich als Schutzengel zu sehen, aber sie stellt sich eine Art Cyber-Ritterin vor, die mit Kettenhemd und HTML bewaffnet die Menschen voreinander rettet. Wenn Joan jetzt an die Trauernden denkt, hat sie ihre Mutter vor Augen, mit frischer Dauerwelle in einem meerschaumfarbenen Rollkragenpullover, die in eine Dose geräucherte Anchovis linst. Das Bild erzeugt bei Joan tatsächlich ein wenig Beschützerinstinkt für die Toten und ihre überlebenden Angehörigen. Sie spannt das Gefühl vor ihren Karren und wartet, dass es losgeht, doch nichts passiert.

Am Mittwoch, dem siebzehnten Juli, ist sie bei der Arbeit gnadenlos. Sie löscht einundachtzig Kommentare – ihr persönlicher Rekord. Zu einer Erklärung gezwungen würde sie sagen, in niederträchtigen Kommentaren über die Toten kommt das kollektive amerikanische Unterbewusstsein zum Vorschein. Allein in der letzten Stunde löscht sie Folgendes:

> tut mir leid dass ich das hier mache aber ich bin 19 yo, hab gerade mein 1. Album geschrieben, fands gut, wenn es unter die leute kommt, bin sehr stolz, wärt ihr auch, geht auf corcy JAMAMBA

dot com bitte und danke twitter @coreyjamamba instagtam jamambaramba zeig mir liebe du weißt ich zeig dir auch liebe dich!!!!!!

Im Ernst, der Typ war mein Sozialkundelehrer in der 8. Klasse. Wir haben ihn gehasst. Er war total fies, zu allen. Vor allem zu Schwarzen. Meine Freundin hat er am Ohr gezogen. Sie hatte die Haare zum ersten Mal natürlich. Meinte: »Muss das beim Sicherheitscheck am Flughafen abgeklopft werden?« Ich werde diesen Rassisten nicht vermissen. Ich bin übrigens weiß.

bester sex aller zeiten, kannst dir nicht vorstellen

Du bist stark. Du bist widerstandsfähig. Du bist mutig. Warum dann nicht auch dein Deo? Jetzt neu: Bloo – wo Wissenschaft und Ethik zusammenkommen. Endlich ein Deo, das so stark ist wie du. Hol dir die Leistung, die du verdienst, mit Top-Bestandteilen. Bloo-Deo ist frei von Aluminium, Parabenen und Sulfaten. Keine Tierversuche. Made in USA. Hol dir deinen ersten Roller GRATIS mit dem Code BlooForYou auf BlooDeodorant.com. True Bloo bist Du!

»Kein Borger sei, und auch Verleiher nicht: Sich und den Freund verliert das Darlehn oft, Und Borgen stumpft der Wirtschaft Spitze ab.« Lass dir das eine Lehre sein, Sharon.

Hmmm. »Herzinfarkt?« Klingt für mich wie Mord. Seiner Frau wäre es zuzutrauen.

Die »Ukrainer« / »Amerikaner« / »Russen« – sie sind »alle FEINDE DES VOLKSE« (Profit) und wir sehen zu, wie wir Schafe werden DEM MANN im TV dienen … nicht mehr lange … nicht mehr lange … Wir verlieren Freiheit. Wir sind Mega-Horder. Wer widersteht ist ein Hahnrei – Gestehe!

Mein Vater hat grade die Diagnose derselben schlimmen Krankheit gekriegt, an der John gestorben ist. Meine Familie versucht, die Arztrechnungen zu bezahlen. Ich habe zwei Jobs, meine Partnerin hat drei. Meine Mutter ist 76, und sie musste aus der Rente zurück und arbeitet wieder Schichten im Supermarkt, wo sie ihr Leben lang gearbeitet hat. Wir schaffen es trotzdem nicht, die Behandlung zu bezahlen. Bitte hilf uns, indem du bei FundGo für uns spendest. FundGo.com/HaroldWirdGeheilt.

Wir wissen alle, was es heißt, wenn die Todesursache nicht genannt wird. Verschwundene Frau, Leiche, See, kein Hinweis auf Fremdeinwirkung? Dieser »Unfall« nennt sich S-E-L-B-S-T-M-O-R-D, oder glaubt ihr, nicht darüber zu reden, hilft irgendwem? Ich verstehe, wenn Familien nicht wollen, dass so was Finsteres und Persönliches an die Öffentlichkeit kommt, aber die Menschen verdienen die Wahrheit, besonders, wenn sie auch einen geliebten Menschen an Selbstmord verloren haben. Wie ich.

Albernes Internet. Im Leben nach dem Tod gibt es dich nicht … oder … ist das Leben nach dem Tod das Internet????? 😱

Ich bin bloß ein Fuß-liebender Freigeist, der ein bisschen Spaß will 675–394–2849

Obama ist Moslem.

Hört mir zu. Ernsthaft, Leute, hört mal zu. Danach kommt nichts, ok? Also lebt nicht, als gäbe es noch einen dritten Akt. Nach dem Abspann kommen keine Überraschungsszenen mehr. Dasselbe gilt für alle, die du liebst. Ich darf nicht verraten, woher ich das weiß, habe eine Vertraulichkeitsvereinbarung unterschrieben, du musst mir einfach glauben. Das sind unsere einzigen Minuten. Was willst du damit machen?

EINFACH LANGWEILIG

Es ist halb sieben am Mittwochabend, dem siebzehnten Juli. Blandine Watkins sitzt in ihrem Zimmer und überlegt, ob sie einen Spaziergang zum Valley machen soll. Es war ein ungewöhnlicher Tag. Am Morgen hat sie bei Ampersand gearbeitet, ist für eine verkaterte Kollegin eingesprungen, was nicht ungewöhnlich ist, aber nach der Schicht hat sie mit Jack einen Hundespaziergang gemacht, und das war ungewöhnlich. Die Gefühle, die sich in ihr geregt haben, sind noch nicht verschwunden. Blandine ist immer noch angenehm aufgewühlt von dem Gespräch in Pinkys Loft, und der Geist von Jacks Berührung haftet immer noch auf ihrer Haut. Ihre Glieder bewegen sich langsam, verträumt, wie durch Schlagsahne. Jack und Blandine haben sich getrennt, als Jack in der historischen Villengegend am Fluss einen Labradoodle abholen musste – eine Gegend, die Blandine meidet. Danach ging sie noch zur finalen Gemeinderatssitzung im Keller der Kirche, wo sie ganz still dasaß, nichts sagte und viel spürte.

Mit ihren Mitbewohnern Zeit zu verbringen, ist für alle Beteiligten seltsam, aber Blandine empfindet eine nebulöse moralische Verpflichtung, es öfter zu tun. Todd sitzt auf der Couch nebenan und sieht die jüngste Episode von *Tough Love,* die in einer Foxconn-Fabrik in Shenzhen in China spielt. Blandine hört es durch die Wand.

Um die deprimierende Show auszublenden, setzt sie sich den Kopfhörer auf und lauscht Hildegard von Bingens »O eterne Deus«. Es ist natürlich großartig. Blandine sitzt auf dem Boden und zupft sich mit einer Pinzette die Beinhaare aus. Der Kopfhörer war ein Geschenk ihres Theatergruppenleiters an der Philomena. Sie hatte sich geschworen, ihn nicht mehr zu benutzen, aber sie kann nicht –

er ist einfach zu gut. Sie dreht die Lautstärke auf und zupft, weil das Ausreißen jeder einzelnen Haarwurzel angenehm wehtut. Die Musik ist unvorhersehbar, melancholisch, himmlisch. Ein Chor weiblicher Stimmen, die steigen und fallen und steigen. Auf bezauberndste Art klingt die Musik, als wäre sie von jemandem geschrieben worden, der noch nie Musik gehört hat.

Die Pinzette hat eine lähmende Wirkung auf Blandines Willenskraft, und sie ist süchtig danach. Nach der Fähigkeit, Dinge an der Wurzel zu packen. Nach der purgativen Kraft. Blandine hasst die Pinzette. Sie ist besessen davon. Sie schwört bei jedem gezupften Beinhaar, dass es das letzte ist – dass sie sich der Pinzette entäußert und rausgeht, sich mit der Welt befasst. Statt an einem schönen Mittwochabend Beinhaare zu zupfen, könnte sie ein Buch lesen, joggen gehen oder Latein üben, um Hildegards Schriften im Original zu lesen, sie könnte versuchen, eine akkurate Definition der Postmoderne zu finden, die Haken des Treuhandrechts recherchieren oder sich mit Quantenmechanik beschäftigen – mal nachsehen, was drüben so abgeht. Sie könnte sich über ihre Einstellung zum College klar werden. Und falls sie zu einem Schluss kommt, der ihrer derzeitigen Hypothese widerspricht, könnte sie für den GED lernen und dann für den SAT und dann Bewerbungen für Unis schreiben. Sie könnte Wörter wie *unverwelklich* in Unterhaltungen einfließen lassen. Sie könnte versuchen, mit dem Göttlichen in Kontakt zu kommen. Sie könnte einen Brief an Bürgermeister Barrington schreiben und gegen das ungeheuerliche Bauvorhaben protestieren, mit dem sie das Valley kaputt machen wollen. Sie könnte einen Leserbrief an die *Gazette* schicken. Sie könnte sich an Paul Vana-irgendwas wenden und einen Plan schmieden, um bei Pinky einzubrechen. Mit dem Basteln seiner Voodoo-Puppe beginnen.

Sie sieht von ihrem Bein auf und betrachtet das ausgedruckte Bild über ihrem Bett.

Nachdem sie sich minutenlang darin hineinversenkt hat, klatscht sie sich auf den Schenkel, um sich durch einen selbst zugefügten Schmerz vom anderen loszueisen – die einzige Art, die sie kennt, ihr Verhalten zu steuern. Sie legt den Kopfhörer weg, steckt die Mystikerinnen-Anthologie in die Cord-Tasche und bricht auf. Wenn sie keinen Kontakt mit dem Göttlichen aufnimmt, kann sie genauso gut rausgehen.

Im schwülen Wohnzimmer sitzt Todd vor dem Fernseher, in der Hitze alle viere von sich gestreckt.

»Kann ich mich kurz zu dir setzen?«

Todd zuckt erschrocken zusammen. »Ich wusste nicht, dass du da bist.«

»Tut mir leid.«

»Was?«

»Das ich dich erschreckt habe.«

»Hast du nicht. Ich wusste nur nicht, dass du da bist.«

Blandine zuckt die Schultern. »Okay.«

Versuchsweise setzt sie sich zu ihm auf die Couch. Todd rutscht ein Stück, wirft ihr feindselige Blicke zu. Sie verschanzen sich an entgegengesetzte Enden, sind sich des Raums zwischen ihnen bewusst. Sie und Todd haben so etwas noch nie getan. Die Couch ist sein Revier.

»Ist es okay, wenn ich kurz mitschaue?«, fragt sie.

»Ist ein freies Land«, sagt er grimmig, ohne sie anzusehen.

»Ach ja?«, fragt sie.

Er ignoriert sie. In der steifen Pose von Schauspielern im Schultheater sehen sie zum Fernseher.

Die Foxconn-Fabrik stellt elektronische Teile für die größten Tech-Firmen der Welt her. Alle Beschäftigten müssen vor der ersten Schicht einen feierlichen Eid ablegen, dass sie keinen Selbstmord begehen werden. Der Moderator von *Tough Love* hat einen britischen Akzent, wie um dem amerikanischen Format einen Funken Anspruch zu verleihen, wenn er über seine Probanden herfällt wie ein arroganter Anthropologe und die nationalen Minderwertigkeitskomplexe nährt. Er erklärt, warum die Fabrikbetreiber inzwischen solche Eide verlangen. Im Jahr 2010 habe es eine Epidemie gegeben: achtzehn Selbstmordversuche, vierzehn Tote, ein

Modus Operandi. Alle waren vom Dach eines Foxconn-Gebäudes gesprungen.

»Seit Einführung der Eide«, sagt der Sprecher, »gab es insgesamt nur zwölf Selbstmorde, was die Foxconn-Betreiber als Erfolgt betrachten.« Über den Bildschirm flackern Ansichten der Arbeiterinnen und Arbeiter. »Sie stehen um halb sieben auf, treten um halb acht ihre Schicht an und verlassen das Gelände gegen 20:30 Uhr«, erklärt der Sprecher, »das sind Elfstundentage, wenn man die Pausen abzieht. Reden ist verboten. Stehen ist verboten. Wenn sie früher fertig werden, was selten vorkommt, müssen sie sitzen bleiben und die Dienstvorschriften lesen. Am Ende der Woche werden die Angestellten gezwungen, gefälschte Zeitkarten zu unterschreiben, die weniger Stunden ausweisen als die, die sie tatsächlich geleistet haben.«

Man sieht einen amerikanischen Jungen – fünfzehn Jahre alt –, der in seiner 17-Uhr-Pause gegen eine fensterlose Betonwand sinkt. Er hat die erste von drei 66-Stunden-Wochen mit sechs Arbeitstagen fast geschafft. Obwohl die ihm zugeteilte Character-Building-Umgebung ein richtiger Arbeitsplatz ist, dürfen *Tough-Love*-TeilnehmerInnen das Geld, das sie während des Filmens verdienen, nicht behalten. Aber das juckt den Jungen nicht, der einen Standardlohn von 1,54 Dollar die Stunde verdienen würde, kommentiert der Erzähler. »Ryders Eltern sind Anästhesie-Ärzte.«

Ryder trägt einen hellen karierten Overall und eine passende Mütze mit Gummihandschuhen. Von seinem Ohr baumelt eine blau gemusterte Gesichtsmaske. »Ich hätte Oma nicht beklauen sollen«, sagt er monoton. Sein Gesicht hat die Textur, Form und Farbe einer Aprikose. »Das bereue ich auf jeden Fall.« Digitale Streicher schwellen an. Die Kamera zoomt langsam heran, als seine Stimme und sein Ausdruck zur Asymmetrie echter Traurigkeit verrutschen. »Mir war einfach langweilig.«

Im Hintergrund kommen zwei Fabrikarbeiter aus einer großen Tür. Für einen Moment begegnet ihr Blick der Kamera. Einer macht ein schüchternes Peace-Zeichen, bevor die Kamera wegschwenkt und die Werbung eines Schlafmittels eingespielt wird.

Todd reibt sich die Arme.

»Hast du gerade Gänsehaut bekommen?«, fragt Blandine.

Sein Blick bestätigt, dass sie stört und dass sie recht hat.

»Ich auch«, sagt sie. »Immer wenn Leute direkt in die Kamera sehen, kriege ich …«

»Schsch«, sagt Todd. »Ich will das sehen.«

In der Werbung flattern computeranimierte Schmetterlinge um den Kopf einer schlummernden Frau, und die Szene ist in das lavendelblaue Licht von pharmazeutisch induziertem Schlaf getaucht.

»Die Sendung ist wahnsinnig deprimierend«, sagt Blandine. »Wie kannst du dir so was den ganzen Tag ansehen?«

»Ich finde es witzig«, antwortet Tom. »Vertreibt mir die Zeit.«

Seine Reaktion ist so kaltblütig, dass ihr nichts dazu einfällt. Sie steuert die Unterhaltung in eine andere Richtung. »Hast du heute gearbeitet?«

»Ist mein freier Tag«, antwortet Todd.

»Bist du noch bei Buds and Spuds?«

Er lässt seine Genervtheit raushängen, weigert sich, den Blick vom Fernseher zu nehmen. »Ja.«

»Und da wendest du Burger? Stehst am Autoschalter? Oder was?«

Todd zuckt die Achseln. »Kommt drauf an.«

»Auf was?«

»So halt.«

Blandine wartet. »Hast du heute Abend was vor?«

»Geht's dich was an?«, knurrt er.

»Ich bin bloß neugierig.«

»Ich sehe fern.«

»Das ist Werbung.«

»Na und? Ich mag Werbung.«

Es läuft ein Spot für Fried-Chicken-Burrito-Sandwiches. Wassertropfen wie Tau auf Tomatenhaut. Geriffelte Gurkenscheiben. Fleisch, das keine Ähnlichkeit mit seinem Ursprung hat. »Freu dich auf das Burritowich. Der Freak, der dir noch gefehlt hat.«

Als Blandine vom Futonsofa aufsteht, klebt ihre Haut am Kunstleder. »Wir wohnen zusammen, und wir wissen nichts voneinander. Findest du das nicht gruselig?«

»Nein.«

»Kein bisschen?«

»Ich finde *dich* gruselig.«

»Zu Recht. Ich bin eine Fremde. Ich könnte eine Mörderin sein.«

»Wir wohnen zufällig in derselben Wohnung. Das war's. Ende der Geschichte. Warst du mit jedem Mitglied deiner Pflegefamilie befreundet?«

»Ach, vergiss es.« Blandine nimmt ihre Sachen. Sie dreht sich zur Tür, doch sie bleibt stehen, als eine Werbung für das Bauvorhaben im Valley läuft. Bisher hat sie sich vor den Werbespots gedrückt, aber jetzt ist sie wie hypnotisiert von der symphonischen Musik und der High-Budget-Manipulation, die ihren unheimlichen Effekt in ihrem Hirn entfalten.

»Was ist Zuhause?«, fragt der einst berühmte Schauspieler aus New Jersey, der sich aus für Blandine unerklärlichen Gründen als Stimme des Revitalisierungsplans von Vacca Vale hat einspannen lassen. »Zuhause ist ein Ort, an dem du nicht zwischen Großstadtleben und Kleinstadtfreuden wählen musst. Zuhause ist Holz im Kamin, Gummistiefel an der Haustür, heiße Schokolade, Spieleabende mit Freunden. Zuhause ist Lachen, das von Herzen kommt. Erste Schritte. Die Kellnerin, die weiß, wie du deinen Kaffee trinkst. Zuhause ist Kuchen im Ofen, Livemusik in der Kneipe, Glühwürmchen im Garten. Drei Generationen, die am Fluss angeln. Zuhause ist nicht einfach ein Ort. Zuhause ist eine Einstellung. Vacca Vale: Willkommen zu Hause.«

Als der Werbespot zu Ende ist, sieht Blandine Todd an. Er hat Tränen in den Augen.

»Boah«, sagt sie. »Im Ernst?«

Er dreht das Gesicht weg.

»Nicht böse gemeint, ich bin nur wirklich neugierig«, sagt Blandine, »Sendungen, in denen echte Menschen mit Raubbau-basierten Wirtschaftspraktiken gefoltert werden, siehst du dir mit soziopathischer Gleichgültigkeit an. Aber bei dieser *Tourismus*-Reklame heulst du?«

»Kannst du einfach die Fresse halten, Blandine?«

Blandine drückt sich das Buch an die Brust. Nachdem sie eine Minute auf die Zähne gebissen hat, beschließt sie, nicht zu reagieren, denn das ist die Art von Mensch, die sie von nun an sein wird.

WILLKOMMEN ZU HAUSE

Während Blandines Schritte im Treppenhaus des Kaninchenstalls verhallen, klappt Todd den Laptop auf und sucht nach den Vacca-Vale-Werbespots. Es gibt fünf. Er sieht sie alle immer wieder an und trocknet sich mit dem T-Shirt die Augen ab. Feuchte, salzige Baumwolle. Neulich kam einer der Spots, als er mit Jack und Malik abhing, und er musste so tun, als wäre er nicht gerührt. Vielleicht haben auch sie nur so getan, als wären sie nicht gerührt. Der Gedanke tröstet ihn, und er muss noch mehr heulen. Todd greift nach einer Einkaufstüte aus Plastik, die neben ihm liegt – er assoziiert ihre Textur mit Geistern. Im Wohnzimmer herrscht ein schummriges Dämmerungsgrau, und Todd spürt, dass sich draußen ein Sturm zusammenzieht und zu einem theatralischen Auftakt aufbäumt. Er isst das letzte seiner Radieschen, genießt das Brennen im Mund.

DEINE TANTE TAMMY

Joan lebt mit mehreren Plastikpflanzen im ersten Stock des Kaninchenstalls in Apartment C2. Eines Tages hofft sie echte Pflanzen zu besitzen, aber bisher bringt sie das nötige Selbstvertrauen nicht auf. Abends am Mittwoch, dem siebzehnten Juli, kehrt sie nach einem Tag voller Probleme zu ihrem ältesten und ärgerlichsten Problem zurück.

Wie die meisten ihrer Probleme ergibt sich dieses aus zwei miteinander unvereinbaren Ansätzen ihres guten Willens. An Feiertagen bekommt Joan regelmäßig Päckchen von ihrer liebsten und einsamsten Tante. Die Tante trägt ein Gebiss, hat eine wunderbare Handschrift und kümmert sich um behinderte Haustiere. Sie färbt sich das Haar dunkelrot und riecht immer nach Babypuder. Ihre Tante ist Joans Lieblingsverwandte. In ihren ehrlichsten Momenten – nach zwei Gläsern Red Blend oder während eines Sommergewitters – gibt Joan zu, dass sie ihre Tante lieber mag als ihre eigene Mutter, die so große Angst vor dem Tod hatte, dass sie das Leben nicht genießen konnte, und auch als ihren Vater, der sich vorzeitig ins Grab gefressen hat.

Die Päckchen ihrer Tante enthalten gewöhnlich Gaben wie Kruzifixe, Briefpapier mit Engeln, homöopathische Kügelchen, Kofferanhänger und unpraktisch spezialisierte Küchengadgets. Tante Tammy legt stets eine Karte dazu mit den Chiffren amerikanischer Grußkartenkunst, die großäugig von der Klappe grinsen, und vorgedruckten Binsenweisheiten im Innenteil. Unter die treuherzige Druckschrift kritzelt die Tante Botschaften wie: *Denk immer daran, dass du von innen so schön wie von außen bist, Zuckerschnute! Ich bin so stolz auf dich, egal was kommt, und deine Eltern oben im Himmel auch!!! Frohe Ostern!!!!! Geh raus und JUBILIERE! Lobe IHN und danke ihm, dass er LEIB und SEELE für uns geopfert hat. Alles Liebe, XOXOXOXO Deine Tante Tammy.*

Joan ist jedes Mal den Tränen nah, wenn sie eins dieser Päckchen erhält, und manchmal weint sie wirklich, je nach dem Stand ihres Hormonkalenders. Aber wenn die Tränen kommen, dann weil Joan ihrer Sensibilität Ausdruck verleihen will, nicht weil sie nicht anders kann.

Nach dem Auspacken schwört sie sich, Tante Tammy einen Dankesbrief zu schicken – einen richtigen handgeschriebenen Brief auf schwerem Papier, für den sie das Synonymenlexikon konsultiert –, aber mit jedem Tag, der vergeht, »vergisst« sie es. Sie »vergisst« es so viele Tage hintereinander, dass der Gedanke an den Dankesbrief immer mehr Gewicht bekommt, bis er zu schwer zum Tragen ist. Nach Ende der ersten Woche hat sich eine Masse der Dankbarkeit und Scham in ihrem Körper angesammelt und so verdichtet, dass die angemessene Verschriftlichung eine Lebensaufgabe wäre. Sie würde sowohl der Schreiberin als auch der Leserin zusetzen. Jetzt einen Dankesbrief zu schreiben, denkt sie in Woche zwei, wäre, als würde sie einen handschriftlichen Bericht über ihre Faulheit und Trantütigkeit absenden. Ich kann nicht. Ich kann nicht.

Doch sobald Joan zu dem Schluss kommt, dass die Gelegenheit, ihrer Dankbarkeit Ausdruck zu verleihen, verstrichen ist, beginnen ihr die Geschenke Übelkeit zu bereiten. Selbst wenn sie sie versteckt, breitet ihre Gegenwart einen Geruch in der Wohnung aus, der gleichzeitig ein Juckreiz ist. Wie eine giftige Substanz. Joan verstaut die Geschenke in Schubladen, schiebt sie zwischen die Pullover, die zu teuer zum Spenden, aber zu unbequem zum Tragen sind, wickelt sie in Plastiktüten, die sie dann in Papiertüten legt, die sie dann im Garderobenschrank versenkt, hinter dem Staubsauger. Aber es hilft nicht. Sie kann nicht essen oder schlafen oder lesen oder beten oder fernsehen oder auch nur die Hauptstädte der Vereinigten Staaten aufsagen. Sie zupft sich die Nagelhaut wund. Ihr Asthma wird schlimmer. Sie hat ständig das Gefühl, sie müsste jeden Moment weinen – nicht um ihrer Sensibilität Ausdruck zu verleihen, sondern weil sie nicht anders kann, wenn sie den Rest des Tages hinter sich bringen will.

Am Ende eines Monats schwellen die Schuldgefühle an, der Gestank der ungedankten Geschenke ist zu faul und zu juckend, um ihn noch länger auszuhalten, und Joan gibt auf. Mit einem Gewaltstreich rafft sie die Geschenke zusammen, stopft sie in einen Müllsack, verlässt den Kaninchenstall und marschiert zu Fuß die Straße hinunter zu Penny.

Penny ist eine Frau unbestimmten Alters mit einem Einkaufswagen voller Beanie Babies, die an den meisten Tagen pfeifend vor dem Gemischtwarenhandel Ecke St. Francis und Oscar Street steht. Heimlich – und mit schlechtem Gewissen – nutzt Joan ihre Interaktionen mit Penny aus, um ihre Ängste bezüglich der Nähe des Kaninchenstalls zum Frauenhaus zu lindern, wo Penny, wie sie annimmt, zu Gast ist. Penny akzeptiert alle Spenden außer Lebensmitteln, weil, wie sie Joan einmal erklärt hat: »Ich wünsche nichts und niemandem Böses«, und sie glaubt, dass alle Stoffe leiden, wenn sie für den Verzehr vorbereitet werden.

In ihrer Jugend wollte Penny Tänzerin werden. Anfang zwanzig lernte sie im Internet einen schönen Banker kennen. Nach einem halben Jahr der Korrespondenz verabredeten sie sich zu einem persönlichen Treffen, bei dem Penny erkannte, dass der Banker in Wirklichkeit ein bettlägeriger, seniler *ehemaliger Kassierer* war. Penny besuchte ihn trotzdem jedes Wochenende, fütterte ihn mit Apfelbrei und las ihm Krimis vor. »Ich hatte sonst nichts zu tun«, hat sie Joan erzählt. »Und das Profilfoto war echt. Mit Mitte dreißig. Ich fand das irgendwie mutig. Ein Bild zu posten, wer man früher war.«

Penny gab Joan solche Informationen häppchenweise, ohne Aufforderung. In den letzten Jahren sind die Gespräche zwischen Joan und Penny so regelmäßig geworden, dass Penny Joan sogar einen Spitznamen gegeben hat, »Mama Bangs«, der Joan zwar nicht gefällt, aber irgendwie fühlt es sich wie Freundschaft an.

»Was macht das Gehänge, Mama Bangs?«[10], fragt Penny am Mittwochabend, als Joan näher kommt. Die Sonne knallt, und die Hitze pulsiert auf dem Asphalt. Die Straße riecht nach heißem Teer. Am Himmel braut sich ein Gewitter zusammen. Joan schluckt. »Ich hatte mal einen Macker, der hat immer, wenn er an einem Kruzifix vorbeikam, gesagt: Na, Alter, *was macht das Gehänge?* Du glaubst gar nicht, wie viele Kruzifixe es auf der Welt gibt, bis du mit so einem Typen rumziehst.« Penny gähnt. »Das Ding, das du mir letztes Mal mitgebracht hast, erinnert mich an ihn.« Ihr fehlen ein paar Zähne. Sie setzt sich an die Wand und blinzelt Joan an, und der rostige Einkaufswagen steht da wie ihr Sidekick. Außer den Beanie Babies hat Penny auch CDs, DVDs, ein Festnetztelefon, einen Pager, eine Videospielkonsole, die Joan nicht kennt, Landkarten, ein paar klobige Tastaturen und andere Artefakte aus der jüngeren Vergangenheit. Penny hat Joan erzählt, dass das Zeug in Zukunft viel Geld wert sein wird. »Kein Mensch außer mir denkt daran, die Sachen zu sammeln und aufzubewahren. In der Zukunft zahlen sie ne Menge Geld für die Vergangenheit. Die Geschichte gibt mir recht. Schau dir an, was mit Plattenspielern ist. Schreibmaschinen. Nintendos.« Joan hatte höflich genickt, aber die ganze Stadt klebt an der jüngeren Vergangenheit, und sie kann sich nicht vorstellen, dass irgendjemand Geld für überflüssigen Müll ausgeben würde.

Vor Penny war Joan noch nie jemandem begegnet, dessen Haare in Textur und Farbe so exakt wie Stroh aussahen. Pennys Gesicht ist bewölkt und irgendwie flach, wie Vacca Vale. Sie trägt einen Trainingsanzug in der Farbe von Lebensmitteln mit künstlichem Traubenaroma, nicht von echten Trauben. Penny pfeift ein populäres Lied. Sie kann sehr gut pfeifen.

»Ich habe Frühlingsputz gemacht«, sagt Joan und überreicht Penny die Tüte mit den Geschenken vom Vierten Juli – ein Bleistiftspitzer mit der amerikanischen Flagge, drei Radiergummiadler und zwei Kriegsromane.

10 How's it hanging? Zitat Back to the Future II, hier die Übersetzung der orig. Synchronisation

»Es ist Sommer«, sagt Penny und nimmt die Tüte mit milder Neugier entgegen. »Übrigens, ich habe mich was gefragt. Du – mit dem Rock und den Pullovern und den zugeknöpften Blusen. Und dann die Frisur.«

Joan wartet.

»Na ja, ich habe mich gefragt, ob du Mormonin bist oder so was.«

»Nein.«

»Amisch?«

»Nein.«

»Jüdin?«

Joan berührt das Kruzifix um ihren Hals und fühlt sich irgendwie geschmeichelt. »Nein.«

»Dann wenigstens Jungfrau?«

Sie wird rot. Da war Toby Hornby mit den schlechten Zähnen, die ihr so gefielen, am Community College, aber es war nur beinahe so weit gekommen, und Joan hat zur Buße drei Rosenkränze gebetet. Und dann, mit fünfunddreißig, war da dieser unfassbar weiche JP Hidalgo nach der Rest-in-Peace-Weihnachtsfeier. Sie erinnert sich lebhaft an sein Ranchhaus. Vollkommene Stille hinter geschlossenen Fenstern. Zentralheizung. Es roch nach Hunden. Joan hatte beschlossen, dass es so weit war; das Maß war voll; in diesem Alter in dieser Stadt würde Keuschheit bis zum Altar sie für jeden Antrag disqualifizieren, und ihre Einsamkeit hatte den Gefrierpunkt erreicht. Vor der Weihnachtsfeier hatte sie im Internet die zahmsten Gewusst-wie-Artikel, die sie finden konnte, gelesen. Sie hatte lang und gründlich geduscht und sogar eine kleine Übernachtungstasche gepackt, wobei sie sich äußerst mondän vorkam. Mit JP Hidalgo aus der Personalabteilung hatte sie genau viermal geflirtet. Er steckte gerade in einer Scheidung und sein Hobby war Sauerteig. Kaum hatte er ihr auf der Weihnachtsfeier einen Plastikbecher Weißwein gebracht, wusste Joan, dass sie es durchziehen würde.

Sie hätte heute die ganze Nacht in guter Erinnerung, hätte JP Hidalgo nicht kurz vor der Vollendung einen plötzlichen, übermächtigen Schüchternheitsanfall erlitten. Er brach ab, entschuldigte sich, verschüttete ein Glas Wasser auf seinen Teppich, entschuldigte sich wieder und bat sie zu gehen. Seitdem wich er ihr bei Rest in Peace aus.

»Mehr oder weniger.«

»Lesbisch?«

Joan zuckt die Achseln. »Wahrscheinlich ein bisschen. Sind wird das nicht alle, ein bisschen?«

»Verheiratet?«

»Nein.«

»Christin?«

»Ja.«

»Berufstätig?«

»Ja.«

»Glücklich?«

Joans Herz sinkt. »Natürlich.«

»Okay«, sagt Penny, lehnt sich an die Mauer und schließt die Augen. »War bloß neugierig. Wollte das Eis brechen.«

Erst das Mädchen im Waschsalon und jetzt Penny. Vierzig Jahre lang hat Joan eine Art genetische Anlage zur Unsichtbarkeit aufrechterhalten, und dann wollen innerhalb von wenigen Tagen zwei fremde Frauen ohne erkennbaren Auslöser, dass Joan ihnen ihre Lebensgeschichte erzählt. In solchen Momenten bekommt Joan Angst, dass sie die Kandidatin eines raffinierten, von der Regierung beauftragten psychologischen Experiments ist. Plötzlich weiß sie, warum so viele Celebritys Süchte entwickeln. Sie kommt sich vor wie eine anspruchsvolle und dem Verwelken geweihte Zimmerpflanze, eine Sorte, die das ganze Jahr Licht braucht, aber in direkter Sonne stirbt, die täglich gegossen werden muss, aber eingeht, wenn sie zu viel Wasser bekommt, die Dünger aus einem speziellen Laden braucht, der nur drei Stunden am Tag offen hat, die weder in trockenem noch in feuchtem Klima gedeiht, die anfällig für jede Art von Seuche und Krankheit ist. Welches Maß an Aufmerksamkeit würde Joan als angenehm empfinden? Wer würde sich jemals die Mühe machen, sie ihr zu verabreichen? Joan wird niemals echte Zimmerpflanzen besitzen.

»Ich habe Sommersprossen auf den Augenlidern, aber nirgends sonst«, sagt Joan.

»Ach ja? Lass mal sehen.«

Joan beugt sich vor und schließt die Augen.

»Schön«, sagt Penny neutral. »Aber bist du glücklich?«

»Das hast du schon gefragt.«

»Aber du wirkst, als bräuchtest du vielleicht jemanden, der dir die Frage zweimal stellt.«

»Bist *du* glücklich?«

»Gott, nein. Wer ist das schon? Du kannst mal kurz glücklich sein, aber nicht auf Dauer. Ich will dir was sagen: Wenn jemand auf diese Frage mit Ja antwortet, hat er sie entweder nicht verstanden oder er ist auf Drogen. Ich habe dich bloß gefragt, weil man damit gut ein Gespräch anfangen kann. Ich bin seit dem Frühling achtundneunzig nicht mehr glücklich gewesen.«

»Was war denn im Frühling achtundneunzig?«

Pennys Augen werden groß. »Das erzähl ich dir, wenn wir einen ganzen Nachmittag haben. Für die Story brauche ich einen Long Island Iced Tea.«

Joan hat eine lange Woche hinter sich. Das gestrige Gespräch mit Anne Shropshire sitzt ihr noch in den Knochen. Bei dem Kartoffelsalat, den sie zum Mittagessen hatte, war das Haltbarkeitsdatum abgelaufen, aber sie hat es erst gemerkt, als sie schon die Hälfte gegessen hatte. Drei Kolleginnen aus dem Großraumbüro sind nach der Arbeit in eine Bar gegangen und haben Joan nicht gefragt, ob sie mitkommen wollte. Und jetzt diese Befragung durch Penny. Joan wendet sich zum Gehen, durchströmt von Erleichterung und noch mehr schlechtem Gewissen, will sich ein Glas Maraschino-Kirschen kaufen und sie später im Bett essen. Sie wird sich nicht die Zähne putzen. Vielleicht betet sie sogar. Dann wird sie sich die Arme mit ihrer Weihrauch-Geranien-Petitgrain-Gelassenheits-Lotion eincremen – sie muss sagen, dass sie schöne Arme hat für eine Frau ihres Alters und ihrer Faulheit –, sie wird beruhigende Naturklänge hören und früh einschlafen, um ihrer Donnerstagsmüdigkeit zuvorzukommen.

Wenigstens in der Tram war es heute ruhig.

»Warte!«, ruft Penny.

Joan bleibt stehen, aber sie dreht sich nicht um.

»Ich habe eine böse Vorahnung«, sagt Penny. »Ich habe kein gutes Gefühl, wenn ich dich ansehe, bis zum Hals zugeknöpft, in dem Hemd.«

Joan wartet.

»Außerdem habe ich ein komisches Auto gesehen. Hast du es auch gesehen? Da drüben?«

Joan blickt in die Richtung, in die Penny zeigt. Nicht weit vom Kaninchenstall steht ein glänzender weißer Wagen mit dem Anhänger einer Autovermietung an der Sonnenblende. »Was ist damit?«, fragt Joan.

»Er steht da schon seit Stunden.«

»Woher weißt du, dass es ein Er ist?«

»Es ist immer ein Er, selbst wenn es keiner ist.«

»Was ist komisch daran? Es ist ein Auto.«

»So ein Auto sieht man hier aber nicht oft, oder?«

»Es ist bestimmt bloß ein Besucher.«

»Ein *Besucher.*«

»Warum nicht? Leute haben Verwandte.«

»Ich habe heute einen Kerl drinsitzen sehen. Saß einfach nur da und hat zu deinem Haus hochgesehen.«

»Was für ein Kerl?«

»Mitte fünfzig. Dicklich. Leer.«

»Leer?«

»Du weißt schon. Keine Schreie im Gesicht, keine Geburtstage, kein Goldfisch, keine Witze, keine Fluchten. Schwer vorstellbar, dass sich so ein Mann an simplen Dingen freuen kann, an einem Schaukelstuhl. Einem Vulkan. Der Mann war irgendwie … ich weiß nicht. Er war wie ein Gletscher.«

»Wie ein Gletscher?«

»Kalt, kalt, fern. Todgeweiht.«

»Und woran siehst du so was?«

»Ich habe es eben gesehen.« Penny zuckt die Achseln. »Man sieht verdammt viel, wenn man hinsieht.«

»Du hältst den Mann also für eine Art … was?«

»Ich weiß nur, dass einem Mann mit einem leeren Gesicht nicht zu trauen ist. Und ich muss es wissen.«

Auf Joans Stirn sammelt sich Schweiß unter dem Pony, Angst klopft an die Tür ihres Abends und bettelt um Einlass. Nicht heute, beschließt sie. Sie liebt Sommergewitter. Sie liebt Maraschino-Kirschen. Vielleicht schneidet sie sich sogar den Pony.

»Sei vorsichtig«, sagt Penny. »Halt die Augen offen. Ich habe eine Ahnung.«

»Danke.« Joan lächelt. »Es ist schön, wenn jemand an einen denkt. Ich hoffe, die Sachen gefallen dir.«

Sie geht über die Straße, auf den bronzefarbenen Kombi zu, den sie von ihren Eltern geerbt hat – eine unzuverlässige Rostlaube, bei der beim Linksabbiegen immer die Scheibenwischer angehen. Letztes Jahr fiel ihr die Tür entgegen, als sie sie öffnen wollte, und sie musste einen Kredit aufnehmen, um die Reparatur zu bezahlen. Ihre Eltern haben das Fahrzeug vernachlässigt, und Joan macht es genauso; der Unterhalt eines Autos galt bei ihr zu Hause als ungehörige Geldverschwendung, die sich nur leisten konnte, wer zu viel verdiente. Die Folgen dieser generationsübergreifenden Vernachlässigung sind immer unvorhersehbar, häufig lustig, nie billig.

Erst als sie die Fahrertür aufschließt, fällt Joan wieder ein, dass der Tank leer ist. Sie hat zweihundert Dollar auf dem Konto, und Ende des Monats ist die Miete fällig. Danach ist die Kreditrate dran. Ihre Ersparnisse haben sich mit ihren Eltern verflüchtigt; als Einzelkind musste Joan die Gehhilfen, Knöpfhilfen, Bettgriffe, Duschgriffe, Hörgeräte, Notfallknöpfe, Bewegungsmelder, Zuzahlungen, Notaufnahmegebühren, Pillen, Operationen und Palliativschwestern aus eigener Tasche zahlen. Jedes Produkt, jeden Service, die den Übergang von dieser Welt in die nächste leichter machen. Nach dem Tod ihrer Eltern rief Tante Tammy häufig an, um ihr zu sagen, was für ein guter Mensch sie sei. Was für ein Glück ihre Eltern mit ihrer Tochter hatten. »Ich wünschte, ich hätte eine Tochter wie dich«, sagte Tante Tammy immer. Stattdessen hat sie einen erwachsenen Sohn, der ihr häufig Geld aus dem Portemonnaie klaut, um seiner Spielsucht nachzugehen.

Trotz Tante Tammys Ermutigung hat Joan nicht das Gefühl, sie hätte die Pflegearbeit aus Herzensgüte geleistet; Güte impliziert, dass man die Wahl hat. Joan half ihren Eltern beim Sterben aus demselben Grund, aus dem sie humane Mäusefallen in der Küche aufstellt und die gefangenen Mäuse ins Valley bringt: Sonst ist keiner da, der es macht, und die Alternative findet sie unerträglich.

Sie kann also nicht mit dem Auto fahren. Na und? Sie akzeptiert die Wendung mit geblähten Nasenflügeln und Schwung in der Hüfte und beschließt, zu Fuß zum Supermarkt zu gehen. Ist doch egal, dass die Straße vierspurig ist und es keinen Bürgersteig gibt. Ist doch egal, dass ihr die Schienbeine wehtun und in der Gegend manchmal Schüsse fallen – durchschnittlich zehnmal im Jahr. Ist doch egal, dass ein Sturm aufzieht und sie kein Regenzeug dabeihat. Ist doch egal, dass in dem weißen Auto der Gletschermann lauert.

Ihre Beine funktionieren, und wenn sie darüber nachdenkt, kommt es ihr wie ein Wunder vor. Tatsächlich kommen ihr viele Dinge wie Wunder vor. Sie zwingt sich, ihre schönsten Erinnerungen wachzurufen. Die Fahrt im Nachtbus, als der Fahrer mit seinem Lagerfeuer-Bariton durch den Lautsprecher philosophierte, welches Glück er mit seinen Enkelkindern hatte, die sein Leben als sinnvoll genutzte Zeit ansehen. Während er die Fahrgäste mit seinen Geschichten nachdenklich stimmte, begann jemand, eine Schüssel mit Wassermelone herumzureichen, und ein Betrunkener bot seinen Vorrat an Mini-Whiskeyflaschen an, den er in der Tasche herumschleppte, und Joan spürte eine so überwältigende

Zärtlichkeit für ihre Spezies, dass sie fürchtete, sie würde sich opfern, um sie zu retten.

Ein schweres Sommergewitter. Grüner Himmel, Tornado-Warnung, heftige Böen. Joan war in der Innenstadt, nachdem sie früh Feierabend gemacht hatte, eilte zum Parkhaus, wo ihr Kombi stand. Ein Stück weiter brach eine dicke Frau Mitte sechzig zusammen. Sofort liefen zwei Passanten hin, kümmerten sich liebevoll um sie, berührten ihre Schultern, ihr Gesicht, redeten mit ihr, als wäre sie ihre Mutter – ihre geliebte Mutter –, und Joan verstand, dass menschliches Mitgefühl kein Pappenstiel war. Es war der letzte Anker.

Abendessen allein an einem windigen Ostersonntag im einzigen chinesischen Restaurant der Stadt. Als sie um die Rechnung bat, sagte der Kellner: »Es regnet. Sie können gern länger bleiben.« Ein Wunder. Joan denkt an die Existenz von Hunden, Bastelläden, Schmerzmitteln, Stadtbüchereien. Das Muster von Kaffeesahne in Kaffee. Der Fliederduft in der Nähe ihres Elternhauses. Brauner Zucker auf Sommererdbeeren. Die Genesung ihres Vaters von der Tyrannei des generationsübergreifenden Alkoholismus. Die unvollkommene, aber ehrliche Rückeroberung seines Lebens. Der Rausch der ersten Sonnenstrahlen nach dem Winter, der erste leichte Atemzug nach einer Erkältung, die Rückkehr des Appetits nach einer Panikattacke. Joan hat so viel, das sie glücklich macht. Sie denkt: Ich bin glücklich, du bist glücklich, wir sind glücklich. Diese Gedanken – dass sie sich dazu bringen kann, sie zu denken. Ein Wunder.

»Glaubst du an das Leben nach dem Tod?«, fragt Joan Penny, als sie wieder an ihr vorbeigeht.

»Natürlich«, antwortet Penny.

Joan blinzelt. »Ich glaube auch daran.«

»Aber eins ist sicher: Falls es gute und schlechte Plätze gibt, werden die alle zufällig verteilt. Genau wie im richtigen Leben.«

»Warum denkst du das?«

Penny zuckt die Achseln. »Ich habe eine gute Intuition. Wie gesagt.«

»Ich habe beschlossen, zu Fuß einkaufen zu gehen, nicht mit dem Auto. Es ist ein schöner Abend für einen Spaziergang, oder? Ich hoffe, du wirst später nicht nass.«

»Viel Glück, Mama Bangs.«

Penny winkt und Joan schlägt die Richtung zum Supermarkt ein. Weil sie glücklich ist und ihre glückliche Stimmung bekräftigen will, summt Joan einen populären Song und fragt sich, wie er in ihrem Kopf gelandet ist.

OH MENSCH!

Um 18:57 Uhr am Mittwoch, dem siebzehnten Juli – 166 Minuten bevor sie ihren Körper verlässt –, tritt Blandine Watkins in einem hellen, kastigen Kleid aus dem Kaninchenstall und macht sich auf den Weg ins Valley. Der Abend ist heiß und schwül und wirft sie in den Sommer. Es ist das Wetter, das einem Sturm vorausgeht. Vom Kaninchenstall zum Valley sind es fast zwei Kilometer; sie braucht ungefähr zwanzig Minuten zu Fuß. In den letzten Jahren hatte sie ein klappriges Fahrrad benutzt, das sie aus verschiedenen Teilen zusammengeflickt hatte, aber es war im März vom Fahrradständer im Valley geklaut worden. Sie hat übertrieben viel Zeit mit Fahrradbau-Video-Tutorials verbracht, einem Genre, das von blassen, enthusiastischen Männern dominiert wird. Zu einem der Tutoren hat sie zarte Gefühle entwickelt: mit gutmütigen Augen, rasiertem Kopf, Kordelkette, Gummiuhr, osteuropäischem Akzent. Und der Angewohnheit, in der ersten Person Plural zu reden. »Wir kriegen das hin, selbst wenn wir Anfänger sind! Ich finde, wir müssen alle ein Fahrrad im Leben bauen!« Als sie an den Verlust ihres Fahrrads denkt, tröstet sie der Gedanke, wie viel ASMR sie aus den Tutorials herausbekommen hat.

Heute Abend sind die Straßen in harmlose Beigetöne getaucht, und die Sonne wirkt moralisch schwach, wie jemand, der mitten in einer Debatte die Hände hochwirft und sagt: *Ich halte mich da raus!* Als wäre es eine Option, unpolitisch zu sein. Als wäre es eine Tugend! Blandine versucht, etwas Göttliches in der Sonne zu sehen – Hildegard von Bingen beschreibt Gott als lebendiges Licht, als lodernden Feuerball, als glühenden Mann –, aber sie findet nichts. Um einem gewissen Abt Honig um den Bart zu schmieren, hatte Hildegard zu ihm gesagt: *Du bist der Adler, der in die Sonne blickt!*

Blandine würde das Kompliment auch mal gerne jemandem machen, aber sie weiß nicht wem.

Baumwollschwanzkaninchen suchen zwischen den Platten des Bürgersteigs nach Klee. Sie mustern Blandine, als sie vorbeikommt. Die Kaninchen sehen zäh aus, als wüssten sie, dass sie dir die Beine brechen können, aber sie tun es nicht, solange du friedlich bleibst. Blandine hat irgendwo gehört, dass die Gegend hier – wo heute La Lapinière steht – in der Zeit, als Zorn Automobiles noch die Stadt regierte, einen Puls hatte, den man bis nach Chicago spürte. Außer dem Kaninchenstall haben an der Straße nur vier Häuser überlebt: eine christliche Kirche, ein christliches Frauenhaus, ein christlicher Waschsalon und ein Gemischtwarenhandel mit Einschusslöchern im Schriftzug. Meistens sitzt vor dem Laden eine Frau mit einem Einkaufswagen voller Beanie Babies.

Der Bürgersteig endet, und Blandines Viertel verliert sich in einer Reihe von offenen Einkaufszentren, Trödelläden, Schnellrestaurants und Tankstellen. Vacca Vale ist für Autos gebaut, nicht für Menschen, aber Blandine hofft, die Stadt zu Fuß begehbar zu machen, indem sie regelmäßig ihre Rechte als Fußgängerin erfindet und behauptet. Die Architektur ist billig, rein funktional und provisorisch. Weil sie Vacca Vale nie verlassen hat, nimmt Blandine an, dass die meisten Städte in Amerika so sind – Einwegarchitektur. Die Ladenzeile, an der sie gerade vorbeigeht, erinnert sie an Hildegards »Vergleich mit den Baumeistern«. In dem Gleichnis geht es um »törichte Baumeister« ohne Kenntnis und Erfahrung, die »ein großes, hohes Gebäude errichten«, indem sie »eitel und unklug auf sich« vertrauen anstatt auf die Experten.

Das Gefühl, das Blandine am meisten zu schaffen macht, wenn sie zu Fuß durch ihre kleine Stadt geht, ist das der Abwesenheit. Auf dem Asphalt sieht sie ein Kondom, das mit Rinde und Matsch gefüllt ist, als hätten sich letzte Nacht zwei Bäume gepaart. Sie kommt an eingezäunten Grundstücken vorbei, wo grimmiges, einsames Zeug herumliegt – zerbrochene Scheiben, Luftballonhäute, ein Turnschuh, eine Tür. Drei leere Dosen Pfirsichsaft. Wo sie hinsieht, ist Schrott, aber all die Dinge sind völlig nichtssagend, erzeugen eine Atmosphäre des Nichts. Leere Fabriken, leere Viertel, leere Versprechungen, leere Gesichter. Ansteckende Leere, die jeden, der hier lebt, infiziert. Für Blandine ist Vacca Vale eine Leerstelle, keine Stadt. Jeder Quadratmeter. Bis auf das Valley.

Als sie eine Kreuzung überquert, fährt sie ein glänzender SUV fast über den Haufen, der Fahrer bleibt Zentimeter vor ihr stehen. Er lässt das Fenster herunter.

»Hey«, brüllt er. »Wegen dir habe ich dich fast umgefahren.«

Als sie wieder Luft kriegt, sieht Blandine instinktiv zur Fußgängerampel. Dort steht, dass sie noch dreizehn Sekunden Zeit hat. Sie bleibt mit beiden Beinen im Fußgängerbereich stehen.

»Ich habe Vorfahrt«, faucht sie zurück.

»Du siehst aus wie die Straße!«, brüllt er.

Plötzlich versteht sie, warum Leute sich umbringen. Geblendet von den schlimmsten chemischen Neurotransmittern erfüllt sie rasende Wut, und sie nähert sich ohne Vorsatz der Fahrertür. Zu ihrer Überraschung schläft auf dem Rücksitz ein Kleinkind.

»Du siehst aus wie die Straße«, wiederholt der Fahrer. »Das ist nicht mein Problem.«

»Im Ernst jetzt?«, entgegnet sie. »Sie beharren auf einem Standpunkt, der so obszön wie bescheuert ist?«

»Blöde Kuh«, sagt er und kurbelt das Fenster hoch.

»Sie wurden nicht genug geliebt«, ruft Blandine, dann läuft sie über die Straße zur Tankstelle.

In der Tankstelle zieht sie aggressiv am Hebel der Slushie-Maschine und füllt schwer atmend einen Becher mit eisigem leuchtendem Blau. Sie bezahlt, steht einen Moment am Bordstein, starrt die Benzinpumpen an und denkt an den ökologischen Untergang, während sie an einem Strohhalm saugt, der wahrscheinlich irgendwann in einem Wal landet. Ein paar Meter weiter steht eine Frau Mitte sechzig, zieht an einer Zigarette und starrt in ihr Telefon. Ein Mann im gleichen Alter kommt aus der verschmierten

Glastür und geht mit einem Kaffeebecher aus Styropor und einer Wasserflasche aus Plastik auf sie zu. Ihr Haar ist am Ansatz grau und hochgesteckt; seine Kleider sind mit Farbe bespritzt; sie wirken beide erschöpft. An der Synchronität ihrer Bewegungen – dem symmetrischen Scharren der Füße, der Neigung der Köpfe, dem Augenblinzeln – sieht Blandine, dass sie seit vielen Jahren versuchen, einander zu lieben.

Der Mann hält der Frau das Wasser hin.

»Ich wollte eine Cola«, sagt sie.

»Es gab keine.«

»Was anderes will ich nicht.«

»Sie haben keine mehr.«

»Keine *Cola?*«

»Tut mir leid, Schatz.«

Sie kneift die Augen zusammen. »Wie geht so was?«

»Ich dachte, du trinkst gerne Sprudel.«

»Bleib mir weg mit dem Zeug!«

»Was ist denn los mit dir?«

Sie reißt ihm das Wasser aus der Hand und schleudert es quer über die Tankstelle auf die Dieselpumpe. Die Flasche schlittert und platzt. »Ich kann so nicht leben!«, heult die Frau. »Kein Geschmack! Keine Farbe! Ich kann nicht mehr!«

Am Straßenrand dreht sie sich zu ihm und er dreht sich zu ihr. Er versucht, ihr Gesicht in beide Hände zu nehmen, aber sie beißt ihm in den Finger. »Lass mich in Ruhe!«, heult sie.

Er lässt sie nicht. Die Frau verharrt. Die Sommerhitze und der Benzingestank und etwas Unheilvolles – ein Räumungsbescheid oder eine schlimme Diagnose oder digitale Beweise einer Affäre oder eine rückfällige Tochter, denkt Blandine – drücken den Mann und die Frau zu Boden. Die Frau sinkt in seine Arme, Körperteil für Körperteil.

»Es wird alles wieder gut«, flüstert der Mann. »Wir schaffen das.«

Die Frau drückt das Gesicht an sein blaues Hemd.

»Komm«, sagt er. »Ich bringe dich erst mal weg von der Tankstelle. Ich bringe dich irgendwohin, wo du rauchen kannst.«

Blandine drückt die Zunge an den Gaumen. Hirnfrost.

|||||

Als Blandine den südlichen Eingang des Valleys erreicht, hat die Sonne – neutral wie immer – den Himmel zwischen den sich zusammenziehenden Wolken rosé gefärbt. Am Maschendrahtzaun wirbt ein Banner für die Luxuswohnungen und Tech-Headquarters, die das Valley bald verschlingen werden. Die digitalen Renderings sind schlecht, aber sehen teuer aus, eine Kombination, die Blandine extrem deprimiert. Sie niest und wirft den Becher in einen überfüllten Mülleimer, wo er einen Schwarm Wespen spaltet. Dann folgt sie einem ungepflasterten Weg durch den Wald, der dicht und voller Geräusche ist, und sie spürt, wie sich ihr Körper entspannt, als sie in die Pflanzenwelt eintaucht, in einen Raum, der noch nicht am Arsch ist. Im Valley stehen über tausend Zuckerahornbäume. Als sommergrüner Baum entfaltet der Zuckerahorn im Herbst eine verblüffende Pracht und lässt den Wald purpur, weinrot und kadmiumgelb leuchten. Vögel zwitschern, Eichhörnchen springen von Ast zu Ast, und Blandine folgt einer Biegung und kommt an einem stillgelegten Karussell vorbei. Um die Stangen ranken sich Kletterpflanzen, und zwischen den Holzpferden wachsen junge Bäume. Ein Teil des Waldes ist mit einem Zaun abgesperrt. Auf laminierten Schildern steht: LAUFENDE ZIEGENMAHD. BITTE NICHT FÜTTERN. Die Stadt hat Ziegen gemietet, um das Valley zu mähen, bevor es bebaut wird. Blandine besucht das Valley fast jeden Tag, aber sie hat noch nie eine Ziege gesehen, was sie unfair findet. Valley-Ziegen gehören zu den wenigen Dingen, die ihr zustehen, findet sie.

Auf dem Pfad kommen ihr zwei Männer entgegen, beide Mitte dreißig. »Aber ich hasse Blauhäher und Wanderdrosseln«, sagt der kleinere der beiden. »Sie schikanieren die anderen Vögel.«

Sein Begleiter – groß und kahl und milchgesichtig – starrt Blandine an. »Guten *Morgen*«, sagt er, und sein Blick sucht ihre Haut. »Wie geht's denn so?«

»Jeff«, sagt sein Freund. »Es ist Abend.«

Blandine ignoriert sie und geht weiter.

Der Mann, der Jeff heißt, bleibt stehen, dreht sich nach ihr um und begutachtet selbstgefällig ihren Körper. »Mein Gott, du bist wunderschön. Wie heißt du, Engel?«

»Jeff«, sagt sein Freund.

»Sagst du mir deinen Namen? Deine Telefonnummer?«

»Komm schon, Jeff.«

»Wie wär's mit einem Lächeln, Baby? Nur eins?«

Blandine spürt seinen Körper hinter sich.

»Du redest nicht mal mit mir? Du läufst hier draußen rum und willst mich nicht mal ansehen?«

Sie knirscht mit den Zähnen.

»Du hast eine Verpflichtung, weißt du, wenn du in der Öffentlichkeit bist. Du musst dich umsehen und mit den Menschen reden; das müssen wir alle. Es ist unhöflich, jemanden zu ignorieren. Kannst du kein Scheißkompliment annehmen? Hey!«

Als er die Hand auf ihre nackte Schulter legt, dreht sie sich blitzschnell um, bleckt die Zähne und faucht überzeugend.

»Mein Gott!«, schreit Jeff.

Blandine krümmt ihre Finger zu Klauen, schlägt nach seinem Gesicht und faucht noch einmal.

Erschrocken weicht Jeff zurück, stolpert über seinen Freund. »Die ist ja irre.«

Blandine kreischt und springt herum, faucht mit Genuss.

»Komm endlich, Jeff«, sagt der Freund. »Hauen wir ab.«

Blandine hat kürzlich gelesen, dass weiße Schleiereulen mit ihrem Gefieder Mondlicht reflektieren, um die Wühlmäuse, auf die sie Jagd machen, kurzfristig zu blenden. Jede Kreatur tut, was sie kann, mit den Ressourcen, die sie hat.

Jeff rennt zu seinem Freund, und die Männer verschwinden in

die andere Richtung, sehen sich ungläubig um und grinsen ängstlich. Sie lachen laut. Sobald sie außer Sichtweite sind, lockert Blandine ihre Haltung und geht weiter.

Sie sieht, dass Catcalling einen Heidenspaß machen muss; sie versteht nur nicht warum.

Als sie sich gesammelt hat, setzt sie den Weg zur Großen Wiese fort – einer verwilderten smaragdgrünen Auenlandschaft, die von zwei Anhöhen flankiert wird. Am Waldrand fällt eine große, helle Rasenfläche ab, auf der häufig Leute picknicken. Wenn man weiter ins Tal geht, stößt man auf Bäche, Tierhöhlen, vergessene Reitwege. Bei allem Entsetzen über die bevorstehende Zerstörung hält es Blandine für ein Wunder, dass das Valley so lange überlebt hat, trotz der Anreize, das Land zur Ackerfläche kahlzuschlagen, zu einem Industriegebiet aufzurüsten oder zur Mülldeponie umzuwidmen. Hundert Jahre hat es seine Identität bewahrt.

Blandine folgt einem gewundenen Pfad zu einer der weniger bekannten Lichtungen und lässt sich im saftigen Gras nieder. Es ist ein ovales Grasstück, von Bäumen eingeschlossen, mit vier Holzbänken am Rand und einem alten Brunnen in der Mitte. In ihrem Leben hat sie noch nie einen Tropfen Wasser in dem Betonbecken gesehen. Die Lichtung ist Blandines Lieblingsort zum Lesen, weil nie jemand hier ist, die Vögel zwitschern laut, und sie fühlt sich sicher hier. Der Wind trägt den Duft eines angrenzenden Sommerfliederhains herüber, direkt in ihre Lungen. Doch als sie sich heute Abend umsieht, ist sie überrascht.

Auf der Bank auf der anderen Seite der Lichtung sitzt jemand, den Kopf in den Nacken gelegt, eine teure Sonnenbrille über den Augen. Der Mann sieht aus wie Mitte fünfzig, leicht übergewichtig, mit einer Art Hautausschlag, der an Mückenstiche erinnert. Aber man sieht nicht viel von seiner Haut, weil er trotz der Hitze einen schwarzen Rollkragenpullover, schwarze Jeans und schwarze Socken in schwarzen Sandalen trägt. Ein Büschel dunkelblondes Haar über der hohen Stirn, das sich kräftig und gesund über den Hinterkopf plustert. Kleiner Mund mit dünnen Lippen und heruntergezogenen Mundwinkeln. Der Mann wirkt irgendwie kindlich. Die Ärmel hochgekrempelt, Arme über dem Bauch verschränkt, und trotz der Sonnenbrille kann Blandine seinen Ausdruck erkennen. Er sieht aus wie jemand, der noch nie eine Nacht durchgeschlafen hat.

Sie würde gern verschwinden, aber sie zwingt sich zu bleiben. Warum sollte sie vor einem schlafenden Mann Angst haben? Sie nimmt das Buch aus der Tasche, versucht zu lesen, aber seine Anwesenheit lenkt sie ab, als würde er am Rand ihres Gesichtsfelds leuchten. Ihre Bauchmuskeln sind angespannt, ihre Nerven in Alarmbereitschaft, ihre Sinne bereit, Daten zu empfangen und sofort zu reagieren. Er ist bloß irgendein Kerl. Sie denkt an die Interaktion mit dem Autofahrer. Mit Jeff und seinem Freund auf dem Waldweg. Sie kann sich wehren.

Die Mystikerinnen starren sie vorwurfsvoll an, aber als Blandine zu lesen versucht, wandern die Wörter über die Seite, aus ihrem Blickfeld. Sie macht eine Pause, um zu beobachten, wie die Bienen die Köpfe in den Weißklee stecken, der im Gras blüht wie Schnee. Blandine liebt Klee, weil er schlicht ist und überall wächst. Die Hauptnahrung des Baumwollschwanzkaninchens. Im Frühling hat sie sich an einem der klebrigen Computer in der Stadtbücherei von Vacca Vale einen Abend lang über Klee informiert. Was Blandine besonders beeindruckt hat, als sie von Website zu Website klickte und Blogs und Kommentare überflog, war das Wohlwollen der botanischen Online-Community. Als Mary Peterson fragte: *»Können Juckbohnen und Weißklee koexistieren?«*, antwortete Ken Meltzer keine zwei Stunden später: *»Hi Mary – danke für deine Frage! TOLLE Frage! Die gute Nachricht ist, Weißklee & Hülsenfrüchte wie Juckbohnen KÖNNEN koexistieren, aber die schlechte Nachricht ist, wenn du den Klee gesät hast, musst du ~2 Jahre warten, bevor du die Hülsenfrüchte pflanzt, weil Weißklee = Wirt für Wurzelkrankheiten wie Rhyzoctonia und Pythium :(Viel Glück und halt uns auf dem Laufenden!!!!«*

Blandine machte einen Screenshot von dem Thread und emailte ihn an sich selbst.

Sie weiß wenig über ihre Herkunft, aber vor Jahren hat sie mit willkürlicher Überzeugung beschlossen, dass sie russisch ist. Es ist das Land, auf das Fremde immer zuerst tippen, also blieb sie dabei. Weißklee blüht wahrscheinlich auch in ihrem Heimatland. Vielleicht haben ihre Urururururgroßeltern in einem Kleefeld Liebe gemacht. In der Bücherei malte sie sich die Szene aus, bis sie ihr zu eklig wurde. Dann forschte sie weiter über Klee, bis ein Mann ihr seinen Energydrink über den Schoß kippte und sie einpacken und nach Hause in den Kaninchenstall gehen musste.

Im Wald raufen Streifenhörnchen. Kleine grüne Spinnen krabbeln zwischen den Härchen an Blandines Armen und Beinen herum. Über ihr dröhnt ein Flugzeug ein Cello-D durch die Wolken. Blandine würde gern einen Becher Himmel schöpfen und ausschlürfen. Der Park ist so grün, dass er wie ein Bildschirmschoner aussieht. Sie trägt billigen Rosenlippenbalsam auf und inhaliert den Duft der sonnengetrockneten Erde. Legt sich auf den Bauch und betrachtet jedes Kleeblütenblatt einzeln, während eine Biene trinkt und den Stachel hängen lässt, als wäre er ihr eine Last. Die Kleeblüten erinnern Blandine an das Haar ihrer Sozialarbeiterin Lori, das in steifen weiß bereiften Strahlen von ihrem Kopf abstand. Lori trank immer dunkle Limonade aus einem Chug-Big-Becher. Sie trug eine Sonnenbrille, die typisch amerikanisch aussah, wie Ziegenbärte und Drive-Thru-Banken und NASCAR. Lori war eine gute Sozialarbeiterin, viel besser als die anderen, und sie war Blandines letzte, bevor sie aus der Fürsorge herausgewachsen ist. Lori nannte Blandine Blandine, nicht Tiffany, und das war nett von ihr. Blandine pflückt eine Handvoll Weißklee – nur den, der nicht gerade Bienenbesuch hat – und verstaut sie ihn in der Tasche ihres Kleids.

Plötzlich wacht der Mann mit einem Schnauben auf.

Enttäuscht von ihrer Angst beobachtet sie ihn, wie er zu sich kommt; sie mag den Anblick von Menschen an der Schwelle des Bewusstseins. Der Mann nimmt verwirrt die Sonnenbrille ab. Seine Augen sind klein, rot und erschrocken. Auf seiner Stirn glitzert

Schweiß. Als er Blandine sieht, scheint er noch mehr zu erschrecken. Seine Angst hat etwas Tröstliches.

»Hallo«, sagt sie.

Als er spricht, ist seine Stimme sanft. »Hallo.«

Eine Pause. Blandine zeigt auf den Klee vor sich. Der Mann beobachtet sie vorsichtig von seiner Bank aus, als wäre sie ein Bär.

»Wussten Sie, dass Weißklee offiziell Trifolium repens heißt?«, fragt Blandine. Ihre Stimme ist klar und selbstbewusst. »Aber er wird auch Holländischer Klee oder Ladino-Klee genannt, je nach Größe. Größe muss immer von Kleinheit unterschieden werden, wissen Sie?«

Es ist, als würde er ihre Worte mit Verzögerung empfangen. Irgendwann schüttelt er den Kopf. »Nein, das wusste ich nicht.«

»Ja. Manche sagen, Weißklee ist die anpassungsfähigste Stadtpflanze der Welt, weil er die Produktion seines eigenen Gifts regulieren kann – Zyanid, glaube ich –, um sich völlig unterschiedlichen Klimazonen anzupassen. Eigentlich kommt er aus Zentralasien und Europa, aber er gedeiht sowohl in der Hitze Südindiens als auch in der Kälte Norwegens.« Sie hält inne. »In kaltem Klima produziert er kein Zyanid.«

»Ach, wirklich?«, fragt der Mann. Sie weiß nicht, ob er nur höflich ist, aber jede Sekunde des Gesprächs stärkt ihre Macht und verringert die Bedrohung, also fährt sie fort.

»Ja. Außerdem – sehen Sie den Stängel? Wie er am Boden entlangkriecht und neue Wurzeln bildet, aus denen neue Pflanzen mit Nebenwurzeln wachsen? Man nennt sie Stolonen. Sie versorgen sich selbst, aber sind mit den anderen vernetzt.«

»Ich sehe es zwar nicht«, antwortet der Mann, »aber es klingt cool.«

»Der Weißklee ist sehr nahrhaft für viele verschiedene Tiere – Kühe, Insekten, Rehe, Nager. Solange er kein Zyanid produziert. Er hat einen hohen Proteingehalt. Auch für Menschen ist er genießbar, wenn man ihn kocht oder räuchert. Ich glaube, man kann ihn trocknen und daraus Tee kochen. Es gibt ein Insekt – ich weiß nicht mehr, wie es heißt –, das sich ausschließlich von Weißklee ernährt. Können Sie sich das vorstellen? So wichtig für das Ökosystem zu sein, dass eine ganze Spezies aussterben würde, wenn es dich nicht gäbe?«

Ein Schatten legt sich auf sein Gesicht. »Nein«, murmelt er. »Das kann ich mir echt nicht vorstellen.«

Blandine wird nervös; ihr gehen die Fakten aus, und sie hat vergessen, wie man ohne Fakten eine Unterhaltung aufrechterhält. Aber sie wird erlöst, denn als sie fertig ist, steht der Mann umständlich auf und wischt sich die Hände an der Hose ab. Er betrachtet sie einen Moment, das Gesicht von unergründlicher Qual verzerrt. An seiner Bank führt der Pfad weg von der Lichtung, zum Hauptweg zurück, aus dem Valley hinaus in den Verkehr.

»Du bist schön«, sagt er traurig.

Blandine verharrt sehr still und aufrecht, sieht dem Mann hinterher, als er von der Lichtung verschwindet. Kaum ist er außer Sichtweite, hält sie einer Biene den kleinen Finger hin, damit sie sie sticht. Sie tut es nicht.

|||||

Als sich Blandine endlich wieder konzentrieren kann, schlägt sie Seite 247 der MystikerInnen-Anthologie auf, wo ein braun werdendes Gänseblümchen die Stelle markiert, an der sie aufgehört hat. Sie betrachtet Hildegard als ihre einzige echte Freundin. Bei der Aufführung eines ihrer musikalischen Kunstwerke ließ Hildegard ihren männlichen Mitarbeiter den Teufel spielen, und ihre Nonnen spielten die Tugenden. Die Tugenden durften singen; der Teufel nur schreien. In dem Mysterienspiel ruft die Seele aus heiterem Himmel: *Gott hat die Welt erschaffen: Ich tue ihm kein Unrecht an, ich will sie nur genießen!* Später sagt der Teufel: *Denn ihr wisst ja auch alle nicht, was ihr eigentlich seid!*

Gegen beide lässt sich nichts einwenden. Blandine inhaliert den Duft von Gras, Bäumen, Pollen und Sommerflieder – so beschreibt

Hildegard das Paradies. Sie schnickt eine Ameise von ihrem Arm und liest an der Stelle weiter, wo sie aufgehört hat.

> Doch in großer Torheit willst du mich ergreifen, indem du mich auf folgende Weise bedrohst: »Wenn es Gott gefällt, dass ich gerecht und gut bin, warum macht er mich dann nicht so?« Du willst mich damit so fangen, wie ein übermütiger Bock einen Hirsch anfällt. Er wird vom mächtigen Geweih des Hirsches gestoßen und durchbohrt. Wenn du in deinem Wandel mutwillig mit mir dein Spiel treibst, werde auch ich dich mit den Vorschriften meines Gesetzes wie mit Hörnern in gerechtem Gericht zunichtemachen. Das sind nämlich die Posaunen, die dir in die Ohren tönen, doch du folgst ihnen nicht, sondern läufst dem Wolf nach, den du so gezähmt zu haben glaubst, dass er dich nicht verletzen kann. Doch dieser Wolf verschlingt dich mit den Worten: »Dieses Schaf ist vom Weg abgeirrt; es wollte seinem Hirten nicht folgen, sondern lief mir nach. Deshalb will ich es auch behalten, weil es mich erwählt und seinen Hirten verlassen hat.« Oh Mensch! Gott ist gerecht, und deshalb hat er alles, was er im Himmel und auf Erden gemacht hat, gerecht und ordnungsgemäß eingerichtet.[11]

Blandine hat Schwierigkeiten mit dieser Passage. Offenbar kann man nicht gewinnen, wenn man ein Schaf oder eine Ziege ist, und man kann nicht verlieren, wenn man ein Wolf ist. Hildegard lässt den Faden mit dem Hirsch auf halbem Weg fallen. Außerdem bringt Gott, der angeblich Schafe und Ziegen erfunden hat, beide durcheinander.

Ein Meckern dringt aus dem Unterholz, und Blandine lässt das Buch ins Gras fallen. Das Geräusch ist fast menschlich. Alarmiert dreht sie sich um, rechnet damit, dass der Mann mit dem Rollkragenpullover hinter ihr steht. Doch da ist nichts. Noch ein Me-

11 HvB, Scivias, Storch, S. 54

ckern, mickrig und verzweifelt. Blandine steht auf und folgt dem Geräusch ein gutes Stück weg von ihrem Buch, tief in die dichte, dornige Vegetation. Am Ende findet sie eine kleine Ziege, die sich im grünen Dickicht verfangen hatte. Sie hat weißes Fell mit hellbraunen Flecken. Furchtsame Augen. Ein Kitz.

Blandine sieht das Zicklein an, dann sieht sie zum Himmel, dann zu ihrem Buch auf der Lichtung. Sie zwickt sich ins Bein. Hat Hildegard die Ziege heraufbeschworen?

In dem Moment fallen Blandine die Schilder im Valley ein. LAUFENDE ZIEGENMAHD.

»Was ist mit deiner Herde passiert?«, fragt Blandine. Die Ziege strampelt beim Klang ihrer Stimme, Augen groß und wild, versucht, auf die Beine zu kommen. Blandine kommt näher. Eigentlich soll ein Zaun die Ziegen von den Menschen trennen, aber die hier muss ausgebüxt sein. In ihren Augen ist Angst, in ihrem Meckern Panik, und von oben grollt Donner. Als Blandine bei ihr ist, bemerkt sie, dass ihr rechter Vorderlauf im falschen Winkel abgeknickt ist, sie ist offensichtlich verletzt.

Sie blickt sich suchend um, als hoffte sie, eine hilfsbereite Tierärztin würde von einer Baumkrone springen.

Die Ziege ist so entzückend und jämmerlich, dass sie beinahe künstlich wirkt. Blandine hat kein Handy, um die Tierklinik anzurufen, und sie kennt sich mit Ziegen nicht aus. Wahrscheinlich wiegt das Tier ein paar Kilo. Natürlich könnte sie es einfach hierlassen – normale Leute würden es hierlassen. Ganz ruhig geht sie zur Lichtung zurück und packt ihr Buch ein. Dann kommt sie wieder und nimmt die Ziege auf den Arm, entschlossen, sie an einen Ort zu bringen, wo ihr weder Missbrauch noch Dehydrierung drohen. Die Ziege strampelt und meckert, aber schnell – zu schnell – entspannt sie sich, gibt auf und sinkt in Blandines Arme. »Hildegard«, tauft Blandine das Tier. »Hildegard von Vacca Vale.« Sie zählt sieben Tupfen auf seinem Fell. Es hat eisblaue Augen und Milchzähne, beides menschenähnlich. »Wusstest du, dass deine Namenspatronin als Begründerin der Naturkunde in Deutschland gilt? Sie hat sogar ihr eigenes Alphabet erfunden.«

In den ersten Minuten ist es schwer, die Ziege, die nach Urin stinkt, durch das Unterholz zu tragen und dann den Waldweg hinauf, aber Hildegards Gewicht beginnt Blandine wohlzutun, die es nicht gewohnt ist, etwas anderes als ihre Bücher mit sich herumzuschleppen. Von der neuen Mission gestärkt fängt Blandine an, energischer auszuschreiten. Die Einfachheit ihrer Aufgabe beseelt sie: dieses Tier am Leben zu erhalten. Nichts Morbides, kein Hungern, keine Stigmata. Nicht einmal viel Kapitalismus. Wolken erleuchten den ganzen Abend, drängen sich über ihnen zusammen, während Windstöße durch die Bäume fegen.

Als Kind hat Blandine im Valley mehrere Kaffeebohnen gepflanzt und gehofft, sie würden eines Tages in den Himmel wachsen. Sie lief jedem Kaninchen hinterher, weil sie unbedingt seinen Bau finden und hineinspringen wollte. Beim Klang der Tornado-Sirenen schlug ihr Herz höher, und sie bekam häufig Ärger, weil sie sich von der Gruppe entfernte. Blandine hatte eine Schwäche für Pforten, war bereit, jeden Pferdefuß in Kauf zu nehmen – Riesen, Gift, Einsamkeit, Gauner, Jäger, schlitzohrige Wölfe, kannibalistische Hexen –, Hauptsache, sie wurde in eine andere Welt transportiert. Ein trautes Heim gab es nicht, denn sie hatte kein Zuhause. Jetzt, als Erwachsene in den Augen des Staates, geht sie durch Gras und Wurzeln und Müll, ihre Füße braun von der Erde, und träumt von einer kleinen stubenreinen Ziege, einem Schlafzimmer nach Osten, einem Kräutergarten, einem Bücherregal mit Leiter, keinem Strom, einem Kamin. Sie träumt von völliger Autonomie und Freiheit vom Markt. Sie beginnt, sich eine amerikanische politische Revolution auszumalen, aber sie strauchelt bei der Logistik und vertagt das Ganze. Sie findet ihre Erwachsenenfantasien enttäuschend, weil sie so häuslich sind, aber auch beruhigend. Häuslichkeit ist wenigstens erreichbar.

Blandine verehrt die Mystikerinnen, weil sie im Gegensatz zu ihr die Suche nach den Pforten nie aufgegeben haben. Für die Mystikerinnen war das Beten wie ein Fluchtwagen, die Kathedrale wie ein Kaninchenbau, das Leiden wie ein Wunderland, die göttliche Verzückung wie ein Wirbelsturm, der sie in eine Welt der Farben brachte. Die Mystikerinnen gaben das Jenseits nie auf, und sie weigerten sich, die grüne Welt zu verlassen.

Blandine betritt den breiten Weg kurz vor der Straße und schnappt nach Luft, als sie die Gestalt sieht.

Ihr Reptilienhirn reagiert sofort: Ihr Atem setzt aus, ihr Puls rast, ihre Hände schwitzen, sie verliert das Gleichgewicht. Sie weiß schon, bevor sie miteinander sprechen, dass diese Begegnung das Serienfinale ihrer Beziehung darstellen wird, und die Szene ist automatisch mit einer Dramatik aufgeladen, die dem Gewicht ihrer Geschichte entspricht. Als sie seine gesunde Bräune und starke Haltung sieht, muss sie an einen bestimmten Diktator denken, dessen Name ihr nicht einfällt. Er ist Ton in Ton angezogen – weiße Athleisure-Kleidung, deren lässige Eleganz einen Hauch von Blutdurst ausstrahlt. Im Schatten des Laubdachs zerschneidet sie sein Blick wie ein chirurgischer Laser. Als Blandine James Yager sieht, sieht sie eine Harpune, einen Sarg, einen Kojoten, eine Bandsäge. Er besteht aus Winkeln, mit denen sie einst ihre Geometrieprüfungen bestehen wollte. Irgendwo im Valley wird gegrillt: Blandine liebt den Geruch von brennender Holzkohle, auch wenn sie weiß, dass Grillen Sterbehilfe für den Planeten ist. Ihr ist schwindelig, aber sie versucht, bei Bewusstsein zu bleiben. Sie hat keine Krankenversicherung.

»Tiffany«, sagt James. »Was für eine Überraschung.«

Die Ziege meckert ängstlich. Die Treffsicherheit von Hildegards Intuition beeindruckt Blandine.

»Ich wollte gerade spazieren gehen«, sagt James. »Aber ich bin mit dem Auto hier. Willst du …?«

»Was?«, knurrt Blandine.

Er zögert. »Willst du, dass ich dir damit helfe?«

GRÖSSERE AMERIKANISCHE BRÄNDE

Ich kann Ihnen die Fakten aufzählen, oder ich kann Ihnen erzählen, wie es sich angefühlt hat, aber ich bezweifle, dass Ihnen irgendwas davon die Erklärung liefert, die Sie suchen. Ja, wir waren betrunken. Betrunken und high. Malik, Todd und ich tranken eine Zweiliterflasche Wodka aus, die jemand in der Lobby stehen gelassen hatte, und wir rauchten das Hammerzeug, das Todd von einer Tussi namens Stephen hatte. Um das Selbstständigkeits-Stipendium zu kriegen, müssen wir am Ende jedes Monats einen Drogentest machen, aber sie testen nur auf Opioide und Narkotika, was wir als kleines Entgegenkommen des Jugendamts betrachten. Der Wodka war die Sorte, bei der man beim Trinken nie vergisst, dass man sich vergiftet, also billiger Fusel, und deswegen hatten wir kein schlechtes Gewissen, dass wir ihn geklaut hatten.

Wir waren bei Todd im Zimmer, weil es dort am saubersten ist. Eine ordentlich gemachte Matratze auf dem Boden, kein Staubkorn, Geruch nach chemischer Zitrone, nichts im Regal außer alphabetisch geordneten Comicheften. Todd wollte Comiczeichner werden. Will, meine ich. Während wir quatschten, nahm er immer wieder die Wodkaflasche und rückte sie in die Mitte einer Serviette, dann richtete er die Serviette in der Mitte des Bodens aus. An den Wänden hingen ein paar seiner Zeichnungen in einer perfekten Linie. Er zeichnete selten vor uns, und die Bilder waren anders als alle Comics, die ich je gesehen habe. Es waren chaotische Skizzen mit schwarzem Filzstift oder Bleistift, hauptsächlich Leute ohne Gesicht, Tiere, die es nicht gab, alles in Bewegung. Ich fand sie unheimlich, aber ich konnte nicht wegsehen.

Malik erklärte den Abend zum nationalen Feiertag, weil er einen neuen Job hatte. Einen *richtigen*, sagte er. »Ich bringe Robotern

Gefühle bei«, verkündete er strahlend. Todd musterte ihn interessiert. »Die Kohle ist fürstlich. Und Casting-Agenten werden es lieben. Die wollen immer, dass du eine abwechslungsreiche Mappe hast.« Malik denkt, er wird mal Schauspieler – er spart für seinen Umzug nach Los Angeles. Den ganzen Sommer hat er mit seinem Handy gefilmt und inhaltlose Videos auf seine bescheuerten Profile hochgeladen, weil er fest überzeugt ist, er hätte das Ruhm-Gen. Wir widersprechen ihm nicht. Er sieht gut aus, er ist charmant, er ist eitel. Alles klar. Aber wir würden ihn trotzdem gern umbringen, wenn er so redet. Ich glaube eher, er wird Immobilienmakler. »Du musst deine Follower aufbauen«, hat er uns erklärt. »Dann kommt der Erfolg durch den Schornstein.«

»Robotern *Gefühle* beibringen?«, fragte Todd.

»Welches Jahr haben wir?«, fragte ich. Ich konnte mich wirklich nicht erinnern.

Sie ignorierten mich. »Dieser Typ baut eine AI-Familie – so nennt er sie, die Familie –, und er will mich als Modell haben«, sagte Malik und grinste.

Modell. O Gott. Ich brauchte noch einen Schluck.

»Ist das nicht krass?«, fuhr Malik fort. »Er will ihnen Körpersprache beibringen. Ausdruck, Stimmen. Also klebt er uns mit Sensoren voll, verkabelt uns mit irgendwelchem Scheiß, gibt uns Stichwörter.«

»Ist der Typ von hier?«, fragte Todd.

»Geboren und aufgewachsen. Aber wenn er fertig ist, geht er mit der Familie zu so einer Tagung nach San Francisco. Er sagt, die ganzen CEOs und Genies werden Gebote einreichen. Dann macht er Millionen. Wir kriegen eine Beteiligung.«

»Wofür sind die gut?«, fragte Todd.

»Wer?«

»Die Roboter.«

»Wofür bist *du* gut?«, entgegnete Malik.

»Putzen sie dein Klo?«, fragte Todd. »Gehen sie mit dem Hund raus? Lutschen dir den Schwanz?«

Malik überlegte. »Das hat er uns noch nicht gesagt.«

»Was für Stichwörter kriegt ihr?«, fragte Todd. Es kotzte mich an, wie er Maliks Ego streichelte. »Sei fröhlich, sei sauer?«

»Keine Ahnung«, antwortete Malik. »Ich fange erst nächste Woche an. Aber beim Vorsprechen haben sie uns Text gegeben. Szenarien. Hier, ich lese euch ein paar vor. Sie haben sie uns geemailt ...« Er scrollte durch sein Telefon. »Okay, hier: Du hältst zum ersten Mal dein Baby im Arm, zählst seine Wimpern. Was fürn Scheiß. Oder hier: Nachdem du dich bis an die Spitze deiner Firma hochgearbeitet hast, wirst du gefeuert. Du bist neun und hast gerade herausgefunden, dass deine große Schwester deinen Hamster freigelassen hat. Du bist fünfzehn und ertappst deine Eltern beim Sex. Du bist achtzig und hast tödlichen Knochenkrebs und sagst den Ärzten, dass du keine Therapie willst. Dein Lieblings-Baseballteam hat gerade die World Series gewonnen. Du stehst bei der Zulassungsstelle in der Schlange.« Malik legte das Telefon hin und wirkte so zufrieden, als wäre er jetzt schon berühmt. »U. S. W.«

Todd hatte die Radieschen alle gegessen, und jetzt kaute er an seinem Ersatzgemüse: Sellerie, Karotten, Paprika. Alles Rohkost. Er nahm das Gemüse aus einer Tüte und entsorgte die ungenießbaren Teile in einer anderen, präzise wie eine Fabrik.

»Das heißt, dass du Amerikas Zukunft prägst«, schloss Todd.

»Genau«, sagte Malik. »Wahrscheinlich die ganze Welt. Ich meine, der Typ hat richtig große Pläne. Der will ganz hoch hinaus. Und er hat schon jede Menge Interessenten – ich meine, das ganze Geld, dass son paar Typen schon investiert haben. Business Angel nennen die sich. Die glauben fest, dass sich die Roboter von morgen an der Familie orientieren. Im Ernst. Das hat er erzählt. Und das heißt, sie orientieren sich ...«

»An dir«, sagte Todd.

»Genau.« Malik grinste. Ich schwöre, er benutzt Bleaching-Streifen. »An mir.«

Todd sah erst mich an, dann Malik. »Cool«, sagte er.

An dem fraglichen Abend – Mittwoch, siebzehnter Juli – ging

schon langsam die Sonne unter, aber man kriegte es nicht mit, weil es den ganzen Tag dunstig gewesen war. Es roch nach verbranntem Gummi, und ich musste an Krieg denken. Zu diesem Zeitpunkt war ich ziemlich hinüber, neurologisch betrachtet. Ich schwitzte wie ein Schwein. Draußen grollte ein Gewitter. Seit März hatten wir noch ein paar Mäuse getötet und ein paar Kaninchen. Einmal eine Taube. Ohne es offen auszusprechen, hatten wir eine Art Ritual daraus gemacht. Meistens taten wir es mittwochabends, weil wir da alle nicht arbeiten mussten, und Blandine war nie zu Hause. Wir betranken uns immer vorher. Fanden irgendwelche Bongos. Machten diese Mutprobe mit der Kerze, wo man den Finger in die Flamme hält, und wer zuerst wegzieht, muss das Töten übernehmen. Wollen Sie noch mehr wissen? Ehrlich gesagt würde ich lieber nicht ins Detail gehen. Ist das okay für Sie? Ich sage Ihnen alles, was Sie wissen müssen. Aber bitte zwingen Sie mich nicht, es zu beschreiben.

Jedenfalls hatten wir seit Wochen kein Tier mehr geopfert, und ich kriegte langsam dieses Gefühl – das Gefühl, das man hat, wenn man es seit einer Weile nicht *getan* hat, Sie wissen schon, wenn man das Gefühl hat, man würde aus seinem Körper platzen. Ich bin mir ziemlich sicher, dass es Todd und Malik auch so ging. Wenn man sich mal wieder einen runterholen muss, ist das Ziel klar. Aber das Komische in dem Fall war, dass ich nicht benennen konnte, worauf ich eigentlich so scharf war. Ich weiß, dass mir heißer war, als ich es für möglich gehalten hätte. Aber das war bloß die Temperatur.

»Es war voll der Wettkampf«, sagte Malik. »Es gab vier Runden. Ich musste eine Vertraulichkeitserklärung unterschreiben, aber jetzt darf ich drüber sprechen, dass ich es mache. Ich darf nur nicht ins Detail gehen, also fragt mich nicht. Sie haben nur vier genommen, und es gab über zweihundert Bewerber. Vielleicht dreihundert.«

Neben Todds Matratze lag die Speisekarte eines Lieferservice, und er hatte auf die Rückseite eine Liste geschrieben. Ich sah mir seine kleine Handschrift an. Perfekt, wie ein Zeichensatz. Damit

Malik endlich die Klappe hielt, fing ich an, die Liste laut vorzulesen: Es waren alle größeren amerikanischen Brände, die im letzten Jahr stattgefunden hatten. Ort, Dauer, Schaden, Ursache. Nach der Hälfte las ich mit schottischem Akzent weiter, nur so aus Spaß. So lang war die Liste.

»Das ist gut«, sagte Malik. Er hielt die Handykamera auf mich und filmte. »Das ist guter Content. Du bist gar nicht schlecht in Akzenten, Jack. Wenn du willst, kann ich dir ein paar Tipps geben.«

»Nein danke«, sagte ich mit knirschenden Zähnen. Ich knüllte die Liste zusammen und warf sie an Todds bleichen Kopf. »Was ist los mit dir?«, fragte ich mit wachsendem Zorn. Todd war so klein, so schwach. Auf einmal wollte ich ihn kaputt machen wie eine Weihnachtskugel. »Warum kannst du nicht normal sein?«

Todd sah mich mit unergründlicher Miene an. Vielleicht schlief er sogar.

»Ich weiß gern Bescheid«, sagte er.

Seine kleine Handschrift passte zu seinen kleinen Händen. Sommersprossige Nagetierhände. Als er die Liste aufhob, wurde sein Gesicht so traurig, dass mein Zorn verpuffte. In Todds neurotisch sauberem Zimmer mit dem Plastikventilator, der die Sommerhitze durchs Fenster saugte, wollte ich alles Extreme gleichzeitig: Ich wollte sterben, töten, vögeln, meine Eltern finden und sie wieder lebendig machen und sie dann umbringen, dann beerdigen und schreien und schreien. Zum ersten und wahrscheinlich letzten Mal in meinem Leben beneidete ich Frauen darum, dass sie Kinder gebären konnten. Ich wollte eins mit jemandem sein. Ich wollte wissen, was passieren musste, damit mir nicht alles scheißegal war.

Ich dachte an Blandine. Da war ein Moment zwischen uns gewesen, in Pinkys Loft. In diesem einen Moment war ich mir ganz sicher. Aber als der Tag weiterging, zweifelte ich immer mehr, und bis zum Abend dachte ich, ich hätte mir alles nur eingebildet. Sie benutzte mich bloß. Wofür? Keine Ahnung. Ungefähr eine Woche, bevor es passierte, hatte sie gehört, wie ich Todd und Malik erzählte, dass Pinky mir einen Job als Hundeausführer gegeben hat. Da fing sie an, sich zum allerersten Mal für mich zu interessieren.

Sie hatte gewartet, bis Todd und Malik gingen, dann kam sie zu mir. »Nimmst du mich mal mit?«, fragte sie mit diesem unechten Augenklimpern. Ich fragte sie warum, aber als sie antwortete, konnte ich nur denken: Ich wünschte, Malik und Todd würden das hier mitkriegen. Ich begann mir vorzustellen, wie ich es ausschmücken würde, wenn ich es ihnen erzählte. Ich würde sagen, der Träger ihres Oberteils wäre heruntergerutscht. Ich würde sagen, sie hätte meinen Arm berührt. Ich würde sagen, dass sie Parfum benutzt hatte, bevor sie aus ihrem Zimmer kam. Ich war so verstrickt in meine Version der Ereignisse, dass ich kaum zuhörte, was Blandine sagte.

»Ich liebe Tiere einfach«, sagte Blandine gerade, als ich endlich wieder aufpasste.

Später erzählte ich Malik und Todd, dass Blandine Zeit mit mir verbringen wollte. »Unter vier Augen, weg von allem hier.« Dann zwinkerte ich und machte ein paar Tanzschritte. Malik warf den Haushaltsgummiball nach mir, aber er grinste. Als wäre er stolz auf mich.

Als ich ein paar Stunden später in Todds Zimmer saß, dachte ich an den Moment in Pinkys Loft, das erste Mal, dass Blandine und ich uns lange genug unterhalten hatten, um uns zu widersprechen, wie sie rot geworden war, was ich nicht von ihr kannte, wie sie sich durch das Loft bewegte und zu mir kam. In dem Moment dachte ich, sie würde mich küssen, oder sie wartete darauf, dass ich sie küsste. Aber dann fing sie an, die Hunde zu streicheln, und ich wusste, sie spielte nur mit mir.

Der Wodka und das Gras zerlegten Todds Zimmer und setzten es zu einer Art Boot zusammen. Ich schwankte. Auf einmal erschien mir Blandine, klar wie ein Foto, und sie trug einen Smoking. In dem Moment wusste ich, dass ich sie nie anfassen würde. Aber das schlimmste war, es war mir egal. Mir war alles egal.

»Mir ist was aufgefallen«, sagte Malik autoritär. Er konnte richtig oberlehrerhaft sein. »Diese Benzolverseuchung des Grundwassers in den Sechzigern?«

Er ließ eine dramatische Pause.

»Okay?«, hakte Todd nach.

»Es war gar nicht Zorn.«

»Komm schon«, sagte Todd. »Das ist das Einzige, was mit Sicherheit bekannt ist.«

»Was ich gern wüsste«, sagte ich, »ist, was haben sie den Leuten gegeben, die davon doof geworden sind?«

»Wovon?«

»Von dem Benzol. Manchmal denke ich, deswegen sind alle Erwachsenen, die wir kennen, solche Riesenidioten.«

»Es konnte keiner beweisen«, sagte Todd. Ich merkte ihm an, dass er so tat, als hätte mein Kommentar von vorhin ihn nicht verletzt, dass er versuchte, cool zu spielen, aber das machte alles nur noch schlimmer. Ich hatte ihm ohne Grund eins reingewürgt. »Zorn musste bloß sagen, ist nicht unsere Schuld, dass du blöd bist.«

»So was muss man doch testen können.«

»Aber stell dir vor, wie scheiße es wäre, wenn du dir die Mühe machst, und dann stellt sich raus, dass Zorn nicht schuld ist.«

»*Nichts* davon war Zorns Schuld«, sagte Malik. »Das versuche ich euch doch gerade zu sagen.«

»Ach ja?«, fragte ich. »Wer war es dann?«

»Die Benzolvergiftung«, sagte Malik, »war ein Akt außerirdischer Kriegsführung.«

Todd hörte auf, mit der Wodkaflasche herumzuspielen, und starrte Malik an. »Was?«

Dann brach Malik in schallendes Gelächter aus und seine perfekten Zähne tanzten durchs Zimmer.

Todd lachte nervös mit.

»Was ich wirklich will«, sagte ich, »ist das ganze Internet kaltmachen. Bevor es mich kaltmacht.«

»Jack«, sagte Todd. »Raus aus meinem Bett.«

Ich gehorchte, ohne nachzudenken. Stand auf, sackte zusammen. »Warum?«

»Du schwitzt alles voll. Schau.«

Die Wohnungstür ging auf. Malik sprang auf die Füße und zog sich instinktiv das Hemd aus, so wie alle instinktiv auf ihr Handy starren, wenn es in einem vollen Zimmer klingelt. Was für ein Idiot. Blandine kommt in die Wohnung, und Malik *zieht sich das Hemd aus*. Ich wünschte, ich könnte sein Verhalten unglaublich nennen, aber bei Malik glaube ich es sofort. Wir hörten Blandines eilige Schritte, das Rauschen des Wasserhahns, den Kühlschrank, das Klappern von Plastik und Metall, ihre leise Stimme. Dann fiel die Haustür wieder zu.

Auf Todds blauer Steppdecke war ein großer feuchter Fleck, dessen Form nicht wie ich aussah, sondern wie ein Land, das in seine Umgebung sickert.

»Verdammt«, sagte Malik. »Heute Abend war der Abend.«

»Der Abend«, schnaubte ich. »Was hattest du vor, wolltest du ihr einen Antrag …«

»Psst«, sagte Todd. »Hört ihr das?«

Da hörten wir zum ersten Mal die Ziege. Sie weinte.

»Zum Teufel?«, murmelte Malik.

Sie meckerte wieder.

Nichts war echt. Wir standen sofort auf und machten Jagd auf das Geräusch. Etwas anderes kam uns gar nicht in den Sinn.

ICH ÜBERLASSE ES DIR

Um 19:51 Uhr, 112 Minuten bevor Blandine Watkins ihren Körper verlässt, bringt sie die Ziege Hildegard hinauf in die Wohnung. James Yager wartet in seinem sparsamen Hybrid draußen vor dem Kaninchenstall. Von seinem Telefon hat Blandine die einzige Tierärztin der Stadt angerufen, aber die Praxis ist geschlossen. Bis auf logistische Fragen bezüglich der Ziege haben sie kaum Worte gewechselt. Seit sie ihn gesehen hat, zittert sie so stark, dass sie die Kiefer auseinanderhält, um nicht mit den Zähnen zu klappern. In seinem Verhalten nimmt sie keine Veränderung war; er reagiert auf sie wie auf eine Schülerin, irgendeine Schülerin.

Blandine lässt Hildegard mit fünf Plastikschalen mit Wasser in ihrem Zimmer zurück. Sie legt ihr frischen Spinat auf den Boden, Birnen, Stangensellerie und Karotten. Ein Teil des Gemüses gehört Todd, aber sie kann es ihm später bezahlen. Als sie sich in ihrem Zimmer umsieht, fühlt sie sich einen kurzen Moment reich. Sie macht der Ziege aus ihrer Decke und dem Kissen auf dem Holzboden ein Bett und legt sie vorsichtig hinein. Hildegard sieht Blandine kläglich an. »Versuch leise zu sein«, flüstert Blandine. Sie ist froh, dass die Jungs anscheinend nicht zu Hause sind. Allerdings ist Todds Tür geschlossen – vielleicht ist er in seinem Zimmer. Aber Todd würde Hildegard nichts tun; von den dreien ist er am harmlosesten. Er ist sanft und sensibel. Manchmal, wenn niemand zu Hause ist, schleicht sie in sein Zimmer und bewundert seine Zeichnungen, die sie großartig und bizarr findet. »Wenn sie zurückkommen, lass sie nicht merken, dass du da bist«, flüstert Blandine Hildegard zu. Hastig schreibt sie auf ein Post-it: NICHT AUFMACHEN, dann kritzelt sie auf einen zweiten Zettel BITTE und klebt beide an ihre Zimmertür. Mit rasendem Puls läuft sie aus der Wohnung und vergisst, hinter sich abzuschließen.

|||||

Sie sitzen in James' Wagen auf dem Parkplatz einer verlassenen Kirche ein paar Blocks vom Kaninchenstall entfernt und vermeiden den Augenkontakt. Die Fenster sind offen, und ein vorstürmischer Wind flirtet mit ihnen. Auf dem Rücksitz liegen vier Tüten vom örtlichen Landwirtschaftsladen: weißes Salz, Mineralsalz, Stallfliegenspray, Schaf-und-Ziegen-Futter, drei Packungen Heu, ein Zwanzig-Liter-Eimer, ein Schaf-und-Ziegen-Proteinblock, eine Flasche Nutri-Drench für Ziegenkitze, eine kleine Traufe und eine Tüte Gummibärchen. Der Einkauf hat über hundert Dollar gekostet, und beim Anblick der Waren sah die Verkäuferin die beiden an, als vermutete sie etwas Illegales und Unanständiges. James bezahlte.

»Ich werde vielleicht nicht direkt *geknechtet*«, fährt Blandine fort, die Gummibärchen gegen das Zähneklappern kaut, »aber ich bin in dieser Situation eindeutig das Proletariat, und du bist auf jeden Fall die Bourgeoisie, und der Kapitalismus verhindert, dass zwischen uns irgendetwas anderes laufen kann als eine miese Transaktion, die auf der Annahme basiert, dass alles, was ich produziere, dir gehört. Und natürlich begegnen wir uns ausgerechnet im Valley wieder; natürlich musstest du mir den Ort verderben. Und jetzt ist nicht mal mehr die Ziege da, unsere einzige Zeugin. Scheiße. Lass uns high sein für dieses Gespräch.« Sie zieht einen Vaporizer aus der Tasche und setzt ihn schnell an, damit James ihre zitternden Hände nicht sieht. Jede ihrer inneren Stimmen will ihm ein Ständchen bringen. Ihr ist unbegreiflich, wie sie Jack heute Morgen attraktiv finden konnte. Jetzt merkt sie, dass alles, was sie heute Morgen gespürt hat, nur ein Abklatsch des Sturms war, der in diesem Moment in ihr tobt.

Nach einer langen Pause entgegnet James: »Warum bin ich die Bourgeoisie? Wenn du unsere Beziehung schon marxistisch interpretierst, dann rechne auch die Tatsache ein, dass ich reich geheiratet habe. Meine Eltern waren Kleinbauern. Wir waren mein Leben lang arm. Mein Bruder ist in Afghanistan in eine Sprengfalle gelaufen. Weil er mit dem Militärdienst sein Studium finanzieren wollte, ist er jetzt gelähmt. Bei Feuerwerk kriegt er Panik. Meine Eltern sind an vermeidbaren Krankheiten gestorben, weil erstens ihre Ernährung und zweitens ihre Krankenversicherung Mist war. Ich werde niemals über vierzigtausend im Jahr verdienen. Ich war meiner Frau immer unterlegen, habe mich ihren Entscheidungen und den Entscheidungen ihrer Eltern untergeordnet. Du verstehst das nicht.«

»Oh, tut mir leid; da du in die Aristokratie nur *eingeheiratet* hast, bist du natürlich kein Komplize oder Wohltäter«, sagt Blandine. Es fällt ihr so leicht, ihre Wut auf ihn auszudrücken – viel leichter, als sonst irgendwas auszudrücken. »Da du nur *eingeheiratet* bist, fehlen dir natürlich die Sicherheit und die Mittel, wie eine Villa oder ein finanzielles Polster in Krisensituationen. Hast du nie einen Roman aus dem neunzehnten Jahrhundert gelesen? Oh Mann.«

»Ich bin Highschool-Musiklehrer, Tiffany.«

»Und deine Frau? Was ist sie anderes als eine amerikanische Prinzessin, die Erbin von Reichtum, den Leute wie deine Eltern erarbeitet haben, das Mitglied einer Klasse, die Menschen wie mich besitzt? Was ist sie anderes als eine Vertreterin der Monarchie? In die Elite einzuheiraten nimmt dich nicht von ihren Bedingungen aus. Mag sein, dass sie an dir die Mehrheit besitzt, aber du hast so was wie …« Sie sucht nach dem Ausdruck. »Geteiltes Sorgerecht.«

»Wir haben uns scheiden lassen.«

Blandine saugt an dem metallenen Mundstück des Vaporizers und versucht, nicht zu reagieren. »Ich hoffe, euer Ehevertrag war zynisch.«

Sie legt den Vaporizer auf die Mittelkonsole. James nimmt ihn, ohne zu fragen, streift elektrisch ihre Hand. Sie ist wütend und schwitzt und ist glücklich, dass er den Mund an die Stelle drückt, wo vorher ihr Mund gewesen ist. Sie hat das Gefühl, sie muss sich übergeben, ausziehen, ihr wachsen Flügel.

»Hör zu, Tiffany.« James seufzt. »Hier läuft nichts, wie ich … gehofft hätte. Ich wollte mich bei dir entschuldigen. Ich wollte anerkennen, wie manipulativ, wie krank und, ja, von mir aus, wie *bourgeois* mein Verhalten war. Aber die ganze Sache ist mir entglitten, und alles ist … ich weiß nicht. Alles ist aus den Fugen geraten.« Er zeigt zum Himmel, wo sich die Sturmwolken versammelt haben wie Publikum.

»Hildegard von Bingen, die Mystikerin, sagt, Gott erzeugt Gewitter, um Bosheit zu bestrafen«, sagt Blandine, als sie nach oben sieht. »Oder um vor Gefahr zu warnen.«

»Nicht sehr originell.«

»Sie sagt: ›Alle unsere Werke berühren nämlich die Elemente und stehen auch unter ihrer Einwirkung, weil sie eine Beziehung zu den Elementen haben.‹«[12]

Regentropfen klatschen gegen die Windschutzscheibe.

»Ich hatte dein Gedächtnis vergessen«, sagt James, »dein unglaubliches Gedächtnis.«

»Ich habe die Nase so voll«, sagt Blandine, »von Gewalt gegen Frauen, die als Anerkennung getarnt ist.«

»Tut mir leid«, murmelt James automatisch, aber er sieht aus wie ein gescholtenes Haustier, das nicht weiß, was es falsch gemacht hat.

»Egal«, sagt Blandine. »Das Problem ist, als junge Frau hast du nicht die Option, dich aus den Systemen wirtschaftlicher Produktion herauszuhalten. Keiner hat die Option, nicht wirklich, aber ein weißer Mann wie du hat wenigstens *annäherungsweise* die Option. Eine Frau dagegen hat nicht mal *eine Art von* Option, egal wie sehr sie sich anstrengt, weil ihr Körper Waren und Dienstleistungen *enthält,* und Leute werden immer versuchen, mit oder ohne Einwilligung an diese Waren und Dienstleistungen heranzukommen. Wie könntest du das verstehen? Wenigstens fangen wir endlich an, öffentlich über sexuelles Fehlverhalten zu sprechen, immerhin. Wie

12 HvB, Wisse, Bühler, S. 48

man sieht, wird derzeit für ein bisschen horizontale Gerechtigkeit gesorgt, es ist nicht ideal, aber immerhin etwas.«

»Horizontale Gerechtigkeit?«

»Ich meine, wenn wir den amerikanischen Machismo nicht in Form des Oberbefehlshabers absetzen können, können wir vielleicht wenigstens die Produzenten, die CEOs, die Fernsehmoderatoren, die Schauspieler et cetera absetzen. So was fühlt sich gut an, es tut der Gesellschaft gut, aber letztendlich hängt unsere nukleare und demokratische Sicherheit von einem internationalen Wettpissen ab, und wenn man ein Fürsorgekind ist wie ich, ist man einfach … ach, egal. Wir denken, wir wollen uns gegenseitig umbringen, dabei wollen wir eigentlich den Käfig umbringen. Ich weiß gar nicht, was ich da rede. Doch, ich weiß es. Ich will sagen, dass wir in unserem Diskurs Raum für Machtmissbrauch schaffen müssen, dem vermeintlich beide Parteien zugestimmt haben. Den Blick auf die Größenwahnsinnigen zu richten, die unsere Welt regieren, und zu sagen, das ist wichtig, aber von irgendeiner abgefuckten Affäre zu hören und sie albern zu finden, nur weil alle Beteiligten am Anfang ja, okay gesagt haben – so was kann ich nicht hinnehmen. Ich meine, wir wollen uns ja nicht selbst entmündigen, aber was ist Einverständnis überhaupt? ›Wir‹ haben diese Irren gewählt; ist das nicht einvernehmlich? Worin genau besteht das Einvernehmen? Wenn du also das Szenario hier betrachtest – dich und mich – und irgendwas anderes siehst als eine kleine Version unserer großen Katastrophe, und wenn du in den Spiegel schaust und irgendwas anderes siehst als die rote Power-Krawatte um deinen Hals, dann verdrängst du die Wahrheit über deine unfairen, ausbeuterischen Tendenzen, um besser durch den Tag zu kommen. Was ziemlich scheiße ist.«

James holt tief Luft, die Augen geschlossen. »Du hast recht«, sagt er ohne Überzeugung.

»Ich würde sogar behaupten, dass unsere Beziehung drei typische Entwicklungsstufen der Wirtschaftsgeschichte durchlaufen hat: erst einen primitiven Kommunismus, als wir genau einen Moment lang das Gefühl hatten, alles wäre für beide Seiten vorteilhaft, dann Feudalismus – als ich vollkommen abhängig von dir war und quasi umsonst für dich gearbeitet habe –, dann Kapitalismus. Und jetzt, Scheiße. Ich weiß es nicht. Vielleicht bin ich zu weit gegangen. Ich versuche, alle zu lieben und mich aus mir rauszuspülen, weißt du. Ich versuche, jeden Menschen, der mir begegnet, in seiner ganzen menschlichen Dimension zu erfassen, und ich bin … ehrlich gesagt bin ich total erschöpft. Von jetzt an herrscht neutestamentarische Gerechtigkeit. Aber dafür muss ich die alttestamentarische Gerechtigkeit aus meinem System kriegen, solange ich es noch kann.« Sie zwickt sich ins Bein und ertappt ihn beim Hinsehen. »Ich glaube, ich hasse dich.«

»Ich hasse dich nicht«, sagt James.

Blandine gibt ihrem Gehirn den Befehl, die Emotion zu blockieren, die durch ihren Körper rollt. Es funktioniert nicht.

»Es ging mir nicht nur um Sex.« James hält inne. Er sieht von ihrem Schenkel weg, zur Windschutzscheibe hinaus, sodass Blandine sein Profil betrachten kann. »Falls du das denkst.« Er sieht sittenwidrig gut aus, sein kantiges Kinn lässt seine langweilige, aber wirksame Macht auf ihren Körper spielen. Sie kann praktisch spüren, wie ihr Hypothalamus – dieser neurologische Tyrann! – ihren präfrontalen Cortex herunterfährt. Sie klammert sich an jedes bisschen Vernunft, das sie erwischt. Vernunft, sagt Hildegard, ist die dritthöchste menschliche Fähigkeit. Nach dem Körper und der Seele. Gott ist Leben, aber Gott ist auch Vernunft, sagt Hildegard. *Die Vernunft ist nämlich die Urwurzel, und das erschallende Wort blüht in ihr.*[13] Wo ist die Vernunft? Was ist das erschallende Wort? Nichts blüht. Blandine hat das Gefühl, sie erstickt in ihrem weiten Baumwollkleid. Sie will es ausziehen, will sehen, wie James reagiert, will, dass der Sturm sie fortreißt.

»Ich meine, es ging mir nicht mal hauptsächlich um Sex«, sagt James. »Wenn ich mich erinnere, was passiert ist, denke ich nicht

13 HvB, Wisse, Bühler, S. 255

an diese Nacht. Ich hätte nie gedacht, dass es passiert, ich habe die Möglichkeit gar nicht in Betracht gezogen – ich hatte viel zu viel Respekt vor dir, um in diese Richtung zu denken.«

»Warum schließen Respekt und Vögeln einander aus?«

James fährt sich durch das mulchbraune Haar, das zu dicht für sein Alter ist. »Tun sie nicht.« Endlich sieht er ihr in die Augen. »Aber Respekt vor einer siebzehnjährigen Schülerin und sie vögeln schon.«

Ihr kommen die Tränen. Blandine wendet sich ab.

»Du warst mir wichtig«, sagt James. »Das bist du immer noch. Es hat mich monatelang krank gemacht. Verstehst du, nach … nach dieser Nacht habe ich mich gezwungen, mich nicht bei dir zu melden, weil ich dachte, es wäre … zu deinem Schutz, schätze ich. Ich dachte, es wäre falsch, mich bei dir zu melden. Und als ich hörte, dass du die Schule abgebrochen hast, habe ich die ganze Fachschaft angefleht, dich zurückzuholen, habe dem Direktor gesagt, er soll auffahren, was er kann. Ich habe allen gesagt, dass sie alles tun sollen, damit du bleibst.«

»Sehr gnädig von dir.«

»Ich halte mich für kriminell, verstehst du?«

»Tja.« Sie kaut an ihrer Nagelhaut, lässt eine Träne rollen. »Bist du auch.«

Allerdings nicht in Indiana.

Als sie ihn mustert, fällt ihr auf, dass ihm Blut ins Gesicht gestiegen ist. Er sieht ihre Tränen mit sichtlichem Grauen. Vor ihm selbst oder vor ihr? Eine Sekunde denkt sie, er würde die Hand ausstrecken und sie berühren. Sie will es. Er nicht.

»Nachdem es passiert war, konnte ich eine Woche nicht schlafen«, sagt er.

»Ich konnte Monate nicht schlafen – ich habe in meinem ganzen Leben noch nicht richtig geschlafen. Aber das ist kein verdammter Wettbewerb.«

»Es geht nicht um mich. Tut mir leid. Ich weiß, dass ich … in dieser Situation irrelevant bin.«

Sie schnaubt. »Irrelevant? Glaubst du wirklich, du bist *irrelevant in dieser Situation?* Irrelevant! In *dieser* Situation!«

»Was kann ich tun, um dir mein volles Eingeständnis zu geben, wie falsch alles von mir war?« Langsam verzweifelt er. Sie sieht es in seinem Gesicht, hört es in seiner Stimme. »Wie kann ich dich überzeugen, dass mir, obwohl ich mich dir gegenüber verantwortungslos verhalten habe, dein Wohlergehen am Herzen liegt, immer schon? Wie kann ich dich überzeugen, dass mir so was noch nie passiert ist, und wenn ich es noch einmal machen könnte, würde ich es tun? Ich meine, *anders* tun. Ich meine, wenn ich es noch einmal *anders* machen könnte, würde ich es tun. Egal, was ich sage, es klingt hohl, aber es ist genau das, was ich meine. Du kannst das viel besser. Ich bin nicht ...«

»Ich habe wirklich geglaubt, wir hätten während dieses ganzen Fiebertraums dieselbe Ziele und Interessen. Was für eine unfassbar blöde Kuh ich letztes Jahr war. Ich dachte – ich habe wirklich geglaubt, dass ich dich *liebe*. Ich habe geglaubt, du wärst meine große Liebe. Und vielleicht war auch ein bisschen Liebe dabei, na und? Wir haben sechs Monate lang Seelen-Fracking betrieben – und nur weil ein bisschen Öl rauskam, ist es noch lange nicht gut. Wer ist nie auf den Kapitalismus reingefallen? Natürlich verführt er dich, bevor er dich zerfleischt. Natürlich verpasst er dir den Rausch deines Lebens, bevor er dich in die Arena führt. So wie sie in alten Kulturen Kindern Kokain gaben, bevor sie geopfert wurden. Natürlich hat mich deine Villa verzaubert, natürlich wurde ich dumm, als ich all dein ganzes Wissen sah, natürlich gab ich mich einer Fantasie von Kontrolle hin, natürlich wollte ich deinen Konzertflügel ficken. Natürlich fühlte ich mich bei dir und deinem Körper sicher, als würde ich von – ich weiß nicht, *Soldaten* oder so was Ekligem beschützt – und natürlich war meine Reaktion widerlich und langweilig und amerikanisch, bis zum Erbrechen. *Ich* habe *dich* verführt, da bin ich mir sicher. Aber ...«

»Nein, ich habe die Verantwortung für ...«

»Aber meine Verknalltheit in dich heißt nicht, dass ... macht unsere Beziehung nicht … Pass auf, wir waren Konzepte, keine Individuen, das versuche ich zu sagen. Idiotische Variablen in einem geomagnetischen Sturm, verstehst du? Monatelang habe ich mir eingeredet, dass du und ich die Machtstrukturen, die im Spiel waren, transzendiert hätten, dass ich eine ebenbürtige Handlungsträgerin wäre, dass dich zu verdammen mich entmündigen würde. Ich habe sogar dein Schweigen entschuldigt, weil ich so besessen von dir war, von deiner ganzen beschissenen … von deinem *Gehirn* oder was auch immer, und gleichzeitig rutschte ich in diese Schulkrise, verstehst du, weil mir klar wurde, dass ich mich aus meiner Misere nicht einfach heraus*lesen* konnte, dass ich nicht einfach einen Stapel Bücher und Zeugnisse hochklettern konnte, um frei zu sein. Inzwischen ist mir klar, dass solche Hoffnungen nur das System festigen, das uns alle an unseren Plätzen hält, inzwischen ist mir klar, dass wir nur aus dem System ausbrechen können, wenn wir aus unserem Körper ausbrechen. Wie du siehst, war ich zu dem Zeitpunkt zu sehr mit dem Zusammenbruch all meiner anderen Illusionen beschäftigt, um dich richtig zu *verteufeln*. Aber das ist jetzt vorbei. Wir waren nicht einfach zwei Leute, die sich einer unangebrachten, Tabu-behafteten und vollkommen abgedroschenen Leidenschaft hingaben. Wir waren Zahnräder in einem Meta-Getriebe aus Klasse und Stadt und Produktion und Verteilung und Legislatur und politischen Pyramiden und Militär und Wechselkursen und Staatsschulden und fossilen Brennstoffen und so weiter. Wir waren gefangen in einem Netz materieller Beziehungen. Eigentlich glaube ich, unterm Strich waren wir die Antwort auf die Frage: *Wofür gibt es Konzertflügel?* Es gab nichts Dialektisches an uns. Und das macht mich am wütendsten – dein Schweigen, vorher, währenddessen und danach. Ja, klar, wir haben *geredet*. Wir haben geredet und geredet und geredet, aber wir haben nie etwas gesagt, oder? Du warst der einzige Mensch auf der Welt, von dem ich hören wollte, James, und ich habe nie wieder von dir gehört. Zu meinem beschissenen *Schutz?*«

»Ich habe dich auch geliebt«, murmelt James. »Wie eine … Nichte.«

Jetzt weint sie wirklich, aber sie marschiert weiter, angetrieben von einem ganzen Jahr des Zorns. »Wenn das deine Version von Liebe ist, kein Wunder – kein Wunder, dass deine Ehe zum Scheitern verurteilt war, kein Wunder, dass du scharf auf Teenager warst. Ich wette, deine Töchter sind auch bloß Futter für deinen Narzissmus. Und ich wette, sie spüren es. Ich wette, sie lieben ihre Mutter mehr. Welches Mädchen würde dir seine Freundinnen anvertrauen? Ist dir ganz plötzlich klar geworden, dass du irgendwann stirbst, James? Hast du mich deswegen abends eingeladen?«

Er nimmt die Hiebe mit nur einem Hauch von messianischer Selbstgerechtigkeit hin.

»Weißt du, was das Einzige ist, was mir dein Kind über dich erzählt hat?«, fragt Blandine. »Sie hat gesagt, du kaufst zu viele Zahnbürsten. Wenn du einen Beweis dafür brauchst, dass du ein Aushängeschild der Bourgeoisie bist, Mitglied der herrschenden Klasse, Besitzer sowohl der Mittel als auch der Früchte der Produktion, musst du nicht weiter suchen – ein reicher Mann hortet materielle Güter, die er weder geschaffen hat noch braucht, um eine richtig erkannte Charakterschwäche zu kompensieren. Zahnbürsten, o Gott. Und ich fand es *süß*.«

»Ich bewundere deine Leidenschaft«, sagt James, »aber ich glaube, deine Argumentation lässt etwas nach. Ich nehme an, du hast *Das kommunistische Manifest* gelesen. Und wahrscheinlich die Wikipedia-Seiten über Marxismus, demokratischen Sozialismus, Sozialdemokratie. Und ich schätze, dass du von den vielen brutalen Diktatoren weißt, die Kommunismus und Sozialismus als Waffe benutzt haben, um despotische Macht anzuhäufen. Du würdest bestimmt sagen, dass sie diese Ideologien falsch ausgelegt haben, dass es nie eine echte marxistische Gesellschaft gegeben hat. Aber hast du dir mal den ersten Band des *Kapitals* genauer angesehen? Du kommst mir nicht vor wie ein Mensch, der jemandem mit autoritärer Kontrolle vertrauen würde. Und du bist zu klug, um zu glauben, dass irgendein sterbliches Wesen eine klassenlose, geldlose, staatenlose Gesellschaft ins Leben rufen kann.«

»Darum geht es nicht«, widerspricht Blandine. »Ich argumentiere nicht *für* irgendwas. Ich argumentiere gegen dich, und das ist die beste Rahmenkonstruktion, die ich dafür habe. Ich bin nicht schlau genug für eine Revolutionsführerin, okay? Dessen bin ich mir sehr bewusst. Ich weiß nur, dass wir eine Revolution verdammt nötig haben.«

James mustert sie schweigend.

Sie sieht sich nach den Tüten mit dem Ziegenfutter um, und plötzlich kommen sie ihr vor wie unschuldige Kinder, die Zeugen eines elterlichen Streits auf der Landstraße werden. Sie nimmt noch einen Zug.

»Ich bin schon high«, sagt Blandine. »Scheiße.«

»Ich auch.«

Blandine blinzelt den Siebzigerjahre-Betonklotz auf der anderen Straßenseite an, der wie ein Parkhaus aussieht, aber in Wirklichkeit das Hauptquartier einer Website für Nachrufe ist. »Ich wünschte, die ganzen beschissenen modernen Architekten hätten sich mit ihren beschissenen Vätern versöhnt, statt unser beschissenes Land mit ihren Scheißerektionen zu verunstalten.«

James grinst.

»Was ist?«, fragt sie.

»Nur dass die moderne Architektur eigentlich den Geschmack und die Bedürfnisse einer aufstrebenden Mittelklasse repräsentieren sollte«, sagt er. »Als Reaktion auf den Elitismus und die Repressionen der Regimes, die klassische Architektur propagierten.«

Blandine wird rot und kommt sich dumm vor. Das hat sie nicht gewusst. Sie weiß überhaupt nichts. »Auch egal. Es ist hässlich und überheblich und anti Fußgänger und pro Auto. Es kann ja sein, dass es schöne moderne Gebäude gibt, aber nicht diese beschissene Fegefeuerarchitektur, die hier überall rumsteht.«

Sie schweigen ein paar Minuten.

»Es riecht nach Lagerfeuer«, sagt er irgendwann. »Riechst du das?«

»Das ist bloß das Gras.«

»Nein, ist es nicht – es kommt aus der Innenstadt. Ich frage mich, was die da verbrennen?«

Blandine reißt sich den Rest der Nagelhaut vom Fingernagel ihres kleinen Fingers. »Die Zukunft.«

Er sieht sie an, als suchte er nach einem Gefühl, das er verlegt hat. Inbrunst vielleicht. Oder Zuneigung. Er macht den Eindruck eines Mannes, der viele innere Sandstürme hinter sich hat und dessen Überzeugungen – einst messerscharf und erlesen – stumpf geworden sind. James erinnert sie an einen Schwan, den sie letzten Februar gesehen hat. Er hatte sich in einer Pfütze auf dem Parkplatz eines Einkaufszentrums niedergelassen.

»Du bist sehr jung«, stellt James fest.

»Ach ja?«, knurrt sie. »Wie jung bin ich denn, James?«

Er sieht weg. »Aber du wirkst nicht wie achtzehn«, murmelt er.

Als sie das hört, baut sich ein Urschrei in ihr auf. Sie verdrängt den Impuls. Räuspert sich. »Als Hildegard die Tugenden und die Laster zusammen in einem Stück, das sie geschrieben hat, auftreten lässt, dürfen die Laster grotesk und körperlich und *auf der Bühne* sein. Aber die Tugenden sind unsichtbar. Einfach nur Stimmen.«

»Ha.« James sieht sie an. Gegen ihren Willen reagiert sie auf seine Aufmerksamkeit wie ein Leguan auf eine Wärmelampe. »Wie kommst du darauf?«

»Ich wünschte einfach – manchmal schaue ich auf mein Leben, auf alles, was ich bisher gesehen habe, und alles sieht so – so absurd aus. Ich suche nach Tugend, aber ich sehe keine. Ich suche verzweifelt nach einem Beweis dafür, verstehst du, nach dem Beweis, dass es etwas Gutes gibt – so was wie Göttlichkeit. Aber ich finde nichts. Ich schaue auf mein Leben, und ich sehe ein Warenlager voller … voller *Wasserspeier*. Warum dürfen Laster so physisch sein? Warum dürfen sie die Welt verstopfen? Warum sehe ich keine einzige verdammte Tugend?«

Darüber muss sie am meisten weinen. Sie ist zu verzweifelt, um sich zu schämen, zu verzweifelt, um ihn zu hassen, als er ihren Arm berührt.

»Vielleicht musst du hinhören.«

»Ja, eben«, flüstert sie. »Aber es klingt bescheuert und pathetisch, wenn man es laut sagt.«

»Vielleicht ist die Wahrheit bescheuert und pathetisch.«

»Dann will ich nichts damit zu tun haben.«

Er zieht seine Hand weg und sucht im Auto nach Taschentüchern. Er gibt ihr eins, und sie schnäuzt sich die Nase, so elegant es geht, auch wenn sie weiß, dass sie abstoßend ist.

»Soll ich dich nach Hause fahren?«, fragt er.

Sie sieht ihn mit pochendem Herzen und nassem Gesicht an. »Was?«

»Ich meine«, sagt er, »zu dir nach Hause. Du hast jetzt diese Ziege, und ich will nicht, dass ...«

Natürlich meinte er das. Natürlich. Woher kommt dann ihre schreckliche Enttäuschung? Was stimmt mit ihr nicht?

»Nimm Hildegard nicht als Ausrede.«

»Nein, ich rede von der Ziege.«

Sie schweigt. Sie wollte ihm den Namen der Ziege nicht verraten.

»Du hast gesagt, wir waren Konzepte, keine Individuen«, sagt James. »Aber wir waren Menschen. Du und ich sind Menschen. Ich habe dir wehgetan, und ich glaube, so simpel ist es. *Ich* habe *dir* wehgetan – das ist die richtige Syntax für das, was passiert ist. *Ich. Dir*. Du stellst es so dar, als hättest du genauso viel Kontrolle über die Entwicklung gehabt wie ich, als wäre die Dynamik zwar hässlich gewesen, aber trotzdem hättest du frei handeln können – und ich will dich zwar nicht entmündigen, aber ich muss dir das sagen – was immer du dir gewünscht hast, hätte völlig irrelevant sein müssen. Du bist so voller Wut, Tiffany. Ich sehe das. Und du hast allen Grund, wütend auf mich zu sein. Aber es klingt, als wärst du wütend auf dich selbst, weil du angeblich eine falsche Entscheidung getroffen hättest, dabei hätte deine Entscheidung von vornherein keine Rolle spielen dürfen, verstehst du das nicht? Du hättest in Reizwäsche bei mir zu Hause auftauchen und dich auf mich werfen können müssen – es hätte keine Rolle spielen dürfen. Es war meine Verantwortung, dafür zu sorgen, dass zwischen uns nichts passiert. Als Schülerin warst du meine Schutzbefohlene, und es war meine Verantwortung, dich zu beschützen. Ich war es, der Grenzen setzen muss, und ich habe versagt. Vielleicht hast du nichts bei mir gelernt, aber ich war dein Lehrer. Du warst erst … du warst erst siebzehn.« Er bedeckt sein Gesicht mit den Händen. Seine Stimme bricht. »Verdammte Scheiße.«

Blandine ballt die Fäuste. »Ich habe eine Bitte.«

Er sieht sie mit einem Rest erschöpfter Hoffnung an. »Ja?«

»Mein Hirn kommt nicht klar mit ungeklärten Dingen, und ich bin nicht frei, bis ich – bis wir – diese Sache nicht geklärt haben. Irgendwie. Bitte.«

Er wirkt unglücklich. »Ich weiß nicht, ob es möglich ist, diese Sache zu klären.«

Blandine wird panisch. »Nicht möglich?«

»Na ja, ich überlasse es dir.«

Sie zieht an einer Strähne ihres strohigen Haars. »Ich hasse es, wenn die überlegene Partei so tut, als wäre sie unterlegen. Das ist ein noch mieserer Machtmissbrauch. *Mir überlassen*. Quatsch.«

»Hör zu, ich würde die Sache liebend gerne klären. Wirklich. Aber …«

»Bitte, James. Kläre sie. *Ich überlasse es dir*.«

Er sieht sie gequält an. »Vielleicht indem wir akzeptieren, dass wir sie nicht klären können?«

Sie schnaubt. »Na toll. *Super.*«

»Willst du, dass ich kündige?«, fragt er. »Eine Zeitmaschine erfinde? Mich der Polizei stelle?«

Er scheint zu allem bereit.

Unvermittelt steigt Blandine aus.

»Wo gehst du hin?«, fragt James. »Lass mich dich wenigstens nach Hause fahren.«

Sie wartet, tritt gegen den Reifen, kommt auf seine Seite.

»Willst du mich verprügeln?«, fragt er.

Sie öffnet seine Tür, zieht ihn vom Fahrersitz. Er wehrt sich nicht, steht schlaff im einsetzenden Regen. Die Tropfen fallen in Abständen, als wollten sie nicht bemerkt werden. In der Luft bitzelt Elektrizität.

»Bitte«, sagt er. »Verprügel mich.«

Sie überlegt. »Du bist kein guter Mensch.«

»Du hast recht.«

»Du bist ein Narzisst.«

»Du hast recht.«

»Du saugst jeden in deinem Orbit aus, kriegst sie dazu, dir zu dienen, dich zu retten, zu geben und geben und geben, und – was noch schlimmer ist – du kriegst sie dazu, ohne sie *zwingen* zu müssen. Du kriegst die Leute dazu, sich *freiwillig* in deinen Dienst zu stellen. Du behandelst junge Frauen wie intravenöse Nährstoffe, bis sie glauben, dass sie genau das sind – bis sie glauben, *du* wärst der Grund, warum sie hier sind. Wie ein beschissener Sektenführer.«

»Ich bin mir nicht sicher, ob das fair ist«, sagt er, »der Plural. So was ist noch nie passiert.«

Sie hält inne, dann schlägt sie ihm halbherzig in den Bauch.

Er zuckt kaum mit der Wimper. »Du kannst mich fester schlagen.«

Sie zögert. »Ich will nicht.«

Aber dann tut sie es doch, zielt auf den Nabel, so fest sie ohne Anlauf zuschlagen kann.

»O Gott.« Er ächzt, hält sich den Bauch und hustet.

Der Regen wird stärker, kühlt die Haut, unter der ihre Anatomie summt. Zum ersten Mal fällt ihr auf, wie ungesund er aussieht. Seine Bräune hat davon abgelenkt, aber er ist mager, und er hat dunkle Ringe unter den blutunterlaufenen Augen. Sein Haar und seine Bartstoppeln wirken weißer, als wäre er in Sekunden um Jahrzehnte gealtert.

»Tut mir leid«, sagt sie, und ihre Stimme kippt. Mit geballten Fäusten und großer Verwirrung sinkt Blandine gegen ihren Theatergruppenleiter. Instinktiv hält er sie fest, seine Stärke beengend und sicher und warm, und sie versucht, sich nicht darüber zu freuen, aber ihr Gehirn und ihr Herz sind nicht auf dasselbe moralische System kalibriert, und sie ist es so müde, ihre Gefühle zu verbiegen, um sie ihren Prinzipien anzupassen. Sie weint und schreit in seine Brust, weil sie müde ist, und sie zittert, und er ist das einzige Lebewesen in ihrem Blickfeld, das sie berühren will. Er hält sie hoch. Sie kann sein Gesicht nicht sehen.

»Bitte entschuldige dich nicht bei mir, Tiffany. Alles nur das nicht.«

Sein Geruch – schlichte Seife – zieht ihr den Boden unter den Füßen weg.

»Ist das wirklich noch nie passiert?«, fragt Blandine.

»Nie. Nichts in der Art.«

»Blödsinn«, flüstert sie in sein weißes Hemd.

»Tiffany, ich bin vielleicht nicht der beste Mensch, aber ich sage die Wahrheit. Auch wenn die Einzigartigkeit des Vorfalls mein Verhalten nicht besser macht. Das soll keine Entschuldigung sein.«

»Unterrichtest du immer noch an der Philomena?«, fragt sie.

Er zögert. »Ja.«

Sie macht sich los, kneift die Augen zusammen. »Und du schwörst beim Tod deiner Mutter, dass so was noch nie vorgekommen ist? Zwischen dir und einer Schülerin?«

»Das sage ich doch, nein. Nie.«

»Lügst du mich an?«

Sein Blick ist fest, seine Iriden sind warm und grün, seine Stimme ist sanft. »Nein. Ich sage die Wahrheit.«

»Warum sollte ich dir vertrauen?«

»Ich habe dich nie angelogen, Tiffany.«

Blandine will es nicht sagen – wenn sie es sagt, muss sie sich damit auseinandersetzen, und bis jetzt hat sie die Sache erfolgreich verdrängt –, aber die Worte kommen ohne Genehmigung heraus.

»Und warum zum Teufel«, beginnt sie leise, »habe ich dann eine Nachricht von Zoe Collins bekommen, als ich die Schule abgebrochen habe?«

James Blick wird leer und erinnert Blandine an ein Tier, das sich leicht macht, um sein Leben zu retten. Mehr muss sie nicht sehen. In ihr breitet sich Ekel aus, und sie weicht vor ihm zurück. Er lässt seine Stimme ruhig klingen, aber er kann seine Angst nicht verbergen.

»Wovon redest du?«, fragt er.

»Zoe Collins. Drei Jahre über mir.«

Er schluckt.

»Es war nachlässig, dir Schülerinnen auszusuchen, die sich an der Schule überschneiden.«

»Ich kenne Zoe kaum«, sagt James.

»Sie hatte Musik bei dir. Sie hat gesungen. Klavier gespielt. Sie war in der Theatergruppe. Du hast ihr geholfen, das Stipendium am Konservatorium zu bekommen. Natürlich kennst du sie.«

»Ja, stimmt. Klar. Aber ich habe sie nie unter vier Augen gesehen, geschweige denn – was – was hat sie zu dir gesagt?«

Blandine lässt James nicht aus den Augen, als sie Zoes E-Mail zitiert. *»Dich hat er auch rumgekriegt?«*

Sie sieht, wie sein Körper die Lichter ausmacht, die Vorhänge zuzieht, sich einschließt.

»Damit hätte jeder gemeint sein können«, sagt James.

Blandines Augen werden schmal.

»Hör zu, Tiffany, sie war in mich verknallt.« Er steuert um. »Ich habe es absichtlich vermieden, allein mit ihr zu sein, weil ihr Verhalten so unangemessen war, sie kam immer zu nah heran, hat Textnachrichten geschickt, versucht, mich zu überreden, ihr Privatstunden zu geben. Sie hat mir sogar mal ein Foto von sich geschickt – ich meine, angezogen, aber es war völlig unangemessen – sie tat so, als hätte es irgendwas mit einer Kostümprobe zu tun, aber ich wusste, was sie vorhat, und ich habe das Foto sofort gelöscht und ihr gesagt, dass sie so was nicht machen soll, aber sie – *sie hatte keine Grenzen*. Sie hat anderen Schülerinnen davon erzählt – dass sie in mich verliebt wäre –, und die haben mich gewarnt. So habe ich es erfahren. Sie hat ihnen erzählt, dass sie mich brechen wollte. Dass ihr Ziel wäre, mich zu verführen und von meiner Familie zu trennen. Nein, im Ernst – das hat sie ihnen erzählt! Den anderen Schülerinnen! Ich – ich habe nie zugelassen, dass auch nur eine annähernd romantische Situation entstand – ich habe immer darauf geachtet, dass Distanz zwischen uns war, damit sie nicht mehr …«

»Hör auf«, sagt Blandine. Als die Nachricht in ihrem Posteingang aufgetaucht war, Monate nach ihrem Abgang von der Schule, hatte sie es nicht geschafft zu antworten. Sie hatte es kaum geschafft, die Nachricht zu lesen. Jetzt überwältigt sie das Gefühl des Betrugs. Wie einsam Zoe gewesen sein muss. Wie töricht und ausgestoßen und bloßgestellt und austauschbar sie sich gefühlt haben muss. Ganz allein. »Hör einfach auf.«

James schüttelt den Kopf. »Nein, das ist wichtig. Unfassbar, dass sie solche Gerüchte verbreitet. Wahrscheinlich fühlt sie sich zurückgewiesen, und deswegen ist sie wütend. Ich meine, das ist Jahre her, mein Gott. Einmal hat sie mein Bein berührt, nach einer Probe, als wir allein waren, und …«

»Ich dachte, du hast gesagt, du wärst nie mit ihr allein gewesen.«

»War ich auch nicht! Es war nur ein kleiner Moment, und sie hat es geschafft, so was abzuziehen! Ich bin sofort weg von ihr und habe gesagt, sie muss damit aufhören, und wenn sie weitermacht, würde ich mit dem Direktor sprechen. Wahrscheinlich hat sie sich geschämt. Ich meine, mehr hat sie nicht gesagt? *Dich hat er auch rumgekriegt?* Das kann alles heißen. Vielleicht dachte sie, dass du auch in mich verliebt warst oder so was. Vielleicht wollte sie darüber reden. Sie hat sich Dinge eingebildet, war obsessiv, verzweifelt. Zutiefst unsicher. Sie hatte ein schlimmes Familienleben. Ich glaube, ihre Eltern hatten in der Zeit gerade eine schmutzige Scheidung. Komm schon, Tiffany. Du glaubst doch nicht im Ernst, dass ich …«

»So redest du also auch über mich?«, sagt Blandine. »Wenn Leute fragen?«

Er blinzelt, panisch. »Nein. Natürlich nicht.«

»Sagst du, ich wäre in dich verknallt gewesen? Hätte keine Grenzen eingehalten? Hätte ein Scheißfamilienleben gehabt? Noch so eine Teenagerin, die unbedingt einen älteren Mann vögeln will, weil sie schon einmal von einem gefickt worden ist?«

»Tiffany. Nein. So was würde ich nie sagen.«

Sie funkelt ihn an und bemerkt, dass seine weißen Turnschuhe matschig sind.

»Außerdem fragt keiner«, murmelt James.

»Natürlich fragt keiner!« Unfähig, den Schrei noch länger zu unterdrücken, lässt sie ihn heraus. Er weicht zurück, als sie schreit, als hätte er Angst. Der Schrei ist ein Tierschrei. Ein Urschrei. Der Schrei der ersten Frau im ersten Schlamm, die vom ersten Mann verletzt wurde. »Das war Teil deines Plans, oder, James? Meine Freakhaftigkeit war Teil deines beschissenen Plans! Ich wette, bei Zoe war es genauso. Ich wette, sie war eine Außenseiterin, bis du kamst und ihr das Gefühl gabst, sie wäre was Besonderes. Ich wette, du hast ihr das Gefühl gegeben, sie hätte sich mit Leuten in ihrem Alter nichts zu sagen, weil sie zu reif, zu sensibel, zu intelligent war. Anders als der Rest, weil sie *einzigartig* war, weil sie *hochintelligent* war, weil sie *zu Höherem* bestimmt war. Ich wette, das hast du ihr monatelang eingeredet, bevor du einen Schritt gemacht hast. Wo hast du sie gevögelt? Bei dir zu Hause? Im Büro?«

»Es ist nichts passiert, Tiffany.« Sein Ton ist resolut. »Es ist. Nichts. Passiert.«

»Clever, dir Schülerinnen auszusuchen, die keine Freunde haben. Warum sollte jemand Fragen stellen? Ich habe es niemandem erzählt. Ich habe dir *gehorcht*. Ich habe dein Scheißgeheimnis gehütet, weil ich es für meins hielt.«

»Bitte, lass mich dich nach Hause bringen«, sagt James. »Du musst verstehen, Tiffany. Es ist nichts passiert zwischen mir und Zoe oder sonst einer Schülerin. Ich schwöre es. Ich schwöre beim Leben meiner Mutter. Du bist die einzige Schülerin, die je – mit der ich je …«

Es ist das erste Mal, dass Blandine James so verzweifelt sieht, so außer Kontrolle. Sie hasst es.

»Die Sache ist«, sagt er, »wir können es aufklären. Ich zeige dir die Nachrichten, die sie mir geschickt hat. Ich erzähle dir alles, was du wissen willst. Ich zeige dir die Beweise. Ich ertrage den Gedanken nicht, dass du diese – diese Lüge glaubst.«

Er greift nach ihrer Hand. Sie weicht zurück.

»Fass mich nicht an«, sagt Blandine mit leiser Stimme. »Du wirst nie wieder irgendeine Version von mir anfassen.«

Die Papiertüten mit dem Futter warten auf dem Rücksitz seines Wagens, vergessen. Blandine Watkins wendet sich von James Yager ab und rennt nach Hause, durch den Regen, durch den Verkehr.

VERKAUFT

Um 20:14 Uhr am Mittwoch, dem siebzehnten Juli, postet Clare Delacruz, ehemalige persönliche Assistentin der verstorbenen Schauspielerin Elsie Jane McLoughlin Blitz, einen Tweet. Sie sitzt auf dem Küchenboden ihrer engen Einzimmerwohnung in Koreatown, Los Angeles.

Voller Freude gebe ich bekannt, dass Elsies Asche für $ 2,3 Millionen an Mr Angus Hammond verkauft wurde. Vielen Dank an alle, die mitgeboten haben. Eure Großzügigkeit kommt dem Zwergfaultier-Schutzgebiet zugute. Das ist die beste Art, Elsie zu würdigen, die uns gelehrt hat, gefährdete Tierarten zu schützen.

Dann checkt Clare ihr Bankkonto. Gestern Nacht hat jemand ihr Autofenster eingeschlagen, aber offenbar nichts gefunden, was sich zu stehlen lohnte. Clares Kontostand bestätigt ihr, dass sie sich zwischen der Reparatur und der Miete entscheiden muss. Beides kann sie sich nicht leisten. Elsie hat sie knapp über dem Mindestlohn bezahlt. Als Elsies Assistentin musste Clare jahrelang in Elsie Namen Leute aus der Branche vor den Kopf stoßen, und sie glaubt kaum, dass sie in Los Angeles je wieder einen Job findet. Sie trinkt Wasser aus einer Vase und sieht zu, wie ihr Tweet Aufmerksamkeit sammelt, die Mitteilungen wie Balsam auf wunder Haut.

TEIL IV

ALLE ZUSAMMEN, JETZT

C12: Wenn das Bewusstsein keine Anreize mehr bietet, sagt sich der verwitwete Holzfäller, wer kann es ihm verübeln, wenn er vor zehn Uhr einschläft?

Ein Ping von Rate Your Date (für Erwachsene!).

LEGGYPEGGY: *Er will bestimmt nichts mit einem Niemand wie mir zu tun haben, aber ich wollte nur sagen, er ist ein netter Mensch. Hat mir wieder Zuversicht gegeben und mich zum Lachen gebracht.* ★★★★★

C10: Allein mit dem Familienlaptop lernt der Teenager eine wichtige Lektion: Schlechtes Wi-Fi ist nie quälender als bei einem Sexvideo mit einem viel älteren Fremden, der für deine Leistung nicht im Voraus bezahlt hat.

»Hätte---Geld zurück---gut«, sagt der Mann.

»Was? Die Leitung wurde unterbrochen.«

»Habe gesagt---wollte---gut.«

»Was? Tut mir leid.«

»So ein Scheiß---«, sagt der Mann. »Ich---hier.«

Der Mann legt auf.

Der Teenager sitzt ein paar Minuten schweigend auf dem Bett. Dann nimmt er seine besudelten Boxershorts vom Laken, wirft sie in den Wäschekorb und geht ins Bad, um sich zu waschen. Danach zieht er einen Bademantel über und stellt sich vor, er wäre ein Milliardär mit einem Hot Tub und einer Zigarre. Der Bademantel ist kariert und weich, ein Geschenk vom Weihnachtsmann vor ein paar Jahren. Seine Mutter hat ihm nie die Wahrheit gesagt, und er hat nie gefragt, und sie unterschreibt die Weihnachtsgeschenke heute noch mit Santa Claus. Der Bademantel ist ein Relikt seiner

Kindheit, und so was in so einem Moment zu tragen, tut gut. Der Teenager liebt seine Mutter abgöttisch.

Ein Hund draußen. Musik – Percussion-lastig – ein paar Stockwerke weiter unten. Ein paar Jungs schreien wieder herum. Sie schreien ständig rum. Er hat sie in der Lobby gesehen, wo sie häufig Videos mit undefiniertem Inhalt drehen. Der eine ist extrem attraktiv, der andere einigermaßen, der dritte nicht. Aber der dritte ist nett. Er ist der einzige, der den Teenager überhaupt auch nur anlächelt. Die Jungs sind ein bisschen älter als er, und in einem anderen Leben hätten sie seine Freunde sein können. Am beeindruckendsten findet er ihre Energie – sie wirken wie aufgepumpt mit Farbe und Lärm, einer Kraft, die stark genug ist, um sich selbst zu zerstören. Er hat nie den Mut aufgebracht, sie anzusprechen.

Die Wände des Kaninchenstalls sind so dünn, dass man dem Leben der anderen folgen kann wie einem Fortsetzungsroman im Radio. Bei der Session heute hat der Teenager die Lautstärke des Laptops heruntergedreht, bevor der Mann anrief. Aber die Maßnahme war überflüssig – der Mann war die ganze Zeit still.

Sein Geheimnis setzt einen Umbau in seinem Körper in Gang, planiert ganze Mauern seiner Kindheit, schafft Platz für etwas Neues. Er weiß noch nicht was, aber er sieht genug französische Filme, um zu wissen, dass etwas Atemberaubendes kommt. Wiederaufbau ist unvermeidbar – das akzeptiert er –, und es gibt keine Wiedergeburt ohne den Tod. Er stellt seine elektronischen Geräte ab und füttert seinen bezaubernden Labyrinthfisch. So viele Menschen sind in diesem Haus zusammengepfercht, denkt der Teenager, und niemand weiß, wie lang sein Abend gewesen ist.

C8: Im Bad sieht die Mutter ihrem Ehemann zu, als er sich die Zähne putzt. Sie hat es immer geliebt, wie er sich die Zähne putzt: sorgfältig, methodisch, dreißig Sekunden für jede Reihe. Er trägt kein Hemd, nur Boxershorts. Sie betrachtet seine Blinddarmnarbe.

»Ich fürchte mich vor Elijahs Augen«, sagt sie unvermittelt.

Ihr Mann spuckt aus. »Was?«

»Eli«, sagt sie. »Ich fürchte mich vor seinen Augen. Ich fürchte mich so, dass ich kaum atmen kann. Es fühlt sich den ganzen Tag wie eine Panikattacke an, ich kann ihn nicht ansehen – dabei muss man sein Baby ansehen, das weiß ich, aber ich kann einfach nicht, wegen seiner Augen, ich kann an seine Augen nicht mal denken, ohne Panik zu kriegen, ich habe jetzt Panik, wenn ich an seine Augen denke, wenn ich sie mir nur vorstelle, und kein Mensch – kein Mensch bereitet einen auf so was vor, keiner spricht online darüber, ich habe keinen einzigen Menschen gefunden, der solche Gefühle bei seinem Baby hat, oder bei Babys im Allgemeinen, und ich habe den ganzen Tag im Internet gesucht, aber irgendwas stimmt nicht mit mir, irgendwie bin ich total verkorkst, weil wenn du im ganzen beschissenen Internet niemanden findest, der so tickt wie du, dann weißt du, dass du ein ernsthaftes Problem hast, dann weißt du …«

»Oh, Babe«, sagt ihr Mann, drückt sie an die Brust und hält sie so fest, wie sie Eli pucken. Sie weint wieder, hyperventiliert. Er streicht ihr übers Haar. »Wie lange geht das schon so?«

»Seit … er … *auf der Welt* ist.«

»Und du hast das die ganze Zeit mit dir selbst ausgemacht?«

Schluchzend nickt sie.

»Warum hast du mir nichts erzählt?«

»Weil du denken würdest, ich bin eine … eine schlechte Mutter, wenn du … wenn du wüsstest … wenn du …«

»Weißt du, was ich denke?«

Sie schluchzt.

»Ich denke, du bist eine wunderbare Mutter. Ich denke, du bist die Mutter des Jahres. Und ich denke, dass wir dir Medikamente besorgen sollten. Vielleicht eine Therapie. Ich habe ein bisschen gespart – nein, hör zu, wir können es uns leisten – und ich glaube, es ist Zeit, dass du zum Arzt gehst, okay? Ich habe mit Mike gesprochen, und er sagt, das Zeug, das er nimmt, kostet vielleicht vierzig Dollar im Monat, und er ist auch nicht versichert. Wenn du willst, machen wir das. Du musst das nicht ertragen, Hope. Und du brauchst Gesellschaft. Was ist mit meiner Mutter? Ich weiß, Kara arbeitet die ganze Zeit, aber was ist mit Val? Wahrscheinlich hätte sie auch gern Gesellschaft. Und ihr Kind ist – wie alt? Ein paar Monate älter als Eli? Vielleicht könnte deine Mutter ein paar Wochen früher herkommen. Es ist hart, die ganze Zeit allein zu sein, Hope. Was meinst du? Sollen wir dir Tabletten besorgen? Therapie? Gesellschaft? Würde das helfen?«

Er hält sie mehrere Minuten lang, bis ihr Atem wieder ruhiger wird. Sie nickt.

»Gut.«

Irgendwann fängt ihr Mann an zu lachen. Das Lachen kommt tief aus seiner Brust und breitet sich in seinem ganzen Körper aus.

»Was ist?«

»Ich habe … tut mir leid; ich habe nur …«

»Was?«

»Es ist nur so witzig.« Er hält sich den Mund zu. »Seine«, prustet wieder los, *»Augen.«*

Die Mutter zögert, aber dann lacht sie unwillkürlich mit. Wild. Unkontrolliert. Ekstatisch.

»Sie sind wirklich gruselig«, sagt er.

Jetzt muss sie noch mehr lachen.

»Nein, nein, nein.« Sie lacht. »Nein!«

»Und das Lustigste ist …«, sagt ihr Mann, immer noch grinsend, und wischt sich die Tränen aus den Augen.

»Was?«

»Ach, nur …« Er lacht wieder, seine Schultern beben. Sie spürt, wie sein Lachen sie beide schüttelt, als er sie im Arm hält. »Es ist nur …«

»Was?«

»Alle sagen, er hätte deine Augen.«

C6: Wie die meisten Leute scheut sich Reg davor, tote Mäuse anzufassen. Wie die meisten Leute geht Reggie mit der Illusion durchs Leben, dass er und seine Lieben von der Sterblichkeit ausgenommen sind, und er hasst es, wenn sich der Tod auf diese Art aufdrängt.

»Schnell«, sagt Ida. »Bevor sie ins Bett gehen.«

Maus oder Frau, sagt eine Stimme in seinem Ohr. *Maus oder Frau.* Die Stimme klingt wie seine Lehrerin in der fünften Klasse, eine Frau mit schwarzem Haar, einem lahmen Bein und Psoriasis, in die er verknallt war. Sie dachte sich häufig gereimte Eselsbrücken für ihre Schüler aus. Sie roch nach Teer – wie eine frisch asphaltierte Straße. Was für eine Frau! Reggie stemmt sich aus dem Sessel, schiebt die Füße in die Schlappen und schlurft zum Balkon. Bis jetzt fühlen sich die Siebziger wie der letzte Kilometer eines Marathons an – früher, als er noch gelaufen ist, als sein Körper noch ihm gehörte. Alles tut weh und ist total dehydriert. Sein Blickfeld ist gebrochen, unscharf. Häufig kommt er in ein Zimmer und hat vergessen, was er da wollte. Das macht ihm Angst, bis er die Angst auch wieder vergisst.

»Na schön«, grummelt er. *»Na schön.«*

Er zieht eine Plastiktüte über die Hand wie einen Topfhandschuh, öffnet die Schiebetür und tritt hinaus auf den betonierten Balkon. Die Nacht, die ihn einhüllt, ist eine midwestliche Nacht, wie er sie liebt – heiß und schwül, mit funkelnden Glühwürmchen, lila Himmel und Sturmböen. Vor mehreren Jahrzehnten hat er den Vierten Juli mit Ida und den Kindern bei seiner Schwester Brandy in Nordkalifornien verbracht. Damals war Reggie noch Elektriker bei Zorn. Bevor sie das Haus verloren. Ida und Reggie hatten ein Jahr lang für die Reise gespart, auch wenn das Geld noch nicht so knapp war wie später, und die Kinder waren schrecklich aufgeregt – sie hatten Indiana noch nie verlassen.

Doch während des Besuchs hatte ihm seine Schwester ununterbrochen ihre Überlegenheit aufs Brot geschmiert – mit ihrer Kleidung, ihrer Stimme, ihrer Haltung –, so schrecklich stolz war sie darauf, ihre Heimatstadt hinter sich gelassen zu haben, als wäre sie aus einem Hochsicherheitsgefängnis getürmt. Als hätte mehr als ein Flugticket, ein Kosmetik-Diplom und ein hübsches Gesicht dazugehört, sich ein neues Leben aufzubauen. Sie saßen in Brandys Garten am Tisch, und Reggies Kinder schlotterten und jammerten über die Kälte.

»Es ist Juli!«, beschwerte sich Mike, der älteste.

»Das ist trockene Hitze«, blaffte Brandy. »Deswegen sind die Tage hier nicht so schwül und schrecklich wie bei euch.«

Wie bei *euch*. Reggie hielt es nicht aus. Die Kinder waren enttäuscht, dass es kein Feuerwerk gab, und dann mussten sie auch noch so tun, als schmeckte ihnen der Hippie-Tee, den Brandy ihnen servierte. Der Protest wegen des Feuerwerks löste eine Standpauke von Brandys Ehemann aus, der in Kalifornien Feuerwehrmann war. Und dann war der kleine Justin auch noch allergisch auf Geißblatt. Als Reggie seine Kinder – drei Söhne und eine Tochter – auf den Dielen in Brandys Wohnzimmer in die Schlafsäcke steckte, waren sie ungewöhnlich ruhig, fast gebrochen, wie sonst nur nach dem Impfen.

»Ich finde es in Vacca Vale schöner«, flüsterte sein jüngstes Kind und einziges Mädchen, die achtjährige Tina, und im Dunkeln leuchteten ihre schiefen Zähne, die Reggie bald seine Überstunden kosten würden. Das war, bevor sie einen Verbrecher heiratete und zu trinken anfing; sie war ein Kind, das extrascharfe Zauberkugeln, das Ökosystem des Dschungels und »Turnübungen« auf dem Sprungbrett liebte. Ihr Kissenbezug, den sie überall mit hinnahm, war mit Tigern bedruckt. Lagerfeuerduft in ihrem Haar. »Ich mag unser Wetter«, flüsterte sie. »Zu Hause.«

Jetzt, auf dem Balkon, Jahrzehnte später, füllt Reggie seine Lungen mit der Nacht von Vacca Vale und hofft, dass Tina nüchtern genug ist, um sie zu genießen. Er richtet die Handytaschenlampe auf den Balkon. In dem Lichtkegel tauchen zwei Gartenstühle auf, ein weißer Plastiktisch, ein Besen, zwei leere Dosen alkoholfreies Bier, eine Flasche abgelaufene Sonnencreme, eine Rolle Draht ohne Funktion, eine erstaunliche Menge Vogelkacke – sie haben hier noch nie einen Vogel gesehen – und ein Topf mit Erde, aus dem eine amerikanische Flagge sprießt, pitschnass vom Gewitter.

Endlich entdeckt er die Mausefalle. Er nähert sich langsam, tröstet sich mit dem Gedanken, dass Mäuse in Fallen normalerweise nicht schlimm aussehen.

Er hat Glück: Die hier sieht aus, als würde sie schlafen. Aber dann fühlt er sich noch schlechter. Selbst im Tod ist die Maus ein bescheidener Gast, verlangt nichts von ihm.

Ihr Fell ist braun, nicht grau, was Reggie irritiert. Die Farbe macht sie zu einem Individuum. Er sieht die Adern in ihrer Ohrmuschel. Die Ohren der Maus erinnern ihn wieder an Tina, und er spürt ein Engegefühl in der Brust. Mit einer schnellen Bewegung zwingt er sich, die Maus mit der Plastiktüte aufzuheben. Zieht die Tüte auf links, knotet sie zu und tritt zurück in die Wohnung.

»Ich habe einen Zettel geschrieben«, sagt Ida.

Reggie geht rüber zu seiner Frau, weil sie in den sechsundfünfzig Jahren ihrer Ehe noch nie rüber zu ihm gekommen ist. Sie drückt ihm ein gelbes Post-it auf den Handrücken: ALLES, WAS IHR WOLLT, DASS DIE MENSCHEN EUCH TUN, TUT AUCH IHR IHNEN; DENN DARIN BESTEHT DAS GESETZ UND DIE PROPHETEN!!!! – *Matthäus 7:12*

»Ist er in der Tüte?«, fragt sie.

»Wer?«

»Der Kadaver?«

»Die Maus?«

»Ja.«

»Ja.«

»Nimm sie auf jeden Fall aus der Tüte *raus*.«

»Ida.«

»Wirf sie ihnen auf die Fußmatte. Und kleb den Zettel an die Tür.«

Reggie bleibt einen Moment stehen und starrt in den Fernseher, um dem Leben vor seinen Augen zu entfliehen. Lokalnachrichten. Letzte Woche hat in einer Bar namens Burnt Toast ein Mann einen anderen umgebracht, und jetzt schließt die Bar. Letztes Jahr musste die Polizei im Durchschnitt dreimal die Woche im Burnt

Toast anrücken. Schnitt zum Interview mit einem der Besitzer: »Ja, wir waren ne Weile hier und sind echt traurig, dass wir dichtmachen müssen – paar Jahrzehnte unseres Lebens, wissen Sie, der Schuppen hat drei Dobermänner überlebt. Aber in der *piep* Bude ist einfach zu viel *piep* gelaufen«, sagt er. »Ein bittersüßes Ende.« Bei dem Toten wurden keine Waffen gefunden.

Beim nächsten Beitrag wird der Vorfall im Vacca Vale Country Club vom Montagabend als Terrorakt bezeichnet. Schnitt zu einem Interview mit einer Frau mittleren Alters. Im Spruchband steht: MARY KOZLOWSKI, EHEFRAU EINES BANKETT-TEILNEHMERS.

»Es macht mich rasend, wenn die Leute zu politisch korrekt sind, um das Kind beim Namen zu nennen«, sagt Mary Kozlowski. »Terrorismus heißt, jemand benutzt Gewalt, um zu kriegen, was er will. Oder *droht* mit Gewalt. Und genau das ist hier passt. Glauben Sie mir. Offen gesagt bin ich über den Stand der Ermittlungen enttäuscht. Die Polizei behandelt den Fall nicht angemessen. Sie sagen, sie glauben nicht, dass jemand in Gefahr schwebt, aber wie kommen sie darauf? Das mit den Voodoo-Puppen ist eine ernste Sache – so was müssen sie ernst nehmen. Gott behüte, wenn meinem Mann oder seinen Kollegen etwas zustößt, aber falls es so weit kommt, hat die Polizei von Vacca Vale Blut an den Händen.«

Von der Polizei gibt es kein Statement, da es sich um laufende Ermittlungen handelt.

»Worauf wartest du noch?«, fragt Ida. »Jetzt mach schon.«

Reggie dreht sich um und trottet zur Tür. Eine Erinnerung flattert ihm zu wie ein Vogel, und er heißt sie willkommen. Er war fünfzehn. Der Tag, als er Ida kennenlernte, ein hitzköpfiges Bauernmädchen, das ein Jahr älter war als er. Reggie war erst vor einer Woche aus Gary, Indiana, nach Vacca Vale gezogen. Am Sonntag nach der Messe hatte Idas Mutter seine Mutter an der Hand genommen und in der Gemeinde willkommen geheißen. Die Väter hatten verlegen versucht, vor dem Kaffee- und Donut-Stand Small Talk zu machen, und Reggie blieb nichts anderes übrig, als Ida verängstigt anzustarren. Die Pubertät war eine Zeit rätselhafter Pein und ständiger Demütigung. Warum musste er sichtbar sein?, fragte er sich jeden Tag. Ida dagegen war gerne sichtbar, das wusste er seit ihrer ersten Begegnung. Sie erwiderte seinen Blick, als stimmte sie einem Duell zu, mit langem Hals, erhobenem Kinn und Haut, die von der Sonnenbräune straff und glänzend war. Sie war mehrere Zentimeter größer als er. »Der Kaffee hier ist scheußlich«, sagte sie. Brennender Schweiß brach aus ihm aus wie eine Armee von Zahnstochern. »Ist das so?«, fragte er und seine Stimme brach. »Ja«, sagte sie, »aber die Donuts sind wie Manna.« Sie rückte sich durch das himmelblaue Kleid die Strumpfhose zurecht und näherte sich dem Kuchenstand. »Willst du einen?« Reggie räusperte sich. Sie war nicht direkt hübsch – ihre Züge waren kantig und streng –, aber sie war die am automatischsten beeindruckende Person, die er je kennengelernt hatte. »Gerne«, sagte er. »Einen mit Zuckerguss.« Sie schnaubte und sah ihn an, als hätte er sie gebeten, ihm ein Fläschchen zu machen. »Nee«, sagte sie. »Du nimmst einen Apfelkrapfen.«

Bei ihrem ersten Rendezvous stahl sie den Golfwagen der Nachbarn und fuhr mit ihm fast zehn Kilometer durch die Äcker vor der Stadt, lachte herrlich, warf Witze in die Nacht. Er hatte noch nie eine Frau am Steuer gesehen. Sie war frei und stark, und sie roch nach der Erde. »Mein Vater sagt, als ich zur Welt kam, hat mich der Teufel angeniest«, erzählte sie Reggie, als sie mit Höchstgeschwindigkeit – 25 Stundenkilometer – eine leere Nebenstraße hinunter in ein Maisfeld raste. »Er sagt, deswegen bin ich so frech.« Um sie herum staubte es. Plötzlich parkte sie unter dem Sternenzelt, das sie mit seiner erhabenen unnatürlichen Geometrie umhüllte. Hier gab es keine Glühwürmchen. Keine Zikaden oder Moskitos. Kein Platz für Leben außer Mais. Es war Mittsommer, und die Maisstängel standen zwei Meter hoch, endlos, grün – eine unheimliche Demonstration strotzender Gesundheit. Ida pflückte einen Kolben, schüttelte ihn heftig, nahm die Hüllblätter und band Reggie damit die glänzenden Augen zu. »Nicht linsen«, sagte sie. »Ich werde dich küssen, aber du wirst es niemals beweisen können.«

Zweiundsechzig Jahre später sieht Reggie blinzelnd auf Idas weißes Haar, voller Zärtlichkeit, Mitleid, Angst. Die Mischung, schätzt er, ist das, was man Liebe nennt. Er wünscht, er könnte es beweisen.

»Wo bist du hin, mein Liebling?«, fragt er so leise, dass seine Frau ihn nicht hören kann. Sie sieht fern, ihr Kopf ist regungslos.

Er schleppt sich aus der Wohnung und ins Treppenhaus, aber er bleibt stehen, als er polternden Lärm von unten hört. Einen Moment lauscht er, aber er kann sich keinen Reim darauf machen. Statt ein Stockwerk hinaufzugehen, geht er eins hinunter, dem Lärm hinterher. Im zweiten Stock findet er den Ursprung der Geräusche – Lärm, Geschrei –, sie kommen aus C4. Er drückt das Ohr an die Tür, die Plastiktüte fest umklammert.

Der Radau in der Wohnung schickt Schallwellen ins Mikrofon von Reggies Hörgerät, das die Wellen in elektrische Signale umwandelt, bevor es sie an einen Verstärker sendet, der sie an einen Lautsprecher sendet, der sie mit neu regulierter Lautstärke in sein Ohr sendet. Die Fertigungsstraße einer Klangfabrik.

C4: An der Wand neben Blandines Bett klebt das 29. Kapitel aus dem *Buch meines Lebens* der heiligen Teresa de Ávila, das sie in der Bibliothek per Hand auf einen Schmierzettel abgeschrieben hat. Die heilige Teresa beschreibt darin, was viele Mystikerinnen als Transverberation des Herzens bezeichnen, die einige von ihnen, so wird berichtet, im Rausch der göttlichen Verzückung erlebt haben. Blandine hat gelernt, dass *Transverberation* vom lateinischen *transverbere,* »durchbohren«, kommt. In den Visionen ist es gewöhnlich ein Engel, der das Herz der Mystikerin durchbohrt, weswegen das Phänomen auch Angriff des Flammenengels genannt wird. Teresa beschreibt den Akt quasi wie Sex mit Gottes schärfstem Engel: Blandine findet die Bildsprache phallisch und offensichtlich und erotisch. Sie liest Kapitel 29 immer, wenn sie nicht einschlafen kann – was häufig der Fall ist. Fast jeden Abend. Als sie schließlich in einer heißen Nacht in Apartment C4 ihren Körper verlässt, kann sie die Passage auswendig.

Es gefiel dem Herrn, dass ich dabei einige Male folgende Vision sah: Ich sah einen Engel neben mir, an meiner linken Seite, und zwar in leiblicher Gestalt, was ich sonst kaum einmal sehe. Auch wenn Engel mir öfter dargestellt werden, geschieht das doch, ohne dass ich sie sehe, sondern wie bei der vorigen Vision, von der ich zuerst gesprochen habe. In dieser Vision nun wollte der Herr, dass ich ihn wie folgt sah: Er war nicht groß, eher klein, sehr schön, mit einem so leuchtenden Antlitz, dass er allem Anschein nach zu den ganz erhabenen Engeln gehörte, die so aussehen, als stünden sie ganz in Flammen. Es müssen wohl die sein, die man Cherubim nennt; ihre Namen sagen sie mir nämlich nicht; ich sehe aber sehr wohl, dass es im Himmel zwischen den einen und den anderen Engeln, und diesen und wieder anderen einen so großen Unterschied gibt, dass ich es nicht sagen könnte.

Ich sah in seinen Händen einen langen goldenen Pfeil, und an der Spitze dieses Eisens schien ein wenig Feuer zu züngeln. Mir war, als stieße er es mir einige Male ins Herz, und als würde es mir bis in die Eingeweide vordringen. Als er es herauszog, war mir, als würde er sie mit herausreißen und mich ganz und gar brennend vor starker Gottesliebe zurücklassen. Der Schmerz war so stark, dass er mich diese Klagen ausstoßen ließ, aber zugleich ist die Zärtlichkeit, die dieser ungemein große Schmerz bei mir auslöst, so überwältigend, dass noch nicht einmal der Wunsch hochkommt, er möge vergehen, noch, dass sich die Seele mit weniger als Gott begnügt. Es ist dies kein leiblicher, sondern ein geistiger Schmerz, auch wenn der Leib durchaus Anteil daran hat, und sogar ziemlich viel. Es ist eine so zärtliche Liebkosung, die sich hier zwischen der Seele und Gott ereignet, dass ich ihn in seiner Güte bitte, es den verkosten zu lassen, der denkt, ich würde lügen.

An den Tagen, an denen dies andauerte, war ich wie benommen. Am liebsten hätte ich nichts sehen und reden, sondern mich nur meinem Schmerz hingeben wollen, der für mich größere

> Herrlichkeit bedeutete als alle zusammen, die es in der geschaffenen Welt gibt.[14]

Sie ist erst achtzehn Jahre alt, aber Blandine Watkins hat sich die längste Zeit ihres Lebens gewünscht, dass dies geschehen würde. Ziege, Junge, Nachbar, Fremder, Kaninchen, Falke, Holzfäller, Baum, Waise, Mutter – als sie sich selbst verlässt, ist sie alles.

C2: Joan Kowalski liegt auf der Steppdecke und versucht, den Lärm aus der Wohnung über ihr zu ignorieren. So schlimm war es noch nie. Sie hat schon dreimal das Türschloss kontrolliert, weil ihr Pennys Warnung in den Knochen sitzt. Die Angst vor dem Gletschermann verfolgt sie. Der fürchterliche Schneemensch. Sie greift nach dem Melatonin auf ihrem Nachttisch und schluckt eine Tablette mit Leitungswasser. Dann macht sie den Fernseher an und hört mit hoher Lautstärke eine Nachrichtensendung, in der das örtliche Moderatorenteam einen Politiker-Tweet aushebt. Die Diskussion ist flach genug, um sie abzulenken.

Sie hat sich vorgenommen, ihre Misophonie zu überwinden und ein besserer Mensch zu werden. Auf einmal kommt ihr die perfekte Idee: Heute Abend wird sie den Dankbrief an ihre Tante schreiben. Joans Problem ist, wie ihr klar wird, nicht Undankbarkeit oder Unsensibilität – ihr Problem ist zu viel Dankbarkeit und Hypersensibilität. Bei dieser Erkenntnis verdreht ihre eine Hälfte über die andere Hälfte die Augen. Sie hat immer den Ehrgeiz, lange Dankbriefe in wunderschöner Handschrift zu schreiben, auf teurem Briefpapier. Perfekte Sätze, begleitet von jeder Geste, die eine Seele der anderen näherbringt. Doch die Größe ihrer Ambition hält sie davon ab, sie umzusetzen. Andererseits könnte sie sich einfach elektronisch bedanken und damit sich selbst und ihrer Tante einen Gefallen tun. Und genau das wird sie tun.

14 TdÁ, Dobhan Peeters, Kap. 29, S. 13 f.

Auf dem Boden neben dem Bett rauscht auf höchster Stufe eine Einschlafmaschine, die für Babys vermarktet wird, im Fenster rattert die Klimaanlage, und die Expertinnen und Experten brauchen jeweils mehrere Minuten, um einen Gedanken zu erklären. Beim Fernsehen versucht Joan, sich selbst die Schultern zu massieren, aber es geht nicht. Der Mann mit der perfekten Frisur wiederholt denselben Satz in endlosen Kombinationen, bis ihm ein Mitglied der Runde das Wort abschneidet. Trotz allem hört Joan den Radau von oben immer noch. Heute Abend hat der Lärm etwas Animalisches. Schreie, Poltern, Trommeln, sogar – ist das möglich? – Hufgetrappel. Sie erinnert sich an das weißhaarige Mädchen aus dem Waschsalon, das sie vor zwei Tagen getroffen hat. Blut schwitzen. Ein Heiratsantrag von Jesus. Stigmata.

Dann hört Joan etwas, das sie aus Apartment C4 noch nie gehört hat: den Schrei einer Frau. Sie stellt die Nachrichten ab und erstarrt. Noch ein Schrei. Als Joan dem Geräusch lauscht, das höchstwahrscheinlich aus der Kehle dieses Mädchens kommt, kaut sie an der Haut um ihren Daumennagel, bis sie blutet. Sie leckt das Blut ab, damit ihr Bettzeug nicht befleckt wird. Sie kann die Beine nicht bewegen.

Ist Joan eine Verräterin der Schwesternschaft, wenn sie nicht nach dem Rechten sieht? Es ist spät. Sie ist müde und hat Angst. Sie starrt das Glas Maraschino-Kirschen an, das auf dem Nachttisch wartet. Sie hat noch keine gegessen. Mit den Kirschen wollte sie sich verwöhnen, aber jetzt machen sie das akustische Elend nur noch schlimmer.

Es sind *Teenager*, redet sich Joan ein. Wahrscheinlich toben sie nur herum. Sie toben – und wie respektlos, an einem Mittwochabend solchen Krach zu machen, bei allem Hormonchaos, wenn man mit so vielen anderen in einem Haus lebt, wenn Menschen so nah aneinandergeparkt sind, zwischen billigen Wänden, die kein Leben vom anderen isolieren.

Wenn sie in ihrem Gedankenmüll nach der Wahrheit gräbt, muss Joan allerdings zugeben, dass der Schrei nicht nach harmlosem

Toben klingt. Es ist das erste Mal, dass Joan den Ausdruck *haarsträubend* im echten Leben treffend findet.

Aber nein – das Mädchen weiß, was sie tut. Sie weiß, worauf sie sich eingelassen hat. Im Waschsalon war sie so extrem selbstbeherrscht. Wahrscheinlich macht ihr das makabre Spiel Spaß, das sie da oben treiben, wahrscheinlich genießt sie die Aufmerksamkeit, die sie von ihren Mitbewohnern bekommt. Was für ein Mädchen zieht *freiwillig* mit drei Teenager-Jungs zusammen? Ein Mädchen, das die Bewunderung braucht. Aufmerksamkeit ist es, worauf sie aus ist – das hat Joan schon im Waschsalon gemerkt. Diese weiß gebleichten Haare.

Mit großer Konzentration, Gedanke für Gedanke, ersetzt Joan ihr schlechtes Gewissen mit Wut, so wie ihr Vater seine Alkoholsucht durch Fresssucht ersetzt hatte.

Auf die Idee, den Lärm zu melden, kommt Joan nicht. Später, als sie hört, was passiert ist, wird sie an dieser entlarvenden Information über ihre Psyche und über die Gesellschaft zu knabbern haben.

Irgendwann hören die Schreie auf. Joan hat nicht gemerkt, dass sie den Atem angehalten hat.

Weder Joans Telefon noch ihr Laptop sind in Reichweite. Sie wird die Dank-E-Mail an ihre Tante morgen schreiben, nach der Arbeit. Der heutige Abend ist sowieso vermurkst. Sie macht den Fernseher wieder an und schaltet zu einer Doku über Walgesänge. Joan erfährt, dass weibliche Wale, obwohl sie auch singen können, selten Töne von sich geben. Nur die Bullen singen. Schwere Lärmverschmutzung kann bei Walen innere Blutungen auslösen, die im schlimmsten Fall bis zum Tod führen.

»Wir sind immer davon ausgegangen, dass die Buckelwale singen, um Weibchen anzulocken – und das ist zweifellos richtig –, aber immer mehr Forschungsergebnisse sprechen dafür, dass die Bullen auch singen, um sich gegenseitig einzuschüchtern und zu beeindrucken!«, ruft ein aufgeregter Cetologe namens Alfie. Joan hält sich nicht für einen neugierigen Menschen – sie akzeptiert die Welt mehr oder weniger so, wie sie sich ihr präsentiert –, aber diese

Doku findet sie auf Anhieb großartig, weil sie ihre Gedanken von dem Lärm oben ablenkt, dem Lärm, der weitergeht, obwohl das Schreien aufgehört hat. Die Doku bringt Joan zu anderen Geräuschen, Tiefseegeräuschen, sehr viel angenehmeren Geräuschen. Joan nimmt noch zehn Milligramm Melatonin und lernt alles über Wale, bis die Wirkstoffe ihren Körper durchdringen und sie in einen übermächtigen Schlaf geleiten.

Neben einer kleinen Gabel auf dem Nachttisch wartet das Glas Maraschino-Kirschen. Joan hat vergessen, sie zu essen.

ELEKTRISCHE FEHLFUNKTION

Als Reggie in seiner Wohnung ein paar Stockwerke weiter oben die Polizei ruft, lässt Todd das Messer fallen. Malik, der immer noch auf einem Stuhl im Wohnzimmer steht und die Szene überblickt, lädt das Video hoch und postet es auf vier Social-Media-Accounts. Das ist, er weiß es, viraler Content. Content, der die Metamorphose vom Influenced zum Influencer bedeutet. Leuchtend und zitternd, den Zoll vergessend, läuft Moses zu dem reglosen Körper des Mädchens und verbindet ihren offenen Bauch mit dem breiten Gürtel seines Trenchcoats. Er drückt auf die Wunde. Legt ihre Beine hoch. Mariannes Stimme, in seiner Erinnerung versteinert: *Druck, Kreislauf, Druck.* Die Ziege, die ihre einzige Verletzung lange vor Betreten der Wohnung erlitten hat, pinkelt auf den Boden. Jack beobachtet alles mit weit offenen Augen.

|||||

Später auf dem Revier, als sie getrennt befragt werden, berichten alle Zeugen von einem eigenartigen Lichtblitz. Jeder beharrt darauf, dass das Licht aus dem Zimmer kam. Malik sagt, es sei von dem leuchtenden Mann ausgegangen. Todd sagt, es sei der psychologische Stress gewesen. Jack erzählt der Polizei, dass es sich um einen meteorologischen Blitz gehandelt haben könne. Auf dem Video ist nichts zu sehen.

»Ich w-w-w-weiß n-n-n-nicht«, stottert Moses. »Ei-eine elek-elektrische Fehl-f-f-f-unktion?«

VIRAL

In den ersten drei Stunden nach dem Posting wurde ein YouTube-Video mit dem Titel »Wahre Geschichte«, das der Nutzer Malik P. Johnson eingestellt hat, 695-mal angesehen. Sapphire, eine junge Frau, die eine Zeitlang mit Malik P. Johnson in derselben Pflegefamilie war, klickt den Link einer Social-Media-Plattform an, die sie eigentlich längst deaktivieren wollte, weil sie sie altmodisch und böse findet. Sie sieht das Video dreimal, dann liest sie sich die Richtlinien der Website durch. Sapphire hat inzwischen drei eigene Kinder, und sie kann kein Blut mehr sehen – eigentlich hatte sie von der Mutterschaft das Gegenteil erwartet. *Gewaltverherrlichende oder blutrünstige Inhalte, die bei Zuschauern Schock oder Ekel hervorrufen sollen, sowie Inhalte, die andere zu Gewalttaten ermutigen, sind auf YouTube nicht erlaubt. Wenn du glaubst, dass jemand in unmittelbarer Gefahr ist, solltest du umgehend die örtliche Strafverfolgungsbehörde benachrichtigen. Wenn du auf Inhalte stößt, die gegen diese Richtlinien verstoßen, melde sie uns bitte.* Sie postet *Was soll die Scheiße?* in den Kommentaren. Vielleicht ist es »Kunst«. Sie liest die Richtlinien weiter. *Die folgenden Inhalte dürfen auf YouTube nicht veröffentlicht werden … Inhalte, in denen ein Mensch ein Tier böswillig misshandelt und ihm ohne zweckdienlichen Hintergrund (z. B. Jagd oder Nahrungszubereitung) Leid zufügt … Dramatisiertes oder fiktives Filmmaterial zu Inhalten, die gemäß diesen Richtlinien verboten sind, ohne entsprechenden Kontext für die Zuschauerinnen und Zuschauer.*

Geht sie das Video irgendwas an? Sapphire hat Schwierigkeiten zu entscheiden, welche Verpflichtung sie Menschen gegenüber hat, denen sie begegnet, und welche Verpflichtungen Menschen ihr gegenüber haben. Sie hat seit Jahren nicht mit Malik geredet. Sie steht auf, sieht im Kinderzimmer nach, ob ihre Kinder schlafen, macht sich einen Tiefkühl-Burrito in der Mikrowelle, versucht, eine Serie über einen wohlwollenden Psychopathen zu sehen. Aber sie muss immer wieder an das Video denken – die mit Seilen gefesselte Ziege, das Mädchen auf dem Boden, ihr blutender Bauch. Weißes Haar im Dunkeln. So realistisch. Die hatten entweder ein sehr niedriges Budget oder ein sehr hohes – hoch genug, um wie Low Budget auszusehen –, Sapphire wird einfach nicht schlau daraus. Nach einer Stunde des Nachdenkens kommt Sapphire zu einer Entscheidung. Inzwischen ist das Video fast zweitausend Mal angesehen worden und hat 272 Dislikes und 83 Likes gesammelt. Malik wollte immer im Rampenlicht stehen; sie traut ihm zu, dass er bereit wäre, dafür jemanden zu verletzen. Sapphire gibt dem Video ein Daumen runter, dann klickt sie auf *Melden*.

LAUT TODD

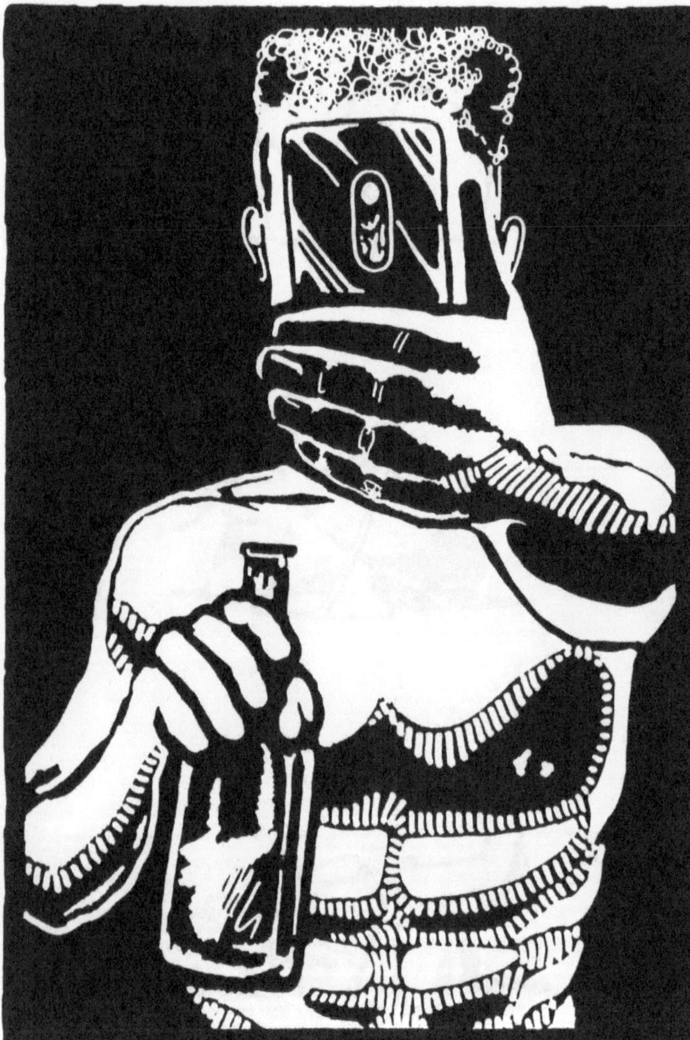

DIE FAKTEN

Ich habe versucht, Ihnen eine Erklärung zu geben. Aber Sie wollten lieber die Fakten.

Wir hörten die Ziege.

Wir fanden die Ziege.

Wir trugen sie aus Blandines Zimmer.

Wir fesselten sie mit Springseilen.

Die Ziege lag vor dem Fernseher auf dem Boden.

Der Fernseher war aus.

Todd holte die Bongos.

Ich holte das Messer.

Malik nahm sein Telefon.

Wir gaben Todd das Messer.

Es war das einzige scharfe Messer.

Ich hatte es aus Pinkys Loft.

Er hatte dreißig davon, wir hatten keins.

Das ist nur fair.

Todd wollte das Messer nicht.

Todd sagte Nein.

Todd sagte Auf keinen Fall.

Wir nannten ihn Pussy.

Todd nahm das Messer.

Wir machten Fotos.

Wir trommelten mit Händen und Füßen auf den Boden.

Wir brüllten einander an.

Wir brüllten die Ziege an.

Wir machten das Licht aus.

Wir zündeten eine Kerze an.

Todd legte das Messer hin.

Wir hielten den Finger in die Flamme.
Der Mann, der seine Haut am längsten in der Flamme hielt, gewann.
Malik gewann.
Todd verlor.
Malik reichte Todd das Messer.
Wir tranken.
Die Ziege weinte.
Die Ziege hatte Angst.
Wir mochten ihre Angst nicht.
Keiner von uns wollte sie töten.
Einer von uns musste sie töten.
Wir mochten unsere Angst nicht.
Einer von uns musste sie töten.
Todd ließ das Messer auf den Boden fallen.
Ich hob es auf und gab es ihm zurück.
Todd ließ das Messer auf den Boden fallen.
Malik hob es auf und gab es ihm zurück.
Die Ziege war klein.
Todd war klein.
Wir tranken, und nichts war real.
Mach schon, mach schon, du Scheißpussy.
Mach es für sie.
Zeig ihr, dass du keine Scheißpussy bist.
Das ist ein Test.
Bist du ein Mann oder ein Junge?
Bist du ein Junge oder ein Mädchen?
Mach.
Malik stand auf einem Stuhl mitten im Zimmer.
Todd hob das Messer.
Todd starrte die Ziege an.
Die Ziege starrte Todd an.
Und dann war sie da. Mittendrin.
Aus heiterem Himmel. Blandine.
Man sieht sie nie kommen.

Sie bewegt sich wie eine Katze.
Nichts war real.
Sie stellte sich zwischen Todd und die Ziege.
Sie schrie.
Hör auf. Hör auf. Bitte. Bitte. Bitte.
Sie löste das erste Seil.
Ich warf mich auf sie, hielt sie fest.
Sie befreite sich.
Bitte. Hört auf. Bitte.
Sie löste den nächsten Knoten.
Ich warf mich auf sie, hielt sie fest.
Sie befreite sich. Hört auf. Hört auf.
Löste noch einen Knoten.
Die Ziege bewegte sich nicht.
Die Ziege konnte sich nicht bewegen.
Die Ziege war immer noch gefesselt.
Blandine schützte sie mit ihrem Körper.
Ich zog ihren Träger herunter.
Sie warf sich auf mich.
Ich zerriss ihren Träger.
Malik feuerte mich an.
Ich berührte ihre Haut.
Malik berührte sie nicht.
Die Ziege oder Blandine.
Er filmte einfach, das Gesicht weit offen.
Todd, bist du ein Junge oder ein Mann?
Mach schon, du Scheißpussy, mach es endlich.
Todd, bist du ein Mann oder ein Mädchen?

Blandine ließ mich auf dem Boden liegen und warf sich vor die Ziege.

Sie schrie wie ein Tier.
Ihr wisst ja alle nicht, was ihr eigentlich seid!
Blandine griff nach dem Messer.
Todd zog es ihr weg.

Blandine griff nach Todds Kehle.
Todd wich zurück.
Blandine beschützte die Ziege.
Ich riss ihr das Oberteil des Kleids herunter.
Sie trat mir in die Eier.
Der Schmerz war irreal.
Ich fiel zu Boden.
Malik filmte. Malik rief.
Todd, was ist los mit dir, zum Teufel?
Der Schmerz war unnormal.
Todd trat nach der Ziege, aber er trat vorbei.
Blandine warf sich auf ihn.
Blandine rang Todd zu Boden.
Blandine begann ihn zu würgen.
Warum müsst ihr alles töten, kreischte sie.
Warum müsst ihr alles töten.
Todds Gesicht lief rot an, als sie ihn würgte.
Ich hasse dich. Ich hasse dich. Ich hasse dich.
Todds Gesicht lief lila an.
Todds Hände bewegten sich sehr schnell.
Todds Hände sind sehr klein.
Er hielt das Messer. Er stach zu.
Einmal. Noch mal. Noch mal. Noch mal.
Er traf Blandines Bauch. Vielleicht ihre Brust. Ich konnte nicht viel sehen.
Der Schmerz war außerkörperlich.
Zu leicht – zu leicht, einen Menschen aus sich auszuleeren.
Todd schob Blandine von sich herunter.
Er stand auf und sah Malik an.
Malik starrte erschrocken zur Tür.
In der Tür stand ein Fremder.
Der Fremde begann zu schreien.
Er trug einen Trenchcoat.
Er leuchtete im Dunkeln.

Gesicht, Hände, Beine, Hals.

Leuchtete. Wie ein großes Glühwürmchen.

Nichts war real.

Auf dem Boden war Blut.

An meinen Füßen war Blut.

Das Blut war warm, wie Suppe.

Das wusste ich, weil ich es anfasste. Ich fasste das Blut an. Es war ihrs.

In dem Moment sahen wir den Lichtblitz im Zimmer, wie bei einem Gewitter.

Aber in der Wohnung, nicht draußen.

Kein Donner. Der Blitz kam von innen.

Ich habe noch nie so helles Licht gesehen.

Todd ließ das Messer fallen. Niemand hob es auf.

Der leuchtende Mann lief zu Blandine.

Neunzehn Jahre lang war nichts real, und dann.

Todd übergab sich.

Die Ziege pinkelte.

Der Körper blutete.

Ich sah mich um und versuchte, etwas zu erkennen.

In der Tür tauchte ein alter Mann auf.

Grauen in seinem Gesicht. Aber als ich hinsah, war er schon wieder weg.

Ich dachte, ich hätte es mir nur eingebildet. Dachte, er wäre ein Geist.

Der leuchtende Mann verband Blandines Bauch mit seinem Gürtel.

Er legte sie hin. Legte ihre Beine hoch.

Der leuchtende Mann sagte: Was soll die Scheiße, was soll die Scheiße?

Der leuchtende Mann sagte: Habt ihr sie noch alle, ihr Arschlöcher?

Der leuchtende Mann sagte: Ich sollte das Krasseste sein, was heute Nacht passiert.

Der leuchtende Mann sagte: Ich bringe euch um, wenn ihr sie anfasst.

Die Ziege lag neben Blandine und beobachtete alles.

Man konnte ihre Pisse riechen.

Malik grinste in sein Telefon.

Ein Grinsen, das ich noch nie gesehen hatte.

Ein Gesicht, das man in einen Kürbis schnitzen würde.

Wir hörten Sirenen.

Wir hörten Schritte.

Klopfen.

Stimmen.

Eure Stimmen.

Und dann war alles real.

LÖSE NACH Y IN ABHÄNGIGKEIT VON X AUF

Was war Tiffany Watkins für James Yager? Das will seine Exfrau vom ihm wissen. Sie war ein Fehler der Evolution. Eine Fußnote bei der Scheidung. Das Proletariat. Sie war ein Kind, ein Unfall, ein Versehen, ein Virus, eine Schale Milch. Sie kam in dem Jahr zur Welt, als James und Meg heirateten. Sie hatte drei Stichverletzungen im Bauch. Was war James Yager für Tiffany? Er will es nicht wissen.

James sitzt in seinem Schlafzimmer auf dem Boden, deprimiert von dem erdnussbutterfarbenen Teppichboden, deprimiert von dem Wertesystem, das seine erste Depression enthüllt hat. Die Wohnung ist billig. Wenn er die Fenster aufmacht, riecht er den Fluss; die Fenster sind immer offen; es gibt keine Klimaanlage; er ist abgerutscht. Es geht so schnell und leicht, sich an Luxus zu gewöhnen, aber es kostet Jahre der Anstrengung, den Prozess wieder rückgängig zu machen. Warmer Gewitterwind wälzt sich umher. James steht auf, geht in die Küche, weicht den Wänden aus wie in einem Videospiel.

»Sie war nicht meine Schülerin«, sagt er.

»Nein?«, fragt sie, ihre Stimme im Telefon an seinem Ohr. Er dreht die Lautstärke herunter, dann wieder hoch, dann wieder herunter. Er ist selbst nicht sicher, wie deutlich er alles hören will.

»Sie war nur in der Theatergruppe.«

»Ach, stimmt. Das Theater. Gott, James. Ich fasse es einfach nicht. Das ist so krank. Erst konnte ich sie nicht einordnen, als ich das Foto in den Nachrichten sah? Es hat eine Weile gedauert, bis mir einfiel, woher ich sie kenne. Die Babysitterin. Ich meine, ich habe sie erkannt, aber ich dachte, es wäre bloß ein Déjà vu.«

»Was?«

»Déjà vu.«

James sieht einer Ameisenstraße zu, die aus dem Ausguss marschiert, die Spüle herauf, in sein Leben. Er öffnet die Schränke, vergisst, wo er den Whiskey hingestellt hat. Es ist die erste Nach-Scheidungs-Unterhaltung, die nichts mit häuslicher Logistik und den aktuellen Anforderungen zu tun hat.

»Wie hast du reagiert?«, fragt sie. »Als du die Nachrichten gelesen hast?«

Die Kinder sind diese Woche bei Meg. Aber selbst wenn sie bei ihm sind, spürt er, dass sie nicht in sein geschrumpftes Leben gehören. Sie sind Oberschicht, klimatisiert, zahnmäßig Elite. James tröstet der Gedanke an den blauen Cord-Schaukelstuhl, den sein Vater für ihn gebaut hat, als er zur Welt kam, den Schaukelstuhl, in dem auch er seine Kinder gewiegt und gefüttert hat. Die Schlaflieder und Geschichten und Tränen sind in den Bezug gesickert. Als James ausgezogen ist, hat er den Schaukelstuhl im Kinderzimmer gelassen. Die Kinder wollten nicht, dass er ihn mitnahm. *Aber bei mir habt ihr auch ein Zimmer,* hatte er zu ihnen gesagt. *Wollen wir ihn nicht dahin stellen?* Doch sie hatten nur noch mehr geweint.

»Ja«, sagt James. »Es ist ein Schock.«

»Du hast sie ganz gut gekannt, oder?«

»Nein. Nicht wirklich.«

»Aber ihr habt doch monatelang geprobt. Da lernst du alle Kinder gut kennen.«

»Na ja, sie hat die Schule abgebrochen.«

»Aber war das nicht erst gegen Ende?«

»Ja, aber – es ist nur – sie war eine ziemliche Einzelgängerin. Meistens blieb sie für sich.«

»Komisch. Dann habe ich mich wohl falsch erinnert.«

James ortet den Whiskey, der sich hinter einer Packung Wild-Jerky versteckt, und schenkt sich einen Becher ein. Die nachlassende Wirkung des Marihuanas ermöglicht ihm ein Luftbild dieser Nacht, seines Lebens. Er sieht Highways, einen Schrottplatz, eine

Highschool-Bühne. Seine Töchter. Eine kleine Ziege. Plastik, Reifen, Spuren eines Hurrikans. »Falsch erinnert?«

»Ich hatte den Eindruck, du warst so was wie ein Mentor für sie.«

»Ach. Na ja. Wahrscheinlich irgendwie schon. Sie hatte sonst niemanden. Ich meine, keine Freunde. Sie war in der Fürsorge, weißt du. Man musste bei ihr zwischen den Zeilen lesen – es war alles Subtext –, aber ich glaube, sie hat ziemlich schlimme Sachen erlebt.«

»Was meinst du damit?«

»Missbrauch. Sie hat es nie ausgesprochen. Aber, ja, ich glaube, das Theater hat ihr gutgetan. Sie war eines dieser Kind, die total unter Druck stehen, weißt du, die alles in sich reinfressen, bis irgendein Anlass kommt, und sie explodieren.« Er schluckt den Whiskey herunter. Tiffany als Kind zu bezeichnen, löst einen Anfall von Ekel in ihm aus. Er schüttelt ihn ab.

Vor wenigen Stunden schienen ihr Blut und ihre Organe noch so sicher unter ihrer Haut verpackt zu sein. Wie unfair, dass sich die Materie einer so immateriellen Person als genauso wichtig für sie herausstellt wie bei allen anderen auch. James hat sie verletzt, das weiß er, das wusste er immer, aber er hat trotzdem geglaubt, dass sie unverletzbar wäre. Bis Meg anrief, um zu sagen, dass es ihr leidtue, dass sie gerade die Nachrichten gesehen habe. Ihn gezwungen hat einzuräumen, dass es möglich war, Tiffany Watkins zu verwunden.

»Sie hat die Rolle einer sehr isolierten Figur gespielt«, sagt er. »Vielleicht hat das geholfen.«

»Sie war gut, oder? Ich erinnere mich, dass du gesagt hast, sie wäre gut.«

Er wird rot, bis es sich wie Fieber anfühlt. »Sie war nicht schlecht. Ich meine, für eine Schülerin. Aber sie hat auch niemanden zu Tränen gerührt bei den Proben.« Er schwadroniert weiter. »Ich hatte irgendwie den Eindruck, dass das Theater vielleicht der einzige Ort war, an dem sie sich sicher genug gefühlt hat, um … ihre Gefühle auszudrücken, weißt du. Ich glaube, sie hat in ihrer Kindheit gelernt, alles zu verstecken. Oder zu betäuben. Ich weiß nicht. Aber in dem Stück war alles nur gespielt, sie war nicht sie selbst, und deshalb fühlte sie sich … frei, vielleicht. Das ist nur mein Eindruck.«

Die Leichtigkeit, mit der er Tiffany in einem Moment wie diesem einschätzen und zusammenfassen kann, macht ihm Angst, aber sein Unterbewusstsein markiert das Problem als eines, das er später lösen kann, vorzugsweise in einem Traum.

»Das ist schlimm«, antwortet seine Ex-Frau. Nach den Geräuschen und achtzehn Jahren Zusammenleben weiß James, dass sie gerade den Müll rausbringt. Sie zieht eine Vielzahl kleiner Abfalleimer wenigen zentralen Stellen vor, und wenn sie den Müll rausbringt, geht sie systematisch von einem Zimmer zum anderen, um die vielen kleinen Mülltüten in einer großen zu sammeln. Beim Telefonieren erledigt sie meistens nebenher andere Dinge, was James früher, vor der Scheidung, genervt hat, aber jetzt weiß er es zu schätzen – wie ein Fenster zu ihrem Leben. »Ich meine, ich wusste, dass sie ein Pflegekind war, ich erinnere mich, dass du so was erwähnt hast, aber ich wusste nicht, dass sie missbraucht wurde. Armes Mädchen. Meinst du, jemand aus ihrer Vergangenheit könnte was mit der Messerattacke zu tun haben? Jemand aus der Zeit, als sie in Pflege war? Oder vielleicht jemand aus der Schule?«

Meg liebt True-Crime-Podcasts.

»Ich weiß es nicht«, sagt James.

»Es heißt, sie haben Verdächtige, aber sie nennen keine Details.«

Er macht ein unfreiwilliges Geräusch – ein Geräusch, das gewöhnlich dem Erbrechen vorausgeht.

»Oh, James. Tut mir leid. Ich bin völlig erschüttert, dabei habe ich sie nur einmal gesehen – ich kann mir kaum vorstellen, wie es erst für dich sein muss. Du hast dich immer so für deine Schüler engagiert. Es ist irgendwie surreal, oder? Fühlt es sich real an?«

»Ja.« Er überlegt, ob er die Ameisen zerdrücken soll. Sie würde es nicht wollen. »Nein.«

»Gut, dass sie dich hatte. Ich wette, es gab nicht viele Erwachsene, denen sie vertrauen konnte.«

Scheiß drauf. James zerdrückt die Ameisen langsam mit der Faust. Sie weichen ihm nicht aus, zeigen keinen Sinn für Selbsterhaltung, akzeptieren das sanfte Gemetzel, als wäre es vorbestimmt. »Ja. Na ja. Es fiel ihr schwer, Freundinnen in ihrem Alter zu finden, also.«

»Weißt du, warum sie die Schule abgebrochen hat?«

Noch ein Schluck Whiskey. Er starrt von der Küchentheke ins Wohnzimmer, dessen einziges Möbelstück der Bösendorfer ist. Der Flügel beobachtet ihn, bewertet ihn, erpresst ihn. Er kommt ihm vor wie ein Kadaver. James will ihn loswerden. »Ich schätze, es war ihr einfach zu viel.«

»Hm. Highschool ist schlimm genug, auch ohne …«

»Ja.«

»Die ganzen anderen Herausforderungen.«

Eine Pause.

»Wann hast du sie das letzte Mal gesehen?«, fragt Meg.

Bis jetzt hat eine strenge, überirdische Krankenschwester dafür gesorgt, dass James nicht zusammenbricht, dass die Nachrichten irreal bleiben, dass sein Blick am Whiskey und den Ameisen klebt. Doch als Meg diese Frage stellt – *Wann hast du sie das letzte Mal gesehen?* –, verlässt die Krankenschwester den Raum und wirft beim Gehen alles um. Ihre Vertretung kommt sofort. Ihre Vertretung ist hässlich und gefährlich und schwach und echt. Ihre Vertretung sieht aus wie er.

»Ich weiß es nicht«, sagt er. »Ehrlich, Meg, eigentlich habe ich sie überhaupt nie richtig gesehen.«

»Jedenfalls tut es mir leid. Wirklich. Ach, und …« Meg trinkt einen Schluck – Wasser mit Zitrone, nimmt er an. Sie ist eine tadellos hydrierte Frau. »Ich dachte, du könntest die Mädchen morgen um vier abholen, Emma beim Fußball absetzen, weil es auf dem Weg ist, und Rosie mit zu dir nehmen. Vielleicht geht ihr Eis essen. Sie ist in letzter Zeit schlecht drauf, reizbar, weint viel. Natürlich sind wir schuld.«

»Wie meinst du das?«

»Rosie ist neulich im Schwimmbad völlig ausgeflippt, weil sie sich nicht eincremen wollte. Sie hat geschrien und geheult und so weiter.«

»Hm.«

»Ich glaube, sie könnte ein bisschen Zeit mit dir allein gebrauchen. Was hältst du davon?«

Aber James hat das Telefon auf die Theke gelegt und das Gesicht in den Händen vergraben, seine Schultern beben.

»Bist da noch da? James?«

TADA

Auf dem Polizeirevier steigt Dampf aus zwei Styroporbechern, und der Kaffee verbreitet Morgenduft, obwohl es fast Mitternacht ist. Zwei Officer mustern Jack mit gerunzelter Stirn und unterschiedlichen Reaktionen. Während des Verhörs hat Jack nur seine Hände angesehen. Seine Augen sind rot, sein Mund ist trocken, sein Gesicht ist bleich. Seit sie ihn hergebracht haben, hat er immer wieder geweint, aber er hat seine Geschichte in einem Stück vorgetragen, als würde er ein Märchen aus seiner Kindheit erzählen. Als er den Jungen so sieht, muss Officer Stevens an ein weißes Kaninchen denken, das ein Zauberer am Genick aus dem Zylinder zieht, erschrocken und überrascht. Der Clou.

»Das sind die Fakten«, schließt Jack. »Aber sehen Sie darin eine Erklärung?«

WAS HILDEGARD SAGTE

Und ich sah aus dem Licht der besagten Morgenröte einen ganz lichten Menschen hervorgehen; er goss seinen Glanz in die erwähnte Finsternis aus, wurde aber von ihr so zurückgestoßen, dass er, blutrot und erbleichend, die Finsternis mit so großer Kraft zurückschlug, dass der andere Mensch, der in ihr darniederlag, durch diese Berührung sichtbar aufleuchtete und aufrecht aus ihr hervorging. Und so erschien der Lichtmensch, der aus der erwähnten Morgenröte hervorging, in so großer Herrlichkeit, dass es eine menschliche Zunge nicht ausdrücken kann. Er gelangte auf den höchsten Gipfel unermesslicher Herrlichkeit, wo er in der Fülle erhabener Fruchtbarkeit und des Wohlgeruchs wunderbar erstrahlte.

Und ich hörte aus dem erwähnten lebendigen Feuer eine Stimme zu mir sagen: O, elendes irdisches Geschöpf! Als Frau unerfahren in jedweder Kenntnis fleischlicher Gelehrsamkeit, um die Schriften mit philosophischem Verstand zu lesen; du bist vielmehr nur von meinem Licht getroffen, das dich im Innern wie die glühende Sonne mit ihrem Brand entflammt. Verkünde und erzähle![15]

15 HvB, Scivias, Storch, S. 104 f.

TEIL V

WAS IST IHRE BEZIEHUNG?

»Haben Sie Sprengstoff?«, fragt der Mann am Empfang auf der Intensivstation im Vacca Vale Medical Center.

»Wie bitte?«, sagt Joan Kowalski.

Der Mann lacht und klopft sich auf die Brust, wo ein spitzer Zahn an einer Kette hängt. »War nur Spaß! Nur Spaß! Wenn man hier arbeitet, braucht man Humor. Hier wird es manchmal ziemlich grimmig – das geht ruck, zuck!« Er lacht in sich hinein. »Und was ist Ihre Beziehung zu ihr?«

»Oh.« Mit der Frage hat Joan nicht gerechnet, obwohl sie vorhersehbar war. »Was meine Beziehung zu ihr ist?«

»Genau das war die Frage«, antwortet der Mann mit schlechtem englischem Akzent, dann lacht er wieder, unpassend gut gelaunt. Im Krankenhaus riecht es nach Schwimmbad, was Joan an seltene Hotelbesuche in ihrer Kindheit erinnert und noch seltenere Harmonie zwischen ihren Eltern. Joan sieht sich um; sonst ist niemand in der Lobby. Es flackert. »Wir wollen nur wissen, dass Sie nichts im Schilde führen, wissen Sie?« Der Mann zwinkert ihr zu. »Wir versuchen, die Bösen nicht reinzulassen.«

Es ist Freitag – zwei Tage nachdem im La Lapinière Affordable Housing Complex drei junge Männer eine junge Frau namens Blandine Watkins niedergestochen haben. Heute ist Zahltag. Heute früh hat Joan ihr Auto für vierzig Dollar mit Benzin gefüttert und war einem Bauchgefühl folgend zum Krankenhaus gefahren, weil sie seit zwei Tagen ein schlechtes Gewissen plagt. Seit sie von der Messerstecherei erfahren hat, konnte Joan Kowalski weder schlafen noch arbeiten und wurde von Visionen eines aufgeschlitzten Bauchs verfolgt. Sie hatte eine Art Fieber, die sich nicht mit dem Thermometer nachweisen ließ. Es war fast immer der Bauch eines

Kindes, den sie in den Visionen sah, manchmal der einer jungen Katze. Nach elf Jahren bei Rest in Peace hat sich Joan heute das erste Mal krankgemeldet.

Joan trägt ein Kleid, das ihrer Mutter gehört hat, Regenwasser tupft ihre Schultern und Waden. Sie vermisst ihre Mutter wie einen amputierten Körperteil.

Der Mann am Empfang – Mitte dreißig, rund, müde, freundlich – kommt ihr bekannt vor, aber Joan weiß nicht woher. In ihrem Körper zirkuliert eine Kanne Schwarztee und wühlt alles auf.

»In was für einer Beziehung stehen wir alle zueinander?«, will Joan wissen. Ihr Ton ist seltsam, und sie weiß es. Sie hat ein psychologisches Erdbeben erlebt, und die Behälter, die normalerweise dafür sorgen, dass sich ihre Assoziationen nicht gegenseitig kontaminieren, sind zerbrochen. »Spielt es eine Rolle?«

Der Mann am Empfang lächelt Joan ermutigend zu wie ein Elternteil, dessen Kind ein Märchen improvisiert.

Plötzlich sieht Joan alles verschwommen. Sie greift sich an die Stirn. »Es gibt diesen Nachruf – haben Sie den gelesen? Den Nachruf auf Elsie Blitz?«

Der Mann am Empfang schüttelt den Kopf.

»Sie hat ihn selbst geschrieben, und …« Joan verliert den Faden, als sich der Mann am Empfang *Elsie Blitz Nachruf* notiert. Er sieht sie erwartungsvoll an.

»Jedenfalls«, fährt sie fort. »Also. In dem Nachruf steht, dass sich alles auf alles auswirkt – oder so was in der Art. Ihr Sohn hat versucht – mich zu bestrafen – aber er ist in die falsche Wohnung geraten, und … und ich habe einfach – ich habe das Gefühl, wir sollten uns alle ein bisschen ernster nehmen. Ich will aufwachen. Wissen Sie, was ich meine?«

Es ist erst neun Uhr morgens. Sie kann sich nicht erinnern, wann sie das letzte Mal so viele Gefühle vor dem Mittagessen hatte. Schweiß, Regen und Tee füllen sie bis zum Rand. Drücken sie nieder. Lassen sie schwitzen. Lassen sie zittern. Wenn sie redet, fühlen sich ihre Worte wie Wasser an. Ihr ganzer Mund fühlt sich wie Wasser an.

Einen Moment später lacht der Mann am Empfang.

»Oho, Sie trauen sich, ans Eingemachte zu gehen!« Er strahlt. »Find ich toll, echt toll. Ich war auch lange in Therapie. Und ich höre gern Predigten. Ich höre mir ständig Predigten an – aus dem ganzen Spektrum der Religionen. Auch viele Radio-Talks. Kann nicht genug kriegen. Sie sind echt gut. Sie sollten mal in so einer Show in New York City auftreten.«

Er grinst verträumt.

Auf einmal dämmert es ihr: Der Mann vom Empfang kommt ihr so bekannt vor, weil er aussieht wie ein Koala.

»Also«, er kommt wieder zur Sache. »Sind Sie Familie oder …?«

»Nein.« Sie seufzt. »Nein. Ich bin die Nachbarin.«

»Ach, kein Problem. Machen Sie nicht so ein erschrockenes Gesicht! Ach, Kindchen, Sie sehen ja aus, als müssten Sie weinen! Brauchen Sie ein Taschentuch? Hier, nehmen Sie. Ist noch frisch! Ha! Keine Angst. Auch Nicht-Angehörige haben Besuchsrecht. Wirklich. Wenn wir hier nur Familie reinlassen würden, na ja. Das wäre ziemlich undemokratisch. Ich zum Beispiel, wenn ich hier auf der Station läge, toi, toi, toi« – er klopft hörbar auf den Tisch, der nicht aus Holz ist – »wenn's mir an den Kragen ginge und ich auf der Intensivstation läge, dann wären die *Letzten*, die ich sehen wollte, meine Blutsverwandten. Und es wäre doch total krank, wenn meine *eigentliche* Familie – meine Wahlfamilie – nicht reinkommen dürfte, nur weil wir nicht die gleiche DNA haben, oder?« Er lächelt Joan an, die versucht, sich die Nase zu putzen, ohne Geräusche zu machen. Eine Wolke zieht über sein Gesicht. »Bei unserer Patientin würde man ja eigentlich nicht erwarten, dass sie sich über Besucher freut, wenn man ihre Geschichte bedenkt. Diese Sache … na ja. Wir sehen hier manchmal ziemlich krassen Mist. Wir haben hier natürlich keine Rangliste oder so was, aber manche Geschichten sind einfach schlimmer als andere, ist ja klar, und wir müssen den Überblick behalten – Sie wissen schon. Und die Geschichte der Kleinen … die hat mich am meisten mitgenommen. Musste zur Therapie deswegen. Wissen Sie, was das Erste war, das sie sagte, als sie aus dem OP kam?«

Joan weiß es nicht. »Was?«

»Sie sagte, ihr wäre jeder Besucher willkommen. Ich meine, ich war nicht da, aber ich bekomme viel mit. Sie hat danach verlangt! Nachdrücklich! Aber …« Seine Gesichtszüge erschlaffen, und er fasst sich wieder an den Haifischzahn, reibt ihn nervös. »Aber es hat sie noch keiner besucht. Bis auf diese Sozialarbeiterin, und die ist nicht lang geblieben. Es macht mich so traurig.« Er hält inne. Als er weiterspricht, flüstert er. »Sie hatte keinen Notfallkontakt. Wie tragisch ist das?«

Joan nimmt die Neuigkeit auf wie eine befürchtete, aber erwartbare Diagnose. Etwas, das ihre eigenen Zellen betrifft.

»Deswegen ist es gut, dass Sie hier sind«, schließt der Mann am Empfang liebenswürdig. »Aber behalten Sie alles, was ich Ihnen erzählt habe, für sich. Vielleicht habe ich irgendein Arztgeheimnis gebrochen. Keine Ahnung. Nur entführen Sie sie nicht! Ha! Und kein Sprengstoff, verstanden? Ach, wir versuchen hier, uns den Humor zu bewahren. Finstere Zeiten, wissen Sie.« Er reicht Joan die ganze Schachtel Taschentücher. »Hier, behalten Sie die.« Ein Telefon klingelt, und sein Blick huscht weg. »Immer locker bleiben, okay? Die Schwester kommt gleich. Sie sind eine Spitzennachbarin.«

Vorsichtig, als würde ihr Körper aus loser Erde bestehen, geht Joan in den Wartebereich und setzt sich auf einen kalten Lederstuhl. Lange Zeit starrt sie eine Strickzeitschrift an. Schließlich entdeckt sie auf dem Tisch eine Ausgabe der *Gazette* vom Freitag und schlägt sie auf.

Der Bericht über die Ereignisse am Mittwochabend, dem siebzehnten Juli, in Apartment C4 des La Lapinière Affordable Housing Complex ist inzwischen in die Mitte der Zeitung gewandert. Die Story hat nicht mehr das Zeug für die Titelseite, ist auf dem Weg in die Bedeutungslosigkeit. Joan erfährt, dass die verdächtigen Jugendlichen verhaftet wurden – einer wegen Verdacht auf versuchten Totschlag, zwei wegen Verdacht auf Beihilfe, alle drei wegen Tierquälerei, illegalem Marihuana-Besitz und Alkoholkonsum unter einundzwanzig. Alle drei legten freiwillig übereinstimmende

Geständnisse ab, die zu dem Videomaterial passten, das im Internet kursierte. Zwei Zeugen bestätigen die Geschichte. Joan entnimmt der Formulierung, dass eine derartige Einstimmigkeit der Aussagen untypisch, fast nie da gewesen ist. Die Jugendlichen müssen vor Gericht und werden auf schuldig plädieren. Der Reporter erwähnt einen ähnlichen Fall in einer anderen Stadt in Indiana – Bauchverletzungen, Opfer überlebt, mehrere Täter. In jenem Fall wurden die Täter wegen gefährlicher Körperverletzung angeklagt. Sie wurden verurteilt und kamen gegen eine Kaution von $ 25.000 in Haft. *Das Schicksal der drei jungen Männer,* schreibt der Reporter, *hängt allerdings davon ab, ob sie den Vorsatz hatten zu töten.* Noch sind nicht alle Fragen beantwortet. Ernsthafte Bedrohung? Notwehr? Wer hat angefangen?

In der Wooden Lady wurden weitere Opossums gefunden. Diesmal im Whirlpool. Diesmal lebendig.

Ein Foto zeigt Bürgermeister Douglas Barrington, Stadtplaner Benjamin Ritter und Maxwell Pinky im weißen Anzug, alle in Zylindern, beim festlichen Baumschlagen in Chastity Valley. *Der Weg in die Zukunft wird geebnet,* steht unter dem Bild. Der Festakt hat gestern stattgefunden und gibt den Startschuss zur Revitalisierung von Vacca Vale.

Die Suche nach den Stadtplaner-Bankett-Angreifern wird fortgesetzt.

»Wir wissen einfach nicht genug«, sagte Officer Stevens dem Reporter. »Vielleicht werden wir die Wahrheit nie erfahren.«

|||||

»JOAN KOWALSKI?«

Joan sieht auf. Eine Schwester hält ein Klemmbrett in der Hand und schürzt die Lippen.

»Für Blandine Watkins?«

»Ja.«

»Sie können mir folgen.«

Sie führt Joan durch einen gleißenden, leeren Korridor. »Ich komme gleich wieder«, sagt sie und lässt Joan wie den Fährmann des Hades an der Tür allein.

Starker Rosenduft erfüllt das Zimmer des Mädchens, obwohl keine Blumen zu sehen sind – nur eine Handvoll welker Weißklee auf dem Tisch neben dem Bett. Das Mädchen liegt auf dem Rücken, das Gesicht zum Fenster, weg von Joan. Das weiße Krankenhauslaken deckt sie bis zum Kinn zu. Joan betrachtet ihr mondbleiches Haar. Der dunkle, fettige Ansatz verzerrt die Dimensionen ihres Kopfes, sodass es kurz wirkt, als wäre er der einzige Gegenstand im Raum.

An der Wand hängt ein lautloser Fernseher, der ein graues Durcheinander zeigt: Steinchen, Federn, Stöcke und Knochen. Die Bilder sind grobkörnig, wie von einer Überwachungskamera aufgenommen. Joan braucht einen Moment, bis sie begreift, was sie sieht. Es ist ein Vogelnest, kunstvoll und robust, in ein Gebälk gebaut. Blinzelnd erkennt Joan drei magere Küken in dem Gewirr, Füße in der Farbe von rohem Mais, Klauen schwarz, Augen zugleich scheu und mörderisch, Gesichter beige umrahmt mit gebogenem Schnabel und griesgrämig heruntergezogenen Mundwinkeln; aus dem weißen Flaum sprießen vereinzelte dunkle Erwachsenenfedern. Sie sehen völlig verkorkst aus, und Joan ist überzeugt, dass Vögel in diesem Stadium nicht für fremde Augen bestimmt sind. Oben rechts im Bildschirm steht: *Vacca Vale Falken-Cam*. Unten links stehen Zeit und Datum. Zusammengedrängt krakeelen die jungen Schurken herum, ungelenk, wachsam. Bald werden diese Küken Killer sein, weiß Joan, aber sie können nichts dafür. Noch sind sie hilflos, der Gnade des Wesens ausgeliefert, das sie in die Welt gesetzt hat, verdammt auf jemanden zu warten, der mächtiger ist als sie und sie füttert.

Langsam dreht Blandine den Kopf zur Tür, ihr Gesicht ist weiß wie die Wand, verwaschen blau unter den Augen, grün um den Mund, ein Streifen getrocknetes Blut über einer Braue.

»Susan«, sagt sie. Sie klingt, als hätte sie seit Tagen nicht gesprochen.

»Nein, Joan. Ich bin Joan.« Joan hält sich an ihrem Regenschirm fest, sie hat Angst vor dem halb toten Mädchen, das vor ihr liegt, hat Angst, dass der Tod ansteckend ist. »Aus dem Waschsalon. Ich meine, aus dem Kaninchenstall. Ich wohne unter dir. Ich bin die Frau mit dem … ohne das Vogelhaus?«

Das Mädchen blinzelt wie eine Katze in der Sonne. »Joan«, sagt sie.

Sie sehen einander schweigend an.

»Was ist das?«, fragt Joan und zeigt auf den Fernseher.

Blandine braucht lange, um zu antworten, und das Sprechen scheint sie Kraft zu kosten. Sie schleppt die Wörter ins Zimmer wie Möbelstücke. »Falken-Cam. Live aus Sankt Hedwig. Schwester hat es angestellt.«

»Oh. Das ist … sie sehen so … süß aus.«

Das Mädchen runzelt die Stirn, offensichtlich enttäuscht von Joan.

»Wie geht es der Ziege?«

»Ja«, sagt Joan, froh, etwas Gutes bieten zu können. »Das Kitz! Ihm geht's sehr gut. Er ist …«

»Sie.«

»Sie! Tut mir leid. Sie. Sie haben sie zum Tierarzt gebracht. Sie haben ihr eine Schiene angelegt, Medizin verschrieben, sie hat ein neues Zuhause und erholt sich gut. Ist das nicht toll? Die Verletzung war offenbar nicht so schwer – es hatte irgendwas damit zu tun, dass sie noch so jung ist und die Knochen noch nicht ausgehärtet sind? Es heißt – hm … wie haben sie es genannt … ach ja, ›Grünholzfraktur‹, wenn ich mich recht erinnere. In drei Wochen soll sie sich vollständig erholt haben. Und sie wurde von einem Tierasyl in Michigan adoptiert? Ja. Alle reden davon. Da sind diese Dinger im Internet. Meme, oder? Ja – Memes. Die Ziege ist eine kleine Sensation. Ja, also. Das ist gut.«

Als sie die Berichte über den Messerangriff in der Zeitung las, war Joan entrüstet, wie ausführlich die Journalisten diese Details aufrollten. Als wäre das Happy End der Ziege eine versöhnliche Lösung der ganzen Geschichte.

Auf Blandines Gesicht flimmert ein Lächeln, das immer heller wird. Joan sieht Tränen in ihren blutunterlaufenen Augen glitzern, aber sie redet sich ein, es wäre nur das Licht.

Plötzlich fällt ihr ein, dass sie Blumen hätte mitbringen können. Oder einen Obstkorb. Ein Sudoku-Buch? Was bringt man einer kürzlich niedergestochenen Teenagerin mit, die man kaum kennt? Joans Blick fällt auf ein dickes Buch aus der Bücherei neben dem Krankenbett. *Mystikerinnen: eine Anthologie.* Sie erkennt das Buch aus dem Waschsalon. Im Moment wirkt das Mädchen zu schwach, um es zu halten. Wenn Joan den richtigen Moment findet, wird sie Blandine anbieten vorzulesen. Sie wird sie jeden Tag besuchen. Sie wird eine gute Nachbarin sein.

Die Reglosigkeit wirkt unnatürlich an dem Mädchen – die nervöse Energie, die Joan bei ihrer ersten Begegnung erlebt hat, ist ihr offensichtlich abhandengekommen. Joan muss an ein Foto denken, das sie mal gesehen hat: ein Pferd, das in einem abgedunkelten Zimmer auf einem Teppich sitzt und fernsieht. Als Joan das Mädchen in dem Krankenhausbett anschaut, hat sie endlich die Trauernden vor Augen. Was für Kommentare würden das Kondolenzbuch füllen, fragt sich Joan, wenn Blandine gestorben wäre?

Die beiden Frauen sehen sich lange an.

Joan will sagen: Ich habe auch keinen Notfallkontakt. Sie will sagen: Ich bin froh, dass sie dich nicht umgebracht haben. Sie will sagen: Ich entschuldige mich für jeden Moment, in dem ich genommen habe, als ich hätte geben können.

»Du bist wach«, sagt Joan stattdessen unvermittelt.

Ein merkwürdiger Blitz zittert durchs Zimmer.

»Ja«, antwortet Blandine. »Du auch?«

DANKSAGUNGEN

Von Beginn bis zur Auslieferung haben unzählige Menschen bei der Entstehung von *Der Kaninchenstall* geholfen. Das Ausmaß ihres Beitrags geht weit über die Sprache hinaus, und die Dankbarkeit, die ich hier in Worte zu fassen versuche, ist nur ein Bruchteil dessen, was ihnen gebührt.

Meine brillante Agentin Duvall Osteen war von Anfang an meine Wegweiserin und Verbündete. Sie hat dieses Buch mit Sachverstand, Großzügigkeit und Verve aus meinem Laptop in die Welt geführt. Ich danke dem ganzen Team bei Aragi Inc. für die liebevolle Aufnahme und Unterstützung.

Mein Lektor John Freeman besitzt die seltene Dreieinigkeit von Genie, Arbeitsethos und Integrität. Er hat *Der Kaninchenstall* mit einem Maß an Respekt herausgefordert, der mich immer noch rührt, und den Roman damit zu dem gemacht, was er ist. Ich danke John und Duvall auch für ihr Verständnis für die Wildheit dieses Buchs, ohne sie zähmen zu wollen, und dafür, dass sie den Prozess meiner ersten Veröffentlichung mit so viel Freude erfüllt haben.

Knopf ist das beste literarische Zuhause, das ich mir vorstellen kann, und ich danke dem ganzen Knopf-Team für all die Zeit und Energie, die sie diesem Buch gewidmet haben.

Vielen Dank an meine Literaturagentinnen und -agenten im Ausland: Jemma McDonagh, Camilla Ferrier und Caspian Dennis. Auch den Verlagsteams von Edidons Gallmeister, Guanda, Kiepenheuer & Witsch und Oneworld Publications schulde ich großen Dank.

Meine Dozentinnen und Dozenten an der University of Notre Dame haben meine literarischen Vorurteile gejätet und mir stattdessen viel bessere Ideen eingepflanzt. Ich danke Joyelle McSweeney,

Orlando Menes, Steve Tomasula du Anne García-Romero, deren Großzügigkeit im Grundstudium ich bis heute zu schätzen weiß.

Ich danke meinen Dozentinnen und Dozenten an der NYU, die mich herausgefordert, unterstützt und manchmal sogar arbeiten lassen haben. Deborah Landau hegt die Literatur-Community, die mein Leben nachhaltig bereichert hat. Rick Moody war in den wichtigsten Phasen von *Der Kaninchenstall* so etwas wie ein Doktorvater; sein Feedback, seine Leselisten und sein breit gefächertes Wissen waren wegweisend für die Entwicklung dieses Romans. Ich hätte das MFA-Studium nicht ohne die finanzielle Unterstützung des Lillian Vernon Fellowship abschließen können. Die Lehren von Rivka Galchen, Nathan Englander, David Lipsky und Yusef Komunyakaa leiten mich bis heute. Jonathan Safran Foer hat mich über die Jahre auf vielen Ebenen unterstützt, und ich danke ihm besonders für seinen frühen Einsatz für diesen Roman.

Meine MFA-Lerngruppe hat diesen Roman und seine Autorin maßgeblich gestärkt. Besonderen Dank an Crystal Powell, Francine Shahbaz, Lindsey Skillen, Jacquelyn Stolos, Jordan Tucker und Lynn Pane.

Mein Dank gilt auch meinen geliebten New Yorker Flammenengeln, deren Scharfsinn, Freundschaft und Gruppenchats mich täglich nähren: Steph Arditte, Tess Crain, Laura Cresté, Alyx Cullen, Emma Hine, Sophie Netanel und Torrey Smith. Größten Dank an Kate Doyle, der Gründerin des Workshops, die, egal wo sie hinkommt, eine tiefsinnige literarische Gemeinschaft versammelt. Ohne Kates Ermutigung hätte ich diesen Roman nie an eine Agentur geschickt.

Ich danke Sarah Young, Christian Coppa, Alex Coccia, Brittanie Black, Grace und Jonathan Franklin, Stephanie und Jason Pham und den Andrews für ihre Freundschaft.

Die ersten Skizzen von *Der Kaninchenstall* sind im Prospect Park entstanden, und meine Liebe zu diesem öffentlichen Zufluchtsort spiegelt sich in Blandines Hingabe zu Vacca Vales Valley; ich danke der Prospect Park Alliance für ihre Hege und Pflege.

Unendlich dankbar bin ich meinen Eltern und Brüdern, die mich, seit ich klein war, in meiner Liebe zum Lesen und Schreiben bestärkt haben. Meine Mutter ist die beste Kunstlehrerin der Welt und hat uns beigebracht, dass zu Kreativität Unordnung, Fehler und Liebe gehören. Mein Vater hat uns jeden Abend vorgelesen und geduldig meine Geschichten aufgeschrieben, bevor ich selbst schreiben konnte. Unsere Eltern haben unzählige Stunden mit uns in der öffentlichen Bibliothek verbracht. Sie ermutigten mich bei meinen frühesten Texten und tun es immer noch, auch nachdem ich die statistisch unvernünftige Wahl traf, Schreiben zu meinem Beruf zu machen. Ben gibt mir scharfsinniges Feedback zu meinen Entwürfen, lehrreiche Lesetipps, erleuchtende literarische Analysen und hat mir sogar eine *Kaninchenstall*-Playlist gemacht. Joshua danke ich für seine Gedichte, Musik und dafür, dass er sein Leben nach seinen eigenen Vorstellungen gestaltet. Ich danke Nick für seine Musik, seine Kunst und dafür, dass er mein erster Freund auf der Welt war. Nick hat Todds Zeichnungen zu etwas gemacht, das ich mir nicht einmal erhofft hatte – ich kann mir keine harmonischere Zusammenarbeit vorstellen.

Unendlichen Dank an Andrew Krizman. Es hat fünf herausfordernde Jahre gedauert, diesen Roman zu schreiben; Andrews fruchtbarer Respekt für meine Arbeit und sein Glaube daran war, was mich all die Zeit hat durchhalten lassen. Er hat den Glauben behalten, selbst als ich meinen verlor.

Außerdem danke ich jeder Leserin und jedem Leser, dafür, dass sie zu Ende bringen, was ich begonnen habe.

ANMERKUNGEN

Der erste Absatz stammt aus Michael Moores Dokumentarfilm *Roger & Me* von 1989.

Der zweite Absatz stammt aus Hildegard von Bingen, *Scivias – Wisse die Wege*, übersetzt von Walburga Storch OSB, Pattloch Verlag, 1997.

Bei der Anthologie, die im Roman eine Rolle spielt, handelt es sich um *Selected Writings: Hildegard of Bingen*, ins Englische übersetzt von Mark Atherton, Penguin, 2001. Die deutschen Hildegard-Zitate stammen aus folgenden Werken: *Scivias – Wisse die Wege*, übersetzt von Walburga Storch OSB, Pattloch Verlag, 1997, *Briefwechsel*, übersetzt von Adelgundis Führkötter OSB, Otto Müller Verlag, 1965, *Wisse die Wege – Ratschläge fürs Leben*, übersetzt von Johannes Bühler, Insel, 2008, *Briefwechsel mit Wibert von Gembloux*, übersetzt von Walburga Storch, Pattloch, 1993, und *Causa et curae – Heilwissen*, übersetzt von Manfred Pawlik, Pattloch Verlag, 1997.

Im Kapitel »Jenseits« zitiert Blandine aus Simone Weils *Schwerkraft und Gnade*, übersetzt von Friedhelm Kemp, Kösel, 1952.

In »Der expandierende Kreis« zitiert Moses das Gedankenexperiment »Das ertrinkende Kind und der expandierende Kreis« des Moralphilosophen Peter Singer von 1997. (Ich teile Moses gehässige Reaktion an den Text und seinen Autor übrigens nicht.)

In »Variablen« werden Übungsfragen von collegeboard.org zitiert. Außerdem wird aus dem Gedicht *The Waste Land* von T. S. Eliot zitiert. Eine Version von »Variablen« erschien in der 150. Ausgabe der *Iowa Review*.

»Pearl« bezieht sich auf eine fiktionale Frau, die von Rose Marie Bentley (1918–2017) inspiriert ist. Wie Pearl war Bentley Inhaberin einer Tierhandlung und starb mit neunundneunzig Jahren an Altersschwäche, ohne dass ihr Situs inversus mit Levokardie zu Lebzeiten diagnostiziert wurde. Bentley stellte ihre Leiche zu Studienzwecken einer Universität zur Verfügung, wo Studierende der Anatomie die Fehlstellung entdeckten.

Al Quigs Fotos unserer Heimatstadt South Bend haben viele der Bilder inspiriert, die in »Pearl« beschrieben werden.

In »Alle zusammen, jetzt« wird aus Kapitel 29 des *Buch meines Lebens* von Teresa de Ávila zitiert, hier in der Übersetzung von Ulrich Dobhan OCD und Elisabeth Peeters OCD, Herder, 2020.

In »Viral« wird aus den Richtlinien von YouTube zitiert.

Die Illustrationen in diesem Buch stammen von meinem Bruder, dem Musiker und Visual Artist Nicholas Gunty.